Alfredo Gaete Briseño

TREPADORES

Alfredo Gaete Briseño

TREPADORES

SEGUNDA EDICIÓN

Septiembre 2019

Editado por Aguja Literaria

Valdepeñas 752

Las Condes - Santiago de Chile

Fono fijo: 56 - 227896753

E-Mail: contacto@agujaliteraria.com

www.agujaliteraria.com

Página Facebook: Aguja Literaria

ISBN

978-956-6039-22-8

Nº INSCRIPCIÓN

256707

DISEÑO DE PORTADA

Agencia "Hey Diseño"

A quienes observan mis pasos
desde la eternidad.

1

"FUERZA 33 MINEROS / PESCADORES DE CALDERA", rezaba un lienzo gigante con una bandera chilena pintada entre ambas frases, instalado sobre las piedras, en la sobrecogedora aridez del desierto. En el cielo, paciente custodio de las áridas lomas, había desaparecido todo vestigio de claridad. El frío comenzaba a producir un marcado contrapunto con el agobiante calor diurno. Ante la mina, treinta y dos banderas chilenas y una boliviana flameaban indicando que en las entrañas de la tierra treinta y tres hombres habían quedado sepultados a más de seiscientos metros de profundidad.

La gente conglomerada alrededor de luminosos fogones con teteras ennegrecidas por el hollín, aguardaba, expectante, el comienzo del fin de aquella larga espera.

A pocos metros de los coloridos techos rojos, amarillos, azules y blancos de las carpas que constituían el campamento bautizado "Esperanza", un payaso vestido de celeste con nariz roja y gorro multicolor, cruzó casi corriendo seguido por un enjambre de niños, enfocados por una sorprendente cantidad de camarógrafos de diversas cadenas televisivas. De pronto, todos giraron para enfocar al presidente de la República que se encontraba frente al primer hombre que descendería hacia las entrañas de la tierra, intentando doblar la mano al destino. Ambos con casco blanco, vestían sus respectivos uniformes: chaquetilla roja el primero, que usaban las autoridades de gobierno al acudir a terreno, y naranja el otro, que lo distinguía como rescatista de la Corporación Nacional del Cobre. El primer mandatario estrechó con efusividad la mano del rescatista. Sus amplias sonrisas expresaban la seguridad que mantenían en el éxito de la misión.

Luego de un cruce de palabras de ánimo y buenos deseos, el rescatista ingresó a la cápsula metálica y sus compañeros cerraron la puerta.

—Ceacheí —gritó con gran potencia uno de los familiares.

—Chiii —respondió la multitud al unísono.

—Ele e —volvió a vociferar el familiar.

–Leee.

Las tres mil personas congregadas, incluidas muchas autoridades y más de mil periodistas procedentes de las más diversas partes del mundo, sellaron a coro:

–¡Chi chi chi, le le le, los mi ne ros de Chi le!

A las once de la noche con dieciocho minutos, luego de recibir las últimas recomendaciones de los técnicos y entre multitudinarios vítores de aliento, conmovedores gritos de esperanza y contagiosos aplausos, se inició la proeza de rescatar a los 33 mineros que permanecían atrapados desde hacía 69 días. Iluminado por los poderosos focos, el sencillo vehículo de sesenta y seis centímetros de diámetro y cuatro metros y medio de longitud, pintado con los colores de la bandera chilena, comenzó a dejarse tragar por la tierra. Lo sujetaba un cable que a corta distancia se deslizaba por una inmensa polea blanca montada sobre un alto caballete de fierro.

Cuando desapareció, Franco barrió con la mirada en 360°. Lo impresionaba sobremanera aquella masiva concurrencia, especialmente por la abultada cantidad de medios y profesionales armando noticias. Nunca le había tocado ver, en un solo acto, tal despliegue periodístico.

–¡Es increíble! Ni siquiera en Cabo Cañaveral vi algo así.

Fernanda Giró su cara y lo observó subirse el cuello de la chaqueta. Lo imitó con el de su chaquetón. La iluminación permitía diferenciar su cabello marrón cobrizo del tweed azul y negro. Tenía la cara ovalada y dos estrellas plateadas contribuían a alargar sus pequeñas orejas.

–En realidad, hace harto frío.

Franco, como hipnotizado por sus pensamientos, se dejó llevar al 28 de agosto del año 2009, cuando tuvo la oportunidad de reportear el lanzamiento del transbordador espacial Discovery.

Ella mantenía sus ojos, tan oscuros que casi se confundían con las pupilas, puestos en él. Observó que en su rostro oscurecido por el sol, la nariz se perfilaba filuda, y su pelo negro revuelto por el viento se le ensortijaba sobre las orejas.

–¿En qué piensas?

–Ah, estoy recordando cuando mi jefe me mandó a Cabo Cañaveral. En lo imponente que se veía el Discovery con su nariz apuntando impertérrita al cielo, obediente a la cadencia del conteo, en espera de un simple dedo que accionara el contacto para encender sus enormes turbinas.

–¡Uf, debe haber sido emocionante!

–Sí, sin duda. Y después, el 5 de abril me envió para registrar el acontecimiento en que los astronautas mexicanos, José Hernández y John Olivas, llevarían el módulo Leonardo con seis toneladas de abastecimiento y equipo científico a la Estación Espacial Internacional. Y créeme que si la primera vez la impresión me noqueó, esa segunda experiencia me permitió apreciar con mayor serenidad el lanzamiento. Sentí una fascinación que no sabría describirte.

–Me imagino…

–El Discovery era una nave enorme, y a pesar de su prolongado ajetreo, aún permanecía operativa junto a la Atlantis y a la Endeavour, con un historial que parecía insuperable. Imagínate: 322 días de permanencia en el espacio, 5.247 órbitas, 206.019.288 kilómetros recorridos, y todo eso coronado con el récord de haber cumplido 38 misiones.

–Harta buena memoria.

–En lo nuestro es conveniente tenerla, ¿no te parece? Sobre todo después de haber elaborado tantos reportajes que conllevaron a un sinnúmero de entrevistas. –Sonrió–. Además, si los datos no fueran exactos, ¿quién se daría cuenta? ¿Quién recordaría la cifra para confrontarla? Lo importante es hacer buen periodismo, y para eso es fundamental no titubear. Impactar en los corazones de quienes leen y escuchan.

Fernanda emitió un suave murmullo aprobatorio.

–Continuando con lo que te decía, la quietud del enorme monstruo de acero, esperando a que avanzara el descenso en la cuenta, realzaba su imponente presencia. Fue francamente conmovedor. Todavía se me pone la piel de gallina cuando lo recuerdo… De pronto, como si una varita mágica surcara el aire, los enormes motores de la mole despidieron un estruendoso fogonazo, y vomitando unas llamaradas gigantescas, comenzó a desprenderse de su base. Al principio parecía una toma en cámara lenta y su forma se distorsionaba tras la envoltura de sus propios gases, pero aceleró con tal rapidez, que pronto su velocidad la convirtió en una cola de fuego, y luego, ni eso.

–Un poco más impresionante que esto, ¿no?

–Bueno, no es por desmerecer, pero claro, al compararla con esta minúscula cápsula… –La observó brillar en su mente y una sonrisa irónica se dibujó en su rostro–. Por mucho que sea un viaje inédito hacia las entrañas de la tierra y estemos a punto de presenciar un rescate nunca imaginado por el hombre, y con un despliegue tecnológico impresionante, no puedo dejar de comparar la cápsula con un supositorio.

–¡Franco!

–Lo sé, disculpa. Sé que suena insolente, pero corrígeme si no es cierto.

–No, está bien, debo reconocer que tienes un poco de razón. Al fin y al cabo, un supositorio es un remedio para algo, ¿no?

–¿Solo un poco?

–Ya, está bien, te concedo el punto: ¡tienes toda la razón!

El periodista entendía que aquel acaecimiento llamara la atención, pero ¿tanto? ¿Y en todo el mundo? ¿Y en un pequeño país en el extremo sur, casi cayéndose del mapa? Una larga y angosta faja de tierra acostumbrada a llamar la atención por sus peculiaridades, adquiría, una vez más, un protagonismo desproporcionado. Acudió a su memoria que en su época de estudiante de periodismo en Nueva York, su profesor de política internacional había analizado con inusitada vehemencia la vieja noticia del triunfo de la democracia sobre la dictadura que a fines de la década de los años 80 sorprendiera al mundo entero por la singularidad de ser provocado por la propia mano del dictador, cuya ambición de poder y soberbia eran tales, que lo convirtieron en un suicida político. Exhibió una mueca mordaz. No podía dejar de considerar que a pesar de las reincidentes violaciones a los derechos humanos y la inmensa cantidad de dolor provocado, aquellos dieciséis años de dictadura dejaron la marca indeleble de una economía líder en América Latina, respetada e incluso consultada por muchas naciones. Un país que veintitantos años después del golpe, se alimentaba con la pretensión de abandonar el subdesarrollo. Pensó que una de las grandes diferencias entre el hombre y los demás animales, es el enjambre de paradojas que lo constituyen.

Fernanda interrumpió sus reflexiones.

—Increíble que las cadenas noticiosas más importantes del globo, estén todas aquí. Y no escatiman en gastos para transmitir segundo a segundo los acontecimientos. Tu editor ha hecho un gran negocio contigo, permitiéndote venir.

—Siempre lo hace cuando mete sus narices, así que no es mucha novedad. El hombre no tiene ni pelo de leso.

—Sí, porque esto está llegando a más de doce mil millones de habitantes. Es que la gente está ávida de ver noticias fuertes. —Fernanda había devuelto la vista a la plataforma, donde destacaba el nervioso movimiento de rescatistas y autoridades.

—Bueno, así es el ser humano. Siempre ha sido igual. Goza con los episodios cuyo dramatismo le permite abandonar su insoportable rutina. Es como si las desgracias ajenas alivianaran su carga.

—Sí, Franco, pero también hay gente que se conmueve de verdad.

—Pero esos son los menos. La mayoría limpia su autoimagen viendo sufrir más a otros. Aunque no se den cuenta.

—¿Tú crees?

—¿Tú no?

—...

—Y si eso les permite escalar posiciones, entonces tanto mejor. Y los periodistas estamos para satisfacer a la gente, ¿no te parece?

—...

—Y para sobresalir, en la vida y en particular en nuestra profesión, es muy importante saber encumbrarse.

—Debemos aprender a volar.

—Más bien a trepar, porque no somos pájaros.

—Lo lamentable es que a veces se hace pisoteando a otros, algunas incluso pasando sobre sus cadáveres.

—Eso se lo dejo a los mediocres. No saben que para trepar tenemos que ser muy creativos. No dejar de ser innovadores ni por un solo minuto. –Bajo sus oscuras cejas mantenía la mirada verde, casi gris, sobre la plataforma–. Por eso no basta con decir la verdad, al menos no tal cual es. –Sonrió, satisfecho de sí mismo. De su buen desempeño y la confianza ganada gracias a sus habilidades profesionales. A pura maña había logrado que su editor le permitiera quedarse en Chile ya por casi ocho meses, y él, Franco Giménez, el periodista mitad chileno y mitad norteamericano, cuya vida había transcurrido en Chile hasta los catorce años, se ubicaba a pocos metros de la boca de aquella obra maestra de la ingeniería moderna que conectaba con el lugar en que se encontraban atrapados los mineros. Y su misión era captar lo que no veían los demás, aunque tuviera que sacarlo de su imaginación. "Muchas veces no es posible ajustarse a los hechos". Lo que pudiera encontrar, debía transformarlo en mucho más que simples y aburridas palabras, sin escatimar recursos. Odiaba la mediocridad, por lo cual sus reportajes debían ser sorprendentes, permitiendo una venta relámpago de la revista para la cual trabajaba, así como de los periódicos con que había negociado su editor para aprovechar los hechos mediáticos que se fueran produciendo, de igual forma que lo hiciera con algunos programas de televisión.

La cápsula aún descendía. En el recinto donde estaban los refugiados, habían instalado cámaras y micrófonos enviados desde la superficie para transmitir, a todo el globo terráqueo, la odisea desde el primer encuentro.

–Es como un novedoso e impactante reality con cobertura internacional. –Ofreció a Fernanda una gran sonrisa.

–Mmmh… –Ella no retiró los ojos del lugar–. Ya viene el primer rescatado. Cómo estará ese pobre hombre. Y para rematarla, tiene que recorrer 622 metros por el ducto. Heavy, ¿no?

–Igual, supongo que estará mejor que los que esperan allá abajo. –Le ofreció otra sonrisa y nuevamente se abstrajo en ideas que activaron su aparato reflexivo.

Esta vez ella no se atrevió a interrumpirlo y mantuvo la mirada en la plataforma.

Durante los últimos meses, gracias a su habilidad para muñequear, Franco había influido proactivamente en su destino. Retrocedió otro poco hasta su decisión de tomar vacaciones durante el invierno norteamericano y viajar para internarse en la exótica selva amazónica de Brasil. Terminadas estas, dos días antes de tomar su vuelo de regreso, mientras lamentaba no tener tiempo para continuar hacia el sur, concretamente a Chile, donde nunca había regresado, recibió una llamada telefónica de su editor.

–Ojalá que tus vacaciones hayan sido las que esperabas. –No le dio tiempo para responder–. Te tengo buenas noticias: continuarás más al sur, hasta Chile.

–¿A Chile? Debo reconocer que me sorprendes. ¿Y se puede saber qué haré yo allí?

–Bueno, creo que debiera gustarte la idea. Tú eres de allá, ¿no?

–¡Uf!, sin duda que me gusta, pero… ¿En verdad crees que soy de allá?

–Debiera enorgullecerte pertenecer a un país tan acogedor. Recuerda que viví allí casi dos años. Dos años que fueron encantadores… Pero en fin, allá tú y tus sentimientos.

Aunque había vivido en Chile durante sus primeros 14 años, Franco se sentía mucho más norteamericano que chileno. Su segunda nacionalidad, la otorgada por el país del Norte, era la que le permitía acariciar oportunidades para surgir que nunca le daría el Cono Sur. Sin darse cuenta, escondía como pudiera su condición de sudamericano.

–No me dirás, jefe, que te estás poniendo sentimentalista, porque claramente no te calza.

–No creas, muchacho, también tengo corazón. –Dejó escapar una risa sonora, propia de lo seguro que se sentía–. Pero en fin, no es lo que ahora nos atañe, así que limítate a agradecerme porque podrás ver por ti mismo qué cambios ha sufrido tu país desde que lo dejaste.

–¿Puedes decirme qué hay ahí para que la revista se interese en que yo viaje?

–Tranquilo, ya te explicaré. Y ten mucho cuidado, porque tu voz suena un tanto altiva, como si estuvieras solo para cosas mayores y aquel país sureño ni siquiera sirviera para ir de turismo. Debieras ponerte contento de ir al lugar donde están tus raíces.

–Bueno, ya te dije que me interesa. Solo digo que, profesionalmente, no me parece un desafío que valga la pena.

–No seas soberbio, ¿quieres? Eso nunca es bueno. A veces pienso que eres muy joven y te estoy dando demasiado espacio. Te sobrestimas. ¿No se te estarán yendo los humos a la cabeza? Debes mostrar un poco más de humildad, y de paso, agradecer la oportunidad que te da la revista.

Franco prefirió no continuar. Sabía que estaba en desventaja, no solo por ser su jefe, sino porque se había ganado el respeto de todo su entorno profesional. Y él era, entre ellos, quien más lo admiraba. Pensó que cuando una idea se fijaba en su mente, no había quien se la quitara, y jamás se equivocaba. Y porque lo respetaba tanto, siempre terminaba dándole en el gusto. Así había sido en el Oriente Medio, esa vez en que reporteando debió arrastrarse entre fuegos cruzados; también en Colombia, cuando acabó hospitalizado con un tiro en el hombro por encontrarse en medio de una riña protagonizada por gente del cartel de la droga.

–¿Me estás escuchando, Franco? ¿Tienes algo que decir?

–Sí, jefe, OK. Agradezco la oportunidad que me estás dando. Y créeme que no estoy actuando con soberbia, solo que de mis raíces paternas, apenas queda huella. Te he contado que como yo, mi padre también era hijo único. Y después de dieciséis años transcurridos desde que salí del país, para ubicar un pariente tendría que revisar la guía telefónica y luego recorrer las casas de todos los Giménez, a ver si encuentro a alguno de sus primos en segundo grado... ¿Y para qué?

–Está bien. Allá tú con tus intereses familiares y sentimientos personales, en los cuales no me corresponde meterme. Pero respecto a lo profesional, que te importa tanto, sabes que Chile es un país muy especial. Aunque pequeño y casi cayéndose del mapa, en su lucha por salir del subdesarrollo, se ha convertido en un ícono de la América del Sur.

–¿Y entonces?

–Entonces, mi querido muchacho, tendrás la oportunidad de verificar en sus calles y con su gente si lo que nos llega por Internet es cierto, o al igual que tus reportajes, una realidad adornada con una grotesca fantasía.

–¿Y? Porque obviamente no me estarás enviando para eso, ¿no? El editor dejó escapar una risa breve pero insinuante.

–Creo que será muy interesante para ti reportear el cambio de mando presidencial.

–¿El cambio de mando?

–Sí, el cambio de mando: sale Michelle Bachelet y entra Sebastián Piñera. Lo que de paso, no olvides, se produce en el año del bicentenario.

–Mmmh. Creo estar entendiendo a qué te refieres.

–Me parece muy bien. Sabes que con tu estilo harás una valiosa contribución a la revista.

–A sus ventas.

–Exacto. ¿Qué más podría ser tan importante? Porque gracias a eso comemos, ¿no? Mejor dicho, de eso vivimos. Y conociendo tu pluma... –Le hubiera gustado decir "tu prolífera pluma", pero no quiso darle más motivos para engreírse–. Sé que le sacarás mucho más jugo del que cualquier mortal pudiera imaginar. –Hizo una pausa para darle tiempo a digerir lo dicho–. Y para estrujar esta aventura, y que a mí no me cuelguen de la rama más alta por el costo que tendrá, me puse en contacto con varios editores de algunos periódicos que no cuentan con recursos para enviar a alguien y pensé que estarían interesados en no quedar fuera de esta carrera. Y no me equivoqué. Me deleité observando cómo brillaban sus ojos cuando les propuse venderles la información que tú recabaras y la revista no fuera a usar por su condición mediática, que es precisamente lo que ellos requieren... Y eso me entusiasmó para conversar con los productores de algunos programas de televisión, y les prometí que enviarías algunas notas audiovisuales.

Había aquí otro motivo para que Franco admirara tanto a su jefe. Era un editor de lujo que veía bajo el agua y a una legua más lejos que el resto, lo que le dotaba de una capacidad envidiable para anteponerse a sus colegas, y lo hacía sin enredarse en moralismos estúpidos de esos que trancan la fluidez de las buenas noticias. También admiraba que, además de manejar su sección con la solidez de un connotado empresario, se lucía con sus artificios de buen negociador. Su prolífera creatividad le permitía encender los motores de la iniciativa y desplegar sin fronteras su dinamismo innovador...

–¿Me estás oyendo, Franco?

–Sí, sí, disculpa.

–¿Entonces? ¿No te gustaría hacer una... digamos... pequeña contribución a nuestro departamento de finanzas?

–Veo que como de costumbre, tienes todo bajo control. Por eso me gusta trabajar contigo.

–Buen muchacho, pero cuida tu lengua conmigo. Nunca olvides que tu vida depende de mí, ¿OK? ¡Nunca! Jamás olvides que es a mí a quien le agrada trabajar contigo; entonces, soy yo el que tiene que estar a gusto contigo, y por supuesto, satisfecho con tu trabajo. ¿OK?

"¿Tienes que aclararlo todo?" Calló aquel pensamiento mordiéndose la lengua. Y sonrió, pues le fascinaban tanto el temperamento de su jefe como la seguridad con que se paraba en la cancha. Algún día él tendría el coraje, la suficiente experticia y el reconocimiento que le permitieran conducirse de la misma forma. Hizo una profunda inspiración y soltó el aire con parsimonia. Sentía que caminaba por la senda correcta.

–OK, jefe, como tú digas.

–Me alegra que sepas controlarte y situarte en el lugar que te corresponde. Tus aires de superioridad, nunca deben sobrepasarte.

–Me alegro de que tengas resuelto lo del financiamiento para esta aventura, jefe. Así, todos ganan.

–Ya que has sabido ponerte en tu lugar, puedes decir con justo derecho, así todos ganamos. –Soltó una carcajada–. Es conveniente para ellos, para la revista, y por supuesto para nosotros. –Un *nosotros* que sonó a un musical tú y yo en los oídos del joven periodista–. Es lo que en la jerga de los negocios llaman ganar ganar... Y ahora, espero que afiles tus garras y pongas en acción la pluma. Mientras más atractivas sean las noticias y novedosas las anécdotas, y en fin, todo lo que se te ocurra enviarme, tanto mejor. Puedes confiar en que tendrás una gran recompensa.

–O sea, quieres ver cómo se ve el cambio de mando en el jugoso contexto de esa democracia recuperada de la dictadura...

–Más bien servida en bandeja, y por un peculiar dictador. Y yo no me detendría ahí, porque sumando los más de veinte años de gobiernos democráticos dirigidos por las mismas personas y ahora el paso a uno de derecha que muchos tratan de disfrazar de centro, hay mucho más jugo que exprimir.

–Está bien, servida en bandeja, como dices.

–No, perdón, no es que yo lo diga... Pero en fin, dejemos las cosas del pasado en el pasado. Lo que me interesa, ahora, es lo que significa hoy para el país, para América Latina y para el mundo este cambio. Y por supuesto para Estados Unidos, al que aquel osado mini país ha enfrentado sin miramientos a la hora de tener que tomar posturas éticas en política internacional. Eso también lo hace un tanto atractivo, ¿no te parece? Y volviendo al tronco, quiero que le des duro a la Concertación de Partidos por la Democracia. A esa cúpula añeja que luego del renacimiento de la democracia fue traicionando las expectativas izquierdistas de la población y de paso se pegó en el poder por más de veinte años. A su desgaste y a la corrupción galopante de la cual tantos hablan. ¿Entiendes? Y entonces puede resultar interesante el desafío que enfrentarán aquellos que acostumbrados a hacer oposición durante esos mismos veinte años, ahora tendrán que gobernar. ¿Cuánto le costará todo esto a Chile? Y con tu estilo, mi querido muchacho, y la documentación que encuentres en Internet, demorarás menos de un segundo en echar a andar tu ironía y tu sarcasmo.

Cuando Franco cerró su *Smartphone*, lo hizo con lentitud, paladeando la complacencia que sentía, reflejada fielmente en su cara. A la confianza de su superior, se sumaba aquella notable oportunidad... Tendría que desplegar todo su ingenio para una vez más dejarlo satisfecho. Le fascinaban los desafíos, y aquel, que no tenía costos de su bolsillo, prometía convertirse en unas magníficas vacaciones de sus recientes vacaciones.

2

Del aeropuerto, Franco se trasladó a la ciudad de Valparaíso para impregnarse del ambiente porteño. El día siguiente lo utilizó para pasear por sus pintorescas callejuelas entretejidas entre los cerros, entrecortadas por casas de coloridas paredes, construidas sin más regulación que la necesidad práctica de afirmarse una con otra. Sin apuro, gozando de la suave brisa que transportaba los olores salinos del puerto, observó las hermosas pinturas que cubrían algunos muros. Lamentó que parte de aquella obra callejera hubiera sido pintarrajeada con vandálicos grafitis. Se detuvo en el Museo a Cielo Abierto, un lugar que probablemente alguna vez había sido atracción turística. Ahora sus caras pintadas en los muros agonizaban bajo la inmundicia. Visitó algunas tiendas de ropa tejida a telar y otras especializadas en prendas de fieltro, una gran variedad dedicada a los *souvenirs*, varias galerías de cuadros, y observó con simpatía algunos hoteles boutique que sobre la infinidad de tejados, miraban hacia la bahía. Pasado el mediodía decidió hacer un alto y se refugió en uno de los muchos restoranes que acogían sobre las quebradas, insertos en puntos estratégicos de aquella sinuosa geografía, que tentadores salían al encuentro con variadas cartas de las gastronomías italiana, francesa, española, árabe, peruana, mexicana o chilena.

En el plano, ante el edificio del Congreso Nacional, donde pocos días después cubriría la noticia del traspaso de mando, quedó pasmado ante aquel adefesio arquitectónico con el cual habían reemplazado al hermoso edificio de estilo neoclásico francés de grandes pilares y hermosos jardines, ubicado en Santiago, una cuadra al poniente de la Catedral Metropolitana.

Esculpió su primer reportaje con el formón de la insidia, disfrazado con un barniz de historia. Ofrecía como escenario el edificio que en Santiago, durante muchos años, albergó a los congresistas: un parlamento fundado el 4 de julio de 1811 a casi un año de la primera expresión independista, la que luego de casi siete culminaría con la consolidación de la Independencia. Agregó, también, detalles del traslado de los quehaceres parlamentarios desde la capital a Valparaíso, refiriéndose a la nueva edificación como un *títere democrático* que a fines de los años 80 el dictador Augusto Pinochet había mandado a construir porque, según decía, quería que los parlamentarios cacarearan lejos y no le zumbaran como abejorros. Un edificio que le pareció pretencioso y arrogante como el autoproclamado mandatario, nacido de una lamentable combinación de perfil castrense con mal gusto y pésima asesoría arquitectónica. En sus líneas, el artículo denunciaba que el gobernante no había tenido consideración alguna con las incomodidades y los perjuicios que acarrearía para la ciudad la invasión de individuos marchando en protestas previamente organizadas en otros lugares, especialmente en la capital, casi todas irrelevantes para Valparaíso. Las calles de su estrecho plan se congestionarían y las masivas broncas provenientes de diversos organismos, dirigencias y masas de otras ciudades, degenerarían en desórdenes, destrucción, desaseo y el infaltable saqueo a inocentes comerciantes. Al leerlo, le gustó eso de *títere democrático* y lo utilizó en letras grandes para titular. Rió con ganas y entró en su correo para realizar el envío. Terminada la operación, apagó el computador. Recién entonces notó que tenía hambre. Eran ya pasadas las nueve de la noche y decidió cenar en el restorán del hotel, aprovechando la prodigiosa vista a la bahía iluminada por las embarcaciones que regalaba su emplazamiento en aquel punto mágico del Cerro Alegre. Estaba extenuado y podría retirarse temprano a descansar. Había organizado su mañana siguiente exenta de compromisos, con la intención de dormir hasta tarde.

Luego de un componedor caldillo de congrio, acompañado por media botella de Sauvignon blanc del valle de Casa Blanca, ordenó un panqueque acaramelado al ron. Las pálidas llamas que lo flambeaban, encendieron en él una nostalgia cuyo origen no le fue difícil determinar. Mientras cerraba la jornada con un whisky doble que bebió con lentitud, rememoró pasajes de su infancia e inicios de la adolescencia. Remembranzas de una casa modesta de dos pisos que su padre compró con parte del dinero recibido al vender la casona heredada de los abuelos, debido a que su espíritu aventurero y sus malogradas finanzas no le permitieron mantenerla. Reconoció que, habiendo tenido tiempo suficiente, había esquivado ir a Santiago y visitar aquel barrio. No quería ahondar en los recuerdos de la perversa enfermedad que día tras día consumió a su progenitor: extensas tardes en que su lenta destrucción lo obligaba a guardar cama y mataban el tiempo jugando a los naipes o mirando televisión. Tampoco deseaba rememorar la incomprensión, la angustia y el miedo ante aquellos largos días, cuando desde su fragilidad lo observaba cada vez más disminuido. Moribundo, ya, la morfina exacerbaba su ilusión de triunfar en la vida, al punto de delirar con castillos y riquezas que algún día heredaría a su amado hijo. Pensó en su madre, quien lo acompañaba sin descanso en esas inagotables jornadas. Una mujer joven que había tomado una opción de vida a su lado en un país que le era del todo extraño… Sintió que el cansancio le cobraba la cuenta y puso fin a sus divagaciones. Firmó la papeleta de consumo y abandonó el comedor.

En su cuarto disparó los zapatos, soltó el cinturón y se tumbó sobre la cama pensando en desvestirse luego, pero el agotamiento lo noqueó.

Habían transcurrido varias horas cuando un fuerte sacudón lo despertó. Completamente desconcertado, su mirada no demoró en dibujar una profunda sensación de espanto. El piso parecía sacudido por la mano de un gigante y el amplio ventanal crujía como si estuviera endemoniado. La puerta del free bar se abrió con violencia, algunas botellitas saltaron al suelo y corrió un líquido color caramelo que pronto inundó el lugar con olor a whisky. La maleta calló estruendosamente desde la parte superior del ropero y sintió una quebrazón proveniente del baño. Agazapado junto al sillón, escuchó ruidos de gentes que salían al pasillo del piso. Algunas suplicaban a Dios, otras emitían gritos destemplados. Comprendió que se trataba de un movimiento telúrico de gran intensidad. Pasaba el tiempo y el zamarreo no cesaba. Temió, entonces, que el edificio pudiera desplomarse, rodar por el cerro y quedar sepultado bajo los escombros junto a un centenar de desconocidos en pijamas, calzoncillos, o simplemente desnudos. La agitación continuaba como si fuera a prolongarse por toda la eternidad, ahora acompañada de gritos de pánico provenientes del exterior, mientras las bombillas de los faroles callejeros atemorizaban con sus fuertes explosiones.

De pronto, el movimiento cesó. Franco presionó el interruptor de la lámpara, pero la ampolleta no respondió. Puso la mano en su pecho y comprobó que su corazón latía a gran velocidad. Desde la ventana observó que algunas linternas y luces de emergencia, y una gran cantidad de escuálidas llamas de velas, intentaban alumbrar la oscuridad que envolvía a la ciudad...

En medio de los aplausos, emergió la peculiar nave. Un rescatista abrió la puerta enrejada y Florencio Ávalos salió con agilidad. Vestía traje térmico y sonreía. Su lúcida apariencia representaba las habilidades para liderar que había mostrado durante el encierro. En medio de una ensordecedora algarabía proveniente de los parlantes y el mar humano sembrado en la superficie, el hombre, de treinta y dos años, se desprendió del casco rojo y de inmediato destacaron los llamativos anteojos oscuros.

Franco hizo una secuencia de fotos.

—Con estas tengo, total todos saldrán con los mismos atuendos. —Sonrió.

—¿Pero no será poco retratar a uno solo?

—Photoshop, querida, photoshop.

—¡No puedes ser tan fresco!

—¿A quién le importa?

—No, si tampoco le hace daño a nadie, pero igual es una frescura.

Franco se quedó mirándola. El color verde de sus ojos resplandecía. La sonrisa dejaba entrever unos dientes albos perfectamente alineados. Acompañados de dos profundos hoyuelos en sus mejillas, evocaron en ella la expresión de un niño que acaba de hacer una travesura.

—¡Gracioso!

—Pero te lo creíste, ¿no?

—Pero sin duda, de ti puedo esperar cualquier cosa.

–Voy a tomar todas las fotografías que pueda, y entonces, ya veré cómo las utilizo para sacarles más partido. ¿Estás loca que voy a perder el tiempo trabajando con un programa de diseño? ¿Has olvidado que soy periodista? –Esta vez rió con ganas.

Fernanda no demoró en sumarse.

–Me encanta tu buen humor, Feña, y que no seas una de esas acomplejadas a las que todo las aplasta. La verdad es que tu compañía ha sido el mejor regalo que me hubieran podido hacer.

El primer liberado envolvió con los brazos a su hijo de siete años que lloraba conmovido. Luego lo hizo con su esposa y después con su hija.

Proliferaron los "Ceacheí", y el presidente de la República lo abrazó efusivamente. Luego saludó a las demás autoridades y a los técnicos.

Poco antes, a las once y media –según registraban las anotaciones de Franco–, la *Fénix II* había aparecido en el fondo de la mina. Los accidentados la recibieron entre aplausos. Vestían pantalones cortos y llevaban sus torsos descubiertos, pues hacían cerca de cuarenta grados Celsius. No demoraron en lanzarse sobre ella. La palpaban con ansiedad, como si quisieran cerciorarse de que realmente era verdadera. Apenas el rescatista abandonó el estrecho habitáculo, comenzaron a abrazarlo. Al poco rato, tras un sonoro "Ceacheí", a minutos de la medianoche, Florencio Ávalos entró a la cápsula mientras recibía las últimas instrucciones.

Desde la superficie habían enviado una cámara filmadora, y había sido el recién liberado quien tomó postura tras ella y con gran sentido del humor lideró una transmisión que se introdujo en miles de millones de hogares para mostrar lo que sucedía a más de seiscientos metros de profundidad.

La cápsula comenzó a ser izada y resurgieron los gritos de chilenidad y los aplausos, tanto abajo como en la superficie. El singular transporte desapareció tragado por aquella obra de la ingeniería que corría a través de la montaña.

Mientras comenzaban los preparativos para el descenso de un segundo rescatista que iría en apoyo del primero y diversos periodistas se acercaban para escuchar sus palabras, Franco encendió nuevamente la cámara y enfocó para grabar. Se trataba de un sargento segundo de la Armada, de treinta y cuatro años, buzo y enfermero. Especializado en medicina de combate, estaba entrenado para cuidar heridos de guerra, familiarizado con labores de salvataje en áreas de difícil acceso, incluidos el desierto y la oscuridad.

Fernanda observó la destreza con que Franco filmaba.

–No dejas de sorprenderme. Parece que hubieras sido camarógrafo toda tu vida.

–Gracias, Feña, pero no es para tanto. Como sabes, casi siempre hago periodismo en solitario, y a veces contar con algunas imágenes es muy útil.

Los ojos casi negros de Fernanda, inundados de emoción, desplegaban un brillo que acusaba sin vergüenza su creciente admiración.

El rescatado, continuando con el protocolo, se recostó en una camilla y fue trasladado al hospital de campaña montado en el lugar, donde le harían los primeros exámenes, igual que a todos sus compañeros de fatalidad.

Una vez que la cápsula volvió a descender, los dos recién llegados al fondo, iniciaron los preparativos para enviar al segundo minero a la superficie. Era Mario Sepúlveda, *el Perry*, un electricista oriundo de Parral que había viajado al norte para probar suerte. Un trabajador cuyo entusiasmo ayudó considerablemente para motivar a los más alicaídos.

–Y tú, ¿qué miras ahora en tu Smartphone?

Franco respondió sin sacar los ojos.

–Es impresionante la cobertura, Feña. La Plaza Italia de Santiago, desborda de gente. Lo mismo ocurre en el Obelisco de Buenos Aires, donde flamea gran cantidad de banderas chilenas. Y en Estados Unidos…

Una hora se cumplía desde el arribo del primer rescatado, cuando el segundo entró a la cápsula. Un trabajador recio, aventurero y extrovertido, quien solo nueve días antes cumpliera treinta y nueve años. Había sido el conductor en los videos que grababa el minero que acababa de salir.

Iniciado el ascenso, la mirada de Franco se desvió hacia una gran planicie. Percibió esa conmovedora sensación de infinitud que le producía la inmensidad del desierto. En su mente se dibujaron algunas de esas escenas dramáticas vividas algunos meses atrás. Recordó su experiencia en el borde costero y el comportamiento de aquellos habitantes frente a esa jugarreta endemoniada de la naturaleza. Qué pronto habían olvidado la destrucción producida por otros eventos similares. Volvían a levantar, una y otra vez, frágiles construcciones emplazadas lo más cerca posible de la playa, muchas en la misma orilla costera.

La abstracción de Franco había dado tiempo a Fernanda para ir al baño y volver.

–¿Y tú, dónde andas? ¿Todavía estás pensando en la inmortalidad del cangrejo?

–¡Graciosa! Estoy pensando más bien en la mortalidad, y no precisamente del cangrejo. –Esbozó una fugaz sonrisa–. Lo hago en la de la gente, en lo porfiada que es.

–No te entiendo.

–Pensaba que si la gente hubiera comprendido que tenía que construir sus casas en lugares más protegidos, el drama del tsunami hubiera sido mucho más soportable.

–Ah, ahí andabas. ¿Y qué te hizo poner a pensar en eso?

–¿Sabes una cosa? El tiempo que he pasado en este país me ha afectado mucho. Aunque suene cliché, creo que no soy el mismo que cuando llegué… Sin duda no lo soy. A veces la fuerza de la naturaleza se ve bastante aventajada gracias a la contribución de la mano humana… Ocurrió aquí con el accidente que sepultó a estos mineros, también con el tsunami… –Volvió a caer en uno de sus silencios reflexivos. Sus pensamientos se desviaron hacia la madrugada del sábado 27 de febrero cuando el fuerte movimiento telúrico causó, además, aquel enorme maremoto. Evocó a las autoridades involucradas, y cómo habían sido puestas de cabeza.

La presidenta de la República, luego de calmar los ánimos en su casa, caminó apresurada al automóvil. Su chofer la condujo a toda velocidad hasta el número 1637 de Avenida Beauchef, a las instalaciones de la ONEMI, la Oficina Nacional de Emergencia del Ministerio del Interior, donde entró con prisa. En el lugar imperaba la incertidumbre, pues el sistema de comunicaciones con regiones estaba cortado.

El movimiento telúrico había sucedido apenas pasadas las tres y media de la mañana y las precarias informaciones recogidas registraban una magnitud de 8,8 grados en la escala de Richter e intensidad 9 en la de Mercalli, con una duración superior a los dos minutos. El epicentro se registraba en el océano Pacífico, a 115 kilómetros de la ciudad de Concepción, a 320 kilómetros al suroeste de Santiago, a 59,4 kilómetros de profundidad.

Mientras era informada por la Jefa de la unidad, guardaba silencio y su rostro palidecía. No necesitaba ser adivina para presumir que la cantidad de heridos y fallecidos debía ser enorme, así como las pérdidas materiales que probablemente incluían centros asistenciales, escuelas, cuarteles... incluso cárceles.

El primer antecedente que llegó respecto a víctimas provenía de la central de bomberos, cuya radio era la única que mantenía la señal en el aire, aunque con enormes limitaciones pues la comunicación se perdía antes de contactar con la ciudad de Parral. Informaba que habría cinco muertos en la Región del Maule y supuestamente uno en la Araucanía.

La Jefa de Estado sintió un vacío en el estómago. Sabía que aquella vaga información, ya de por sí terrible, era un reflejo pálido de la realidad, esa con que se irían encontrando al correr las horas.

Su impaciencia aumentó a medida que los reportes radiales, aún con cobertura limitada, consignaban daños inmensos: derrumbes de viviendas, desprendimientos de cornisas, desplomes de muros, destrucción de caminos, carreteras cortadas, desmoronamientos de puentes y pasarelas, cortes de energía, caídas de líneas telefónicas... Habían sido azotados con fiereza el centro y parte del sur del país, y la lista de catástrofes crecía momento a momento.

En tanto, el Centro de Avisos del Pacífico de Estados Unidos emitía una alerta de tsunami para Chile y Perú, y en grado de vigilancia para Ecuador, Colombia, Panamá, Costa Rica y la Antártica. Esto ofrecía un panorama aún más oscuro que aumentó el pesar de la presidenta y sus colaboradores. La descomponía pensar que, mientras los ciudadanos esperaban con ansias sus palabras, en esa oficina reinaba un impresentable nivel de ignorancia. Ella era la responsable de liderar y en sus decisiones estaría puesta toda la confianza. ¿Cómo enfrentar aquel drama y el desastre humano que comenzaba a develarse, con tantas falencias en el profesionalismo de aquel organismo? La exasperaba el deteriorado nivel de experticia que mostraban sus asesores, y por tanto, la inaceptable falta de antecedentes que le impedía entregar una información confiable que satisficiera las expectativas ciudadanas.

A la gravedad de los hechos se sumó la abierta contradicción entre las informaciones recibidas en la ONEMI: unas advertían los riesgos de tsunami, mientras otras los negaban. Así las cosas, para la Jefa de Estado era imposible definir con claridad una política de acción adecuada para proteger a los afectados.

Al rato, aún en aquellas oficinas, la Mandataria se sintió obligada a coger un micrófono. Informó al aire, a quienes le pudieran oír, que según los últimos antecedentes recabados, a las dieciséis víctimas fatales contabilizadas hasta ese momento se sumaban diez en la región del Bio-Bío. Luego precisó que el movimiento telúrico había ocurrido a las tres de la mañana con treinta y cuatro minutos, con epicentro sesenta y tres kilómetros al suroeste de Cauquenes, prácticamente en el límite entre las regiones del Maule y el Bío-Bío.

Una aspereza en la garganta la obligó a carraspear y bebió un sorbo de agua, cuidando de no tragarse una goma de mascar que mantenía en la boca para ayudarse a calmar los nervios. Luego de masticar varias veces con marcada ansiedad, añadió con tono lúgubre que una ola de grandes proporciones habría devastado la isla de Juan Fernández. Tomó otro trago y volvió a darse ánimo con el chicle. Luego de esa pausa, dijo que las marejadas se habían adentrado hasta la mitad del pueblo y producido aún más destrucción.

Era notorio que le costaba hablar.

–No tenemos aún datos precisos de víctimas ni daños, puesto que la oscuridad impide conocer con exactitud la dimensión del impacto, pero la gente está evacuando hacia la altura... –Sin más antecedentes que compartir con la población, llamó a la calma e insistió a los habitantes de las zonas costeras para que de haber réplicas fuertes se dirigieran hacia zonas altas, aunque significara abandonar sus casas y enceres, consciente de que era lo único que muchos tenían y que, en general, correspondía al esfuerzo de toda una vida.

Aunque la información que le llegaba aumentó, seguía desprovista de detalles, por lo cual le resultaba imposible conocer su verdadera dimensión. Casi todos los datos apuntaban al bulto: a la gran cantidad de obras civiles caídas, pero sin decirse exactamente cuáles ni señalar los rangos de deterioro; a hospitales dañados que comenzaban a ser evacuados, pero salvo excepciones, no se individualizaban ni se indicaba el grado de destrucción; a sectores comprometidos del aeropuerto Arturo Merino Benítez, pero de los cuales tampoco se identificaba la magnitud...

La presidenta, consciente de que la gente estaba desesperada por saber más, ante tanta precariedad en las informaciones, continuaba masticando la sustancia, cuidando de no dejar demasiado en evidencia su angustia. Con el fin de tranquilizar a los radioescuchas, indicó que de acuerdo a los antecedentes recogidos, en la Octava Región no había colapso de las represas y la situación estaría dentro de la normalidad. Agregó que dentro de la mañana, las autoridades centrales partirían a distintos lugares para coordinar las labores de emergencia, sobre todo donde la información era más escasa.

Alfredo Gaete Briseño

A medida que el día avanzaba, comprendió que la realidad estaba muy distante de aquellas palabras. En los lugares afectados la falta de agua potable era preocupante, la incomunicación y el aislamiento no permitían activar planes de contingencia adecuados, las montañas de escombros en las zonas costeras reflejaban la magnitud de la tragedia provocada por las aguas... Su ignorancia fue dando paso a una amarga impotencia.

Cuando las comunicaciones se diversificaron y aumentó la cobertura, se dirigió a la gente por cadena. Insistió en la importancia de mantener la calma y pidió confianza hacia las acciones del Gobierno y las medidas que se estaban tomando para enfrentar la catástrofe, cuya magnitud no se conocería completamente antes de las próximas cuarenta y ocho a setenta y dos horas, aunque todo indicaba que el terremoto había impactado en parte importante del territorio nacional.

Las manos le transpiraban y el sudor humedecía su cara. Las últimas cifras de la ONEMI indicaban un recuento de doscientas catorce víctimas fatales, quince desaparecidos, cerca de dos millones de damnificados y alrededor de un millón y medio de viviendas con algún tipo de daño.

Sus palabras conmovían.

–Deseo hacer llegar mi más profundo sentimiento de pesar a los familiares de las víctimas. De la misma forma, quiero expresar la solidaridad del Gobierno con las familias que tienen seres queridos lesionados o que deben lamentar la pérdida de sus bienes más esenciales...

Informó que tres nuevas regiones habían sido declaradas zona de catástrofe, lo que permitiría disponer inmediatamente de recursos para ayudar a las personas y áreas afectadas. Además, confirmó la postergación del inicio de las clases para el once de marzo, sin perjuicio de que se entregarían las raciones alimenticias a los estudiantes que las necesitaran. Agregó que quedaban prohibidos los actos masivos durante las siguientes setenta y dos horas, y que se había enviado ayuda a la isla Juan Fernández. Continuó intentando tranquilizar a la población, pero sus palabras respecto a las medidas que declaraba haber tomado eran vagas y se desdecían con las informaciones sobre la gran demora que se esperaba para normalizar los servicios básicos. Insistió en la importancia de mantener la calma, evitar riesgos innecesarios y hacer uso racional de los servicios básicos. Consciente de la fragilidad de su mensaje, para concluir afirmó que había exigido a sus ministros y a las autoridades gubernamentales, dedicación absoluta para la pronta normalización del país.

Tomó asiento, y luego de un reponedor suspiro, bebió un largo trago de agua. Sentía que la carga de responsabilidades se le hacía a cada momento más pesada, consciente de lo mal que habían funcionado las cosas durante las últimas horas.

A las cinco y cuarto de la mañana había llamado por teléfono al Servicio Hidrográfico y Oceanográfico de la Armada, el SHOA, organismo técnico al que correspondía consultar para decidir si se mantenía o no la alerta de tsunami que la armada había dado aproximadamente una hora y diez minutos antes por dos canales: a las tres con cincuenta y siete por HF y diez minutos después a través de un fax. Tan clara tenía la Marina la situación, que instruyó a su personal para que abandonara la segunda base naval, que ubicada en Talcahuano, era la más importante del país. Sin embargo los encargados del SHOA, en lugar de confirmarla categóricamente, titubearon y actuaron con una gran imprecisión que transmitieron a la ONEMI, la cual no tomó cartas en el asunto a pesar de que incluso, desde las tres con treinta y cinco minutos, el centro de alerta de tsunami norteamericano, disponible en Internet con acceso para todo el mundo, ya marcaba el evento. El organismo gubernamental, presa de la indecisión, por instrucciones de la presidenta, no declaró la alerta.

Y eso no fue todo: también quedó en evidencia que la ONEMI, a pesar de ser Chile un país cuyo sistema de comunicaciones había fallado ante otros imprevistos, no tenía recursos alternativos como teléfonos satelitales en las regiones, los cuales utilizan batería y envían las señales a través del satélite. Tampoco contaba con aparatos radiales, y el ejército no tenía un sistema de comunicaciones al cual recurrir.

Alfredo Gaete Briseño

El drama que arreciaba en el país superaba a la presidenta, quien en silencio lamentaba su maldita suerte. A punto de dejar el cargo, el destino la enfrentaba a ese desafío por el cual tendría que responder ante el país y la crítica de la historia...

Las alarmas interrumpieron aquel cúmulo de pensamientos con que Franco unía la serie de reportajes que varios meses atrás había enviado a su editor. Indicaban que pronto llegaría a la superficie el segundo rescatado, quien como buen líder sindical, a pesar del brutal encierro, no había perdido la oportunidad para denunciar las paupérrimas condiciones con que día a día lidiaban los trabajadores de las mineras. En la plataforma, a pocos pasos del hueco por donde aparecería la cápsula, el nerviosismo de su mujer era evidente. La Primera Dama la abrazó en un abierto gesto de complicidad femenina. Las cámaras las enfocaban y un sinfín de periodistas hacía malabares para acercar sus micrófonos.

Poco después de la una de la madrugada, apareció el extremo de la cápsula. Entre aplausos y vítores, *el Perry* salió derrochando energía. Abrazó al presidente, al ministro de Minería y de inmediato besó con intensidad a su esposa, sacando más aplausos.

–Tendremos una noche... de esas de pasión. Después van a tener que subirla a una silla de ruedas. –Los pómulos de su mujer enrojecieron. Desvió la mirada hacia la Primera Dama, quien mostraba sin complejos la gracia que le producía aquel ánimo jocoso del trabajador.

Luego de una sonora carcajada, Mario se agachó, y ante la curiosidad de todos, comenzó a escarbar en un bolso. Sacó y exhibió con histrionismo algunas piedras que traía a modo de recuerdo. Luego las repartió entre el primer mandatario, las demás autoridades y las personas responsables del rescate.

Saludó a los rescatistas, uno por uno. Después levantó el brazo y apretó el puño.

–¡Ceacheí!

La respuesta fue coreada por todos los presentes, incluidos el presidente y la Primera Dama.

Finalmente corrió hasta una reja de contención a saludar a algunos amigos, quienes desde el otro lado estiraban las manos.

–¡Gracias, chiquillos, viva Chile…! Siempre tuve fe en los profesionales que hay en Chile, y todo esto ha sido una prueba de amor que Dios nos puso. Estoy contento de estar aquí, y seguiré trabajando para que este país entienda que debemos hacer cambios importantes en el mundo laboral. El empresariado tiene que dar las armas para que los mandos medios hagan cambios… Ah, y en cuanto a nosotros, por favor no nos traten como artistas. Sigan tratándome como al Mario, el trabajador, el minero.

Lo invitaron a subir en la camilla y lo trasladaron al *triage*, donde esperaban ratificar su buen estado de salud.

En otro plano, el tercer rescatista, un cabo primero e infante de marina, quien se había desempeñado como enfermero en la guerra de Irak entre los años 2006 y 2008, se preparaba para bajar.

–¿Oíste lo que dijo? –La pregunta de Franco desconcertó a Fernanda y lo miró con expresión de curiosidad–. Mario Sepúlveda, Feña, el Perry. Acaba de decir que no tiene ambición.

–¿Eso dijo?

–O sea, implícitamente. Pidió que no lo trataran como artista.

–Bueno, puede ser esa, precisamente, una forma de pedir que lo hagan, ¿no? Aunque por otro lado, tal vez en verdad quiera tranquilidad y que no lo anden persiguiendo por todas partes.

–O sea, en un caso deja entrever su ambición y en el otro, por el contrario, busca esconderse en la mediocridad… Cabe preguntarse si lo habrá dicho de corazón o solo de la boca para fuera.

–Otra vez me desconciertas con tus comentarios, no entiendo para nada a dónde vas.

–¿Crees que hay gente sin ambición?

–¿Gente sin ambición? ¡Por supuesto! ¿Y qué importancia puede tener eso ahora?

–¿Estás segura de lo que me estás respondiendo?

–Bueno, es obvio, ¿no?

–¿Obvio? ¿Puede haber alguien que esté en su sano juicio y no tenga interés por el poder, por ser rico y famoso, por enaltecer el rango de su dignidad?

–Pero la ambición no tiene por qué ir por delante. Ni anteponerse a otros valores que deben ser primarios. No hay nada malo en querer vivir bien, incluso en tener un deseo ardiente por algo, pero de ahí a que pase a ser lo más importante y dirija todo lo demás…

–¿Y quién pone el límite para saber cuál es el nivel de ambición conveniente? ¿Uno mismo?

–Franco, no todo el mundo es como tú. Y además, para decirlo con tus palabras, hay gente mediocre, y es mucha. Y no tiene nada que ver con ser más o menos digno.

–¿Ah, no? ¿Y qué significa ser digno? ¿Acaso no se conjuga con la excelencia, con realzar como individuo? ¿No tiene que ver con el honor y con la autoridad? ¿Con ser una persona con suficientes méritos?

–¡Uja! En realidad no lo sé, nunca he pensado en eso… ¿Y me puedes decir por qué te dio con eso de la ambición? ¿Y en este momento? No puedo creer que ese señor, con un comentario al paso, haya despertado con tanta vehemencia tu veta filosófica.

–¿No te parece razonable incluir algo de esto en un reportaje? ¿No es darle más realce y una mayor validez a nuestra querida profesión?

Fernanda se quedó pensativa durante algunos segundos.

–¡Uf, no dejas de sorprenderme!

–¿Tiene algo de malo, acaso?

–¿A qué de todo lo que me has dicho te refieres?

–A todo, Feña, a todo. Por ejemplo, ¿tiene algo de malo ser ambicioso? Y como contrapartida, ¿tiene algo de bueno ser mediocre? ¿Y por qué no compartirlo con nuestros lectores?

–Mmmh, reportear sobre el accidente, el rescate y las penurias, y junto con eso escarbar un poquito en la vida de los involucrados… Debo reconocer que no parece mala idea. Y todo eso aliñado con la montonera de otros ingredientes que se te vayan ocurriendo y con una cuota de filosofía… Y si no le haces daño a nadie… Realmente no dejas de sorprenderme. Habrá que ver con qué novedades sales más adelante. Apuesto doble contra sencillo a que el impacto que provocarás será grandioso.

–¿Y por qué mejor no dices: que provocaremos? ¿O no estás aquí para lo mismo que yo?

–Sí, claro, estamos aquí para impactar. Lo que pasa es que como a ti es al loco que siempre se le están ocurriendo cosas nuevas… Ojalá yo tuviera la mitad de tu imaginación.

–Pero la tienes, Feña, y mucho más que la mitad. Solo debes dejar que tu pasión se muestre y te arrastre, y no pegarle un garrotazo en la cabeza apenas asoma.

Fernanda dejó salir una sonora carcajada.

–¡Un garrotazo en la cabeza…!

–Sí, eso, porque sin darte cuenta, te frenas demasiado. No dejas fluir a la Fernanda que llevas dentro, como si te aterrara tener que responder por tus actos.

Fernanda observó hacia el cielo y luego puso la mirada en la negrura de una planicie.

–Sí, tal vez tengas razón. Debo dejarme ir un poco más allá de lo que se supone adecuado.

–Y que por lo general la gente no tiene idea de lo que es, ¿no?

–Es cierto. Al menos no tiene idea de dónde están los límites… ¿Quién realmente conoce los límites de lo adecuado?

Franco sonrió sin responder y su mirada también quedó perdida en la oscuridad.

4

Otra vez, Franco se dejó conducir por su memoria a ese confuso 27 de febrero y a la precariedad de las informaciones que llegaban a Valparaíso, situación que terminó por exasperarlo. Siendo su deber profesional enterarse de cuanto ocurría, estaba en la más absoluta ignorancia, sin saber cómo satisfacer el cerro de inquietudes planteadas por su editor a través de Internet. Era evidente que se encontraba en el lugar equivocado. Debía ir con urgencia a las regiones más afectadas, la séptima y la octava, lo que no interferiría con el cumplimiento del objetivo que lo había conducido a Chile, ya que para el cambio de mando faltaban aún dos semanas. Sin perder tiempo, preparó sus cosas para viajar a Concepción.

Según las últimas informaciones, el aeropuerto Arturo Merino Benítez de Santiago estaba cerrado por daños en sus instalaciones, así que optó por la vía terrestre, suponiendo que el trayecto estaría lleno de accidentes carreteros, desvíos y esperas, por lo cual sería muy lento. Tal vez, incluso, tuviera que pernoctar en el camino.

Sin embargo, no hubo demoras importantes a pesar de la enorme cantidad de desvíos. Así, mucho antes de lo que tenía previsto, el autobús abandonó la autopista al sur y continuó con dirección oeste.

Desde la entrada a la ciudad, encontró una urbe presa del caos. Muchos rostros en las calles, se veían aterrorizados. Los estragos sicológicos causados por el terremoto eran evidentes. Y los traumas adquiridos se acentuaban con las fuertes réplicas, que amenazaban con aumentar la destrucción. Tanto de día como de noche, alcanzaban magnitudes de cinco o más grados en la escala de Richter; habían llegado, incluso, a seis coma nueve.

El panorama era sobrecogedor: veredas rotas, calles con grandes socavones, pavimentos levantados en más de un metro, cortinas de negocios que parecían arrancadas a la fuerza, muros destruidos, cornisas y balcones en el suelo, ventanales reventados, escombros por doquier aplastando automóviles y, entre medio, quizá qué cantidad de cuerpos humanos. Había también muchos edificios de departamentos deformados, algunos completamente ladeados, todos amenazando con derrumbarse en cualquier momento. Desalojados, esperaban en silencio la orden para ser demolidos. Y el drama inmobiliario se extendía a muchas otras propiedades que mostraban severos daños o completa destrucción, incluso algunas casas estaban deterioradas por la acción de las llamas.

El casco histórico de la ciudad también estaba muy afectado. Más pavimentos rotos y más calles con daño estructural. El Puente Viejo sobre el río Bío-Bío se había derrumbado, y cuando llegó hasta el centro del moderno barrio cívico, en la costanera, muy cerca del puente Llacolén, una combinación de sorpresa e incredulidad le hizo abrir una enorme boca y quedar sin habla. Apenas podía creer que el espectáculo exhibido ante sus ojos fuera cierto: una moderna estructura de quince pisos y ochenta departamentos que apenas tenía un año de uso, había sido afectada a tal punto que sus pilares cedieron y una parte se hundió. Luego, ante el asombro de los transeúntes y el pánico de quienes se encontraban en el interior, se desplomó hacia un costado, quedando destrozada, tendida cuan larga era, con apenas tres pisos en pie. Lo más grave fue la cantidad indeterminada de moradores atrapados bajo los escombros, muchos de ellos aplastados por vigas y muros. Lamentos y gritos de desesperación daban un toque sobrecogedor extra a la espantosa situación, y le costó creer que apenas recién habían comenzado a llegar los equipos de socorro.

En medio de la angustia, mientras algunos rescatistas recuperaban los primeros cadáveres, otros perforaban la estructura para permitir la entrada de oxígeno. Todo indicaba que a medida que avanzara la remoción de escombros, la cifra de fallecidos aumentaría considerablemente.

Franco recordó a la presidenta de la República cuando en la madrugada del sábado, a poco de ocurrido el terremoto, se había dirigido a la población intentando tranquilizarla. Un comunicado que le pareció insólito y antojadizo.

Evocó sus palabras: "Según los antecedentes recogidos hasta este momento, en la Octava Región la situación estaría dentro de la normalidad...".

Qué absurda le parecía ahora aquella tan poco feliz intervención, mientras el drama se tendía ante sus propios ojos. Escuchaba los lamentos sin intérprete ni intermediario alguno. Consideró que de seguro la región del Bío-Bío apuntaba a ser la más devastada. Se preguntó si podía haber estado tan mal informada, o si era una estrategia para bajar el perfil al desastre y salvar el momento; al fin y al cabo, su tema era la política. No era periodista. Su rostro exhibió una sonrisa con evidentes rasgos de socarronería.

Continuó su recorrido por la ciudad. Aún no salía del estupor cuando enfrentó otro hecho insólito: al acercarse a la plaza, observó que la gente arrancaba en diversas direcciones con los brazos repletos de mercancías. A los daños del terremoto se sumaba el pillaje de ciudadanos que aprovechaban la desgracia ajena para robar de manera desvergonzada. El saqueo a las tiendas era tan grotesco, que añadía una nota de humor negro. Frente a sus ojos cruzó un taxi que llevaba la tapa maleta abierta y en su interior, agarrándose como podía, un tipo sujetaba una cocina que amenazaba con caer estruendosamente. También vio camionetas y triciclos repartidores cargados con mercadería mal habida; sus conductores, en una actitud inconcebible, a rostro descubierto, saludaban agitando las manos como si hicieran una gran travesura. Todos ellos, más que perder la vergüenza, parecían haber extraviado el juicio. Mientras, algunos transeúntes los filmaban con sus celulares y muchas cámaras de televisión los enfocaban, e incluso registraban sus patentes.

Franco también gravó aquellas escenas y sacó varias fotografías para dar credibilidad a su reportaje. Pensó que aquella curiosa evidencia avalaría las licencias que se había tomado para acicalar sus escritos. Además, los videos editados con inteligencia, serían un manjar para los clientes de su jefe.

A primera hora del día siguiente, tomó un autobús hacia la ciudad de Talcahuano. Mientras viajaba, recordó que le habían dicho que el lugar estaba devastado e irreconocible. A medida que avanzaba por sus calles, comprobó que sus informantes no estaban equivocados. El desolador panorama mostraba un contrapunto grotesco entre las magníficas vistas ofrecidas por la naturaleza y los altos niveles de destrucción. La hermosa combinación de río y mar, las fértiles planicies, las vegas y los cuerpos montañosos, daban paso a un panorama dantesco: casi todas las casas derrumbadas, unas en parte y muchas en su totalidad, con cerros de escombros por todos lados: pedazos de muros, vidrios rotos, tejas partidas, palos desencajados... Había industrias devastadas y humaredas grises entre los techos; calles rotas, desniveladas, hundidas; botes y lanchas entre el basural; automóviles sobre embarcaciones destruidas que flotaban en el agua rodeadas de más escombros. El autobús se detuvo y Franco descendió. Observó, a pocos metros de distancia, una grúa flotante y un mercante, ambos varados en la calle, la que a su vez estaba hundida en más de un metro. Caminó hacia los Astilleros de la Armada. La base más importante de la marina chilena, líder en Latinoamérica, estaba en estado calamitoso. Observó gran cantidad de instalaciones pesadas destruidas y se enteró de que su capacidad operativa estaba reducida al mínimo. Concluyó que allí había material de sobra para hacer un reportaje que impresionara a su editor y, por supuesto, a los lectores de la revista. Tomó más fotografías. No pudo evitar que un pensamiento morboso revoloteara al interior de su cabeza: la destrucción que se develaba momento a momento, sin duda conmovedora, resultaba de una conveniencia estrepitosa para sus intereses profesionales.

Cuando el barro, los trozos de madera, las astillas, los cables, las latas, los restos de todo lo que fue arrasado y arrastrado, mezclado, amasado y extendido por doquier, comenzó a ser removido, aparecieron situaciones en las cuales no hubiera creído de no verlas con sus propios ojos. Observó autos desplazados a través de kilómetros, y llamó su atención uno ensartado en un barco, el cual a su vez se apoyaba pesadamente en un edificio. Las protecciones flotantes para contener las aguas y las gigantescas naves nodrizas que albergaban en su interior, eran una prueba innegable del absurdo. El flamante buque Cabo de Hornos, conocido como *Proyecto Medusa*, a punto de ser inaugurado, formaba parte de un cuadro surrealista: yacía inmóvil sobre la arena, totalmente fuera de su hábitat. Para llegar a él, tuvo que pasar caminando por debajo del casco de la motonave Laurel, de veinticinco mil toneladas, que había sido empujada desde el interior del dique hasta quedar con su proa apuntando al cielo.

Como buen periodista de terreno, había reporteado muchos dramas y visto de muy cerca el dolor; sin embargo, tal destrucción causada por la naturaleza, donde las víctimas aparecían como actores indefensos, logró conmoverlo. Y en ese estado, de pronto, su estómago quiso desbordarse por la boca. Ante sus ojos apareció tirado, en medio de la calle, en un charco de sangre cuajada, el cuerpo de un caballo partido en dos. Sorprendido por el impacto, que se sumaba a la idea de cuerpos ocultos y aplastados, pensó que de aquella mórbida realidad podría surgir cualquier cosa.

Pero se repuso con rapidez, convencido de que para cumplir adecuadamente con su trabajo, un periodista nunca debe dejarse conmover más de lo conveniente, y volvió a pensar que todo ese drama facilitaba su trabajo. Continuaba regalándole historias, fotografías y filmaciones repletas de crueldad, que manipuladas por su experticia, de seguro impactarían a sus lectores y a los televidentes de aquellos programas con los cuales su jefe no se cansaba de negociar.

El caos era extremo en toda la zona. El domingo, luego que todos los supermercados de Concepción y sus alrededores fueran saqueados, robadas en algunos incluso las máquinas refrigerantes, las góndolas y las cajas registradoras, el Gobierno impuso toque de queda. A partir de las nueve de la noche, permanecería vigente hasta las doce del día siguiente, y de ahí en adelante, de seis de la tarde hasta el próximo mediodía. Imponentes camiones militares patrullando, hacían evocar aquellos tiempos difíciles que había vivido Chile a principios de la década de los años setenta con el desabastecimiento, las movilizaciones, los paros, luego el golpe militar de 1973, la confusa muerte del derrocado presidente Salvador Allende y una dictadura que se extendió durante dieciséis años. Y por extensión, era un buen recordatorio de la conducta de muchos ciudadanos, los cuales, terminada la dictadura, cuando comenzó a florecer la información sobre los excesos cometidos durante el régimen militar, se tomaban la cabeza a dos manos ante el descubrimiento de tanta maldad, tanto abuso y tanta perversión, desplegados por quienes comandaban las instituciones que, se suponía, debían entregar a la ciudadanía orden, tranquilidad y protección.

A pesar de eso, afectados por la aparición de tantos desalmados, los habitantes de la región les recibieron con alegría, luego de protestar contra el Gobierno y su presidenta por la tardanza en tomar aquella medida que, por drástica que fuera, les parecía imprescindible.

Para Franco, el quehacer que se veía venir en la zona, representaba un enorme desafío: limpiarla, ordenarla, y, más difícil aún, su reconstrucción. De seguro, como sucedía en muchas otras partes del mundo, partiendo por la totalidad de América Latina, comenzarían a saltar a la vista las trabas propias de un estado recargado de burocracia y corrupción. Y para rescatar hechos que permitieran denunciar de manera seria aquellas flagrantes realidades, se necesitaba mucho tiempo, y era justo lo que él no tendría. Pronto llegaría la hora de regresar a Valparaíso y, de ahí, terminada su misión, a su base de operaciones en Norteamérica. Y volver a Chile alguna vez, sobre todo para iniciar una indagación de ese tipo, le parecía impensable.

Ante tal panorama y en consideración a las desventajas de accionar con toque de queda, y que aún mediaban varios días hasta el cambio de mando del 11 de marzo, decidió conocer un poco más del desastre costero y abordó un autobús con destino a la ciudad de Constitución. Gente proveniente de la zona le había comentado que las horas vividas allí eran semejantes a lo que tal vez fuese el mismísimo infierno...

A eso de la una y media de la mañana, mientras el tercer rescatista descendía, en diferentes partes de Chile la gente celebraba. En la plaza de Copiapó, la multitud lo hacía con abrazos y lágrimas, alentada por los bocinazos de los automovilistas. Y en la mina, la ansiedad desbordaba ante la idea de que siendo tantos los rescatados, algunos podrían tardar hasta cuarenta y ocho horas en ver la anhelada luz natural.

Franco retiró los ojos de su *Smartphone* para dirigirlos hacia Fernanda.

—Aún no puedo convencerme de la enorme cobertura que alcanza todo esto. En todas partes los diarios colocan la hazaña en primera plana. Escucha este título: "Dos mineros alzados hasta la libertad en Chile". ¿Sabes de quién es? Nada menos que del *New York Times*, y aparece la fotografía del presidente Piñera con su sonrisa típica, abrazando a Florencio Ávalos. Y la lista sigue con *Los Ángeles Times*, el *Washington Post* y el *Miami Herald*... Está lleno de comentarios de noticieros estadounidenses y europeos, incluidas las cadenas televisivas *CNN*, *Fox News*, *Univisión* y *Telemundo*. Y las felicitaciones provienen de las más variadas partes del mundo. Aquí, por ejemplo, hay un mensaje del ministro alemán de Asuntos Exteriores. Es increíble. Si no lo veo, no lo creo.

En el intertanto, el tercer rescatista arribó para apoyar a sus dos compañeros en el rescate de los mineros que aún permanecían atrapados.

A las dos, sonó de nuevo la sirena para advertir que faltaban pocos metros para que la *Fénix II* asomara otra vez. Los aplausos no demoraron en oírse.

—¿Sabías que es ex militar? —Esta vez era Fernanda quien consultaba su pequeño aparato.

—¿Militar? Aquí se ven las cosas más insólitas: un futbolista profesional, un constructor de barcos, pescadores... ¿y ahora un ex militar?

—Bueno, sus cincuenta y dos años dan para mucho. Es otro que estuvo de cumpleaños allá adentro, ¿recuerdas? El 19 de septiembre.

—¿Me puedes decir cómo lo haces para recordar la fecha exacta?

Fernanda rió.

–Para que veas lo que es tener buena memoria.

–Más que buena, ¿no te parece? Pero si es así, no me queda más que sacarme el sombrero y felicitarte. –Hizo un aparatoso sombrerazo.

Ella volvió a reír. –No, tonto, es fácil. Me acuerdo porque coincidió con las celebraciones del Dieciocho.

–Ah, cierto, es que no tengo presente como tú que esa es época de Fiestas Patrias. En todo caso, igual veo que estás bien despierta... Y, ¿hay algo más?

–Es oriundo de Chillán y en 1978 el ejército lo destinó en el Sur para defender la frontera con Argentina. Tú allá, en Estados Unidos, no debes ni haberte enterado que el conflicto por la soberanía del canal Beagle casi terminó en una guerra.

–No te creas, uno afuera está mucho más informado de lo que parece. Además, no te olvides que soy periodista. Recuerdo que fue la Santa Sede la que finalmente resolvió el asunto, y debe haber sido a comienzos de los ochenta, allá por 1984, si no me equivoco.

–Buena memoria la tuya, también.

–Es que igual que tú, tengo mi cartita bajo la manga: ocupé la información en un reportaje que hicimos con mi jefe para la revista... Pero volvamos al tema, esa experiencia que me cuentas, de seguro le sirvió mucho durante el encierro.

–Por supuesto, fue clave. En los momentos más conflictivos, supo conminar a sus compañeros a organizarse...

Rodeado por la emoción de los presentes, Juan Illanes salió de la cápsula con tranquilidad. Su buen ánimo se sentía en el ambiente.

–¿Cómo estuvo el ascenso? –El rescatista de superficie ya cerraba la puerta.

–Excelente, como en un crucero.

El trabajador abrazó a su esposa, luego al presidente de la República, y continuó con el ministro de Minería y el jefe de rescate. Luego fue invitado a seguir el protocolo de recostarse en la camilla.

El próximo en salir a la superficie sería el boliviano Carlos Mamani. Su presencia entre los atrapados había impuesto al presidente de su país la obligación de viajar hasta el lugar.

Evo Morales abordó su avión en la ciudad de Quito, donde se había reunido con el presidente de Ecuador, Rafael Correa. Hizo escala en La Paz y continuó directo a Chile. La noticia voló hasta el campamento, así como su intención de ayudar al minero accidentado y a su familia para volver cuanto antes a Bolivia e instalarse en condiciones dignas, con casa propia y un buen trabajo asegurado; ofrecimiento que quedó en el aire, pues el trabajador no quiso tomar una decisión de inmediato, ya que con su mujer estaban muy arraigados en Chile.

Fernanda tomó el cuello de su chaquetón con la intención de subirlo, pero ya lo había hecho, de manera que se conformó con dejar salir una exclamación de desaprobación.

−¿Tienes frío?

Ella le ofreció una sonrisa entumecida, mientras asentía con la cabeza.

Franco cruzó el brazo sobre su hombro y ella se volteó. Sus caras quedaron de frente, muy cerca. Sus bocas no resistieron la tentación y se acercaron hasta juntar los labios. Pero fue un beso fugaz. Franco se retiró como si los miles de ojos no estuvieran sobre la cápsula sino encima de ellos y le fueran a cobrar el compromiso que aquella acción implicaba. Fernanda, en cambio, sentía haberse ganado el derecho a través de las vivencias que los había unido en medio de aquella aridez. Se colgó de su brazo como si eso le sirviera para proteger su dignidad y no hizo comentarios. Sabía que para él exhibirse era embarazoso y no quería espantarlo. Debía tener paciencia. Para mantener una relación seria y comprometida necesitaban más tiempo; sin embargo, Franco pronto regresaría a Estados Unidos. Forzó una sonrisa para evitar que su cara marcara un gesto hosco y apoyó la cabeza en su hombro, con la mirada dirigida hacia su barba que mantenía incipiente. Después la puso en la inmensa cantidad de puntos luminosos que flotaban en el cielo.

5

Para los habitantes de la Región del Maule parecía una jugarreta siniestra del destino que todo hubiese ocurrido en vísperas de finalizar la gran fiesta de la semana maulina, pues para su acostumbrada celebración se congregaba gran cantidad de gente.

En cosa de segundos, la potencia del movimiento sísmico convirtió en vestigios la herencia que quedaba de la colonia y la *Belle Époque* de la ciudad de Constitución. Después, antes que la multitud se repusiera, la violencia del tsunami se encargó de completar aquella cruel destrucción: tanto el mar como el río Maule se transformaron en demonios despiadados.

La naturaleza desplegó su incontenible furia, incluso contra el sector comercial y central de la ciudad. La fuerza titánica de las aguas arrastró, a gran velocidad, un arsenal de tablas rotas, vidrios quebrados, fragmentos de planchas, zinc de techos, partes de muros, estucos, ladrillos, adobes, y todo lo que encontraron a su paso. Una masa cuya consistencia contribuyó a romper todavía más las veredas y las calles. Trozos de pavimento que se sumaron a los pedazos de edificios y casas, y a los árboles y postes del alumbrado público arrancados de cuajo.

Decenas de lugareños y afuerinos que intuyeron el desborde del río, huyeron presas del miedo hacia el cerro y, desde ahí, iluminados por la luna, vieron con sus propios ojos cómo se gestaba el desastre.

A eso de las cuatro y cuarto de la mañana observaron, aterrados y atónitos, levantarse una ola de más de diez metros que, a una velocidad sorprendente, arrasó con violencia el borde costero. Descuajó de sus cimientos y se llevó las cabañas de la costanera, el edificio de la Gobernación Marítima y un sinnúmero de casas. Causó severos daños a las que se mantuvieron en pie y a edificaciones de mayor envergadura como la planta de celulosa y el aserradero Mutrún, convirtiendo en ruinas lo que quedaba de la ciudad baja. En el centro del plano, el edificio recién construido de los Tribunales de Garantía se inundó en un par de metros. Varias puertas y ventanas quedaron destruidas, y la corriente arrastró los muebles y enseres del primer piso.

Alfredo Gaete Briseño

A las cinco, otra ola enorme, casi del mismo tamaño que la anterior, entró con violencia en la ciudad, con lo cual los daños aumentaron considerablemente.

A las seis y media, sobre los cerros, en un cielo que se pintaba de ocre, rojo y naranja, y donde el sol comenzaba a mostrar su brillante cara, un manto dorado tiñó las enfurecidas crestas del Maule y se produjo la tercera marejada. Una mole de agua encendida arrasó, sin misericordia, con el Centro Histórico de la ciudad.

El agua se llevó las cabañas emplazadas en la orilla y todo lo que encontró a su paso. Nada resistía ante su fuerza. Avanzó por las calles arrastrando camiones, maderas y más casas. Los destrozos llenaban de espanto. Un zodiac y su carro fueron arrancados del recinto de la armada y quedaron incrustados en una casa, destruidos al igual que la propiedad; un automóvil terminó en la ladera del cerro con las ruedas delanteras mirando al cielo; la torre faro del Rotary Club fue sacada de cuajo; las cabañas que habían estado por más de cincuenta años en la playa Los Gringos, prácticamente desaparecieron; un camión amarillo quedó volteado de costado contra los muros blancos de una casa de dos pisos; la cabaña Blue Moon también fue barrida; el mercado de productos del mar, recién inaugurado, fue socavado a tal punto que se inclinó, quedando inservible; un barco pesquero golpeó de costado contra el edificio del terminal de buses dejándolo inutilizado, y se estrelló contra las máquinas estacionadas, otros vehículos menores y varias lanchas pesqueras. En medio de más escombros, la cáscara completa de una casa de material liviano y un lanchón fueron a parar al estacionamiento de la compañía de buses Pullman del Sur, destruyendo los vehículos de transporte que ahí se encontraban, junto a todo tipo de artefactos flotantes; el trencito pintado de celeste, amarillo y blanco, típico del Maule, fue arrastrado cien metros con dirección a la ciudad de Talca y quedó volcado sobre la vía, rodeado de un sinnúmero de materiales inservibles, en compañía de una camioneta también desplazada hasta allí, golpeada por palos y aplastada por cajas; los enceres de la estación de trenes desaparecieron y los locales ahí instalados sufrieron pérdidas totales; varias lanchas pasaron por encima de las construcciones y terminaron en diversas partes de calles, veredas y patios de casas; una de estas, incluso, fue a parar al terminal de buses en la plaza Señoret. El cuartel de la Policía de Investigaciones, emplazado cerca del borde costero, también fue arrasado; la planta de tratamiento de aguas se anegó y sus productos químicos, bacterias y otros contaminantes fueron esparcidos por todo el sector de la isla Orrego y el frente de Quivolgo, produciendo serios daños a la vegetación; en las calles del centro, varios automóviles quedaron volteados en diferentes sentidos, entre más edificaciones destruidas, fachadas desplomadas, muros derrumbados y casas que arrancadas de sus cimientos, habían navegado por las calles.

La pequeña isla Orrego, situada a no más de doscientos metros mar adentro, albergaba a varias familias que se encontraban acampando a la espera de celebrar la tradicional Noche Veneciana. En total, eran más de doscientas personas que entraron en pánico. Algunas, colgando de las ramas de los árboles, mandaban señales de auxilio con sus celulares encendidos; otras se lanzaron al agua en un intento absurdo de arrancar a nado hacia el continente; un bote fue embarcado con niños, pero las olas, algunas superando los veinte metros, arrasaron sin piedad con ellos. Los desesperados gritos de socorro que llegaban a las alturas se transformaron en dramáticas letanías que se fueron apagando, hasta escucharse solo unas pocas provenientes de quienes aferrados a las copas de algunos árboles de mayor altura resistían y luchaban por salvarse de aquella horrenda odisea.

En la parte baja del continente, quienes lograron sortear los derrumbes de sus viviendas y arrancar a la furia del tsunami, lo hicieron por instinto, pues no hubo alarma alguna que advirtiera, ya que la central de comunicaciones había quedado fuera de servicio. Para mayor dificultad, el violento terremoto deformó el piso del cuartel de bomberos. El portón, trabado, impedía la salida de los carros.

Por otro lado, los miles de personas que huían desordenadamente, tanto a pie como en vehículos, buscando protección en las alturas, producían serias aglomeraciones. Arrancaban sin zapatos, en pijama, en ropa interior, cubriéndose con una toalla, más de alguno completamente desnudo; todos enfriándose a la intemperie. Y como el terremoto había cortado la energía eléctrica, la movilización sucedía bajo un tímido recorte de luna. En la penumbra que contribuía a convertir el miedo en pánico, a su paso observaban el grado de destrucción. Al avanzar, no era raro tropezar con cadáveres aplastados entre el barrial y los muros derrumbados. Incluso, cuando llegó Franco, aún no era extraño encontrarlos. Le sucedió, a él mismo, en plena calle. Por hacer el quite a unos abultados escombros con restos de casas, pedazos de muebles, ropas y diversos enceres, estuvo a punto de pisar el cuerpo inerte de un anciano que cruzado por una pesada viga parecía cortado en dos. Atónito, observó que sus piernas se movían, luego su espalda; la cabeza giró y una rata se deslizó para desaparecer de inmediato a través de la mugre.

De a poco llegaron a los bajos los pocos bomberos disponibles. Los atrapados gemían por ayuda. Los voluntarios, sobrepasados por el caos, apenas podían prestar auxilio a unos pocos. La precariedad de los insuficientes medios era insoportable. A pesar del entrenamiento efectuado por años, no atinaban a poner en práctica procedimiento alguno, ni siquiera el de asignar tareas.

La desorganización era tal que, por ejemplo, armaron una radioemisora en el gimnasio, sin darse cuenta que había otra instalada en el tercer piso del edificio del correo y solo faltaba energía eléctrica para hacerla funcionar. Un recurso tan importante que, mientras todas las emisoras particulares estaban sin transmisión, esta, la radio Constitución, se transformó en el único medio de comunicación con la población.

La organización municipal, por su parte, era vergonzosa. Recién a las diez de la mañana se contactaron algunos funcionarios con el Alcalde. El resto no apareció en su trabajo sino hasta el martes o miércoles, a pesar de la acumulación de cuerpos sin vida, los cuales comenzaron a ser trasladados hasta una morgue de emergencia por civiles de buena voluntad, algunos de ellos trabajadores de las comunicaciones que habían llegado para cubrir los dramáticos hechos.

Franco prefirió reportear. "Es para lo que estoy aquí, para lo que me pagan". Tal pensamiento le permitía espantar la posibilidad de sentir remordimientos. Observó a muchos de sus colegas ensuciarse las ropas y las manos, y su cerebro continuaba generando ideas: "Que ellos abandonen sus obligaciones no es asunto mío, deberían haber estudiado enfermería o ser asistentes sociales. Ser periodista es un deber y hay que tener coraje, como un soldado en la guerra".

Fotografió la llegada del Alcalde con su chofer y luego la del jefe de Gabinete; también el despliegue de carabineros, el arribo de más bomberos y a miembros de la Policía de Investigaciones. Además inmortalizó a vecinos que soportaban con ahínco los primeros días de la emergencia.

Por las tardes, entrado el ocaso, se retraía en su pieza. Allí vertía en el computador todo lo observado durante el día, y escogía las fotografías y filmaciones más impresionantes. También utilizaba las historias que le contaba su "anfitrión", un hombre de avanzada edad que había jubilado como profesor normalista luego de enseñar "toda una vida" –como decía orgulloso–, en varios establecimientos educacionales de la región. Por algunos pesos adicionales al arriendo de la habitación, que aunque modesta ofrecía una hermosa primera vista al mar, la hija, que desde la muerte de su madre regentaba el lugar, lo incluía en su mesa a las horas de comida, y por otros pocos, el anciano agregaba a las largas conversaciones una botella de vino o unas cervezas. Entusiasmado con esta nueva actividad, le conversaba sobre los sucesos posteriores al desastre. Le contó, por ejemplo, que la misma mañana del sábado, una "manga de pinganillas", aprovechándose de la desgracia ajena, había saqueado con violencia el supermercado.

–La mercadería, desparramada fuera de los estantes, era pisoteada por estos delincuentes, quienes deben haber estado drogados, porque mientras robaban, rompían todo lo que no se iban a llevar y descerrajaban los equipos e instalaciones del local...

Franco recordó la barbarie observada en Concepción, la que le había aportado un material extraordinario para enviar a su editor; sin embargo, eran situaciones tan similares con la de ahora, que le resultaba difícil utilizarla para armar nuevas notas que resultaran originales. Una vez más tendría que echar mano a su imaginación. Pensó en la posibilidad de fantasear con una entrevista al viejo e incluir un paralelo entre lo sucedido en ambos lugares, resaltando la maldad de los vecinos. Tendría que inventar algunas anécdotas "sabrosas", para lo cual podría echar mano a los macabros hallazgos de cuerpos. Guardaba las fotografías y filmaciones que había hecho, entre las que destacaban el caballo partido en dos y el anciano bajo la viga. A la rata asquerosa que había provocado su aparente movilidad, sabría sacarle buen partido.

–Robaron, también, en otros dos supermercados y en varios negocios chicos. Y desvalijaron un montón de vehículos que quedaron inservibles. Se robaban todo lo que podían y la destrucción era deprimente, porque como le he dicho, estaban completamente enloquecidos. Y lo más increíble era que todo esto ocurría en las calles, a vista y paciencia de los carabineros.

–Al parecer estaban sobrepasados.

–O sea, claro que lo estaban. Pero es increíble. Se supone que es gente con preparación, si hasta estudian en una escuela especial. Por muy desconocida que les resultara esa realidad, es inaudito que no supieran cómo manejarse. Incapaces de tomar algún tipo de iniciativa, permitían la impunidad de los robos y el desvalijamiento, salvándose solo lo que los mismos dueños protegían, lo que hacían arriesgando la vida. –Escanció un poco de vino en ambas copas y bebió de la suya hasta vaciarla.

–Pero déjeme seguir contándole… ¿En qué estábamos?

–Me estaba contando sobre lo confundidos que estaban los carabineros, y que algunos vecinos habían tenido que defenderse con sus propias manos para que no los desvalijaran.

–Ah, sí. Porque fíjese que las autoridades, o sea los mandamases, brillaban por su ausencia. Y no aparecieron hasta que empezaron a llegar algunos periodistas de medios importantes, y la televisión por supuesto… Porque usted sabe, pues, ahí todos corren. Mientras haya cámaras filmando…. Pero bueno, durante los días siguientes, la gente, víctima de rumores y falsas alarmas de tsunami, pasaba más tiempo en los cerros que en el plano. –Hizo una pausa para tomar aliento–. Por otra parte, la comida escaseaba y el hambre no respetaba a nadie. Llegó un helicóptero del ejército con alimentos, y como usted imaginará, los militares tuvieron que poner mano dura, porque mientras la mayoría de los damnificados esperaba en los albergues, no faltaron los sinvergüenzas que llegaron hasta donde habían guardado las cosas, amenazando y exigiendo que los atendieran de inmediato. Los uniformados, por su parte, se vieron obligados a trasladar el cargamento a un colegio y repartirlo bajo estrictas normas de seguridad.

–Imagino que la destrucción que quedó, a simple vista era horrenda.

–Bueno, los resultados de las primeras evaluaciones fueron lapidarios. Figúrese que se hablaba de mil quinientos hogares en el suelo y una cantidad impresionante de víctimas ahogadas o aplastadas bajo los escombros. Para ayudar a buscar a los desaparecidos en el río, llegó un grupo de buzos tácticos del ejército, y la tranquilidad de sus aguas llegaba a dar rabia. Había un contraste irónico en comparación al caudal que pocos días antes corría sin freno, las agresivas olas que se levantaban amenazantes y devastadoras, y la fuerte resaca que se llevaba todo lo que había arrancado el agua al extenderse. –Llenó sus pulmones con aire y espiró con violencia–. El primer cuerpo que encontraron fue el de un pobre muchacho flotando a la deriva. Y en el intertanto, las réplicas no cesaban, y las calles estaban atestadas de gente que había armado improvisados ranchos donde dormir, con carpas y lo que buenamente encontraban a su paso.

Rellenó las copas, bebió la mitad de la suya y sus pupilas acompañaron a su memoria para buscar un nuevo escenario.

–En el cementerio de Licantén, fíjese, los muros conformados por cientos de nichos cuyas lápidas daban al interior, se desmoronaron. Y como todos estaban ocupados, muchos ataúdes se estrellaron con violencia contra el tierral de la calle, y la dignidad de cientos de cadáveres quedó desparramada.

Ante estos nuevos antecedentes, Franco retomó su posición de escucha atento.

–Esta es otra muestra contundente, joven, de que cuando la naturaleza se ensaña ni siquiera tiene respeto por quienes intentan su descanso eterno. Menos mal que las autoridades actuaron con rapidez para poner orden en la calle.

–En el interior la destrucción debe haber sido todavía mayor, ¿no?

–O sea, déjeme decirle que el espectáculo era dantesco. Fíjese que en el sector del pórtico, los perros jugueteaban con los cadáveres, especialmente con los cráneos... ¡Con los cráneos, joven!, ¿se da cuenta? El drama era tan grande, que para ordenar los cuerpos diseminados tuvieron que recurrir a la ayuda de voluntarios que estudiaban medicina... –El viejo sonrió con aires de malicia–. Las primeras en llegar fueron unas señoritas muy bonitas, con pantaloncitos ajustaditos y falditas cortísimas. Como las usan ahora, pues, sin respeto por nada ni por nadie. En mi época se hubieran ganado unos buenos golpes en las nalgas. Pero bueno, qué va, así es la cosa en estos tiempos que corren con la locura de carros locos. Sucedió que apenas dieron unos pocos pasos por el interior, salieron arrancando. –Su sonrisa aumentó de tamaño–. Como si se hubieran encontrado con el mismísimo demonio. Así, durante los días siguientes desfilaron muchos jóvenes. Y fíjese que se necesitaron cuatro intentos. Por fin llegaron algunos estudiantes de cursos superiores, y recién entonces pudieron comenzar a poner un poco de orden. Y mientras ellos lidiaban con esos cadáveres, en las orillas el mar devolvía los cuerpos que se había tragado, o sea algunos, porque tampoco aparecieron todos... Y en los alrededores también había una inmensidad de ahogados, y cuerpos enlodados, y atrapados entre los escombros, y sepultados... Y en las calles, en medio de la destrucción, los improvisados rescatistas fueron ocupando cientos de ataúdes con los cuerpos de aquellas inocentes víctimas. Pero como no alcanzaban, porque los cadáveres eran tantos que se amontonaban, a la mayoría los cubrían no más, y los trasladaban en camilla hasta el gimnasio municipal, que hacía de morgue. Allí, a la entrada, se instaló una lista oficial de fallecidos. En el interior, muchos familiares y amigos intentaban reconocerlos, compartiendo el espanto, el dolor y el llanto.

–Imagino cómo habrá sido el ambiente en esos momentos.

–No sé si sea capaz de imaginarlo, joven. Mire, siga grabando nomás. A medida que pasaron los días, continuó la aparición de cadáveres. Eran tantísimos, que la improvisada morgue se hizo estrecha y la mala ventilación, más allá de los malos olores, se transformó en una amenaza para la salud de los vivos, principalmente de los encargados, pues sus mascarillas dejaron de protegerlos. Por fin llegaron algunos camiones frigoríficos que permitieron poner término a la emergencia sanitaria. Pero no crea que la cuestión se hizo fácil, porque el drama en las calles continuaba, y continúa, y de hecho, usted lo ha podido ver con sus propios ojos... –Las palabras del anciano parecieron alejarse y las imágenes cobraron vida en la mente de Franco. Recordó que la búsqueda entre los escombros era tan conmovedora, que se vio obligado a abandonar su vehemencia por reportear. De pronto, se encontró ayudando, convertido en uno más que escarbaba entre la mugre.

En medio de aquella desgracia, tropezó con dos bomberos. Embutidos en sus trajes negros con las cabezas ocultas en sus cascos y los rostros cubiertos por protectores, luchaban para llegar al silencio de los aplastados. Mientras les ayudaba a retirar palos, tejas, trozos de hormigón, y un sinfín de material pesado, supo que eran muy jóvenes, y no demoró en enterarse del drama de uno de ellos: su madre y su hermana habían desaparecido cubiertas por una montaña de escombros; y él, en lugar de tumbarse a lloriquear, estaba ahí, ayudando a otros con una generosidad sobrecogedora.

Daniel, el otro joven bombero, le contó que estaba tan impresionado ante aquel testimonio, que no regresaría a Santiago para retomar sus estudios. Le pareció que su deber estaba allí. Quedarse a ayudar era lo que un hombre recto debía hacer.

Franco tuvo la tentación de filmar sus movimientos y entrevistarlos, pero impactado por aquel altruismo que consideró exento de mediocridad, descartó la idea...

Alfredo Gaete Briseño

La sirena sonó nuevamente. Por fin estaba a punto de llegar la cápsula con el operador de maquinaria pesada, Carlos Mamani.

Franco repasó en su *Smartphone*, la inmensa cantidad de saludos dirigidos a los 33.

–Esto es cada vez más increíble.

Fernanda desvió la mirada hacia él.

–Mira, si hasta el dueño del imperio Playboy aplaude el rescate y lo cataloga de milagroso. ¿Me puedes decir qué hace este gringo enviando un mensaje como este?

–Y escucha esto: –Fernanda, entusiasmada con la copucha, había entrado a Internet en el suyo–. Todas las cadenas de televisión estadounidenses continúan transmitiendo en vivo el operativo… Mira, en su portada electrónica, el *Huffington Post* señala con grandes letras rojas: ¡Viva Chile!

La *Fénix II*, luego de haber descendido por primera vez sin otro rescatista abordo, hizo su aparición con el minero altiplánico de 23 años. El presidente de la República y el jefe de los encargados del salvataje, lo esperaban junto a sus familiares, quienes agitaban con energía muchas banderas bolivianas.

Apenas abandonó la cápsula, el trabajador dio un prolongado abrazo a su mujer y a su hijo. Ella, al borde del llanto, lo observó arrodillarse e indicar al cielo con su dedo índice, como si celebrara un gol sobre una cancha de fútbol. Luego volvió a saludar con el brazo en alto a la gran cantidad de gente que lo vitoreaba y se tendió en la camilla.

Franco perdió el interés en las noticias procedentes de los *Smartphone* y puso la mirada en el cielo que oscureciendo avanzaba hasta el horizonte marrón. Su mente había cambiado completamente de escenario para situarse algunos meses atrás, en el regreso a la ciudad de Valparaíso, desde la zona más afectada por el sacudón protagonizado por la furia de la naturaleza.

6

Franco debió regresar a Valparaíso, a pesar de los intensos deseos de permanecer en la zona devastada. Allí había recogido un contundente e impresionante material que le permitió destacar no solo ante su editor y los lectores de la revista, algunos diarios y programas de televisión, sino también entre los miembros de la plana que conformaba la Dirección de la Empresa, quienes saborearon con placer los beneficios de cada despacho y reconocieron abiertamente sus habilidades periodísticas.

Su jefe, junto con traspasarle las felicitaciones, no perdió la ocasión para advertirle con cierta sorna, de esa que gustaba tanto, que si bien sus logros habían calado profundo en toda esa gente, considerara que también habían producido un aumento significativo en las expectativas sobre su persona.

El cambio de escenario entre el lugar que había dejado atrás y la ciudad a donde llegaba, fue drástico. Luego de vivir en medio del drama de una realidad marcada por la traumática desaparición de tantas personas, los llantos de amargura ahogados ante la falta de respuestas congruentes, las angustiosas búsquedas marcadas por la esperanza, la desesperanza y el miedo al dolor, el azote del hambre y la sed, las pérdidas de hogares y enceres, el aniquilamiento de la dignidad de tanta gente... Después de compartir todo aquello en primera línea, en medio de la incertidumbre escupida por la ruina en un escenario con fuertes olores a tierra enmohecida, a humedad salina, a cadáveres putrefactos y a pescado, que se entremezclaban hiriendo las fosas nasales, no le resultaba fácil abandonar aquel mundo esencialmente humano, en el cual la sensibilidad se multiplicaba y se disparaba, para aterrizar en ese otro tan diferente, el de la política contingente, el de la corrupción y las apreciaciones mañosas, el de las intenciones torcidas, el de las acusaciones malintencionadas, el de las vaguedades estratégicas; todas ellas impregnadas por infinidad de juicios de valor y puntos de vista raídos.

La centroderecha había vencido en las últimas elecciones presidenciales, y los preparativos que venían organizando para celebrar su arribo a La Moneda, por primera vez luego de cincuenta años, se convirtieron en los más austeros de las últimas décadas. Incluso los almuerzos protocolares fueron reemplazados por sencillas reuniones de trabajo.

Los partidos vencidos y la mandataria saliente, por su parte, cancelaron la tradicional comida de despedida ofrecida a las visitas internacionales, y se limitaron a un sencillo saludo a las delegaciones extranjeras.

El presidente electo y su familia alojaron en el Palacio de Cerro Castillo para salir por la mañana con dirección al Congreso Nacional. El nuevo esquema para el cambio de mando solo conservaba la ceremonia de entrega de la banda presidencial en el Salón de Honor y regresar a Cerro Castillo para la fotografía oficial del nuevo presidente con sus ministros.

Mientras esperaban el inicio de la ceremonia, casi veinte minutos antes del mediodía, en las zonas centro y sur se produjo otro fuerte sismo, lo que generó en Valparaíso un temblor que causó gran conmoción entre los asistentes, incluso pánico en algunos casos. Durante la corta ceremonia, varios remezones y los consiguientes crujidos aumentaron la tensión. Los atemorizados rostros de las autoridades extranjeras expresaban su impotencia, desconcierto y preocupación.

Franco, aunque no escapaba a la animosidad reinante, aprovechó la oportunidad. Su cámara atesoraba las demostraciones de vulnerabilidad, contrapuestas con la acostumbrada soberbia. Desplazándose de un lugar a otro, saboreaba con traviesa malicia el guiso que más tarde su imaginación armaría para cumplir con su próximo reportaje.

Poco antes del traspaso de banda, una seguidilla de tres fuertes temblores indujo a varios asistentes a ponerse de pie, tentados de contravenir el protocolo y arrancar. Desde ese momento compartieron su atención entre la ceremonia, el techo y el bamboleo de las elegantes lámparas.

Terminado el acto, el mandatario ofreció un rápido almuerzo de trabajo para solo treinta invitados, entre los que se contaban los presidentes de Bolivia, Perú, Argentina, Ecuador, Colombia, Costa Rica, Uruguay y Panamá. Apenas terminaron de comer, se excusó para partir en un viaje relámpago a Constitución, acompañado de algunos ministros.

En la tarde regresó a Santiago y a la altura de la Municipalidad de Estación Central abordó un lujoso automóvil descapotable. Era el reluciente Ford Galaxy negro fabricado en 1966 y supuestamente regalado por la Reina Isabel II del Reino Unido al Gobierno de Chile en 1968, entonces representado por el ex mandatario Eduardo Frei Montalva, y que posteriormente fuera usado por el presidente Salvador Allende Gossens. La comitiva avanzó hasta La Moneda, y allí, desde un balcón, el presidente se dirigió a la ciudadanía. Posteriormente, continuando con el austero protocolo, no hubo recepción ni festejos públicos.

A Franco le pareció poco creíble la procedencia de aquel vehículo: ¿por qué la reina de Inglaterra tendría el mal gusto de regalar un auto usado y de marca norteamericana? Sin embargo, a nadie le importaba que los medios hubieran cometido aquel siniestro error. Eso corroboraba su creencia de que a la gente solo le importa el calibre de la noticia y no cuánto de verdad contiene. Sonrió con picardía.

Al día siguiente, como las imágenes de la tragedia del terremoto continuaban en las portadas, el jefe de Franco no dudó en indicarle que se quedara más tiempo en Chile y se aplicara a exprimir todo el jugo que aquella estadía pudiera dar. Era una oportunidad única para mostrar la devastación, relatar de primera fuente los avances de la limpieza y la reconstrucción, y agregar todo lo que se le ocurriera para conmover a sus lectores.

Así, formalmente encomendado, canceló su boleto aéreo con destino a Nueva York. Encantado con aquella oportunidad para trasladarse a recorrer la zona más afectada, no demoró en preparar la maleta. Recordó la miseria que había visto en Concepción, Talcahuano y Constitución. No tendría mucho que inventar para impactar a sus lectores: era una de esas ocasiones en que los hechos superan con creces la ficción...

La *Fénix II* había vuelto a bajar al refugio para dar inicio al rescate de Jimmy Sánchez, quien con diecinueve años era el más joven de los 33.

Franco y Fernanda abandonaron el lugar que les permitía apreciar con amplia perspectiva las monótonas maniobras de rescate, para husmear entre las carpas del campamento. A poco andar se tropezaron con Mario Sepúlveda, quien rodeado por los suyos, era entrevistado por el conductor de una cadena televisiva.

–... No creo que tengan que tratarnos como artistas. Yo quiero seguir trabajando como una persona común y corriente...

Siguieron caminando.

–¿Te fijaste? –El rostro del periodista tenía una graciosa expresión.

–¿...?

–Veo que no te fijaste. Me estoy refiriendo a Mario Sepúlveda.

–Sí sé, Franco, pero ¿qué pasa con él?

–Bueno, insiste en que no lo traten como artista. Sigo pensando que se siente extraordinariamente mediocre, y por lo mismo esta centella de éxito lo tiene mareado.

–Puede ser, seguro que lo deslumbra el éxito.

–La posibilidad de éxito, querrás decir, porque acuérdate de mí, no va a demorar mucho en hacer un aterrizaje forzoso, igual que los demás.

Fernanda mantuvo la mirada en él, pero no hizo más comentarios. Continuaron su recorrido.

La cápsula apareció, esta vez con Jimmy Sánchez abordo.

Fernanda se arrimó a Franco en actitud cómplice, tomándose de su brazo.

–Van a detener un rato el rescate, porque a la Fénix le tienen que cambiar las ruedas. Es que el roce con la roca las hace tira. Quizá debiéramos hacer un aro y dormir un rato, ¿no te parece? Mira, van a ser las cuatro veinte. Estoy reventada. ¿Vienes?

Franco asintió con un parsimonioso movimiento de cabeza.

Ya en la carpa, él observó cómo Fernanda cerraba los ojos y, sin mediar preámbulo, perdía la conciencia.

Para Franco, en cambio, fue imposible conciliar de inmediato el sueño. Mientras observaba con detención las curvaturas que el cuerpo de ella dibujaba desde el interior de su bolsa de dormir, evocó los primeros pasos de esa relación que había cristalizado en aquel lugar, haciendo más soportable la monotonía de su aridez.

A media mañana del día anterior a la ceremonia en que sería investido el nuevo presidente de la República, Franco se encontró en el Congreso Nacional con Fernanda. Ella también reporteaba los entretelones del cambio de mando, desempeñándose como corresponsal para un periódico de la capital. Además de atractiva, simpática y entretenida, le pareció conveniente para su desempeño profesional, así que la invitó a tomar un café.

–Lo siento, pero debo entregar unas notas cuanto antes, así que tendrá que ser en otra ocasión. Y no creas que no me guste la idea, pero sabes mejor que yo que en lo nuestro, cuando el deber llama, no hay lugar para relajarnos.

–¡Uf, qué lástima! Y mañana será un día bastante ajetreado para ambos.

–Verdad que lo siento, pero tal vez en otro momento.

–¿Y en la tarde, a última hora, como para cenar juntos?

–Veo que eres de los que no se dan por vencidos muy fácil.

–Es que... como que en Constitución quedamos con una conversación pendiente, ¿recuerdas?

Fernanda trabajaba para la ONG Recuperemos Chile, organización no gubernamental que apoyaba la inserción laboral de jóvenes de bajos recursos, principalmente provenientes de lugares postergados; por ello, no era extraño verla en áreas rurales, costeras o mineras. A pesar del poco tiempo que tuvieron para conversar, la realidad que se vivía allí les permitió entablar un diálogo bastante más profundo de lo que, probablemente, hubieran establecido en otras circunstancias. Una charla que interrumpida por el devenir en el lugar, dejó a ambos con hambre.

–¿Cómo no voy a acordarme?

–¿Entonces?

–Sí, creo que sí, podría ser. Es una buena idea. Sí, ¿por qué no? De acuerdo.

–¡Perfecto! Yo invito, pero como tú conoces Valparaíso como la palma de tu mano, será mejor que escojas el lugar.

–Está bien, me parece que es un negocio justo. –Ambos agrandaron la sonrisa que desde el comienzo tenían marcada en sus rostros–. Creo que el restorán del Café Turri puede ser una buena opción… aunque debes conocerlo.

–Sí, por supuesto, está muy cerca de mi hotel.

–Mejor todavía, entonces puedo pasar yo a buscarte. Y así no me comprometo a una hora tan exacta, porque no sé bien a qué hora me voy a desocupar. Podemos quedar entre… ¿ocho y ocho y media? ¿Te parece bien?

–Me parece perfecto, así me das tiempo para relajarme un rato con una buena ducha de agua bien caliente.

–¿Me estás provocando?

–No, por favor. –Su sonrisa marcaba un intenso sí en su rostro.

–Eres malo, ¿verdad? Mejor, entonces, que sea más tiradito para las nueve, así yo también alcanzo a arreglarme un poco.

–OK, está bien. Entonces te esperaré en el bar del hotel a las nueve, ¿te parece?

–Ya, y ahora te dejo, porque si no, no llegaré a ninguna parte.

Con todo el trajín que significaban los preparativos para la ceremonia del día siguiente, el resto de la jornada pasó muy rápido para ambos. A eso de las ocho, cada uno en su baño, tuvieron tiempo para entusiasmarse con la velada que les esperaba.

Fernanda se observó en el espejo con detención. La piel oscurecida por la prolongada exposición al sol acentuaba los finos rasgos de su cara, especialmente la recta y angosta nariz. El pelo, cuyo color marrón se veía muy oscuro por la humedad, caía cubriéndole las orejas, el estilizado cuello, parte de los hombros y la espalda. Su escote y sus brazos también estaban muy tostados, al igual que sus manos. Con estas recorrió las costillas, la angosta cintura y las caderas bien perfiladas, cuya palidez contrastaba. Sintió alivio al percibir que a pesar de haber disminuido considerablemente las horas de gimnasio durante las últimas semanas, no tenía que lamentar agresiones corporales como estrías o celulitis, incluso no había exceso de grasa. Cogió con delicadeza los pronunciados glúteos y sonrió satisfecha. Hizo lo mismo con sus pechos, abultados aunque no exageradamente, y presionó con suavidad. Los largos y finos dedos con las uñas cuidadosamente nacaradas, les ciñeron con prestancia. Sonrió al sentirlos exquisitamente apretados. Manteniendo la sonrisa, asintió con la cabeza.

Franco, por su parte, no tenía conflictos con su cuerpo y no era particularmente pretencioso. Fuera por contextura, porque durante el día comía poco, porque no paraba de moverse, porque cuando podía hacía ejercicio, o más bien por la combinación de todo aquello, se mantenía fibroso y atlético. Enfrentó el espejo solo para peinarse. Después se vistió y abandonó la habitación.

Fernanda estacionó su automóvil en una calle ciega al llegar al Paseo Gervasoni y caminó por este hacia el hotel. Cuando entró a los comedores, pudo ver a Franco sentado al bar, con un *pisco sour* en la mano.

Él la observó acercarse. Le gustó la cadencia en su andar, y sus bien formadas piernas cuyos atractivos muslos destacaban cubiertos por sus ceñidos jeans azules desteñidos, de adrede, precisamente en esa zona.

—Veo que ya empezaste.

—Sí, por supuesto, y de inmediato traerán otro para ti. Bebemos estos y nos vamos, ¿te parece?

—Sí, fantástico. —Se sentó en un taburete junto a él y apoyó los zapatos de piel marrón en el aro inferior. Sus pies, más bien pequeños, contribuían a dar a sus piernas una apariencia delicada. Exhibía una amplia sonrisa. Al costado, tras un amplio ventanal, la espesa bruma nocturna se tragaba las luces del puerto.

Al rato caminaron por el Paseo Gervasoni hacia el Turri, con calma, flanqueados a su derecha por casonas del siglo XIX y a la izquierda por las quebradas que a través de una innumerable cantidad de techos conducían al plano.

Fernanda indicó hacia la casa de *Lukas*, el fallecido dibujante y caricaturista Renzo Pecchenino.

–Esta, es un museo que conviene conocer.

–Sí, ya la visité, aunque me decepcionó un poco que no fuera su verdadera casa.

–Sí, es cierto, pero por otro lado fue bueno que se le rindiera el homenaje.

–Bueno, sin duda que peor es nada.

El aire húmedo estaba impregnado de un suave olor salino y a lo lejos se escuchaba el sonido gutural de las gaviotas.

Luego de girar y adentrarse unos metros por el cerro, Fernanda se detuvo en la puerta.

–¡Llegamos!

Franco la tomó del brazo para ayudarla a subir la escalerilla.

–De lo bueno poco.

Ella le dirigió una mirada impregnada de curiosidad.

–Me refiero a lo corto del paseo… La noche está deliciosa.

–Vaya, un sentimentalista. ¿Quieres caminar otro poco'?

–No, no, así está bien, gracias.

En el comedor del piso inferior, sentados a la mesa que Fernanda había reservado, vieron que la bruma se disipaba. Hacia el plano, las siluetas de algunos edificios del centro se perfilaban entre las sombras. Más allá, aparecían tenues las luces de los barcos situados en las cercanías del puerto.

–Está despejando, así que tendremos una bonita noche. –Los ojos de Fernanda brillaban.

Franco insinuó una sonrisa que sin querer convirtió en una nostálgica mueca.

–¿Qué pasa…? Bueno, echarás de menos tu ciudad, tu casa… A mí me sucede cuando salgo de la mía por varios días.

–No, la verdad es que estoy acostumbrado a viajar mucho, y solo… Aunque sí, hay algo que echo de menos… Mi trompeta.

–¿Tocas la trompeta? No lo puedo creer. ¡Pero por favor, si eres una verdadera caja de sorpresas! Supongo que algún día podré escucharte, sería fantástico.

–Suelo tocar jazz en la banda de unos amigos. Bueno, cuando estoy quieto, por supuesto; vagando por el mundo, comprenderás, no tengo mucho tiempo. De hecho, después de esta vueltecita por Sudamérica, tendré que ensayar un buen poco.

–¿Y por qué no la andas trayendo?

–No, recuerda que soy periodista, no músico. Es un hobby, nada más. Y la banda me recibe porque son muy buenos amigos, y después de unos cuantos tragos.

–¡Ah, lo encuentro fantástico! Yo tocaba la guitarra, en el colegio y en la "U".

–¿Y ya no?

–No, ya no. Con tanta cosa la fui abandonando, y ahora apenas toco el timbre. A veces me da pena haberla dejado.

–Bueno, nunca es tarde para retomar lo que a uno de verdad le gusta.

–Sí, es cierto. Tal vez algún día… Quizá cuando sea vieja. –Sonreían. Brindaron con las copas en que recién el garzón había vertido un frío Chardonnay.

En la barra del bar, aún en el hotel, Franco le había contado la última conversación con su editor y la posibilidad de que lo dejara más tiempo en Chile, por lo cual, si después del cambio de mando lograba terminar de entusiasmarlo, regresaría a Constitución. A Fernanda le atraía la idea de volver a verlo, y si él cambiaba ese destino por algún pueblo del borde costero, algo más al norte, Iloca en particular, se facilitaría la posibilidad. Por ello, en el Turri inquirió:

–¿Y por qué Constitución?

Fernanda guardaba buenos recuerdos de los pocos momentos que habían compartido en el sur, y ahí, de cuerpo presente, le parecía incluso más atractivo. Y como ella tenía intenciones de regresar pronto a aquel devastado balneario… Pensó que si no hubiera sido tan demandante cada jornada, tal vez se habrían conocido más… Sonrió con picardía y los pómulos, al hincharse y subir, permitieron que sus oscuros ojos se achinaran, ofreciendo una atractiva expresión. Le gustaba la facha atlética de Franco, también su inquieta manera de ser y la asertividad con que se paraba frente a la vida; y, por supuesto, sus finas facciones que tostadas producían una llamativa armonía con el pelo negro. Su amplia boca de labios finos bajo la nariz angosta y respingada, sugería una sonrisa que se hacía acompañar por unos hoyuelos en sus mejillas, dándole cierto aire infantil. En sus grandes ojos destacaba una mirada profunda, cuyo color verde, que se acentuaba con el sol, desteñía por las noches hasta rayar en el gris. En su mente se posó la posibilidad de un romance. Pero de inmediato recordó que él pronto regresaría a Estados Unidos. Se preguntó por qué siempre se buscaba lo más difícil. Evocó a su ex pareja, un muchacho perteneciente a un grupo anarquista que llevaba años intentando estudiar diferentes carreras, tan disímiles una de otra, como eran construcción civil, ingeniería en alimentos y servicio social. Ninguno de los dos tenía el menor interés en formar una familia, pero ella no había tenido el cuidado de tomar las precauciones que toda mujer fértil debe considerar cuando la energía de una relación conduce a experimentar en las ligas mayores.

Franco la había observado con atención antes de construir su respuesta.

—¿Por qué Constitución? Me vine de ahí porque debía cubrir el cambio de mando, que fue a lo que me mandaron, y creo que allá es donde están las noticias más sabrosas. Sin duda es el lugar donde ahora debiera estar. Creo que hay mucho por hacer. Esto de aquí, lo de mañana me refiero, no es más que un trámite.

—Sí, a mí me pasa algo parecido. Estoy aquí por una cuestión de lucas… —Observó la cara de Franco iluminada por el reflejo de la vela y sonrió—. Disculpa, así le decimos aquí a la plata.

—Sí, las lucas... De veras que estás aquí reporteando para un diario grande de Santiago.

—Sí, como te he contado, trabajo haciendo pololos en varias partes… Disculpa otra vez, me refiero a trabajos esporádicos. Aunque igual que el otro, es un dicho bastante más antiguo que nosotros, así que cuando vivías en Chile debes haberlo escuchado muchas veces.

—¡Puf!, pero recuerda que me fui hace casi dieciséis años, y tampoco era tan viejo, apenas tenía catorce, así que no tengo por qué acordarme. Claro que no te preocupes, de a poco me voy acostumbrando. Aprendo rápido, así que no hay problema.

Callaron durante algunos segundos, rieron, y se produjo un nuevo silencio. La mente de Fernanda se distrajo, lo que acusó su rostro.

Él dirigió su mirada al ventanal y de inmediato la devolvió hacia ella.

—¿A dónde te fuiste? ¿Dónde andas?

—No, no me he ido a ninguna parte... Aunque en realidad, sí... Es que estaba pensando en una amiga. Tengo una amiga que está ayudando en Iloca.

—¿Iloca? —Franco arrugó la frente, inclinó un poco la cabeza y desvió los ojos. Buscaba en la memoria si aquel lugar habitaba en alguna parte de esta, porque le resultaba familiar—. Ah, sí, eso está un poco al norte de Constitución, ¿no? Ha tenido bastante cobertura noticiosa.

—Sí, precisamente. Por el camino interior no están lejos. Allí hay un voluntario que recorre todos los días la zona... Ah, pero si tú lo conociste. Debes recordarlo, es ese bombero, el que acompañaba al otro, al que se le murieron la mamá y la hermana, ¿te acuerdas? Se llama Daniel.

—¡Pero claro que me acuerdo! ¿Cómo podría no recordar a un tipo así? Me acuerdo perfectamente, igual que de su compañero.

—Sí, el pobre chico...

—Ese mismo. Ambos embutidos en sus trajes negros tratando de llegar hasta todas esas pobres personas aplastadas por tanto escombro... Recuerdo haber pensado que si antes de irme, conseguía volver, alguien como él sería de gran utilidad para ayudarme a investigar. Un gran faro.

—¡Un faro! Qué poético. Me gusta cuando hablas así.

—¿Te gusta la poesía?

Fernanda pensó que más que la poesía, le gustaba su manera de hablar: sus gestos, su acento agringado, el contenido de sus conversaciones, esa curiosa combinación entre periodismo, filo-

Alfredo Gaete Briseño

sofía y poesía; una combinación mágica que le salía natural, refrescante.

—Me gusta, sí, aunque me cuesta entenderla, y por eso mismo no acostumbro a leerla.

—Es como la música clásica, hay que escucharla con atención y entenderla en su contexto.

—¿En el de su historia?

—Claro, en la que rodeaba al autor cuando la escribió y en lo que estaba viviendo. Y esto se hace más necesario cuando nos situamos después del Romanticismo, me refiero al surgimiento de la música atonal. Si no, no hay forma de entenderla y entusiasmarse. Sucede, por ejemplo, con la música en la Rusia de Stalin. Muchos compositores que se habían ido no pudieron o simplemente no quisieron regresar. Fue el caso de Stravinsky. Imagínate si después de vivir en París o New York, iba a estar dispuesto a volver. Entonces, para escucharlo y entenderlo, sin duda ayuda saber lo que era hacer música en esos tiempos, leer por ejemplo sobre la loca censura rusa en que tras un estreno el Comité de Censura podía denunciar tu obra como enemiga de clase y prohibirla, o simplemente sindicarte como enemigo del régimen, lo que podía conllevar castigos como el encarcelamiento, incluso ser ejecutado.

—¡Chuta! Es que esa época era heavy.

—Sí, claro. Imagina lo que fue hacer música mientras gobernaba Hitler. En Alemania, en Austria…

— Y la poesía te gusta tanto como la música, ¿no?

—Sí, me gusta y me sirve para hacer buen periodismo. Las figuras literarias que en ella se utilizan son fundamentales para construir buenos reportajes. De lo contrario son noticias burdas, sin más valor que su inmediatez. En las escuelas de periodismo no nos enseñan a hablar ni a escribir; por el contrario, más bien aprendemos a destruir el lenguaje. Por eso hice un doctorado en creación literaria… Pero volvamos al tronco. ¿En qué estábamos?

—Nada, me decías que alguien como ese muchacho debía ser el faro que te guiara si conseguías volver.

–Sí, claro, pero primero debo terminar de engatusar a mi jefe para que me envíe allá. Porque para trabajar con tranquilidad, no basta con que me deje volver. Necesito hacer que me mande, que crea que voy por iniciativa de él.

–Entonces con mayor razón, pues.

–Disculpa, pero no te entiendo. ¿Con mayor razón qué?

–Con mayor razón debes ir a Iloca y no a Constitución. Porque ahora Daniel vive allá. Creo que él y mi amiga pueden serte de mucha ayuda. Será un gran argumento para terminar de convencer a tu jefe; perdón, para que se le antoje mandarte. Llegarás al lugar con las ruedas puestas.

Franco frunció el ceño.

–Ah, perdona, es que no te he dicho que son muy buenos amigos míos. Durante un tiempo fueron pareja y vivieron juntos. Cuando iba a Iloca, me alojaba con ellos. Y ahora, me recibe ella… Es que terminaron y ahora parece que él tiene otra chica… Pero terminaron en buena, y como te acabo de decir, somos muy amigos. Además, es probable que me vaya para allá a hacer voluntariado por unos días, y en ese caso podríamos reportear juntos.

–¿Voluntariado? ¿Reportear?

–Sí, claro, eso. Hago voluntariado y de paso aprovecho para enviar un par de reportajes a Santiago. Al fin y al cabo, ¿qué mejor manera de reportear que haciendo voluntariado? Genial, ¿no te parece?

–¿Y juntos? ¿Reportear juntos?

–Sí, si me puedo arrancar, por supuesto. ¿No te parecería genial? –Observó durante algunos segundos la expresión de Franco.

–¿Iloca?

–Sí, Iloca. Y todo ese borde costero. Son varios balnearios y caletas, uno al lado del otro. Están El Médano, La Pesca, Rancura, Iloca… Y un montón de lugares más a lo largo de veinte kilómetros. Y está, además, cerca de Constitución. Para el terremoto, ese pedazo de litoral estaba lleno de veraneantes que gozaban de los últimos beneficios de sus vacaciones. Y allí, casi todos los vecinos viven de alguna actividad relacionada con la pesca y el turismo. Los hombres, en su gran mayoría, son pescadores y durante esa época trabajan más del doble que durante el resto del año. Es que aprovechan la gran demanda de los veraneantes. Las mujeres, por su parte, es cuando hacen su máxima cosecha en sus diferentes negocios, que también enfocan principalmente hacia los visitantes que llegan de otras partes. Muchas dedican la mañana y parte de la tarde a ofrecerles los productos provenientes de la pesca, mientras que otras venden su artesanía, y las más ricachonas, por así decirlo, tienen atractivos restoranes y posadas... O sea, perdón, tenían. En fin, y como durante ese tiempo las ventas aumentan considerablemente, a fines de febrero se aprontaban a contabilizar unos jugosos ingresos.

—Pero el destino les tenía preparada una terrible jugada, ¿no?

—Así es, y por partida doble: al terremoto, que por sí solo ya había producido tanta destrucción, se sumó el condenado tsunami.

—Sí, por supuesto. —Franco desvió la mirada hacia el ventanal y antes de continuar, imaginó en la penumbra, más allá de las luces, la inmensidad del océano—. Increíble. El mar les destruyó todo: entró a las casas, las posadas, los restoranes y a todos los lugares que encontró a su paso.

Ambos tenían grabadas en sus mentes las terribles historias que los lugareños narraban sobre la fuerza de las aguas, las propiedades que arrancadas de sus cimientos navegaban como barcos a la deriva, las oficinas de capitanía completamente destruidas... y las imágenes que después vieron sus propios ojos.

Fernanda cogió su pelo y, mientras lo arreglaba tras sus pequeñas orejas y acomodaba sobre el hombro, puso los ojos sobre los de Franco, observando una vez más cómo su tonalidad variaba del verde claro al gris, según la luminosidad del lugar en que se encontrara.

—Recuerdo lo que una señora de Iloca me contó. Iba llegando a su casa, cuando vio que algunas personas corrían despavoridas y pasaban junto a ella gritando a voz en cuello que el agua se les venía encima. Sin pensarlo dos veces, abrazó a su hija y echó a correr también hacia las montañas, mientras histérica le gritaba:

"¡resiste, hija, resiste!". ¿Te das cuenta cómo habrá estado de angustiada pensando que todo lo que con tanto empeño había logrado comprar, sería devastado por las marejadas? A sus espaldas, la pobre escuchaba gritos de auxilio que se entremezclaban y ahogaban misteriosamente. Provenían de quienes se habían demorado en reaccionar. Fueron arrastrados por las enormes olas, golpeados contra los pedazos arrancados a las casas, enceres y autos que se revolcaban, y contra todo lo que encontraron a su paso, hasta perder la conciencia y ser tragados. A ella el agua le llegó hasta las rodillas, y tuvo suerte, pues había subido harto por el cerro y era solo agua con barro.

Durante largos segundos, Franco recordó la enorme destrucción que había visto. Luego regresó a la conversación.

—¿Y pudiste hablar con ella?

—Sí, pues, si como te digo, ella misma me lo contó. Y no solo conversé con ella, también lo hice con muchas personas más, y créeme que escuchar sus testimonios fue verdaderamente sobrecogedor. Lo que cuentan los sobrevivientes de allá es tremendo. Vieron desaparecer en forma grotesca a vecinos, familiares y amigos que no tuvieron su suerte, que no solo lo perdieron todo, sino que desaparecieron arrastrados y golpeados.

—Bueno, es similar a lo que ocurrió en otras partes. ¿Y me puedes decir en qué momento estuviste ahí?

—Fue antes de encontrarme contigo en Constitución. Estaba alojando donde mi amiga... Y, ¿quieres que te diga algo? La desgracia de toda esa gente es tanta o más que la que han vivido en Constitución. Y hacia el interior la cuestión no es tan diferente. Aunque no tuvieron un tsunami, el terremoto causó muchos destrozos, especialmente en las viviendas más pobres. Es que salvo las casas que rodean al lago Vichuquén, que son fantásticas, donde no es raro que sus dueños lleguen en avionetas particulares, es una zona muy pobre.

—Bueno, siempre son los pobres los que más sufren, ¿no?

—Muy cierto, y especialmente después de un terremoto grado 8.8... Y en Curicó, porque para llegar a Iloca pasé por ahí, el terremoto dejó gran parte de su casco histórico en el suelo. Lamentablemente desapareció casi todo el patrimonio colonial. La iglesia El Buen Pastor, por ejemplo, se transformó en una montonera de escombros, y las casas de adobe sembraron las calles de tierra y paja. Hubieras visto a los niños sentados en las cunetas, con sus caritas asustadas, cubiertos de polvo, abrazando un peluche, una muñeca o algún juguete rescatado… ¡Los hubieras visto, Franco! Sus ojitos sorprendidos con el caos reinante en todas direcciones. Y lo mismo que en otras partes, ante la emergencia, las autoridades tuvieron que decretar toque de queda para evitar que continuaran el pillaje y los saqueos.

–Podría ser bueno ir para allá. Me interesa, sobre todo si conoces a alguien… Y si parte de ese alguien es Daniel.

–No solo lo conozco. Como te acabo de decir, además de Daniel, está Francisca, o sea la Pancha, que es una buena amiga y una gran mujer. Figúrate que ha decidido postergar su último semestre en la "U" para dedicarse a ayudar a toda esa pobre gente. Igual que él.

–¿Y tú, por qué vas? ¿Qué te lleva para allá?

–Bueno, siempre he tenido así como una vocación de servicio público y me cargan los vaivenes de la política, que hubiera sido como la otra posibilidad, ¿no? Voy bastante y ayudo en todo lo que puedo, aunque para mí es más complicado que para ellos, pues tengo un empleo y tengo que cuidar a mi hijo.

—¿Tu hijo? ¿Tú? ¿Un hijo?

–Sí, bueno, todavía es bien guagua.

–Bueno, es lo mismo, ¿no?

–Y es exquisito.

–No me habías dicho que estuvieras casada.

–No, si no lo estoy. Y es mejor así, no hubiera resultado.

El interés que Fernanda había despertado en él se opacó. Tal situación puso sus pensamientos en movimiento: "Debo tener cuidado, estoy pisando en un terreno peligroso. Seguramente es de las que buscan seguridad y algo en serio, y yo no estoy dispuesto a cuidar de la humanidad de nadie, menos de un recién nacido". Había soltado el pie de la copa para avanzar con cautela su mano hacia la de ella, que solapadamente hacía lo mismo, pero se detuvo. Como si tuviera mente propia, se retiró antes de recibir la orden. Para compensar aquel repentino arrepentimiento, dijo lo primero que vino a su cabeza:

—Así que volverás a Iloca para ayudar.

—Sí, eso espero. Tengo que hablar con mi mamá para que se quede con Francisquito, y si puede, porque con la ayuda de mi hermana casi siempre puede, podré combinarlo con mi trabajo. Lo que sí, no puedo tomar una decisión tan drástica como la Pancha o Daniel.

—Drástica y valiente.

—Y valiente, por supuesto, y además, más que generosa... Volviendo al tema, creo que Iloca puede ser una buena opción para ti, tendrás mucho material para tus reportajes y al mismo tiempo harás un aporte a esa comunidad que necesita tanta ayuda.

—Estoy de acuerdo, es una buena opción, y si tú me puedes dar una mano, fantástico; y si tu amiga me puede dar otra, mejor todavía.

—Hablaré con ella, no tendrá inconveniente en recibirte. Pero le diré que vas como voluntario, no que quieres reportear. Sonaría un poco interesado de tu parte. Y ella es bastante celosa de eso. Yo misma voy como voluntaria, y jamás le diría que aprovecho la información que recojo para venderla. Es demasiado moralista. Bueno, todos tenemos defectos, ¿no? —Entornó los ojos y una coqueta sonrisa dejó ver su limpia y pareja dentadura. También se marcaron dos graciosos hoyuelos en sus mejillas—. Le gusta la gente que se entrega a lo que hace, pero no que gane a costa de los demás. Odia el aprovechamiento. Le diré que quieres ayudar, y tú allá te las ingenias para hacer tu trabajo, ¿te parece?

—Está bien, como digas.

—No te costará nada dar con ella. Aunque siempre está saliendo y entrando, Iloca es muy chico. Además, allá todo el mundo la conoce, y la quieren muchísimo. La llamaré mañana temprano. Ahora, anota su celular…

—Me dijiste que trabaja para una ONG, ¿tiene algo que ver con la tuya?

–No, nada. La ONG de la Pancha está directamente vinculada con la ayuda a las comunidades, y ahora especialmente con la reconstrucción. Ella vive en una casita que hace de sede de la ONG y desde allí ayuda a distribuir a los voluntarios que llegan. Los recibe temporalmente, les consigue alojamiento con los vecinos y les busca una familia que necesite ayuda para reconstruir su casa, para cuidar a los niños, para encargarse de una abuelita o de alguna persona enferma, y qué sé yo; la verdad es que sobran tareas en qué ayudar.

–Con los destrozos que hay, supongo que ayudarán a la misma familia en donde se alojan.

–No, casi nunca. Cuando llegan nuevos voluntarios, las familias que los alojan tienen ya quienes les estén ayudando. La Pancha recurre a quienes ha ayudado y le deben algo, por así decirlo; no lo repitas, porque suena muy feo. Si me escuchara, me mataría.

–Hay poca gente como tú, y por lo que me cuentas, menos todavía como ella. Pocos son los que están dispuestos a dar algo gratis.

–No estoy tan de acuerdo con eso, porque hay mucha más gente buena de lo que imaginas; pero en fin, eso lo descubrirás allá. Mejor no filosofemos, menos a costa de la generosidad de los voluntarios, ni de la desgracia ajena.

–Está bien, disculpa. ¿Y tú crees que podrá encontrar dónde hospedarme de inmediato? Porque en un lugar tan destruido…

–No te preocupes, ella sabe cómo arreglárselas para que nadie se quede en la calle. Ya lo verás.

–Pero es como hada madrina.

–Sí, estoy de acuerdo. Algo así se puede decir. La gente allá la adora. En fin, yo apenas pueda, los pasaré a ver. Por mientras, tú podrás darle personalmente mis saludos.

–Sí, por supuesto. Partiré apenas termine con lo del cambio de mando… Y mi jefe atine a mandarme.

Rieron durante algunos instantes.

–Veo que estás muy seguro de convencerlo, así que la llamaré mañana a primera hora. Y descuida, no habrá ningún inconveniente…

–¿Les ofrezco un bajativo? –Las miradas de ambos convergieron en el garzón–. Es por cuenta de la casa. Puede ser una mentita, un pisquito o una manzanillita.

Franco sonrió. No podía evitar que aún le causara gracia esa costumbre de los chilenos por los diminutivos.

–Una mentita estará bien.

Fernanda lo miró de reojo. El ritmo con que respondió destacaba la ironía en su pedido. El garzón clavó sus ojos en él.

–¡Una menta frappé para el caballero…! ¿Y la señora?

–Lo mismo, por favor, gracias.

La mirada de Franco lo siguió y regresó a Fernanda.

–Parece que se enojó.

–No te preocupes, lamentablemente a algunas personas les falta sentido del humor. Es bueno saber reírse de vez en cuando de uno mismo.

Franco la escudriñó con calma: sin ser exageradamente bonita, era atractiva. Tenía el rostro alargado, el pelo de un marrón tirado al rojo, que recordó, le había llamado la atención porque al sol tomaba un tono cobrizo, y su mirada semejaba a la de una gata, se le ocurrió que a punto de saltar sobre su presa. La redondez de sus hombros y el grosor de los brazos eran equilibrados; la espalda, no muy ancha, surgía de una delgada cintura, y sus pechos tenían un tamaño conveniente a su estatura. Intentó imaginarlos desnudos…

Nuevamente sonó la sirena. Luego de casi 35 minutos de detención, la *Fénix II*, con los ajustes necesarios y sus ruedas a punto, había retomado el operativo en busca del trabajador Osmán Araya.

Mientras el minero de 30 años, quien se desempeñaba en la mina desde hacía cuatro meses, volvía a ver la luz, Franco logró dormirse. La carpa iglú que habían conseguido a través de la administración del hotel que los acogía en Caldera, era una de las muchas levantadas entre casas rodantes y camionetas, en una planicie a continuación de los improvisados estacionamientos, terreno que formaba parte del inmenso desierto de piedras y tierra. Eran más de las cinco de la mañana.

Alfredo Gaete Briseño

El tiempo de los viajes había disminuido considerablemente y este marcó un récord de 13 minutos con 51 segundos. El minero salió de la cápsula visiblemente emocionado y abrazó llorando a su mujer. Pronto podría estar en su casa, disfrutando también de sus cuatro hijos.

7

Los ronquidos de Fernanda, aunque suaves, fueron suficientes para despertar a Franco. La luz entraba por el pequeño mosquitero de la carpa. Sabiendo que no volvería a conciliar el sueño, sonrió con resignación. Le pareció divertida. Los ruidos que escapaban de su boca se contradecían con su aspecto frágil y tentador. Sus pensamientos lo llevaron a los días posteriores al cambio de mando y a sus andanzas por la séptima región.

El camino a Iloca, poco antes de llegar al borde costero, corría flanqueado en su lado izquierdo por la desembocadura del río Mataquito. A su vez, esta lo hacía paralela a la orilla del mar, separadas ambas por una frágil explanada de arena que antes del tsunami había sido una gran duna. Recordó lo mucho que le había conmovido aquella vista. La naturaleza formaba tres playas, dos en las orillas del río y una tercera como borde mar. Y en las tres las olas no reventaban, sino que las aguas se adentraban con una suavidad paradojal. Nadie hubiera imaginado que las mismas habían arrasado días antes con todo lo que encontraron a su paso. Sin respetar ni siquiera la escuela. El comedor y las salas de clase estaban destruidos, los pizarreños del techo se habían volado, y de los baños, apenas quedaban unos pedazos de muro en pie.

Pocos kilómetros más adelante, al comenzar a alejarse de la desembocadura, llamaron su atención unas casas recientes de construcción liviana, aún sin jardín, en los mismos terrenos donde habían sido arrasadas las antiguas. En el balneario El Médano, la mayoría de los sitios se encontraban eriazos. No se apreciaban casas rotas ni techumbres caídas. Al paso del tsunami, la destrucción había sido total. Tan brutal, que no quedaban viviendas que ocultaran la suave y monótona danza de las olas. Sacó de su bolsillo el celular. Antes de partir se había comunicado con Francisca al número telefónico indicado por Fernanda y acordaron que se contactaría con ella apenas el autobús entrara al camino que enhebra la seguidilla de balnearios, o sea, precisamente ahí, en El Médano, pues ella no tenía claridad respecto al lugar en que se encontraría en ese momento.

–Tuve que venir a Llico, así que le pedí a otro voluntario que te recibiera. Se llama Daniel. Él está ahora en Iloca. Bájate en el puente que está al comienzo del pueblo y llámalo. Te voy a dictar su número...

Apenas terminaba de anotar, vio que el autobús ya cruzaba el puente, así que corrió hacia el chofer. Luego, mientras caminaba de regreso, se comunicó.

–Aló, ¿Daniel...? Hola, soy Franco Giménez, Francisca...

–Ah, sí, hola Franco. La Pancha me acaba de llamar. Estoy en una reunión con el párroco de Licantén, pero estamos aquí en Iloca. ¿Dónde estás?

–Acabo de bajarme aquí, en el puente, donde ella me dijo. Pero no te preocupes, si quieres avísame cuando te desocupes, o si prefieres te llamo más rato.

–No, no, fantástico que hayas llegado. Puedes esperarme ahí, porque por el callejón que tienes al frente, quiero decir hacia la playa, casi al fondo y a mano derecha, está mi casa. La puerta está sin llave, así que puedes entrar. O si prefieres, puedes caminar un poco devolviéndote hacia La Pesca, o sea por donde llegaste. Y cuando pases por un callejón de tierra, ahora en el otro lado de la calle, verás una camioneta verde. Esa es la mía. Y estamos aquí mismo.

–¿Ahí, en la calle?

–O sea, en el callejón.

–Si no interrumpo... total ando solo con mi mochila.

–No, no, no interrumpes nada, así que aquí te espero.

Al llegar a la entrada de un pasaje, vio dos camionetas. Una era, de seguro, la de Daniel. Entre estas, había un par de tipos mayores parados junto a un muro cubierto por una enredadera de tupidas hojas verdes con florecillas rojas. El follaje de un par de árboles que crecían al interior de la propiedad, les permitía guarecerse del fuerte sol. Los dos hombres ponían toda su atención en otro sujeto, quien agachado, él sí expuesto a la furia de los rayos solares, les explicaba algo mientras con el dedo índice dibujaba sobre el suelo polvoriento una serie de figuras. No alcanzaba a verle la cara, pero supuso que era Daniel, de modo que caminó en su dirección. Antes de llegar hasta ellos, el muchacho se levantó y salió a su encuentro.

–¿Franco?

–Sí, soy Franco. Me imagino que tú eres Daniel.

–Sí, soy Daniel, y ellos son… Déjame presentártelos: el párroco de Licantén y el padre encargado de la iglesia de Huantén. Estamos haciendo negocios, ¿verdad Padre? –Dirigió la mirada hacia el párroco y de inmediato al cura, exhibiendo una enorme sonrisa.

–Sí, por supuesto. –Ellos también sonrieron.

–Deja la mochila en mi camioneta, es esa. Ya estamos terminando. –Regresó a su improvisada pizarra y continuó con la explicación que había dejado inconclusa.

A Franco la escena le pareció increíble: un muchacho moreno y barbón, corpulento, de pelo negro revuelto, vestido con una remera gris y pantalones cortos entre grises y beige, que casi se mimetizaban con el suelo, esgrimía una contundente secuencia de argumentos ante dos hombres de apariencia sencilla, vestidos con jeans y una pequeña cruz colgada en el cuello.

–¡De acuerdo, me has convencido!

A Franco le pareció inteligente que Daniel consultara primero al párroco, quien le respondía mientras sobaba su canosa barba con los dedos pulgar, índice y anular.

–¿Y usted, padre, qué opina?

–Bueno, si el párroco está de acuerdo, no me queda otra, ¿no? –Rió–. Sí, por supuesto, también me parece razonable.

–Entonces ustedes tendrían que buscar la gente.

El párroco también reía.

–Sí, no te preocupes, cuenta con ello. Debo decirte que no dejas de sorprenderme…

Los hombres estiraron la mano hacia Franco y de inmediato abordaron la camioneta roja.

Daniel abrió la puerta de la suya.

–Ven, súbete. –Prendió el motor y abandonaron el callejón en dirección norte–. ¿Me acompañas?

Franco afirmó con la cabeza. La pick up tomó velocidad y cruzó el puente.

–Tengo que ir a Vichuquén, pero solo vamos y volvemos, ¿te parece? La Pancha me pidió que te entretuviera mientras ella volvía. –Esbozó una sonrisa acogedora–. Me dijo que querías experimentar esto de ser voluntario.

–Sí, bueno, es mi idea. Yo vivo en Estados Unidos.

–Sí, se nota. Aunque debo reconocer que hablas bastante bien el castellano.

–Sí, es que aparte de vivir en Chile casi la mitad de mi vida, con mi madre hablamos mucho en castellano… Para no perderlo, dice ella.

–¿Así que te interesa esto del voluntariado?

–Sí, claro. Vine a reportear sobre el cambio de mando presidencial y me pilló el terremoto. Entonces viajé a la zona afectada y pude ver la desgracia en vivo y en directo, y después, de vuelta en Valparaíso, pensé que tal vez aquí podría ser de alguna utilidad. ¿Y a ti, qué te ha movido para entregarte a esto en cuerpo y alma, como me dijo la Feña? Lo que ahora puedo comprobar con mis propios ojos.

–Para el terremoto yo estaba en Rauco… Eso está ocho kilómetros más acá de Curicó. ¿Lo conoces?

–Bueno, no, pero visualizo más o menos donde queda.

–Estaba veraneando en casa de unos amigos y entonces vino el tremendo remezón. Se cortó la luz y no había ningún tipo de comunicación, así que, como soy voluntario de un cuerpo de bomberos de Santiago y además paramédico, decidí caminar hasta la unidad más cercana para ponerme a la orden del comandante.

–¿Eres también paramédico?

–Sí, hice el curso completo y me recibí.

–Pero tú… haces como de todo.

–No, no le pongas, simplemente me atrae la idea de servir a los demás. Es como a otros les gusta manejar un tren o sacar fotografías, qué sé yo.

–No sé, pero creo que eres muy diferente a la mayoría. –Pensó que tenía un tremendo motor interior que lo hacía funcionar con una potencia incalculable al lado de la remolona que apenas movería a cualquier individuo mediocre. Pero no lo dijo.

Daniel lo observó con curiosidad durante algunos segundos, luego devolvió la mirada al polvoriento camino.

–Habíamos nueve voluntarios y partimos en el carro para prestar ayuda en Constitución. Allí, entre los escombros, conocí a otro bombero que ayudaba, a pesar de haber perdido a su madre y a su hermana. Eso me hizo reflexionar, y no tuve que darle muchas vueltas para decidir que debía quedarme en la zona y hacer algo por esa gente.

–Sí, lo sé… Me refiero a lo del otro bombero… Es que yo estaba ahí.

Daniel sacó nuevamente la vista del camino para mirarlo.

–Quizá no me recuerdes, pero yo jamás me olvidaré de tu cara, a pesar que llevabas la cabeza embutida en el casco.

Daniel sonrió con aires de satisfacción.

–Ahora que lo dices, claro pues, claro que me acuerdo… Me alegro de que hayas decidido venir. No te arrepentirás y podrás ayudar mucho. –Siguiendo con lo que te decía, Constitución comenzó a tener mucha ayuda; o sea, no sé si mucha, quiero decir mucha más que las comunas vecinas, así que nos mandaron a Iloca, y aquí ayudé al cura párroco a montar un centro de acopio en el colegio, el cual había quedado sin luz ni agua. De hecho, las clases todavía no se han reiniciado y no lo harán por unos cuantos días. Ahí recibimos harta mercadería, ordenábamos la ropa y distribuíamos… Después instalamos un albergue en un sector de la iglesia, y luego abrimos otros. Y montamos varios centros de acopio más. –Desvió la mirada del camino para una vez más observar a Franco, mientras la camioneta daba saltos sobre las piedras y sus ruedas ronceaban abrazadas al tierral de las curvas.

–Hemos trabajado bien con el párroco, es una gran persona. Y eso que no soy católico, ni profeso ninguna religión… Pero para serte franco, aunque hasta ahora no había tenido para nada en buena a los curas, debo reconocer que estos de por acá son distintos a la mayoría.

–Bueno, yo tampoco soy católico, y debo reconocer que nada de adicto a los religiosos.

–Estos dos, por lo menos, se sacan la mugre ayudando a la gente. Y conmigo han sido muy desprendidos, sin importarles que no comulgue con sus creencias. Tampoco me han hinchado para que lo haga. Perdona, o sea, tampoco me han tratado de convencer de nada. ¿Sabes?, estos dos curitas son realmente buenas personas. Pasando a otro tema, de seguro sabes que la Pancha trabaja para una ONG colocando voluntarios en la zona. Yo hago algo diferente. Además de ayudarle al cura párroco, estoy montando mi propia ONG, porque quiero contribuir a que los que perdieron sus casas las recuperen, y que junto con que sea rápido, sean dignas. Además, aprovecho que me estoy moviendo por todas partes para ayudar a salir adelante, con sus iniciativas, a varias mujeres microempresarias que han estado dispuestas a juntarse para aprender y trabajar apoyándose. Entre ellas, tengo un grupo que hace artesanía en cuero de pescado. Es increíble lo que han logrado. Confeccionan billeteras, cinturones, carteras y un montón de cosas que venden a los turistas. A ver si nos hacemos el tiempo y te llevo para que las conozcas. También estoy trabajando con el sindicato de pescadores independientes, ayudándoles a conseguir una máquina para hacer hielo. Y lo estamos logrando, así que podrán desarrollar su actividad en condiciones mucho mejores.

La camioneta continuó por aquel camino interior de tierra suelta y mucha calamina que amenazaba con voltearla apenas el conductor cometiera su primer error. Franco apretaba los puños y se esforzaba por no mostrar sus aprensiones. No quería entorpecer la disposición de Daniel para ponerle al día de lo que ocurría en la región, y de todo lo que no funcionaba. Le habló sobre la incapacidad de los municipios para dar a las víctimas soluciones convenientes y de ahí enganchó para hacer una dura crítica a las autoridades centralizadas en Santiago por su desconocimiento de la zona, lo que impedía que los voluntarios sacaran el mejor provecho de la ayuda enviada a los lugares siniestrados. También se quejó del nefasto interés de esas gentes por figurar a cualquier precio ante los medios de comunicación, principalmente televisivos, lo que implicaba dejar la ayuda en lugares de amplia cobertura periodística aunque allí sobrara. Ello significaba que en otras partes, a donde no llegaba la televisión, los vecinos quedaban abandonados.

—En Santiago, muchos ni conocen la zona. Algunos de los que toman las decisiones ni siquiera han venido. ¡Nunca! ¿Lo puedes creer? Nunca, Franco, y andan tan perdidos que no hacen diferencia entre los distintos lugares del borde costero. Creen, por ejemplo, que La Pesca es lo mismo que Iloca. Algunos, incluso, ignoran que Licantén, además de ser un pueblo hacia el interior y que por lo tanto no tiene mar, es la comuna a la que pertenece todo este borde costero. Creen que la municipalidad está en Iloca, porque aquí se ha concentrado la publicidad. Y todo porque de Iloca es el zafrada. Me refiero al chico que en una entrevista dijo zafrada en lugar de frazada y quedó grabado en la memoria de todos.

Franco asintió con la cabeza, manteniéndose en silencio.

—Y las autoridades, cada una tira para su lado. ¿Y quién pierde con todo esto? Simple: una montonera de gente que no tiene qué comer ni con qué arroparse, y los que han perdido sus casas. Y eso no es todo, porque la cosa es mucho peor. Si incluso hay contradicciones vitales entre el Ministerio de Obras Públicas, la Municipalidad, el Ministerio de la Vivienda y el Servicio de Vivienda y Urbanismo, como si pertenecieran a países diferentes. Y la misma pregunta, ¿quién pierde con todo esto? ¿Cuántas familias todavía no tienen su casa por esta imperdonable falta de coordinación e ineficiencia? Y como toda la ayuda se envía a Iloca, claro, donde está, como te digo, la cobertura periodística, entonces se hacen montones de esfuerzos en recolectar alimentos y ropa, y se gasta en transporte y en un cuanto hay, indebidamente, porque los excedentes no le sirven a nadie. Se pierden, Franco, porque desde aquí no hay cómo llevarlos a otra parte siniestrada, y se botan para que no se pudran, y no hay dónde guardar tanta ropa, hasta hay que quemarla. Y eso, ¿puedes creer que a nadie le interesa en Santiago? Es una barbaridad, pero es una realidad que allá, a nadie le importa.

Franco continuó con su boca cerrada para no cortar aquella interesante y conveniente inspiración.

—Y para lograr algo en favor de las víctimas, uno tiene que moverse como endemoniado. En el buen sentido, por supuesto. Me da risa, porque cuando se lo digo al párroco, me mira con una cara... Claro que como tiene buen humor, termina riendo. Es buena onda el viejo... Te decía que tengo que moverme todo el día y a toda hora, y no solo para recolectar la montonera de papeles que les exigen para echar a correr los subsidios, que es lo que estamos haciendo ahora aquí, tú y yo, sino que también para organizar la entrega de las casas asignadas. Desde ver dónde se van a instalar, hasta si los camiones que las trasladan caben y pueden doblar por los caminos y las calles que suelen ser muy estrechos. No me mires con esa cara, ya te cuento: son casas que se hacen en la ciudad de Talca y se trasladan terminadas desde una gran fábrica hasta el terreno donde quedarán. Por eso, para facilitar las cosas, estoy buscando un espacio amplio donde acopiar las diferentes partes y armarlas en los mismos sitios en que serán instaladas... Y no creas que es algo fácil de conseguir, porque no hay plata para eso, así que tengo que ubicar a alguien de buena voluntad que se ponga...

A Franco le pareció que Daniel estaba un tanto loco. ¿Quién iba a cederle un terreno así no más, por su "linda cara"?

Luego de un par de paradas sin ubicar a las personas que Daniel buscaba, la camioneta inició su regreso. Franco no hizo comentarios a pesar de parecerle aquel un viaje inoficioso, con el consecuente gasto de combustible, tiempo y riñones. Pero de pronto, se desviaron por un atajo que los condujo a un gran terreno cubierto de alta maleza amarillenta. Allí, en medio del agreste pastizal, un hombre esperaba sentado en el tapabarro de su automóvil.

Daniel detuvo la camioneta.

—Acompáñame, si quieres. —Bajaron y caminaron hacia él.

Franco observó la particular amabilidad con que el tipo les tendía la mano.

—¿Cómo te fue?

–Bien, pues. Como le dije que me iría. Está lista su casa, así que podemos instalarla cuando quiera.

–¡Fantástico, apenas lo puedo creer! Tú, en tres días, lograste lo que no he conseguido con las autoridades de este maldito pueblo en más de un año, porque estoy en esto desde mucho antes del terremoto, desde que se desbordó la otra vez el río. Así que tal como te lo prometí si te iba bien, como agradecimiento, cuenta con todo el terreno que quieras. –Indicó hacia donde la vista se perdía en la maleza–. Creo que te cabrán unas cuantas casas.

–Sí, magnífico, con esto es más que suficiente. El párroco se pondrá muy contento y, por supuesto, también un montón de gente.

–Y no te preocupes por cuánto tiempo, porque no pienso tocar este terreno más que para hacer un jardín pequeño alrededor de la casa, y no necesitaré el resto al menos por unos dos años. Así que, como me has dado una mano, yo te respondo para ayudar a otros…

De regreso en la camioneta, Franco apenas creía lo que había presenciado. Ese muchacho era la eficacia personalizada.

–A fin de cuentas, no se perdió el viaje, ¿no? –Franco sonreía.

–Nunca se pierde, estimado. Y esta vez gracias a un chofer de ambulancia.

–¿Chofer? ¿Con este tremendo sitio?

–Así es la vida, pero al pobre hombre no le da más que para construir un pequeño jardín. El resto del terreno tendrá que esperar, qué sé yo hasta cuándo.

Era de noche. De hecho, la reciente negociación había terminado en la penumbra. La camioneta avanzó dando tumbos sobre la calamina. A la mente de Franco acudió Fernanda, arrepentido de sus estúpidos escrúpulos porque tuviera un hijo; perfectamente podría haberse quedado un par de días más en Valparaíso y no tenía por qué adquirir compromiso alguno. Pero ya estaba hecho y carecía de sentido darle más vueltas. Deseó que viniera pronto a la casa de Francisca… Por fin llegaron al camino pavimentado, a pocos kilómetros de Iloca. El periodista respiró con tranquilidad, agradecido de no haber quedado estampados contra el cerro, o desbarrancados.

Cruzaron el puente sobre el estero y entraron por un portón de rollizos. Al fondo, junto a la pequeña cabaña de Daniel, situada curiosamente de espaldas al mar, los esperaba, de pie, una joven de mediana estatura. De inmediato llamó su atención el azul intenso de sus inmensos ojos, que chispeaban junto a la fina nariz suavemente respingada en su cara pálida y redondeada. El cabello rubio bien recortado le caía apenas sobre los hombros y su gentil sonrisa mostraba unos dientes blancos muy pequeños y parejos. La encontró muy linda.

–¡Hola! –La muchacha asomó el rostro por su ventanilla–. Disculpa, pero salió algo urgente en Llico. Igual, como sabía que llegabas, le pedí a Daniel que te entretuviera.

–No te preocupes, tuve la oportunidad de ver que no anda perdiendo el tiempo. Apenas llegué me subió a la camioneta y partimos a Vichuquén.

–¿Y cómo te fue? –Ella, riendo, dirigió su mirada hacia Daniel.

Mientras él respondía, Franco agradeció en silencio la simpatía con que Francisca lo había saludado.

–En realidad no nos fue bien en todo, pero no perdimos la ida. Aunque no encontramos a ninguno de los interesados, solucionamos el problema de dónde acopiar las casas. –Franco no dejaba de sorprenderse con Daniel. Se refería a ellos dos en plural, como si su compañía hubiera sido valiosa.

–Lo que no es menor, ¿no? ¿Y qué harás con lo de los papeles?

–Mañana hablaré con el párroco. Creo que él puede conseguir algunos con más rapidez.

Francisca puso los ojos en Franco.

–Es que Daniel no da puntada sin hilo. Como has visto, hasta se da el lujo de andar repartiendo casas... En serio, no me mires con esa cara. Es lo que hace.

–No, está bien, si ya lo sé. Daniel me puso al tanto, pero no solo eso, fuimos también a conseguir el sitio para acopiar... casas. Bueno, tú lo sabes mejor que yo. Apenas lo creo. Un lugar donde apilar paneles y poder armar casas. ¡Es increíble! ¡Y lo consiguió! ¡Y en un abrir y cerrar de ojos! –Pensó que podría contarlo como noticia, pero no sabía por dónde empezar para que le creyeran, porque lo que el Gobierno no había logrado en tanto tiempo, Daniel lo estaba consiguiendo. Le parecía increíble que solo gracias a su buena voluntad contactara a los necesitados y para ayudarlos hiciera tratos con una empresa constructora... Y además asistiera a los beneficiados para ordenar el enjambre de papeles que debían presentar. Y para facilitar los trabajos, ahora había conseguido aquel terreno...

–Mañana, probablemente salgamos juntos con la Pancha, y por supuesto contigo, así que ahora seremos tres. Bienvenido a nuestro increíble mundo, Franco. Pronto te darás cuenta de que aquí vivimos en un lugar muy diferente a lo que es Santiago. Y te darás cuenta, también, que tal como te he dicho, lamentablemente las autoridades de allá no tienen idea de lo que ocurre aquí, ni cuáles son realmente las necesidades. Y la pena es que esto parece que no tiene destino, porque los gobernantes nuevos están cometiendo los mismos errores que los antiguos. La centralización se los come, es una verdadera lacra.

–Ya han tenido harto que conversar, así que vámonos, porque es muy tarde. –Francisca abrió la portezuela de Franco–. A ver si me ayudas a preparar algo para comer, porque tengo un hambre que me está devorando.

Se despidieron de Daniel y anduvieron hasta el camino principal. Continuaron por la orilla poniente un par de cuadras hacia el norte, cruzaron la calle y entraron por un callejón con dirección al cerro. Ella indicó una casa muy parecida a la de Daniel, y al llegar empujó la puerta que estaba junta, mientras se divertía con la curiosidad expresada por el rostro del periodista.

–Aquí nadie cierra su puerta, no es necesario, no hay gente mala.

–¿Y en verano?

–Ah, bueno, eso es otra cosa. Con los veraneantes llegan los delincuentes, pero también se van con ellos. Especialmente este año, en que no hay mucho que robar. –Subió las cejas y apretó los labios–. Pasa. La casa es chica, pero el corazón grande.

Franco pensó que tanto Daniel como ella eran de una generosidad inmensa, personas que se suele olvidar que aún existen.

Alfredo Gaete Briseño

Además le parecían muy enigmáticos, especialmente ella: linda, inteligente y culta, a punto de iniciar el último semestre de carrera, había congelado sus estudios para ir a instalarse en ese destartalado lugar... ¿Qué la movía a hacer algo que a él le parecía tan lejano a su naturaleza? Tampoco le calzaba que haber vivido juntos y ahora, cada uno por su cuenta, no afectara negativamente su amistad. Trató de imaginar motivos, pero no pudo. Se había quedado parado en el umbral.

—¡Pasa! Puedes acomodarte aquí. —Entró a uno de los dos dormitorios que enfrentaban sus puertas y prendió la luz.

—La Feña me dijo que me conseguirías un lugar donde quedarme, pero no pensé que fuese aquí mismo.

—Espero que la casa no te parezca demasiado pequeña.

—¡No, no, por favor, está muy bien! Y como te digo, nunca esperé tanta hospitalidad... Veo que no vives sola.

Los ojos de Franco habían recorrido la habitación y observado dos camarotes. Además, reparó en las dos mochilas que descansaban en un rincón y los dos sacos de dormir tendidos sobre las camas inferiores.

—Dormirás aquí con dos compañeros que están de paso, Damián y Gerardo. Puedes ocupar cualquiera de las camas de arriba y te pasaré un saco de dormir. Como te dije, no hay muchas comodidades, pero...

—Ya lo sé, el corazón es grande. En todo caso, no te preocupes, no soy exigente.

Francisca apagó la luz.

—Disculpa, pero tenemos que ahorrar lo más posible. En este otro dormitorio duermo yo con las chiquillas que vienen a ayudar.

Franco echó una ojeada entre las sombras proyectadas por la poca luz que entraba desde el exterior. En la habitación, aunque algo más espaciosa, también había dos camarotes. Pensó que tendría por delante una experiencia única. Y su anfitriona despertaba en él una sensación especial que desde el inicio le había agradado: aunque de aspecto cándido, actuaba muy segura de sí misma.

—Bueno, no sé cómo agradecerte tanta gentileza. Quizá pueda aportar algo, tal vez algo como comida...

–Ah, sí, por supuesto. Con la ayuda de los que pasan por aquí, mantenemos a flote este barco. Bueno, de los que pueden, por supuesto, pero ya habrá tiempo para explicarte tus deberes. Por ahora, me encantaría saber cuáles son tus intenciones. Es la primera vez que llega alguien sin que lo envíe la ONG.

–Pensé que la Feña te había explicado.

–Sí, algo me dijo, pero ya sabes cómo es ella... Yo tampoco le pregunté mucho. Pero no te preocupes, no voy a ponerte la pistola al cuello. –Dejó escapar una suave risa–. Y de momento, mejor tomémonos una taza de té y comamos algo, ¿te parece? ¿O prefieres un café? ¿O quieres darte una ducha? –Regresaban al pequeño living, que a la vez hacía de hall de distribución para las piezas, la cocina y el único baño–. Pondré a calentar agua. –Accionó el interruptor de la luz.

–Un café estará bien.

–Y con tostadas y unos huevos revueltos mejor, ¿no?

–Gracias, Francisca.

–¡Pancha, por favor! Dime Pancha, nomás. Y no te asustes, porque más tarde igual comeremos, así que no te acostarás con hambre.

–OK, Pancha, muchas gracias. Te agradezco que no me hagas sentir como un extraño. –Percibió sinceridad en la sonrisa que exhibieron sus delgados labios, y mientras pensaba que su voz era suave, dulce, melodiosa, la observó moverse con desenvoltura: coger la tetera, llenarla con agua, encender el fogón, sacar las tazas... No pudo evitar compararla con Fernanda, cuya voz enronquecida debía reconocer, lo había atraído desde el primer instante; aunque aquella suavidad de Francisca, también, así como su hermosura, que parecía extraída de un cuento infantil.

–De nuevo te quedaste como petrificado.

–Ah, no, no es nada, no te preocupes.

–Nada, si no me preocupo, no creas, solo que te ves muy divertido.

–No sé si tengo que sentirme halagado o cohibirme. –Rieron al unísono–. ¿En qué te ayudo?

–Por ahora en nada, gracias. Pero no te confíes, porque a partir de mañana, si aún te animas a seguir aquí, te haré trabajar duro.

Entrecruzaron las miradas y rieron de nuevo.

–La Feña es una buena persona y se nota que tú también. –La calidez en la voz de Franco y en su mirada, que dirigía sin disimulo hacia los ojos de Francisca, la perturbaron y sus mejillas se encendieron. Respondió con rapidez, como si quisiera zafarse de aquella extraña sensación.

–Sí, además de ser una muy buena amiga, hace un gran aporte a la causa de los más desposeídos, y eso que tiene que cuidar a Francisquito. Supongo que lo conoces.

–En realidad no, solo sé de él por ella.

–Oh, es precioso. Es bien colorín, todavía más que ella... ¿Azúcar?

–Eh, sí, por favor, tres cucharadas.

–¿Tres?

–Es que necesito endulzarme.

Volvieron a reír.

–¿Y tú, Franco?

–¿Yo?

–Sí, tú, ¿cómo la conociste? Y si no te importa que insista, ¿por qué esto de llegar hasta aquí?

–Bueno, vamos por partes: a la Feña la conocí en Constitución, y aunque somos colegas, ella estaba, parece, en sus funciones filantrópicas. Y después nos encontramos en Valparaíso, en eso del cambio de mando.

–Por supuesto que no de filántropa.

–No, claro, ahí no. Igual que yo, reporteando. También tiene que comer, ¿no? –Rieron otra vez.

–¿Ella tiene algo que ver con tu venida a Iloca? Porque este lugar le fascina. –Dejó las tasas sobre una mesita redonda de mimbre situada entre los dos sillones, confeccionados con el mismo material. Luego de apagar la luz de la cocina, tomó asiento y revolvió la suya.

–Bueno, es verdad que ella fue quien me entusiasmó con Iloca... y contigo... y con Daniel. Bueno, en fin, ¡con Iloca! –Hizo un aspaviento con los brazos–. Pero el interés por venir a la zona, por supuesto que era mío.

–Pero no me extraña que ella te contagiara su entusiasmo. Y estoy segura de que no te arrepentirás con la elección que hiciste.

–Bueno, eso espero. En todo caso, hasta el momento todo va de maravilla… Y debo reconocer que gracias a ti.

Los pómulos de Francisca volvieron a encenderse.

Mientras la observaba, sintió que aquello era buen presagio. Recordó las advertencias de Fernanda y le divirtió pensar que a él lo que más le interesaba era husmear en busca de buen material. Pero si quería continuar ahí, debía callarlo.

–¿Entonces?

Franco comprendió que ella no cedería hasta recibir una respuesta que la satisficiera.

–¿Sabes?, más que haberme contagiado con la Feña, ella abrió un espacio para que se encendiera mi curiosidad. Y eso en mi profesión es muy útil, permite aliviar un poco lo dura que es. Y más de una vez me ha llevado a lugares extremos.

–¿Pero por qué tan dura? Eres periodista, ¿no? Al menos eso me dijo la Feña.

–En serio, es durísima, y no te rías porque es verdad. Mira, piensa que constantemente estoy viendo miseria. Y de todo tipo. Y lo peor de todo es que en toda ella destaca… –Bebió un corto sorbo–. La causada por los propios hombres, especialmente por los que tienen mucho poder, como los políticos, los que manejan las empresas, los líderes religiosos… ¡Puf!, es una buena lista.

–¿Y entonces?

–Bueno, tú sabes… –Clavó con suavidad los dientes en un trozo de pan que masticó con rapidez.

Francisca observó que eran de tamaño regular, muy blancos a pesar de la oscuridad, y en línea. De seguro habían sido tratados con ortodoncia, igual que los suyos, que a diferencia eran muy pequeños y al sonreír se asomaban en una sola unidad con las encías.

– Creo que olvidarme por un tiempo de esa miseria sintética inventada por el hombre y acercarme a la de verdad, esa que obedece a las fuerzas de la naturaleza, me hará bien. Un buen periodista no solo tiene que ser ambicioso. –Se sintió un gran mentiroso, ¿pero qué importaba? ¿Acaso no era eso todo el tiempo? Y era lo que mejor sabía hacer. Sintió orgullo de sí mismo; a fin de cuentas, ¿qué había mejor que sobresalir de la media? Definitivamente le asqueaba la mediocridad. Y destacarse del resto, era una de las muchas características que venían a engordar su ego.

–Me alegra que pienses de ese modo, Franco, aunque no hay nada de malo en querer ser cada vez mejor persona y realizarse haciendo lo que a uno le gusta, aunque con escrúpulos, por supuesto. Mientras uno no justifique los medios con el fin ni pase a llevar a los demás, no hay nada de malo en ocuparse también un poco de uno mismo.

Él dejó pasar unos instantes antes de hablar. Volvía a sorprenderlo su candidez. La embellecía de manera muy particular. Al mismo tiempo, no era incauta. Daba la sensación de tener mucha claridad acerca de lo que decía y especialmente de lo que hacía. Era un personaje humanitario, suave, soñador, y a la vez extraordinariamente pragmático.

–Bienvenido a nuestro modesto hogar, y por supuesto, a nuestro pueblo, que ha reemplazado su sencillez por una gran fuerza para luchar contra la adversidad. Creo que si te quedas serás un gran aporte para esta comunidad.

–Gracias, Pancha, me haces sentir muy a gusto. –Recordó que Daniel le había dicho lo mismo.

–Ya me has dado a entender tu interés por hacer un aporte humanitario, pero no me has dicho cuáles son tus expectativas. Cuando le pregunté a la Feña, me dijo que tuviera paciencia, que ya tú me contarías…

Unos aplausos a lo lejos lo devolvieron al presente, pero no despertaron a Fernanda.

En la plataforma aparecía la cápsula con José Ojeda. Salió en silencio y desplegó una gran bandera chilena firmada por los 33 mineros. A sus cuarenta y cinco años sufría de diabetes, pero se veía bien. Era el autor del histórico mensaje "Estamos bien en el refugio los 33", que escribió con plumón rojo en un papel blanco y ató al tubo de la sonda que primero dio con ellos. Un mensaje que llenó de alegría a sus familiares, a los chilenos que seguían los pormenores de la angustiante búsqueda, y a muchos más a lo largo y ancho del mundo.

El murmullo de las voces y el movimiento externo que llegaba hasta Franco se había ido alejando, pero más por la inmersión en los recuerdos que por efecto del agotamiento. Aunque su cuerpo agradecía el descanso sobre la colchoneta y el abrigo de la bolsa de dormir, su mente continuó conectada a su encuentro con Francisca y la agobiadora realidad de los habitantes de aquella devastada zona costera.

8

La aparición de Gerardo en la puerta de entrada, relevó a Franco de tener que dar a Francisca más explicaciones sobre sus expectativas en aquel lugar.

—Parece que la conversa está buena, porque en esta oscuridad apenas se ven las narices. Si no fuera por la luz que viene de afuera...

Francisca y Franco sonrieron; recién tomaron conciencia de no haber tenido inconveniente en quedar a oscuras y percibieron una grata sensación de complicidad. Ella desvió la mirada hacia el recién llegado.

—Es Gerardo, y él un nuevo invitado, te presento a Franco... Tienes razón, está un poco oscuro aquí, aunque la noche está preciosa. Pero si quieres, prende la luz.

—Hola. —Franco se había puesto de pie.

Gerardo presionó el interruptor.

—Gracias. —Francisca mantenía su rostro relajado y expresaba una dulzura que comenzaba a hacerse característica para Franco—. La conversa estaba tan buena... Y además, chiquillos, miren, hay una tremenda luna. —Vio que Franco tenía la mirada sobre ella y sintió sus mejillas ruborizarse. —Ahora podemos vernos las narices. —Rieron. El periodista observó con especial cuidado la de ella. Su curvatura, su ancho y su largo, obedecían a una delicadeza fuera de lo común.

El recién llegado sonrió y tendió su mano a Franco.

—Hola, y bienvenido. —Era una voz cálida. A Franco le pareció extremadamente acogedora y se sintió cómodo—. Creo que antes de acompañarlos con un café, me echaré una lavada.

—Falta que te hace, parece que hubieras estado arrastrándote por la tierra.

—Ojalá, Pancha. Ojalá hubiera sido por la tierra, ojalá. Fue horrible. La verdad, no me acostumbraré nunca. Efectivamente me arrastré, pero entre los escombros y la fetidez más increíble que se puedan imaginar, porque se rebalsaron las alcantarillas. —Desvió la mirada hacia Franco—. Y sigue apareciendo gente que estaba desaparecida, y los que todavía no encuentran a los suyos, están perdiendo las esperanzas de encontrarlos vivos. El drama es tan grande, que parece que no va a acabar nunca. A medida que pasa el tiempo, se nota que los voluntarios somos demasiado pocos. Así que te repito: ¡bienvenido! –Desapareció tras la puerta del baño, que cerró a sus espaldas.

Los sonidos provenientes del interior no pasaron desapercibidos.

–Pronto te acostumbrarás. La falta de espacio tiene sus inconvenientes, pero con buena voluntad, todo se puede superar. –Aquella forma de expresarse, que en otra mujer hubiera resultado grotesca, en Francisca le pareció encantadora.

–Vengo embarrado hasta las uñas de los pies... –Damián había cruzado la puerta de calle.

–No puede dejar de quejarse. –Francisca giró la mirada hacia él–. Veo que también vienes igual de empolvado que Gerardo.

–¿Empolvado? Con costras de barro, diría yo. Y apesto. Es que a medida que limpiamos los escombros, rebrota la inmundicia. Además, los olores están tan fuertes que ni las mascarillas logran protegernos. Creo que si no llega más ayuda desde Santiago, y pronto, esto va a colapsar. ¿Está ocupado el baño?

–Sí, acaba de entrar Gerardo.

–Creo que igual entraré... –Se giró hacia Franco–. Ah, hola, perdona.

–Es Franco, también viene a ayudarnos.

–Hola.

Se saludaron con un apretón de manos.

–Hola, Franco, bienvenido al circo.

Francisca le dirigió una mirada fulminante.

–No me censures, Pancha, mira que esto tiene toda la variedad que uno pueda imaginar. –Volvió a dirigir sus ojos hacia Franco–. Es que mientras más escarbamos, más drama vamos encontrando. Permiso. –Se acercó a la puerta y dio dos golpes con el puño.

–Apúrate, que me voy a asfixiar con mis propios olores.

–Ya me salí de la ducha. No sé por qué el agua está tan fría.

–¡Pobre de ti! Se te habrá acabado el gas... –Dirigió la mirada hacia la sala, acompañada de una sonrisa pícara–. Te cambiaré el balón por uno lleno, y de los más grandes, para que te dure harto.

Francisca dejó salir una risa corta mientras dirigía los ojos hacia Franco, quien la observaba con curiosidad.

–Esta es otra cosa a la que tendrás que acostumbrarte, porque no tenemos agua caliente. Claro que pensándolo bien, es una bendición. De lo contrario, ¿te das cuenta cómo colapsaría el pobre baño?

Damián entró.

–¡Avisa, huevón!

De soslayo, Franco alcanzó a ver una extremidad de Gerardo y la puerta se cerró.

Francisca volvió a reír y se encogió de hombros.

Franco sonrió.

–¿Esperamos a alguien más hoy?

A Francisca le gustó ese "esperamos". Le pareció que implicaba complicidad y compromiso.

–Hoy no, pero espero que a partir de mañana no colapsemos. Llegarán muchos estudiantes y tendremos que colocarlos rápidamente en algún sitio. De no ser así, tendríamos que dormir parados. –Esta vez rió con ganas.

–Está bien, intentaré dormir bien para tener fuerzas.

–O mal, para que te comiences a acostumbrar. –Una vez más, Francisca soltó una carcajada.

Aparecieron primero Gerardo y al poco rato Damián. Franco se descubrió lamentando tanta interrupción. Hubiera querido continuar únicamente con ella. Comprendió que probablemente tendría pocas ocasiones para estar a solas...

Aquellos recuerdos conmovían a Franco. Francisca había calado en él con una profundidad avasalladora. Ahora, a tantos kilómetros de distancia, las preguntas lo acechaban: ¿volvería a verla? De ser así, ¿sería posible limar sus diferencias? Por otra parte, ¿le interesaba ya? Giró la cabeza y observó a Fernanda, quien aún dormía enfundada en su saco. Pensó en el futuro: en pocos días más él se encontraría a bordo de un avión camino a Nueva York, Fernanda mantendría su rutina periodística entreverada con el rol de mamá, y Francisca volvería a la universidad con la carga que significaba el término de una carrera luego de postergar el semestre.

Observó su *Smartphone*, herramienta imprescindible para tener noticias de lo que ocurría en otros lugares. Si quería seguir haciéndolo, cuando se levantaran tendría que recargarlo en la carpa donde funcionaba el comedor de libre acceso, pues la batería de repuesto también estaba por agotarse.

Entretanto, la *Fénix II* había descendido en busca del operador Claudio Yáñez. Con treinta y cuatro años, era quien peor lo había pasado en el encierro, debido a su exagerada adicción al tabaco, que lo hizo acreedor al apodo de *Fumarola*. Lo esperaba su pareja y conviviente durante diez años, cuya ansiedad había ido en aumento luego que desde el interior de la mina él declarara, públicamente, que contraerían matrimonio apenas fuera rescatado. Eran pasadas las seis veinte y comenzaba a despuntar el sol.

La cápsula se internó nuevamente para ir por Mario Gómez. Con más de sesenta años, era el mayor de los accidentados y sufría de silicosis e hipertensión.

El siguiente rescatado, Alex Vega, a pesar de tener solo treinta y un años, sufría de hipertensión, agravada por una insuficiencia renal. Abandonó la cápsula mascando chicle y luego de persignarse, saludó a los presentes y fue hacia su esposa con el casco rojo desteñido en la mano. Su mirada, aunque escondida tras los lentes oscuros, estaba fija en sus ojos. Se abrazaron en una conmovedora escena. De inmediato hizo lo mismo con su hijo y luego con su padre, también minero.

Y la *Fénix II* continuó con su noble labor: el siguiente en ver la luz del sol fue Jorge Galleguillos, un hombre de cincuenta y seis años, padre de dos hijos. Perforista encargado de las redes de aire y agua de la mina, durante las celebraciones de Fiestas Patrias había realizado la singular petición de una guitarra a través del sondaje, y se hizo conocido como el folclorista del grupo. A pesar de su hipertensión y haber mostrado estados depresivos, se había animado a bailar un pie de cueca. Con él se completaban once rescatados.

Mientras la cápsula bajaba en busca del siguiente, los presidentes de Chile y Bolivia recorrieron las dependencias del hospital de campaña para conversar con los ya salvados. Mantuvieron una corta aunque amena charla con el boliviano Carlos Mamani, su esposa y algunos familiares. El ministro de Salud les informó que el trabajador estaba en óptimas condiciones, por lo que podría regresar a su país cuando estimaran conveniente. Pero a pesar de la atractiva oferta que Morales le había hecho llegar y en ese momento le repitió personalmente, la cual incluía un empleo estable en Bolivia y una casa, insistió en que prefería quedarse con sus compañeros en el hospital de Copiapó, antes de decidir.

Una vez más, a las diez con diez, sonó la alarma. En cualquier momento llegaría a la superficie el electromecánico Edison Peña, quien por sus carreras en el interior de la mina, se había convertido en el maratonista del grupo.

Tras un viaje de 13 minutos y entre gritos, el minero de treinta y cuatro años se transformó en el duodécimo rescatado. Apenas abandonó la cápsula, agradeció a todos por mantener la fe en que se encontraban vivos. Se dirigió a su mujer y la abrazó con efusividad.

Se había trasladado de Santiago a Copiapó para estar cerca de su novia, luego que esta hiciera las diligencias necesarias para conseguirle trabajo en la mina San José. Durante el cautiverio se hizo conocido como *el atleta*, pues para calmar su angustia y controlar la ansiedad, corría al menos diez kilómetros diarios, a pesar de haber presentado cuadros de hipertensión y diabetes, y sufrir un severo dolor de oídos. Cuando se estableció comunicación con la superficie, lo primero que pidió fue que le enviaran un par de zapatillas y pantalones cortos.

A las diez y cuarto, la cápsula se preparaba para ir en busca de Carlos Barrios. Hasta ese momento, luego de once horas de trabajo, aparte de un par de dificultades menores con la puerta, el desgaste esperado de las ruedas y detalles resueltos en las mantenciones, la *Fénix II* se había comportado de maravilla.

–Buenos días. –Fernanda se giró aún embutida en su bolsa de dormir y obsequió a Franco con un beso en la mejilla.

Él sonrió agradecido.

–Amaneciste contenta, así que parece que dormiste bien.

–Sí, bien y un buen rato, aunque todavía tengo sueño. ¿Y tú?

–Para lo poco que dormí, yo diría que bastante bien, aunque mejor pregúntame más tarde, cuando me haya movido.

–Pobre, igual más tarde puedes echarte un rato. Lo que es yo, estoy ansiosa por bajar a la ciudad y recuperar nuestra condición de seres civilizados. –Se levantó como impulsada por un resorte–. Creo que iré al baño.

–¿No llevas tus útiles de aseo?

–No, voy a algo bastante más urgente que eso, así que vuelvo al tiro… Y de ahí vamos juntos, ¿te parece?

¿…?

–Juntos hasta la zona de baños, tonto, porque irás a pasar por ahí aunque sea un momento, supongo, ¿no?

La observó alejarse con rapidez. El pelo rojizo brillando a la luz del sol, su figura estilizada y la cadencia con que balanceaba las caderas, le produjeron una sensación espléndida. Cuando la perdió de vista, se tendió. Con los ojos cerrados, volvió a repasar algunas escenas de su estadía en el malogrado balneario de Iloca.

9

Durante los días que siguieron a su llegada a Iloca, Franco fue de gran ayuda para Francisca pues pasaba largos ratos en la casa, convirtiéndose en una especie de secretario. Eso le servía mucho: además de compartir las experiencias de los vecinos y los voluntarios que entraban y salían, recibía a las personas que la buscaban, enterándose de cómo vivían aquella realidad. Sin parecer intruso, les sonsacaba cantidades importantes de información que posteriormente le ayudaban a desarrollar mejor su trabajo periodístico. Y ocupaba los momentos de soledad para investigar en Internet y redactar historias que mantuvieran conforme a su editor. Por otro lado, aceptaba de buena gana que ella lo enviara a resolver situaciones en diversos lugares, pues le permitía enterarse con sabrosos detalles de lo que ocurría en las calles. Se desprendió con prontitud de su condición de foráneo y sus vecinos no demoraron en abrirle las puertas de su intimidad.

Francisca, a su vez, contaba con mayor libertad para ausentarse sin la preocupación de tener a algún voluntario esperándola o siguiéndole el rastro. Resultaba, entonces, un excelente compañero. Además era ordenado, limpio y aportaba dinero para los gastos. En todo sentido, desde el comienzo se transformó en una muy buena adquisición. Además pudo organizarse para permanecer más tiempo en la casa y él, cuando estaba, era una grata compañía.

Franco solía acompañar a Daniel en sus giras y, aunque a veces iba Francisca, casi siempre salían solos. Tuvieron muchas oportunidades para conversar sobre diversos temas, pero a pesar de eso, no llegaron a establecer gran amistad. Platicaban sobre las consecuencias del terremoto, el drama ocasionado por el tsunami, el errático comportamiento de las autoridades y los políticos en general, y a ambos les atraía la filosofía. Incluso compartieron algunos pasajes de sus historias personales, aunque nunca hablaron de sus sentimientos actuales ni del pasado inmediato, mucho menos de la relación amorosa que había existido entre Daniel y Francisca, permaneciendo oculto el hecho tan misterioso para Franco de que mantuvieran una amistad tan estrecha.

Los días avanzaron y la mayoría de los voluntarios debía iniciar sus clases. Así, Gerardo y Damián se despidieron de las personas con quienes habían trabajado durante ese tiempo y regresaron a sus casas paternas.

Como el movimiento de gente tuvo una disminución considerable durante los días de semana, a Francisca y Franco se les facilitaron las tareas, lo que les permitió pasar más tiempo a solas. Al principio su principal tema de conversación fue sobre las aristas que tenía el voluntariado, pero de a poco compartieron sus miradas acerca de la vida; sin embargo, ambos se cuidaban: él de no mostrar los verdaderos motivos que movían sus pasos y ella de guardar absoluto secretismo con respecto a su historia con Daniel, que tanta curiosidad continuaba produciendo a Franco.

Referente a sus escritos, él nunca entraba en detalles y ella no lo presionaba para verlos. Las pocas veces en que exteriorizó su interés, Franco les bajó el perfil catalogándolos de informes latosos que no valían la pena y que solo servían para justificar su permanencia allí.

Llegó abril y se habían acostumbrado a compartir sus vivencias en terreno, la quietud de la casa y los atareados fines de semana. La cercanía dio un giro hacia la intimidad y reorganizaron el dormitorio de ella: reemplazaron los camarotes por dos colchones en el suelo, y los sacos de dormir por sábanas y un cobertor que él encargó a una vecina que se ganaba el sustento cosiendo.

Cuando abril llegaba a su término, Franco le confidenció a ella que su jefe lo estaba presionando para regresar a Estados Unidos.

–Pero, ¿y tu trabajo aquí? ¿No está conforme?

–Sí, pero ya no tengo tema. Me está pidiendo renovación. Necesita que continúe sorprendiendo a los lectores y lo que aquí ocurre ya no es noticia.

–¡Pero cómo! Ves a diario la desgracia con tus propios ojos. Llevamos en esto dos meses y en cuanto a la ayuda que las autoridades debieran entregar, todo sigue casi igual que al principio. Alguien tiene que poner la voz de alerta.

–Sí, Pancha, pero eso no le interesa a él ni a nadie allá, y por lo tanto, considera que mi misión ha terminado.

–Pero hemos hecho un lindo trabajo aquí, entre los dos... y tenemos una relación. –Quedaron en silencio. Era la primera vez que uno de ellos hablaba de relación, pues hasta el momento las cosas simplemente habían fluido.

–Es verdad, y créeme que para mí han sido los mejores tiempos.

–Para mí también. Todo se ha dado como siempre soñé: de manera natural, sin presiones, sucediendo lo que tenía que suceder y siendo como tenía que ser. Viviendo sanamente el presente. Y ahora, ¿es tan fácil ponerle fin?

–No, por supuesto que no es fácil. Y tampoco es lo que pretendo. Déjame ver qué puedo hacer...

Después de comida, Franco decidió enviarle un correo a su editor.

Lamento que la mayor parte del trabajo que he hecho durante estos dos meses, empapándome de la desgracia en las calles, se vaya a desperdiciar. Creo que vamos a botar a la basura una parte importante de esta maravillosa experiencia, porque las naranjas aún no han sido totalmente exprimidas. Estoy escribiendo una secuencia de artículos sobre las falencias de las autoridades, la negligencia de los políticos y cómo galopa la corrupción. Noticias que sin duda atraparán a nuestros lectores. Además, habrás visto que he reducido los gastos al mínimo, ¿acaso eso no me da más tiempo?

El editor no demoró en contestarle. Rápido, como era su costumbre. Y el mail traía buenas nuevas. Había picado. Le daba otro par de meses.

Y solo porque te lo has ganado –terminaba diciendo–. *Espero que no me decepciones, y que me mantengas bien informado para que no me ponga nervioso. ¿OK? Además, será conveniente que me envíes algunos reportajes que me permitan hacer negocios aquí, ¿te parece? Y no te des la molestia de responderme, porque por si no lo has entendido con claridad, te estoy dando una orden.*

Franco exhibió una gran sonrisa. Realmente amaba a su jefe.

–¡Todo mayo y todo junio! –le dijo a Francisca por la tarde. Los ojos le brillaban y su cara radiante expresaba la gran emoción que sentía.

–¿Solo dos meses? ¿Y qué haremos cuando llegue esa fecha?

–¿Y qué haremos cuando llegue esa fecha? ¿Esa es tu mejor recepción a lo que he conseguido? ¿Qué importa? Ya veremos. Si hasta ahora hemos podido generar magia, ¿por qué temer al futuro?...

Entre sueños, Franco escuchó su nombre.

–¡Te dormiste!

Abrió los ojos. La figura de Fernanda en la puerta parecía flotar en la luz.

–¡Volviste!

–Sí, y vamos al tiro al baño porque la fila de espera se está alargando, y en los alrededores no está pasando nada interesante.

Él abandonó la bolsa de dormir y se calzó los zapatos.

–Debo reconocer que estoy rendido. En realidad nos hace bastante falta ir al hotel. Menos mal que queda lo menos. Mañana amaneceremos en una cama, como Dios manda.

–De acuerdo, Franco, pero ahora vamos, a ver si mejoramos un poco nuestro aspecto.

–¿Tan mal me veo?

–No peor que yo.

–Lo que no es mucho decir, ¿no?

–Sí, pero vamos, porque además, si no nos apuramos, nos quedaremos sin desayuno.

–Sí, de acuerdo, ¡vamos!

Franco observó la coquetería con que Fernanda ordenaba su largo cabello, más rojo y brillante que nunca, divirtiéndose con la resistencia que le ofrecía su encrespado. Por fin, con la cabeza ladeada, logró que cayera por uno de los hombros.

Una explosión de aplausos y gritos de alegría, indicó que la cápsula llegaba con Carlos Barrios. Emocionado, el minero abrazó a su padre y de inmediato a su hermano. Luego se dirigió al presidente de la República, al ministro de Minería y al resto de quienes lo esperaban.

Franco alcanzó a Fernanda y le tomó la mano. Ella, sorprendida, arrugó la frente. Sus ojos casi negros crecieron bajo las cobrizas cejas.

Fernanda indicó con el dedo hacia el costado.

—Llama la atención lo bien que el mayor y sus carabineros han manejado la seguridad.

—Nada raro con la enorme cantidad de gente bajo su mando, si son como doscientos cincuenta... Y es una lástima, porque tanto orden no vende, ¿no te parece? Con algunos desórdenes esto sería bastante más entretenido. Con disturbios sería más emocionante... y conveniente para nosotros, por supuesto.

—¡Franco!, ¿no te estarás extralimitando?

—¿Tú crees? Lo que necesitamos son noticias, no buenas obras ni menos comportamientos angelicales. Y aquí nadie se sale del molde.

—Sí, pero la seguridad es conveniente, incluso para nosotros.

—En realidad, no lo creo. Fíjate: cuando estás en primera línea en un fuego cruzado entre dos bandos, no piensas lo mismo. Esperas que ocurra lo que fuiste a buscar. Quieres ruido, quieres riesgo.

—Por eso, yo nunca sería corresponsal de guerra.

—Yo alguna vez pensé lo mismo, pero cuando me tocó vivirlo, créeme, la adrenalina te corre y las venas te hierven. Es increíble.

—¿Y por qué no continuaste en eso?

—Se juntaron muchas cosas: en primer lugar terminó mi reemplazo, además venían mis vacaciones y ya tenía comprados los pasajes para Sudamérica. Por otro lado, mi madre estaba histérica.

—Oh, veo que te queda tiempo para ser un buen hijo.

—No sé si tanto, pero ella es mi mamá, y como madre, obviamente la cuestión le afecta, y en su desesperación logró que yo viera las cosas desde otro ángulo: alcancé a comprender que estar en el frente es como un vicio. Uno se transforma, se convierte en suicida.

—Bueno, con eso y con lo que me has contado sobre el tema, tengo suficiente. Y claro, debo suponer que no debiera impresionarte la tragedia de un terremoto, o que 33 personas hayan quedado sepultadas vivas, ¿no?

—No lo creas. Cuando la maldita es la naturaleza, duele más que cuando la desgracia es generada por la estupidez humana.

—A veces tu sarcasmo raya en el extremo, pero en fin, si no, no serías tú, ¿verdad?

Les llegó un barullo proveniente de una de las carpas que flanqueaban su paso y la curiosidad los impulsó a entrometerse para averiguar de qué se trataba. Justo luego de un silencio, la mujer de Carlos Barrios retomaba la idea que estaba desarrollando. Se veía muy seria.

—Antes del accidente, Carlos, que estaba muy asustado por el mal estado de la mina, me contó que había decidido buscar trabajo en otros yacimientos. Y en realidad eran varios los que pensaban hacer lo mismo, porque las paredes les venían avisando. Esto no fue de repente. ¡No, señor! Lo que pasa es que la necesidad los pone brutos, y nosotras, las mujeres, abusamos de esa brutalidad y nos ponemos más tontas todavía…

—Franco sacó el *Smartphone* de su bolsillo e hizo algunas anotaciones.

—¿Qué anotas tan aplicado? Son puras copuchas.

—Pero me servirán para el próximo reportaje. Inventaré algo que involucre a las mujeres de los mineros. Algo relacionado con su responsabilidad tras todo esto…

Cerca de los baños que había hecho instalar el alcalde de Vallenar, Franco la observó ir hacia la fila de las mujeres. Él se colocó ordenadamente en la de los hombres, considerablemente más corta.

Cuando salió, Fernanda recién entraba. En el lugar del rescate, el presidente estaba hablando. Luego de acercarse y escucharlo durante un rato, fue a su pequeña carpa y se tumbó para esperarla.

–¿Qué decía?

Franco se sobresaltó, pues estaba con los ojos cerrados, completamente ausente.

–¡Rancio, te quedaste dormido de nuevo!

–No, casi, pero no alcancé. Gracias por evitarlo. –Sonrió con picardía mientras se paraba con dificultad–. Déjame decirte que luces muy bien.

–¡Gracias! –Hizo una pequeña reverencia–. Vi que Piñera decía algo y que ibas hacia allá.

–Echaron a andar, de nuevo con las manos tomadas.

–En realidad no lo escuché mucho rato. Dijo que rescatan a tres mineros cada dos horas y que quedan veinte por sacar... Ah, dijo también que terminarían antes de lo previsto, quizá hoy mismo.

–Eso es bueno, porque ya estoy chata con todo esto.

–Chatos.

–Sí, tú también, lo sé. Feliz me iría, y al tiro. ¿Y qué más dijo?

–Nada que valga la pena recordar, como te dije. Creo que quería aprovechar las cámaras.

En el interior de la carpa grande enchufaron sus celulares y tomaron un café acompañado de un sándwich. Volvieron a conversar sobre sus ganas de bajar a la ciudad, ducharse y visitar un buen restorán. Franco dejó entrever que añoraba el hotel por algo más que dormir y un buen baño.

Ella no respondió, pero sonrió con socarronería.

Sin previo acuerdo, tomaron en dirección opuesta al gentío. Pasaron cerca de las banderas clavadas en el cerro y se perdieron tras este, en la aridez.

Ella se tomó de su brazo, que con la mano embutida en el bolsillo, conformaba una especie de aza.

–Ha sido espléndida... Me refiero a nuestra estadía aquí, quiero decir a compartir los días y las noches, a estar juntos, a trabajar juntos y todo eso.

Franco ladeó su cabeza para apoyarla sobre la de ella.

–Sí, espléndido, aunque un poco incómodo, ¿no te parece?

–Sí, quizá un poco, pero como decía El Principito, nada es perfecto.

–No hay zorros en mi planeta… –En la mente del periodista apareció la imagen de un niño con risos dorados cubierto por una gran capa azul.

–Aunque tampoco gallinas.

–¡Qué decepción! –Lo dijeron al mismo tiempo y se largaron a reír. Detuvieron la marcha y sin más preámbulo se besaron, y volvieron a besarse.

Ella separó un centímetro su boca.

–Mira todo lo que hemos caminado, estamos completamente solos.

Franco interpretó aquellas palabras como una invitación, y mientras la besaba una vez más, soltó el botón de la ajustada presilla, y situó la mano entre el pantalón y su piel.

10

Los dramáticos acontecimientos del 27 de febrero desembocaron en penosas búsquedas de desaparecidos, la dura limpieza de las malogradas calles y los sitios de las casas destruidas, reparar las edificaciones en mal estado y terminar de echar abajo las que amenazaban con colapsar... Los habitantes del borde costero fueron poniéndose estoicamente de pie. La destrucción en algunos lugares era casi total. La inquietud principal de las autoridades, los rescatistas, los abnegados voluntarios y los damnificados, era la cercanía del invierno. Se hizo prioritaria la necesidad de erradicar a quienes dormían en carpas. También apremiaba contar para la siguiente temporada con la principal fuente de ingresos de los lugareños, siendo urgente volver a tener hospedajes y una buena línea de gastronomía que satisficiera las demandas de los turistas. Así, a pesar de la burocracia y las dificultades, durante mayo y junio las actividades continuaron a todo vapor.

A punto de cumplirse la fecha en que el trabajo prometido a su editor debía quedar terminado, Franco tuvo una idea: se le ocurrió proponerle a Francisca que regresara con él a Nueva York. Podría dejar el piso de sus abuelos en Manhattan frente a Central Park e instalarse en otro más pequeño, en un lugar más accesible a sus ingresos. Pasó varios días dándole vueltas y pensando en diferentes suburbios. Se decidió por East Harlem, a no mucha distancia de la parte norte de aquel hermoso parque. Un barrio no tan elegante, pero en el cual residía gran cantidad de latinos.

Se lo planteó con tanta vehemencia, que en el rostro de ella se dibujó una expresión marcada por el pasmo. Se quedó mirándole, incapaz de articular una sola palabra.

—¿Tanto te ha impactado mi sorpresa?

Transcurrieron algunos segundos de silencio que parecían no terminar.

—¡Vaya sorpresita! ¿Estás seguro de la locura que me estás proponiendo?

—¿En serio que lo encuentras tan descabellado?

–¿Has pensado en que nos conocemos desde hace apenas unos meses?

–Sí, lo sé, pero las circunstancias nos están acorralando.

–¿Y tú crees que yo puedo llegar y dejar todos mis intereses botados y partir así no más a la siga tuya?

–No, Pancha, no a la siga. Allá podrías terminar tu carrera, y hacer voluntariado si te place.

–¿Si me place?

Te estoy invitando a vivir en una ciudad entretenidísima.

–Pero mi vida está acá, con los míos.

–¿Y se puede saber quiénes son los tuyos?

–¿Perdón? ¿Pero qué quieres decir con eso? ¿Cómo que quiénes?

–Sí, quiénes, porque te has desentendido de todo y de todos para venirte a hacer este voluntariado.

–¡Por favor, Franco! Tengo mamá, papá, hermanos y toda la gente de aquí. ¿Crees que puedo mandarme cambiar con tanta facilidad y dejarlos botados?

–Pero tus padres están separados y casi todos tus hermanos casados.

–¿Y eso qué tiene que ver? ¡Por favor, familia es familia! Además tengo a mis amigos, a mis compañeros de escuela... Estás loco.

–Sí, tal vez... Pero más locura me parece irme para siempre y dejarte aquí.

–Además, toma en cuenta que no podemos seguir escondiendo que tenemos importantes divergencias de valores... Más bien, fundamentales, diría yo. Solo que nos hemos hecho los lesos. Creo que por eso no compartes tus reportajes conmigo y evitas que profundicemos cuando nuestras conversaciones tocan el tema valórico.

–Pero te comento sobre mis cosas a cada rato.

–¿Perdón? ¿Contarme sobre tus andanzas en las calles y hablar de cuestiones que me sé de memoria es compartir? ¿Te has dado cuenta que, por ejemplo, nunca me has permitido leer uno de tus reportajes?

–Bueno, porque son aburridos.

–Sí, claro, aburridos. Eso es lo que siempre me has dicho. Pero los haces, los vendes y los compran, ¿te parece que me estás dando una respuesta razonable?

–Bueno, además nunca me los has pedido en serio, o sea con insistencia. Y no quiero decir que por eso no te importe lo que hago; no necesito que sea parte de nuestras conversaciones. No tengo por qué meterte en algo que sé que no te interesa. Y si demuestras algún interés en ellos es por mí, y te lo agradezco, pero no tengo derecho a involucrarte más de la cuenta. Sería mucho abuso de mi parte.

–¡Pero qué capacidad tienes para esgrimir argumentos que no llevan a ningún lado! ¿Realmente te parece bueno que nunca haya sido parte de nuestras conversaciones? No sé, creo que entre nosotros las cosas están peor de lo que hemos querido asumir… Si es que hemos asumido algo. Y ya que estamos tocando el tema y tanto te intereso, tal vez vaya siendo hora de que me permitas participar en lo que haces. ¿Te importaría?

–¿Importarme? –Su mente buscó alguna forma de desprenderse de aquella situación, pero no la encontró. Pensó que sería buena idea recurrir a la vieja estratagema de mostrar buena disposición para espantar el escepticismo–. Por el contrario, me encantaría contar con tu opinión de manera directa. El próximo te lo mostraré antes de enviarlo, ¿te parece?

–Me parece bien, pero también me gustaría leer los que has mandado antes, durante todo este tiempo. Creo que sería una muy buena manera de conocerte más.

–¡Uf, apareció la sicóloga! ¿Crees que tiene sentido escarbar hacia atrás?

–¿La sicóloga? ¿Me puedes decir qué tiene que ver mi carrera con lo que estamos hablando? Y para que te enteres, no pretendo escarbar nada. Por favor, Franco, ¿qué te pasa? Si pretendes que me vaya contigo... No estoy diciendo que lo vaya a hacer, pero si eso es lo que quieres, creo que esta sería una muy buena forma de conocerte mejor, ¿no te parece?

–Sí, claro. Lo acabas de decir, ¿no?

–¿Y por qué tanto misterio, me puedes decir? ¿Tanto susto te da que pueda estar en desacuerdo con tu visión de algunas cosas?

–Sí, tal vez. Me asusta que nos pongamos a discutir sobre ética, moral, valores y esas cosas.

–¿Y qué tendría de particular? A ti te gusta todo eso. Lo tienes presente todo el tiempo. ¿Tan en desacuerdo estamos como para que te asuste? ¿Y tanto más podríamos estarlo si los leo?

Franco sabía que mostrarle los escritos enviados a su editor levantaría una gran polvareda, pero al mismo tiempo la postura de Francisca le parecía justa; consideró imprudente continuar manteniéndola embaucada. Para él lo primero había sido su trabajo y la cuestión del voluntariado no más que una justificación para lograr sus propósitos, pero se había entusiasmado en serio con ella. Al punto de proponerle irse juntos. Y eso se desdecía con mantenerla engañada, de lo cual nada bueno saldría. Dadas las circunstancias, sería mejor enfrentar la verdad. Se preguntó si sería amor lo que sentía. Nunca le había sucedido algo parecido. Por otra parte, jamás se había planteado un proyecto de vida que no fuera solo suyo. Entonces, dadas las circunstancias, reconoció que Francisca tenía derecho a esperar que sus posturas éticas tuvieran al menos algunas coincidencias… Lamentablemente, él sabía cuan diferentes eran. De pronto se dio cuenta de que lo observaba en silencio, en espera de una respuesta. Le ofreció su mejor sonrisa. Ella no respondió y la expresión de su rostro se endureció. No le cupo duda que quería zanjar la cuestión. Por fin, decidió dar el paso que tanto temía.

–Puede que tengas razón, quizás ha llegado el momento de compartir contigo todo.

–¿Hasta tu vida secreta? –La boca de Francisca, que había permanecido mustia, se alargó para mostrar una sonrisa llena de socarronería.

Franco, intentando no mostrar desconcierto por aquel brusco cambio en su expresión, caminó hacia la ventana y se quedó mirando el barrial que tenían por antejardín. Había dejado de llover, las nubes corrían a gran velocidad y el pálido sol aparecía y se escondía con intermitencia.

–Veo que te queda humor para reírte de mí. No dejas de sorprenderme.

–Bueno, no podemos ponernos tan graves, ¿no?

–Sí, de acuerdo, hasta mi vida secreta. Te enviaré por mail los archivos. Si te da la paciencia, podrás leerlos todos, y será lo que Dios quiera. –Se quedó pensando que él era agnóstico, por no decir ateo con todas sus letras…

Tras doce minutos de viaje, Víctor Zamora, el ayudante de fortificación que había cumplido treinta y cuatro años el reciente 10 de octubre, se convertía en el rescatado número catorce. En la plataforma lo esperaban su pequeño hijo y su esposa, embarazada de tres meses. Los besó con ternura, luego abrazó al presidente de la República y alargó la mano al de Bolivia. A pesar del dolor de muelas que lo había acompañado durante el encierro, su buen humor ayudó a aquietar los ánimos en momentos difíciles, contrarrestando la ansiedad de varios. Además escribía poesía, lo que daba un toque peculiar a su personalidad.

La cápsula reinició el descenso en busca de Víctor Segovia, un viejo minero enamorado de las rancheras que hacía gemir el acordeón, la armónica y la guitarra. Presentado en los videos por sus compañeros como *el poeta,* durante los días de encierro había escrito cada detalle de lo sucedido con la intención de publicar un libro.

Franco se preguntó cuán suculentos serían esos detalles y puso en duda la conveniencia de manosear demasiado el pasado. Recordó el suyo con Francisca. ¿Qué le había dado a ella por prestar tanta importancia a sus posturas éticas? Y lo había hecho a costa de la felicidad que juntos hubieran podido construir… ¿Hubieran podido? ¿Habrían sido capaces de limar las diferencias y tener una relación que valiera la pena, o se hubiera convertido en un soberano desastre? Preguntas y más preguntas, todas sin respuesta. Observó a Fernanda. "A rey muerto, rey puesto". Sonrió. Definitivamente, hubiera sido una locura cargar con Francisca.

–Fernanda se empinó y lo besó en la boca, mientras le rodeaba con los brazos. Contenta, pues él se comportó como si ya no le importara lo que pudiera interpretar el resto de la gente.

11

–Creo que iré a buscar una bebida, ya no aguanto la sed. ¿Quieres que te traiga una?

–Sí, buena idea. Me caerá bien.

Eran pasadas las once treinta y el sol golpeaba fuerte. Una vez más Franco miró con detención a Fernanda alejarse: el brillante pelo cobrizo caía sobre sus hombros en dirección a la cintura, cuyo contraste con las caderas le pareció divino. Sus ajustados jeans azules, desteñidos también en la zona de los glúteos, dejaban a la vista sus tobillos angostos, tostados. En su mente percibió los de Francisca, pálidos y gruesos... Sin duda la figura de Fernanda era más estilizada. Pensó que con ella, nunca se referían a Francisca. Se preguntó si por falta de tiempo o porque ambos lo evitaban. Sin darse cuenta, aquellos pensamientos derivaron en evocar los reportajes que Francisca insistía en ver. Eso lo condujo a recordar cuando por fin decidió mostrárselos y se los envió por mail. Y lo que provocó. A medida que leía y se enteraba del contenido de cada artículo, en ella se fue encendiendo una sensación de rabia difícil de contener. Apenas podía creer que Franco distorsionara los hechos de manera tan brutal. Era como si aquellos envíos a su editor hubieran sido recogidos en un lugar donde no existía el respeto. Describía a los vecinos como vándalos o cómplices en los robos a turistas, en los saqueos a tiendas y en el desvalijamiento de supermercados. Y a buena parte de los voluntarios, les calificaba de inútiles que se aprovechaban cuanto podían para su beneficio personal. Y todo amparado en ser Chile un país situado al extremo sur del mundo, dando a entender, mañosamente, que allí apenas conocían la civilización.

La forma en que Franco se refería a las situaciones que enfrentaba a diario cada uno de los voluntarios, le pareció el resultado de burdas deformaciones de la realidad, surgidas de una pérfida imaginación. Ante tanto desquicio, no dudó en enfrentarlo apenas quedaron a solas.

–Creo que se te ha pasado la mano, Franco... Por decir lo menos.

–¿…?

–No, no me pongas esa cara de circunstancia. Te pasaste de la raya. Torciste por completo el sentido del voluntariado, y lo hiciste de una manera miserable. ¿Era necesario?

–Es que no podía dejar de cumplir con mis obligaciones.

–¿Tus obligaciones?

–¡Claro, por supuesto! Tenía que mantener despierto el interés de mi editor, y no solo eso, debía ganarme la complacencia de sus jefes y la fidelidad de los lectores. Sabes que de lo contrario hubiera tenido que tomar un avión y partir.

–¡Franco, por favor! Has utilizado el voluntariado creyendo que con eso realzas tu actividad profesional, y lo has hecho de manera indecente. Yo creía que eras uno de nosotros. Pero lo dejas por el suelo. ¿Cómo la Feña lo hace y no necesita andar contando mentiras ni insultando para conquistar a sus lectores?

–No sé a pito de qué la metes en esto, pero en fin, eso es otra cosa; ella hace otro tipo de periodismo.

–No, si se nota.

–Pancha, por favor, no seas irónica.

–¿Irónica? ¿Yo irónica? ¡Por favor, lo único que faltaba, tú tratándome de irónica a mí. ¡Ja, ja, ja!

–Y a todo esto, ¿cómo sabes que ella, cuando viene, hace periodismo?

–Porque no soy idiota, pues. ¿O tú crees que no me doy cuenta? Pero ella es cauta, prudente, gentil, y escribe cosas buenas sobre lo que ve. Además, jamás ha mentido. Entonces, no tengo problema en hacerme la tonta.

Que Francisca se refiriera a Fernanda, hizo que Franco la evocara. Apareció en su mente como una secuencia lenta de fotografías. Recordó su interés incipiente en aquella atractiva periodista, destruido de un plumazo por el temor, más bien por el terror producido en él por ella misma, por la aparición repentina en escena de su hijo, por su condición de ser madre… Observó a Francisca. Le sorprendía que fueran tan distintas y al mismo tiempo ambas pudieran ocupar un sitio en él. Tal vez si con Fernanda hubieran tenido más intimidad, como con Francisca, las cosas habrían sido distintas. O más bien, si no fuera madre soltera… ¿Y por qué acudían todas estas ideas a su cabeza? ¿Y por qué Francisca tenía que sacarla a colación como ejemplo de una moral a seguir?

–Lo que me parece peor –continuó Francisca–, es que no te baste con la miseria que viven las personas en estos pobres pueblos y tengas que aguzar tu imaginación al extremo de presentarlas como abominables, y a nuestro país como habitado por gente salvaje.

–Pero si lo piensas más detenidamente, lo son.

–¿Qué?

–Por favor, déjame terminar. Lo son, como en todos los lugares del mundo.

–Así será en tu país, pero aquí la situación es muy distinta.

–Pero Pancha, mira cómo desde el primer momento aparecieron los vándalos saqueando a diestra y siniestra. Y no me vengas con que eran delincuentes, porque claro que lo eran, pero te guste o no, eran vecinos, eran parte de la comunidad. Era gente que ante la oportunidad de hacerse en forma fácil de alimentos y enceres, ni siquiera dudó. ¿Y recuerdas a las autoridades? ¿Las viste? No hicieron nada. Nada de nada. ¿No es para pensar mal? ¿Que por ejemplo, tal vez estaban coludidas? ¿Que después se repartirían las cuestiones robadas? En Concepción vi las cosas más increíbles que te puedas imaginar, era demasiado grotesco. Y perdóname que te diga, pero esas personas no eran precisamente buenas. Era gente mala. Y no te tapes los ojos, eran de los mismos habitantes del lugar. ¿Y qué dijeron los vecinos de ellos? ¿Qué hicieron? ¿Te imaginas el drama que se hubiera producido si los canales de televisión no hubieran llegado hasta el lugar? Por favor, no justifiques a esa gente, no la defiendas.

–Pero no toda es igual.

–¿En verdad lo crees? ¿Quiénes son los buenos? ¿Los que vieron a su vecino bajar una lavadora de la maleta de un auto y se quedaron callados, por ejemplo?

–Tenían miedo.

–O sea, cambiamos el libreto: no son delincuentes, sino una manga de cobardes.

–Puede haber algo de eso, pero es mucho más complejo que la manera en que lo estás planteando.

–¿Y cómo se debe plantear? ¿Diciendo que son pobres, explotados y que están necesitados? Y no digo que eso no sea cierto, pero, ¿justifica lo que hacen? ¿No crees que si se les diera la oportunidad lo volverían a hacer, una y mil veces? Lo que pasa, Pancha, es que tú eres demasiado buena...

–¡Para! Estás generalizando de manera extrema. Es verdad que hay gente que ha actuado mal, pero son los menos.

–No estoy tan seguro de eso. ¿Por qué lo estás tú? Yo he visto a mucha gente en situación límite, en distintas partes del mundo, y ni te imaginas de lo que son capaces de hacer con tal de dar a sus hijos un trozo de pan o un poco de agua. En los países del Oriente Medio, por ejemplo, no sabes lo que alguna gente que siempre ha sido considerada buena, es capaz de hacer de repente. Sobre todo cuando les aflora el odio.

–Bueno, pero no estamos en el Oriente Medio.

–No, pues, pero estamos en Chile, un país terremoteado. Estamos en un lugar donde el agua ha arrasado con todo, incluso con el agua. En un lugar donde a la gente la naturaleza le arrebató sus mujeres, sus maridos, sus hijos de los brazos, a los amigos...

–Y ahí, en medio del drama hay quienes, a pesar de sus inmensas pérdidas, son capaces de continuar ayudando a otros. Y son los más.

–¡Pero por favor, esos héroes son solo unos pocos! Existen, es cierto, pero son apenas un puñado. Pueden contarse con los dedos de la mano; la mayoría de quienes han perdido a sus familiares están desconsolados, destruidos, y si tienen que alimentar a un hijo, no dudan en apoderarse de lo que no les pertenece. Y la mayoría odia por no tener lo que según ellos les corresponde. Razones les sobran para justificar su maldad.

–No, Franco, la gente aquí no es así. Y si así fuera, pero conste que no lo es, eso no te da el derecho de andar esparciéndolo, y menos a través de historias para conmover a tus incautos lectores.

–¿Y por qué no? ¿Qué hay de malo en ello? ¿Cuál es el problema de mostrar la verdad, por trágica que sea?

–Y aprovechar el drama para meterse en la vida privada de la gente, ¿también te parece correcto?

–¿Y cuál es el problema?

–¿Cuál es el problema? En primer lugar, que no es cierto. A estas alturas, casi nada de lo que dices en tus reportajes es cierto. En segundo lugar, que tus invenciones, no es que rayen en la locura, no, ¡son una locura! ¡Estás demente! ¡Te desconozco! ¿Cómo puedes decir que por tanta hambruna la gente se come entre sí?

–Pero por favor, yo nunca he dicho que sean caníbales, y por lo demás, si así fuera, los que leyeron esto ni saben dónde está Chile.

Aquel comentario la dejó perpleja. No supo qué responder. Se preguntó si había algo que decir ante tal aberración.

–Y míralo de la siguiente manera, Pancha: incluso tú, si tuvieras que alimentar tres o cuatro bocas y no tuvieras trabajo o no te alcanzara con lo que ganas, tal vez te aprovecharías del caos reinante alrededor. Y tú eres una persona buena. ¿Te das cuenta de lo que puede llegar a hacer la gente que no es tan buena como tú?

Nuevamente quedó perpleja. Se preguntó qué haría en tal caso, y no supo responder.

Según se enteró después Franco, durante esa noche Francisca apenas pegó los ojos. No sabía cómo la discusión se le había dado vuelta. Debía reconocer que en algunas cosas él tenía razón, pero no podía aceptar que vilipendiara a todo un pueblo. La angustiaba que tuviera una escala de valores tan diferente a la suya y le molestaba sobremanera pasar por incauta. La descomponía que fuera un soldado con una daga en la mano, dispuesto a ejecutar a quien se le pusiera por delante para cumplir sin misericordia sus planes, mientras ella no hacía más que cacarear ideas que parecía llevárselas el viento. ¿Podrían planear juntos un futuro que valiera la pena? Obviamente, no. Y pensó en su madre. Ni en sueños seguiría sus pasos, casada a los 21 años...

"Más bien cazada". Su pequeña boca se estiró para hacer un amago de sonrisa con expresión nostálgica. ¿Cuánto demoró en darse cuenta de las diferencias con su marido? Tuvo cuatro críos y terminó divorciada, esclava del trabajo para criarlos dignamente, como decía modulando la palabra. A ella no le pasaría lo mismo, ni nada parecido. Tenía una definición para la dignidad muy diferente.

Durante el día siguiente no se vieron hasta entrada la noche; sin embargo, como tampoco hubo huéspedes en la casa, tuvieron todo aquel espacio para ellos. Cuando Francisca llegó, encontró a Franco solo, trabajando en su computador, con una taza de aromático café humeante al frente.

–Vengo que me muero de hambre, ¿quieres unos huevos revueltos?

–No sería mala idea, yo te ayudo.

–¿O unos tallarines con huevo?

–Está bien, echaré unos fideos a cocer.

–No, no te preocupes. Termina lo que estás haciendo, yo me encargo y después nos sentamos, y podremos conversar.

Franco la observó echar agua en la tetera, prender los fogones, colocar una olla y una sartén… Se acercó y la besó en el cuello.

Ella no hizo amago de retirarlo. Solo recogió un poco el hombro debido al escalofrío que le produjo.

Él regresó a la mesa, retiró el *notebook* y puso un par de paños, dos platos y cubiertos. Luego cortó unas rebanadas de pan y abrió el refrigerador para sacar mantequilla y zumo.

–Ha durado bastante este jugo de la fruta que nos regaló doña Rosita.

–Ten cuidado, entonces... No te vayas a envenenar. ¿Está ella entre las buenas o las malas? Ah, de veras que son todas malas. Perdón, somos todas malas. Muy malas.

–Pensé que se te había pasado el enojo.

–¿Tú crees? ¿Así de fácil? Y en realidad es decepción, rabia, pena… Más bien todo eso. Y claro que me produce enojo. Mucho enojo, por supuesto. Pero por mucho que sea así, no me voy a embarrar la vida, tú comprenderás.

—A todo esto, me llegó un correo de mi editor.

Francisca se mantuvo en silencio mientras salteaba un picadillo de verduras.

Franco echó los fideos a la olla.

—Si sé que me llegan correos de él a cada rato. Es un hinchapelotas.

—¿Un qué? ¿Dónde aprendiste eso?

—¿Dónde crees tú? Incluso tú misma lo usas a cada rato. Pero si quieres me pongo más elegante y te lo digo en buen español: es un jodido, ¡joder!

Ella apenas pudo contener la risa. Apagó un fogón.

Franco sirvió dos cafés. Le entregó uno y mantuvo la mirada sobre ella.

—Me pregunta para cuándo he fijado la fecha de mi regreso, para actualizar mi pasaje.

—¿Sabes, Franco? Estuve reflexionando sobre la conversación de ayer y creo que como pienses es asunto tuyo, pero no puedo compartir tus argumentos. Lo siento, pero no puedo estar de acuerdo con tu manera de pensar. Me pone de pésimo humor. Se desdice demasiado con el voluntariado, y con mis valores. Además, me indigna pensar que nos has estado usando.

Él enarcó las cejas.

—No, no te hagas el sorprendido. Sabes muy bien que nos has estado usando durante meses.

—¿Yo? ¿Usando? ¡Por favor, Pancha!

—Sí, utilizas a los que pasan por aquí entregando lo mejor de ellos y a los pobres desconocidos que viven en la zona, quienes, como te habrás dado cuenta, lo perdieron todo. La gente del pueblo ha confiado en ti y te ha confidenciado sus intimidades, sus temores, sus esperanzas, sus ilusiones… ¿Y tú? ¿Cómo les has respondido? Y aunque yo no sea tan importante, también has abusado de mí.

—¡No, Pancha, por favor no digas eso!

—Y aunque me duela, eso no es lo peor. Creo que solo piensas en ti y en cómo sacarle partido a todo lo que se te pone por delante.

−¡Pancha!

−Y ni siquiera te das cuenta. Lo único que te importa es tu carrera y tu éxito. Solo piensas en cómo subir un peldaño más, en cómo sacar jugo a las personas y a las situaciones que te rodean.

−Me asustas. Nunca te había visto así.

−¿Y qué esperas? Que diga, ¿este es mi hombre?

−¿No crees que estás siendo injusta? Creo que aquí hay un tremendo mal entendido.

−¿Perdón? ¿Injusta yo? ¿Y cuál sería la parte en donde nos hemos extraviado? Porque si lo recuerdas, el problema surge de lo que has escrito, y quizá qué más has enviado que yo desconozco.

−Nada más, te lo prometo. No hay nada que no te haya mostrado, te lo juro. Y créeme, por favor, todo lo que he hecho ha sido tratando de hacer lo mejor para nosotros. No ha sido más que producto de la necesidad de justificar mi estadía aquí para quedarme contigo. Y tú lo sabes muy bien. Pensé que por eso no mostrabas una curiosidad viva.

−La tenía, pero te respetaba. Todavía creo que las buenas relaciones se basan en el respeto y... y la confianza. Por otra parte, mentir no es la forma. Nunca es la forma. Menos difamando de la manera en que lo has hecho. Le has robado a esta gente su honra, lo único que les queda. Y todo para asegurarte unas palmaditas de felicitaciones de tu jefe.

−¿Pero vas a seguir con lo mismo? Creí que los argumentos que te di te habían parecido razonables, pero veo que no. Y has vuelto a la carga. Además, ya te dije que solo pensaba en cómo quedarme aquí contigo.

−Hubieras renunciado, pues. Pero claro, no querías perder ni pan ni pedazo. Y creo que no vale la pena seguir discutiendo. Nada justifica lo que has hecho y que te da por seguir defendiendo. Y ni siquiera estás dispuesto a mostrar una gota de arrepentimiento.

−¡Ya!, ¿y entonces? ¿Qué hacemos? ¿En qué situación quedamos tú y yo?

–No lo sé. En estos momentos no estoy en condiciones de ver más allá de mis narices…

Franco decidió no enviar a su jefe los textos que recién había acabado: ocho contundentes escritos, que aún no mostraba a Francisca. Le escribió explicándole que estaba investigando algo interesante como broche de oro, que le diera unos días más, tal vez un par de semanas. Y que había una noticia nueva que podría desembocar en algo sorprendente.

El editor le respondió:

Hay mucho trabajo aquí, pues la revista ha comprado una nueva radio y está en conversaciones para aliarse con un periódico, y te necesito con urgencia. He convencido a la Dirección para que en lugar de contratar a un colega que haga parte del trabajo, te contrate un par de ayudantes. ¿Te das cuenta de lo que eso significa? Estás a un paso de cosechar todo lo que con tanto ahínco has sembrado. Pero dado el buen trabajo que has hecho, y que por lo que me dices tendrá su broche de oro, continuaré sujetando en mis manos la papa caliente. Tienes dos semanas, pero ni un día más, ¿de acuerdo? Ni se te ocurra pedírmelo. Te quiero aquí, de vuelta, a más tardar el quince, y no del año 2100, sino de ahora, de julio del 2010. ¿He sido suficientemente claro, Franco? ¿Me estoy dando a entender? Y te agradeceré que me envíes lo antes posible esos escritos que me prometiste, y me cuentes un poco más acerca de esa nueva noticia que dices tener, mira que no estoy para andar jugando a las escondidas.

Franco mostró el mensaje a Francisca, quien no pudo esconder la emoción que le produjo. Que Franco fuera un ambicioso por sus cuatro lados y muchas veces no midiera el costo de ello, le daba un valor incalculable a su disposición para arriesgarse y perder todo lo ganado. Y todo por ella. Y el riesgo no era menor, pues ahora tenía que inventar algo más que sorprendente, algo inimaginable, y al jefe claramente se le debía estar acabando la paciencia. Le pareció un acto de amor demasiado poderoso y surgió en su interior una tentadora ostentación: ¿Por qué ella no lo podría hacer cambiar? ¿Acaso no estaba a un tris de recibirse de sicóloga? ¿No era esa la máxima prueba que le podían poner en el camino? ¿La mejor tesis de grado para desarrollar? Además, Franco había sido noble en no arremeter contra ella mezclando otro tipo de argumentos para cazarla, como hilar fino respecto a la corrupción con que actuaban las autoridades y aquellas personas ligadas al empresariado que ella justificaba para salvaguardar la respetabilidad de su ONG, individuos que no eran precisamente buenos referentes éticos. Porque debía reconocer que por todas partes se olía a intereses creados. Había tenido la decencia de no enredar las cosas para aprovecharse y ganarle las manos. Por el contrario, evitaba crear con ella situaciones de enfrentamiento. Estas aparecían solo porque ella las buscaba. Por mucha razón que tuviera, si la tenía, porque estaba dudando de sí misma cada vez con mayor frecuencia.

–¿Y se puede saber por qué no le envías a tu jefe el enorme trabajo que has hecho? Además, ¿me puedes decir qué le inventarás ahora? Porque tiene que ser algo de mucho peso, o…

–Porque no quiero que considere que con eso le basta, que ya está bueno, que agarre mis bártulos y me mande a cambiar a donde hace mucho rato debiera estar. Y respecto a lo otro, la verdad es que sí, tengo algo de mucho peso…

Fernanda regresó.

–¡Uf, qué calor! Aquí está tu bebida. ¿Qué hora es?

–Gracias, Feña. Son pasadas las doce.

–¿Y cómo van?

–Acerquémonos un poco más, el próximo debe estar por llegar.

Víctor Segovia, el perforador que con cuarenta y ocho años llevaba trabajando ocho en la mina, en "el matadero humano" como le llamaba, abandonó el habitáculo mientras sus familiares lo homenajeaban con aplausos y calurosos gritos de apoyo.

Vio a su hermano correr a su encuentro.

–Puta, Pedro, se me quedó la bitácora. Cuando me subí a la cápsula, la puerta se había trancado y la dejé en el suelo para hacer fuerza con las dos manos. Y con la emoción no me acordé de ella hasta que llevaba más de la mitad del trayecto.

–Ya, tranquilo, alguien te la traerá. Seguro que el osito Gominola se tropieza con ella y te la trae.

–Puf, eso espero, porque lo que tengo ahí es demasiado importante.

Continuó saludando a sus cinco hijas, a quienes les dijo que se sentía como si estuviera naciendo de nuevo.

–Puta, mi bitácora –mascullaba cada cierto rato.

Había tenido la fortaleza de animar a sus compañeros, aunque también se dejó llevar por la nostalgia y tuvo sus tiempos difíciles. En una ocasión escribió: *Acá todo cruje. No sé cómo no nos hemos vuelto locos. Esta oscuridad eterna cada día me desgasta más.*

En la siguiente bajada, Patricio Sepúlveda, paramédico miembro del Grupo de Operaciones Especiales de Carabineros, GOPE, abordó la cápsula. Era el quinto rescatista en bajar. El hombre sonreía, satisfecho por la oportunidad de participar en aquella misión; según había dicho ante las cámaras, la más importante que le habían encomendado en su vida.

–Al rato, volvió a sonar la sirena–. Traía a Daniel Herrera, a quien llamaban *osito Gominola* por ser tan apegado a su madre. Tenía treinta y siete años y llevaba siete meses en la mina trabajando como chofer de camiones. Al abandonar el pequeño habitáculo, sus manos mostraron el legajo de hojas con la bitácora rescatada de su compañero Víctor Segovia. Su madre, luego de aplaudir muy excitada, corrió hacia él para abrazarlo durante largo rato.

Franco envolvió a Fernanda con su brazo y la besó. Ella constató que esta vez él no barría alrededor con la mirada.

12

A medida que se acercaba el 15 de julio, el editor de Franco no perdía oportunidad para recordarle que tenía compromisos pendientes con él, partiendo por los escritos y continuando con la primicia que le había ofrecido con marcadas ínfulas.

Desde su última discusión con Francisca y la decisión que ella tomara de "convertirlo", Franco le compartía sus textos y le contaba pormenores de la comunicación con su editor, incluida la presión de la cual era víctima. Así, no era raro que parte importante de sus conversaciones versaran sobre la situación de él con su jefe y los resultados de su trabajo... Aunque no de todo, pues mantenía en secreto aquello que sabía escabroso y algunos apuntes tendientes a la frivolidad, con comentarios ácidos y juicios de valor que sin duda la exasperarían. Eso influyó para que sus conversaciones volvieran a ser monótonas, con parlamentos flojos carentes de brillo, privadas del encanto que aportan las argumentaciones novedosas y las discusiones aliñadas con puntos de vista diferentes.

–Le he mandado muy poco, y si no le envío pronto algo que lo sorprenda, me va a volver loco.

–Ese es el problema, pues, porque le has creado un castillo de expectativas. Le ofreciste algo que lo deslumbraría.

–Es que tengo ese algo.

–¿Sabes?, no te entiendo. Dices que tienes qué enviarle, pero al mismo tiempo dices lo contrario.

–Sí, sé que parece contradictorio. Lo que pasa es que tengo muy clara la línea, algo así como el esqueleto, pero no puedo armar nada interesante hasta no tener toda la carne. Debo averiguar algunos detalles que me faltan y así darle verdadera consistencia.

–¿Te das cuenta que has vuelto a ocultarme parte de lo que escribes? Y por lo que veo, una parte no menor.

–No, no es que te oculte nada, lo que pasa es que no puedo mostrarte una armazón de ideas sueltas, que sin un relleno consistente, podrían caerte mal.

–Pero recuerda que me ofreciste compartir todo conmigo.

–Pero Pancha, todo no significa todo.

–¿Ya? ¿Y cómo debo interpretar eso?

–No tienes que interpretar nada. Solo digo que no puedo explicarte cada idea que pasa por mi cabeza, ¿comprendes?

–La verdad es que no, no te entiendo. No veo por qué no me puedes comentar lo que piensas ni las cosas nuevas sobre las que estás escribiendo, y que podamos conversar sobre eso. Por si no te has dado cuenta, ya no hablamos de nada que valga la pena. La rutina nos está consumiendo.

–Se trata de un tema muy delicado, Pancha, y así como me faltan antecedentes, mis apuntes están llenos de ironías y sarcasmos que fuera de un contexto conveniente podrían caerte muy mal. Por favor déjame armar el cuerpo con huesos y carne. Entonces, serás la primera con quien lo discutiré.

–Pero yo no quiero discutir contigo ni que me des una disertación, Franco. No quiero que hagas una defensa académica de tus puntos de vista. Solo hablo de que me comentes tus ideas y podamos conversar sobre ellas. No que tenga que esperar a que realices un gran desarrollo periodístico o literario para enterarme de lo que estás pensando.

Él no respondió de inmediato. Reflexionó sobre lo mucho que le molestaban las presiones de Francisca, que cada día eran más insoportables. Con ella ya no se sentía cómodo pues su libertad peligraba. Se preguntó si tal vez fuera conveniente abrirse y mostrarle sus intenciones. Y si no entendía, pues entonces que se fuera todo al mismísimo infierno.

–OK, está bien. Como de costumbre, tú ganas. He estado siguiendo las declaraciones de los que acusan al cura Fernando Karadima de pederastia... Y como si eso no bastara, de una buena cantidad de otras cosas tan malas o incluso peores.

–Ya, ¿y?

–Y eso, pues. Pero por el momento solo tengo un montón de información suelta que hace juicios de valor sobre él, la cúpula de la iglesia católica y un montón de gente "linda" que lo protege para que sus maldades no salgan a la luz. Y estoy barajando una serie de ideas para darle fuerza, incluso asociarlo a otros depravados como Paul Schäfer, o a ese cura fundador de los Legionarios de Cristo...

–¿Te refieres a Maciel? ¿A Marcial Maciel?

–Sí, a ese mismo... ¿Por qué me miras de esa manera?

–¿Y cómo quieres que te mire? Te conozco, y quizá qué ideas locas están pasando por tu cabeza.

–Cuando las logre armar, serás la primera en enterarte, puedes estar segura. Pero por ahora, como ya te dije, son solo ideas volando.

–Chuta, espero que no armes una grande... ni que te aproveches indebidamente.

–¡Pero por favor, Pancha! ¿Ves? Ya me estás descalificando, y eso que apenas sabes de qué se trata. Por lo demás, cualquier cosa que diga sobre sujetos como Schäfer o cualquier fraile depravado será poco comparado con su maldad.

–Pero hay muchos involucrados, y es ahí donde comienza mi preocupación.

–Mejor dicho, es ahí donde la cosa comienza a ponerse interesante. Pero ten un poco de paciencia y ya verás, porque cuando salga lo que se me está ocurriendo, va a ser hasta con fuegos artificiales.

–¡Franco!

–¿Qué?

–¡Lo estás echando a la broma!

–Está bien, de acuerdo, no es divertido, pero no sé qué decirte. Por favor recuerda que necesito una noticia sorprendente con urgencia, y esta cuestión de Karadima pinta para ser lo que busco. Puede dar mucho jugo. Y es tan heavy, que ni siquiera tendré que inventar nada, así que puedes quedarte tranquila.

–¿Tranquila? Si haces una de las tuyas, no cuentes conmigo.

–Otra vez lo mismo. ¿Te das cuenta que me estás agujereando algo que ni siquiera has visto? Y es hora de que comiences a tomar en cuenta que si no respondo a las expectativas de mi jefe, estamos fritos. No me haría ninguna gracia quedarme sin trabajo. ¿Por qué te cuesta tanto entenderlo?

–Sé cuánto te cuesta hacerte a la idea de cambiar tu perfil, pero es la oportunidad que tienes de probarme que me prefieres a mí. Y que puedes ser un profesional íntegro.

—Pero es que no se trata de ser o no ser íntegro, Pancha. ¿Cómo te lo explico para que de una vez por todas me lo entiendas? Ser periodista y andar con remilgos no va de la mano.

—Pero hay muchos que son honestos y no abusan de la información que reciben.

—Nómbrame uno. Uno solo al que le haya ido bien siendo eso que llamas "honesto". Nómbrame siquiera uno. No quiero terminar lamiéndole los pies a nadie.

—Pero Franco, si eso es, precisamente, lo que estás haciendo con tu editor, con sus jefes y con toda la montonera de lectores que se deleitan con la desgracia ajena.

—No, no es así. Es que tú no entiendes. Eso es el periodismo, y yo, antes que nada, soy periodista.

En ese momento aparecieron tres muchachos preguntando por Francisca.

—Los estábamos esperando, chicos. Denme un par de minutos y vuelvo, saldremos de inmediato. Los damnificados que vamos a ayudar no están lejos. Los dejo un rato con Franco. —Desapareció tras la puerta del baño.

—Franco quedó estupefacto ante el brusco cambio en las facciones de Francisca, como si en lugar de discutir hubieran estado comentando una película. ¿Cómo podía relajarlas de esa manera, aparentando que todo estaba en orden?

—¿Y el alojamiento? ¿Cómo lo vamos a hacer?

—Ah, sí, disculpen. Quédense tranquilos, porque todo está arreglado. Estamos solos, así que podrán quedarse aquí las dos noches. Vengan, pongan en esta pieza sus cosas. Veo que andan con bolsas de dormir. Déjenlas sobre cualquiera de las camas.

El fin de semana fue bastante movido, pero la tranquilidad de las noches permitió que conversaran mucho con los tres voluntarios, momentos en los cuales Franco se sintió incómodo con Francisca, pues su postura discriminaba abiertamente entre el trato con ellos y las miradas de advertencia dirigidas a él, como diciendo: ¡Cuidado con lo que dices! ¡Cuidado con lo que preguntas! ¡Cuidado con lo que escuchas! ¡Cuidado con lo que interpretas! ¡Cuidado con lo que escribirás! Y en los momentos en que se encontraban a solas en su dormitorio, no se atrevía a quejarse, temiendo que lo tratara de paranoico.

Así llegó el domingo. A las cinco de la tarde, los tres alojados abandonaron la casa para tomar el autobús de regreso a Curicó, donde vivían y estudiaban. Franco y Francisca volvieron a quedar solos.

Sentados en los sillones de mimbre, él observó que los jeans azules de ella dejaban a la vista los tobillos que surgían de unos pies pequeños embutidos en unas zapatillas de descanso de piel gris. Eran gruesos, al igual que el inicio de la pantorrilla que mostró al cruzar una pierna sobre la otra.

—Creo que la lluvia no parará durante un buen rato. —Franco quitó la mirada de las piernas y la llevó hacia la ventana.

—Sí, esperemos que este invierno no sea tan crudo como otros.

—Sí... pobre gente.

—Sí, pobre... ¿Has pensado en lo que te dije el otro día?

—La cara de Francisca expresó desconcierto.

—¡El otro día, Pancha! —Regresó la mirada hacia ella, esta vez enfrentando sus ojos, cuyo azul palidecía a la sombra. Estaba seria.

—Disculpa, es que cambiaste tan abruptamente de tema, que me perdí.

—¿Te das cuenta que se nos está acabando la bencina?

La expresión de curiosidad de Francisca se mantuvo.

—¡La bencina, Pancha, la bencina!

—Sé a lo que te refieres, lo que pasa es que ahora estábamos en algo bastante distinto, ¿no?

—Sí, de acuerdo. Pero es que lo de la lluvia puede ser tremendo, lo sé, sobre todo que en Concepción hace días que diluvia... Pero como tema, ya no da para más.

—Está bien, está bien, perdona. ¿Me dejas adaptarme a esta nueva conversación?

—¡Sí, claro, cómo no!

—Chuta, estás con un humor... Pero está bien, continúa con lo de la bencina.

Franco se propuso no enganchar con la ironía de aquel comentario.

—Es mi editor, ¿sabes?

–¡Uf, qué novedad!

–Sí, qué novedad, ¿no? Me enloquecerá si no le respondo algo que lo complazca, y lo que tengo aún no me satisface. Y ya estamos a once.

Ella sintió ganas de decirle que se olvidara de ese tipo, de la revista y de sus posibilidades en Nueva York, y que se buscara algo en Chile, aunque no fuera tan esplendoroso. ¿Pero cómo hacerlo si ella misma no estaba dispuesta a dejar algo por él? Y eso, entre otras cosas, porque la relación estaba cada día más averiada.

–¿Y eso de Karadima?

–Es que todavía no lo tengo bien armado como para sorprenderlo, conmoverlo, impresionarlo.

–No entiendo ni comparto esa necesidad loca que tienes de exitismo, ni tanta dependencia del editor ese, ni de la revista esa, y en fin, incluso de tu profesión, como si sin ella no fueras nadie.

–No todos somos como tú, Pancha. Tú, que te has sacudido de todo. Pero tienes que comprender que no es lo mismo congelar un semestre en la universidad, que puedes retomar sin mayores problemas, a echar por la borda la siembra de años.

–No, si no se trata de echar por la borda nada. Se trata de comprender que a veces es conveniente cambiar de rumbo para no embarrarse la vida. Simplemente eso: cambiar de rumbo.

–¿Ya? ¿Y cómo hago eso sin caerme a las llamas del infierno?

–Muy simple, pues, ¿no puedes explicarle a tu jefe lo que está pasando?

–¿Qué? ¿Y qué le digo? ¡Me enamoré de una chilena! ¡Necesitamos ordenar nuestra relación! ¡Espera lo que sea necesario...! Que ni siquiera sé cuánto es. ¿Y que si no tiene paciencia, se vaya al carajo?

–No así, pero más o menos eso. O sea, ¿qué es lo que quieres? ¿Qué es lo que quiere el verdadero ser que está dentro de ti?

–¿Te das cuenta de la oportunidad que él me está ofreciendo? Ya ni siquiera se trata de cuánto le cuesto a la revista, porque entonces podría pedir un tiempo, aunque fuera sin sueldo. Se trata de la oportunidad por la cual he luchado toda mi vida.

–Entonces, tómala.

–Por favor, Pancha, las cosas no son tan fáciles. ¿Te das cuenta que tendría que irme?

–¡Por supuesto que me doy cuenta, si no soy tonta! Pero cuando la vida nos pone ante una encrucijada, tenemos que saber optar, y hacerlo entre una cuestión atractiva y otra que no lo es, no tiene gracia. La gracia está en saber definirse ante dos opciones difíciles, dos que siendo distintas, creamos que valen la pena. Discernir sobre cuál es más coincidente con nuestros intereses más profundos. Y al respecto, creo que tu impulso por surgir es mucho más fuerte que el entusiasmo hacia mí, así que no pierdas más tiempo y responde de una vez por todas a las urgencias de tu jefe. Arregla tu maleta, toma el avión y regresa. Y si te importo algo, no te preocupes, yo sabré entenderte. Para tu mayor tranquilidad, no olvides que yo misma he escogido continuar aquí con mi voluntariado, y lo he hecho porque lo más sano es quedarme. De lo contrario, por acompañarte, podría llegar a odiarme… y a odiarte.

Franco desvió la mirada, como si tras tal acto pudiera esconderse. La noche caía y seguía lloviendo. Se produjo un espacioso silencio, hasta que en un ataque de paroxismo, la enfocó y le planteó la posibilidad de inventarse una enfermedad.

–¿Qué? ¿Enfermarte? ¿Estás loco?

El gris de sus ojos brillaba.

–Es que no veo otra solución.

–¿Crees que tu jefe es idiota?

–¿Y cómo puede saberlo? Para empezar, no sabe nada de tu existencia.

–Pero no puedes arreglarlo todo mintiendo, Franco, ¡por favor! ¿Y me puedes decir qué ganarías?

–Tiempo, Pancha, tiempo.

–¿Tiempo? ¿Y me puedes explicar para qué te puede servir un puñado de tiempo?

–Terminaría de desarrollar lo que tengo en mente, redondearía los escritos, y tal vez podría encontrar algo más.

–Pero por lo que me has dicho y los mails que me has mostrado, no creo que pueda ni quiera seguir esperándote. Sin duda por darte la oportunidad que dices, y por esperarte, se ha hecho de más de un problema. Así que no está bien que lo sigas tramitando tan desconsideradamente. Creo que debes contarle por lo que estás pasando o, como te dije, preparar tu maleta.

Franco decidió hacerle caso y redactó un mail para su jefe. Antes de apretar la tecla de envío, lo leyó y releyó, preguntándose qué diría él de vuelta, si es que estaba dispuesto a responder algo. Tal vez simplemente guardara silencio y lo eliminara de la nómina por deserción y lo reemplazara por otro colega de aquellos que no sentirían asco de sacarlo del medio, o contratara a uno de los miles que darían la vida, incluso estarían dispuestos a matar por ocupar su puesto. Y él empantanado en Chile, al lado de una muchacha que no había por dónde agarrar con solidez, que no le ofrecía más que ser parte de un voluntariado y compartir la cama, porque eso sí, curiosamente allí, entre sueño y sueño, funcionaban de maravilla. Como si lo demás fuera una ilusión que la vida les aportaba solo para completar las veinticuatro horas de cada día. ¿Estaba a punto de tirar su destino a la basura por una calentura? Pero eso no era una calentura... ¿o sí? No se imaginaba rehaciendo su vida lejos de Francisca. Tampoco se veía de voluntario y viviendo en Chile para siempre. Ella regresaría a la universidad, no podía postergar para siempre. ¿Y él, entonces? ¿Pasaría a engordar la fila de los periodistas desempleados en un país donde hacían nata, dispuestos a trabajar en cualquier área, en cualquier cosa, incluso vendiendo teléfonos celulares? Guardó el borrador. Enviarlo no era una decisión que pudiera tomar de inmediato. Esperaría hasta el día siguiente, cuando tuviera la cabeza más fría.

Cerró su *notebook* y se acostó en la cama junto a Francisca, quien lo esperaba con una disposición exquisita; aun conociéndola, no dejó de impactarlo. Casi de inmediato sintió su cuerpo cálido, y sus manos que buscaban, que hurgueteaban, que encontraban...

Fernanda y Franco regresaron al tumulto.

–Has estado muy callado. –Lo observaba con curiosidad–. Ni siquiera me atrevo a hablarte por temor a interrumpirte, si hasta te pusiste rojo. ¿Es algo muy importante? Perdona que me entrometa, pero tú sabes…

–…

–¡Franco, sigues en la luna!

–Ah, sí, disculpa. Estaba pensando. Simplemente pensando. ¿No te pasa a veces?

–Sí, claro, pero cuando estoy tan abstraída como tú ahora, es porque estoy pensando en algo muy importante.

–Sí, puede ser. Pensaba en un cúmulo de cosas, pero nada en particular. En realidad no tiene importancia… Quizá debiéramos caminar un poco.

Fernanda lo miró sorprendida, pues acababan de volver. –Sin esperar la opinión de ella, tomó su mano y la arrastró fuera del gentío. Avanzaron y de pronto, cuando estuvieron fuera de posibles miradas, él la besó.

–¿Y eso?

–¿Eso? Por favor, ¿ya olvidaste todo lo que hemos hecho? –Sonrió. Parecía un tanto avergonzado–. ¿Se te olvidaron los cerros, la arrancada a Caldera, lo de hace un rato…?

Ella selló sus labios con el dedo índice y se besaron con energía.

Franco se separó apenas un centímetro.

–Creo que tienes razón, a mí también se me está poniendo monótono todo esto. ¿Tiene que ser todo trabajo? ¿No podemos tomarnos… algo así como otra licencia entre los cerros? –Su cuerpo no paraba de recordarle que por esmerarse en satisfacerla, él había quedado a medio camino.

–Pero acabamos de hacerlo.

–¿Me vas a decir que no te gustó? Y no necesito esforzarme para recordar que mucho. Además, no te dejaste traer hasta acá por nada, ¿no?

Fernanda sabía que él se había pospuesto por satisfacerla, y sintió un poco de culpa.

–Franco, a mí también me sobran ganas, y contigo podría hacer de todo mil veces. Pero mira, ¿no te parece que está demasiado lleno de gente?

–No veo a nadie.

–Por esta loma que nos tapa, pero al otro lado aparecen por todos lados, como callampas, y podemos quedar a la vista en cualquier momento. Tengamos un poco más de paciencia, ya queda poco, y hoy por la noche todo habrá terminado. Entonces podremos bajar a Caldera, y recuerda que tenemos una habitación que nos espera. Quedándonos un par de días más, podremos descansar, dormir y hacer lo que quieras.

–Ah, no puedo negar que la idea me enloquece, pero de igual modo podríamos caminar un poco más, ¿no? Tal vez atrás de esas otras lomas ya no haya peligro de que aparezca alguien, no tendría sentido... Y si nos resultó una vez...

–A menos que alguien anduviera en lo mismo que nosotros.

Rieron con ganas.

–Bueno, en ese caso nos entenderían, ¿no?

Volvieron a reír.

Continuaron adentrándose entre montículos de tierra y piedras hasta encontrarse a una distancia considerable del barullo. Esta vez fue ella la que le hizo sentirse plenamente correspondido.

En el intertanto regresó la *Fénix II* con el electricista Omar Reygadas, de cincuenta y seis años, quien, en los treinta que llevaba trabajando como minero, en tres ocasiones había quedado atrapado por desprendimientos de planchas.

El siguiente rescatado fue el cargador de explosivos Esteban Rojas de cuarenta y cuatro años, quien pensaba retirarse a mediados de septiembre. Apenas salió, abrazó a su pareja y lloraron arrodillados.

Fernanda y Franco se dirigieron a la carpa-comedor, en la cual servían almuerzos gratuitos desde hacía dos meses. El lugar, muy bien organizado, contaba con un enorme televisor LCD que mostraba imágenes del rescate en vivo. La aparición del ministro de Minería en la pantalla, los tentó para sentarse cerca. Le escucharon decir que dado el éxito de la operación, el rescate podría concluir antes que terminara el día, y que para colaborar en ello, también ingresaría un sexto rescatista. La cámara efectuó una aproximación hacia su mano, la cual exhibía la piedra obsequiada por el minero Mario Gómez al llegar. Agradeció la gran cantidad de felicitaciones enviadas por diversas autoridades como presidentes y otros políticos de muchas naciones, destacados artistas y connotados deportistas.

El próximo en salir fue Pablo Rojas, a quien apodaban *cañita* por lo delgado. De cuarenta y cinco años, provenía de Copiapó y se desempeñaba como perforador. No le tocaba trabajar en ese turno, pero pagaba un permiso de dos días que la empresa le había facilitado. Decimonoveno en embarcarse hacia la superficie, era primo de los ya rescatados Víctor Segovia y Esteban Rojas. Abandonó la cápsula acompañado de una gran sonrisa y las manos en alto. Luego aplaudió y se fundió en un efusivo abrazo con cada uno de sus tres hijos.

Fernanda y Franco, tomados de la mano, quedaron a la espera de un nuevo arribo de la cápsula. Sus miradas acusaban complicidad, lo que para ella significaba una carta de triunfo, sin enterarse de que Francisca aún no desaparecía por completo de la cabeza de Franco.

13

El lunes 5 de julio, Franco saltó de la cama mucho antes de lo acostumbrado y fue a la panadería. A su regreso, Francisca recién despertaba.

—¿Por qué te levantaste tan temprano?

Antes de responder, observó su cara pálida cubierta hasta la barbilla por las sábanas. El cabello rubio enmarañado servía de colchón a las pequeñas orejas casi circulares. La izquierda, muy roja, indicaba que hasta hacía poco se encontraba vuelta de ese lado. El color azul de sus ojos, bajo unas cejas algo más oscuras que el pelo, destacaba a pesar de la tímida luz gris que entraba por la ventana.

—Me desvelé varias veces y por fin decidí levantarme. Quería dejar de enrollarme por un rato, así que salí a ventearme. Tomaré un café con unas ricas tostadas, ¿quieres?

—Sí, por favor, me caerá bien para terminar de despertar. No sé por qué estoy tan cansada... ¿Y? ¿Le enviaste el mail...? A tu editor, me refiero.

Franco se quitó la casaca y fue hacia la puerta. Mientras esperaba que respondiera, Francisca observó su pelo negro, el cuello largo, y su cuerpo estilizado con unas piernas que se insinuaban gruesas bajo el pantalón de mezclilla.

Él respondió desde la cocina:

—La verdad es que no. Y no sé qué hacer. Creo que voy a esperar a que rezongue. A ver si tengo algo para entonces.

—No entiendo por qué no le envías lo que ya tienes, ni por qué te has demorado tanto en desarrollar eso de Karadima. —Se sentó en la cama—. Tú no eres así.

—Claro que no, pero ahora tengo que buscar la manera de dejarlos conformes... —Se asomó por la puerta—. A él y a ti, y créeme que no logro encontrarla. —Evitó esbozar una sonrisa que lo delatara. A su mente se había asomado toda esa escritura que guardaba celosamente en una carpeta privada—. Y tú no entiendes que a mis lectores no les interesa encontrar lo mismo que pueden hallar en cualquier parte. Los he acostumbrado a mis aliños. Y es precisamente lo que tú no quieres que haga, así que creo más prudente esperar a ver cómo reacciona mi jefe. –Sabía que necesitaba aquel material escondido para que sus escritos impresionaran y conmovieran, de modo que sí o sí, tendría que utilizarlo. El problema estaba en que ella lo vetaría y entrarían en una nueva espiral de desacuerdos éticos.

Francisca se levantó y entró al baño. Mantuvo la puerta abierta.

–¿Vas a preparar también unos huevos?

Franco agradeció que no insistiera en lo mismo.

–Sí, por supuesto.

–¡Ya!, pero me los comería fritos.

–A la orden, señorita. Cuando usted salga, estarán listos. Y a su gusto.

Desayunaron con calma y en silencio. Ni siquiera hablaron acerca de lo que harían durante la mañana.

Francisca abandonó la casa y Franco, luego de perderla de vista por la ventana, prendió su computador. En el correo, resaltó de inmediato un mail de su editor. A la presión acostumbrada, sumaba un ultimátum advirtiéndole que el tiempo se acababa y era hora de poner fecha a su regreso.

–¡Ya lo sé! Pero tengo que convencer a la Pancha de viajar conmigo… Aunque solo sea a modo de prueba. No puedo irme sin intentarlo. Total, si no se acostumbra, que tome un avión y se vuelva… ¿Es muy loco lo que pido? Será algo así como un viaje turístico y por el tiempo que quiera. Le compraré un pasaje de regreso con fecha abierta. Ahí veremos si nos acostumbramos… pero para persuadirla necesito tiempo, solo un poco más de tiempo. –Se preguntó por qué estaba empecinado en llevársela con él. Por mucho que le atrajera, entre ellos jamás podrían cultivar algo duradero.

Escribió que le era imposible partir de inmediato. Retiró los dedos del teclado y se preguntó qué enfermedad inventarse. No debía ser grave, porque eso generaría un conflicto peor al que tenía, pues a nadie le gustaría trabajar con un periodista enfermizo, menos a su jefe. Debía ser algo que no dejara secuelas. Pasaron por su mente varias posibilidades: una fiebre inesperada, una gripe fuerte, una amigdalitis... Tenía que ser algo sin mucha importancia para que no le acarreara problemas posteriores, pero a la vez, que le impidiera volar. Una otitis, tal vez. Los cambios de presión son peligrosos para los oídos y cualquiera puede contagiarse con un virus. Sopesó las consecuencias y concluyó que no tenían por qué ser graves. Solo necesitaba ganar unos días y así tener más tiempo para convencer a Francisca... Sonrió. No podía negar que jugar con su jefe le producía cierto goce. Sintió que su imaginación despertaba y comenzó a teclear:

Me pesqué un virus. Parece que me tomé demasiado en serio las investigaciones en la calle, y entre reptar por los escombros y compartir la morgue con cadáveres putrefactos... No, eso era atemorizante. Significaba haberse revolcado entre los muertos y ser posible portador de una peste. Borró el párrafo con premura, no fuera que por una tecla mal apretada el mensaje resultara enviado. No podía correr el riesgo de que su editor se aterrara con la posibilidad de contagiarse. Que fuera hipocondríaco podría ayudar a que lo comprendiera, pero también a que lo lapidara. Debía poner mucho cuidado en lo que le dijera y no atragantarlo... De pronto la idea de enfermarse le pareció estúpida.

–¡No, no, Francisca tiene razón, ese no es el camino! –Salió del correo–. Ya se me ocurrirá algo–. Evocó su figura, su apariencia frágil en la cama, y esbozó una sonrisa triste. Eso y la extraña combinación de personalidades que surgían de ella, lo tenían obsesionado con llevarla a Nueva York. En Manhattan, encontraría oportunidades que nunca le ofrecería Chile. Podría terminar sus estudios, hacer un post grado, acompañarlo en sus ausencias de la ciudad y conocer un sinnúmero de lugares interesantes... Debía esgrimir lo que fuese necesario para entusiasmarla. Hacer que creyera en él, en su amor, encender su deseo de vivir esa aventura...

De pronto entró Francisca. Lo vio en la silla, acodado sobre la mesa, con su mente en cualquier lugar menos ahí.

–¿Qué haces? Andas en otro mundo.

–Ah, sí... ¿Ya volviste?

–¿Yo? Pero si salí hace mucho rato. Parece que has pasado toda la mañana embutido en tu computador... –Sonreía. Se le veía contenta, distendida–. Hasta tuve tiempo de pasar donde Daniel y prepararle almuerzo.

–¿Prepararle almuerzo? ¿No será mucha la regalonería?

–Está con la guata súper mala, y bueno, tú sabes cómo es él que anda corriendo de un lado para otro, y darle una mano es dársela a un montón de gente a la que ayuda, ¿no te parece?

–No, la verdad es que no sé si me parece. No quiero parecer egoísta, pero él eligió quedarse viviendo solo, ¿no?

–Ay, Franco, pero qué me cuesta ayudarle un poco.

–Pero Pancha, él no quiso seguir viviendo contigo, se metió con esa que te corrió, que por lo demás le duró bastante poco... ¿No te parece mucho estar ahora cuidándolo como si fuera un niño?

Francisca se quedó mirándolo con un dejo de asombro en su expresión facial. Nunca se había referido tan abiertamente a esa ingrata situación del pasado, ¿acaso Franco Giménez podía sentir celos? Sonrió, divertida ante tal debilidad. Pero prefirió no darse por enterada.

–Le ayudo porque en cierto modo es, como bien dices, un niño... Es buena persona y para ayudarnos estamos los amigos, ¿no te parece? Además, no puedo abstraerme a la idea de que ayuda a mucha gente. Y es como la mayoría de los adultos: muy capaz en sus actividades laborales, pero un desastre consigo mismo, y por eso, con sus propias cosas... –La tentación la superó–. En todo caso, no creo que sea como para que te pongas celoso, porque no te queda.

–No es cuestión de celos, Pancha, pero creo que estás siendo indigna contigo misma.

–¿Indigna? ¿Conmigo? Ay, Franco, no seas ridículo... y anticuado. Simplemente me preocupo por alguien que más allá de su inmadurez, es una muy buena persona. Y eso tú también lo has podido apreciar. Contigo ha sido bastante buen amigo.

–No sé si tanto como amigo, aunque debo reconocer que sí ha sido buena persona. Pero no por eso habría que estar constantemente llevándole paletas de dulce, ¿no te parece?

—¿Paletas de dulce?

—Sí, Pancha, porque lo mimas de manera extrema, y eso también tiene que ver conmigo, porque no te has dado cuenta de que con eso yo quedo muy mal.

—¿Que quedas muy mal? ¿Y se podría saber delante de quién?

—Para empezar, de mí mismo, y para seguir, de ti. No puedo aceptar que estés con los dos a la vez. Suena espantoso.

—Lo que suena espantoso es lo que tú me estás diciendo. ¿Se puede saber de dónde se te ha ocurrido tamaña estupidez? Yo nunca he hecho eso. Ni lo haría.

—Sí, lo haces, y no te das cuenta. Mantienes una relación afectiva que va mucho más allá de una simple amistad. Por si no te has dado cuenta, el sexo no lo es todo.

—¡Ten cuidado, Franco, te estás metiendo en un terreno escabroso! Por si no te has dado cuenta, se te está pasando la mano.

—Pancha, sé que no han hecho nada de eso. No se me ocurriría pensar que pudieras enredarte de esa manera con los dos al mismo tiempo. —Pensó que por el contrario, era absolutamente posible. No era una *mosca muerta* y *la ocasión hace al ladrón*. Aquellas ideas lo envalentonaron—. Y no se me está pasando la mano… A punto de decirle una barbaridad, se contuvo y contó hasta diez. —En todo caso, no he pretendido herirte, así que lo siento si te he ofendido. Mi intención no ha sido otra que defender lo que me pertenece.

—¿Lo que te pertenece? ¿Y eso que te pertenece soy yo? ¿Acaso consideras que te pertenezco?

—No, Pancha, nunca he dicho eso.

—¿Y entonces?

—Me refiero a querer estar contigo, Pancha, ese es mi único pecado.

—Pero está enfermo, Franco… En fin, creo que nunca nos pondremos de acuerdo… Ah, y otra cosa, a la vuelta me encontré con don Tito. Me contó que mañana reabrirá su hostal y nos invitó a una pequeña fiestecita para celebrarlo. Me dijo que lo único que tenemos que llevar es mucha hambre, sed y hartas ganas de pasarlo bien, porque todo lo demás lo pondrá él.

Franco se quedó mirándola patitieso. No dejaba de sorprenderlo esa capacidad para cambiar de tema en forma tan brusca y frívola...

–¿Tienes cosas muy importantes para mañana a esa hora?

–¡Ay, Pancha, por favor, tú mejor que nadie sabe que no! Pero estábamos hablando de otra cosa, de algo muy distinto.

–Sí, pero eso ya no da para más. Allá tú con tus celos. Lo que es yo, no por ellos voy a dejar de ser la que soy. –Se le acercó y lo besó en la boca. Definitivamente sabía desconcertarlo. De ella podía esperar cualquier cosa, en cualquier momento.

–Sabes que es a ti a quien quiero, no seas tontito. –Nuevamente sonreía, como si jamás hubieran estado discutiendo ni tuvieran problema alguno–. Lo volvió a besar, le tomó la mano y lo condujo a la habitación. Él, una vez más, permitió que lo manipulara con su dulzura. Sin oponer resistencia, se dejó quitar la remera y la observó desabotonarse la blusa y dispararla hacia el rincón. Después le soltó el cinturón y con los pantalones abajo, entrampándole las piernas, lo hizo caer en la cama. Saltó sobre él riendo como si hicieran una gran travesura.

Terminado aquel despliegue de energía, se volteó para quedar tendida bocarriba.

–Ha sido fantástico.

–Sí, también me ha gustado. Pero me desconciertas. Por un lado parece que tu mundo estuviera atado con fuerza a mí, y por otro estás amarrada con cadenas a cuestiones que no tienen nada que ver conmigo.

–Sí, es cierto. Hay entre nosotros una química que nunca había tenido con nadie, y al mismo tiempo nos estamos destruyendo. Porque no basta con lo que hagamos aquí encerrados. Y creo que has comenzado a ponerte terriblemente posesivo.

–Pero nunca hemos estado encerrados.

–No, si sé. Es una forma de decir. Al principio todo en ti me sorprendía, pero con el tiempo tu manera de pensar comenzó a atemorizarme, y al mismo tiempo me asustaba la idea de perderte. ¡Pero ya no! En realidad, estoy dispuesta a lo que tenga que ser. Al principio sentía que teníamos una relación sana, natural, súper fluida, pero las conversaciones se fueron cargando de una emocionalidad que terminó por escapársenos de las manos... Y lo que antes era divertido, dejó de serlo. Todo comenzó a transformarse en problemas que hemos ignorado como resolver, barriéndolos bajo la alfombra. Y las últimas presiones ejercidas por tu editor no nos han ayudado, y la atmósfera reinante entre nosotros, tampoco.

–Sí, es cierto. Y hacernos los lesos nos está pasando la cuenta.

–Y no veo por dónde las cosas puedan cambiar. Yo ya no soporto las presiones, ni las externas ni las nuestras.

Francisca permanecía bocarriba.

Franco se acercó y le besó con extrema suavidad el hombro.

–Te has puesto muy triste. Me gusta más verte reír.

Ella se limitó a devolverle aquel dulce gesto con un beso en la mejilla.

Luego, juntaron las manos y se quedaron quietos.

De pronto él saltó de la cama y comenzó a vestirse.

Ella se quedó mirándolo en silencio.

–Iré a dar una vuelta, a ver si me despejo y se me ocurre algo más inteligente que enfermarme...

–Otra vez te volaste. –Franco regresó al presente y puso la mirada en Fernanda–. Ni siquiera has escuchado la entrevista que le están haciendo a la hermana de Segovia.

La sirena avisó la próxima aparición de la *Fénix II* y él puso atención a sus últimas palabras.

–Usted ha sobresalido por su carácter y sus dotes de líder, no sin razón la apodaron *la alcaldesa*... Sin olvidarnos de su buen humor, que ha sido de gran ayuda para subir los ánimos, sobre todo en los momentos más difíciles. –La mujer exhibió una sonrisa socarrona–. ¿Qué siente ahora que su hermano está por llegar?

–Prometí no llorar hasta verlo salir, y voy a cumplir.

–Usted es una de las feriantes más antiguas de Vallenar, ¿no se le ha ocurrido que podría dar un salto y dedicarse a la política...? ¿Cómo alcaldesa, por ejemplo?

Luego de lanzar una carcajada, se quedó mirándolo.

–No, señor, cómo se le puede ocurrir semejante cosa. ¡Eso nunca! ¡Jamás! Si está bien para decirlo en broma nomás.

—Entonces dígame otra cosa, ¿qué opina de su hermano, ahora que está casi libre?

—Estoy feliz, pues. Orgullosa de él porque sobrevivió. Los 33 mineros fueron grandes luchadores y mi hermano es uno de ellos. Me siento muy contenta de ser su hermana y parte de esta gran familia minera.

—¿Qué le va a decir cuando lo vea?

¡Uf, qué no le voy a decir! Le voy a decir que lo amo, que lo quiero y que lo adoro.

—¿Y se irá del campamento ahora, cuando salga?

—No, cómo se le ocurre, por ningún motivo. No me voy del campamento hasta que salga el último minero. Eso fue lo que prometí y me quedo acá hasta que el rescate termine.

—¿Cuáles fueron los momentos más duros?

—Los primeros diecisiete días, por supuesto pues, cuando no se sabía nada de ellos… Y especialmente el día en que se desvió el sondaje. ¡Huy, ahí pedí que se apuraran! Porque se les estaba acabando el tiempo, ¿ve que debían estar quedándose sin aire, sin agua y sin comida?

—¿Perdió la fe en algún momento?

—¡No, eso nunca, todo lo contrario! Aquí hicimos vigilia, siempre acompañados por algún pastor, y siempre oramos. Dios nos dio la fuerza necesaria.

—Veo que está muy emocionada.

—Sí, pues, por supuesto, cómo no lo voy a estar… Pero como le dije, prometí no botar ni una sola lágrima hasta que salga mi hermano. Y he acumulado hartas durante estos setenta días, así que ya veremos.

—Y algo más, ¿qué pasará con las demandas de los mineros?

—En eso mejor que no dé mi opinión, porque podría decir muchas cosas feas… Creo que deberían pagarles por todo lo que han sufrido. Y tienen que empezar a revisar las minas, y respetar a nuestros trabajadores, sus derechos, y dejar de discriminarlos… Y mejor me callo, porque como ve, si me lanzo no paro más. Mejor que le diga que yo vine a rescatarlos, nomás… Ellos verán lo que hacen.

–¿Qué piensa de ser recordada como *la alcaldesa* de este campamento?

–Nada, pues. Como le dije, fue una broma nomás. Un apodo que me pusieron acá, porque me gusta organizar y a lo mejor soy un poquito mandona... y un poquito revoltosa... Pero nada más, así que saliendo del campamento termina mi alcaldía. –Sonrió con picardía–. Y llego a mi otra realidad, a trabajar en la feria de las pulgas. Y ahora permiso, pero mi hermano está llegando.

El operador de taladros Darío Segovia, de cuarenta y ocho años, era conocido como *viejo zorro*. Tenía doce hermanos y seis hijos: tres de su ex mujer y tres de la actual, con quien se había ido a vivir poco antes del accidente. Era uno más de los que se encontraban trabajando horas extraordinarias, por las que recibiría noventa mil pesos. Demoró 11 minutos en subir, y al abandonar la cápsula, elevó los brazos en señal de triunfo para luego hincarse y saludar con una mano en alto y el dedo índice apuntando al cielo. Después caminó con calma hacia su esposa, que corría de un lado a otro tomándole fotos, y se fundieron en un prolongado abrazo.

Franco logró acercarse, con la grabadora en la mano.

–Entiendo que en las galerías había mucha agua.

–Sí, es verdad. La mina lloraba más de lo normal y el barro que eso producía era muy incómodo, además nos asustaba, porque en cualquier momento podía brotar una vertiente y ahogarnos. Y las rocas no paraban de crujir, como si de repente se fueran a partir.

–¿Y para el futuro, tiene planes?

–He decidido dejar la actividad minera, en la cual ya he sufrido dos accidentes. Me gustaría instalar una verdulería...

Un rescatista se interpuso entre ellos y, dando la espalda a Franco, condujo a Darío hasta la camilla que lo llevaría al *triage*.

Franco se alejó unos metros y volvió a dar rienda a sus recuerdos: Francisca había salido, de modo que estaba solo. Era poco más de mediodía y navegaba en Internet recabando información. Después abrió una página en Word y comenzó a teclear. Allí, frente a sus ojos, surgía la solución a su problema inmediato. Sonrió, estaba salvado. Ya no sería necesario enfermarse. La historia asomaba a su mente como si las musas realmente existieran y hubieran aceptado ponerse a su servicio. Su sonrisa se agrandó. La noticia era en sí una comedia dramática. Ni siquiera tendría que esforzarse para inventar una situación impactante, pues las barbaridades cometidas por aquel cura depravado tenían suficiente carne. A partir de la información sacada de Internet, fue armando su propia historia. Cuando terminó de redactar lo que corría con fluidez en su mente, entró al correo, abrió el mail de su editor donde una vez más lo presionaba, y comenzó a escribir.

He estado investigando sobre las acusaciones de pedofilia y abuso de poder surgidas en los últimos tiempos, y quiero hacer algunos reportajes sobre el llamado "Caso Karadima", que aquí está dando mucho qué hablar. En el seno de una de las parroquias más importantes de Chile, se ha destapado una olla llena de perversión: el lobo a cargo de las ovejas, se las ha estado comiendo por años, sin ningún tipo de vergüenza. Necesito un par de semanas. Con esto y los demás escritos que te ofrecí, tendrás material para darte un banquete...

Más tarde, al llegar Francisca y escuchar las nuevas que le tenía Franco, abrió la boca para cerrarla sin emitir palabras. Comprendía que antes de hacer algún comentario, debía informarse. Observó la pantalla del computador y leyó el artículo escrito por él, que se iniciaba con una publicación online del noticiero "tele 13"...

Franco observó a Fernanda, cuyos ojos negros lo miraban saltones, con más curiosidad que nunca. No pudo evitar que se le escapara una sonrisa repleta de sarcasmo.

–¿Quieres saber en qué pienso? Porque tienes una cara...

–Es que a cada rato te vas de aquí.

Estuvo tentado por comentarle sobre Francisca y aquellos días, pero se abstuvo. ¿Para qué despertar en ella un cúmulo de sentimientos que no los llevaría a parte alguna?

–Estaba recordando el primer reportaje que escribí sobre el caso Karadima. Es increíble cómo las ideas surgen de repente.

–¿Y sobre eso has estado pensando cada vez que te vas?

–No, no solo en eso. Lo que pasa es que aquí en Chile me han pasado tantas cosas insólitas…

–¿Como cuáles?

–Pero si lo sabes, hemos conversado sobre todas, partiendo por ti.

–¿Qué? ¿Yo soy una de las cosas insólitas que te han pasado?

–De las buenas, por supuesto.

Fernanda se arrimó una vez más a él, enlazó su brazo y apoyó la cabeza en su hombro.

Franco no hizo amago de correrse.

Ella sonrió complacida. Aquella buena disposición, se iba convirtiendo en costumbre.

14

Franco había comenzado su primer artículo sobre el caso Karadima, transcribiendo un reportaje de "tele 13" en Internet. En este, el cardenal adelantaba que sería asesorado para decidir el futuro eclesiástico del sacerdote acusado, y que entregaría la resolución lo antes posible.

—Pero esta información corresponde a un artículo muy viejo.
—En el rostro de Francisca se leía cierta decepción.

—Sí, claro, es del 9 de junio. Me sirve para situar la crónica.

—¿Pero es necesario ir tan atrás?

—Bueno, si lo piensas un poco, no es ni tan atrás. Estamos hablando apenas de unos días. Lo que pasa es que la verdad se ha develado con tanta rapidez, y son tantas las aristas que se van agregando, que parece un dato añejo. Además, si analizas el comunicado del Cardenal, descubrirás que da para mucho.

Francisca releyó.

—Pareciera que ofrece y en realidad no ofrece nada.

—O sea, Pancha, la verdad es que se está pasando de zorro. Si uno tampoco es tan tonto... No hay que ser muy avispado para darse cuenta que se está dando tiempo para ver cómo proteger a Karadima.

—No sé, me falta información como para opinar.

—Bueno, pero está a la mano aquí en el artículo, y hay mucha en Internet.

—Pero tú mismo no me la habías querido mostrar.

No, Pancha, no es que no quisiera, sino que tenía puras partes huachas. Pero ahora es distinto. Por fin he logrado hilar lo sucedido desde que se destapó la olla. Y es inconcebible el calibre de la perversión de este Karadima y de los integrantes de la cúpula de la Iglesia.

—No sé si sea bueno poner a la Iglesia en una situación tan difícil.

—No sé, ese no es mi problema. Creo que los señores que la dirigen se lo han buscado, y lo mejor es que se sepa cómo son las cosas en esa institución, aunque a algunos les duela. A ver si de una vez por todas se ponen un poquito más decentes, se aplican y limpian lo que tienen que limpiar.

Francisca, antes de responder, prefirió leer la información que el periodista agregaba a continuación respecto a las investigaciones en la Iglesia, la Fiscalía y los Tribunales. Lo hizo atónita. Los testimonios y las declaraciones ante el fiscal designado develaban verdades horrendas. El poderoso círculo de perversión que intentaba proteger al presbítero acusado, incluido un grupo influyente del episcopado, comenzaba a flaquear. El castillo de corrupción que había construido durante varias décadas se desmoronaba con rapidez a medida que antiguos discípulos se hacían eco de la veracidad de las acusaciones y daban cada vez más credibilidad a los testimonios de las víctimas.

Declararon muchas personas, entre ellas el sacerdote Hans Kast, canciller del Arzobispado de Santiago, director del Archivo Eclesiástico y párroco de la iglesia San Pedro de Las Condes. Y siguieron otros tres que formaban parte de la Pía Unión Sacerdotal: Andrés Ferrada Moreira, de cuarenta años, profesor del Seminario Mayor de Santiago y de la Facultad de Teología de la Universidad Católica; su hermano Fernando, seis años mayor, párroco de la iglesia Jesús Carpintero de Renca, con quien se encontraban distanciados por culpa de Karadima, del cual el menor se había alejado arrancando de su depravada influencia; y Eugenio de la Fuente Lora, con cuarenta y dos años de edad y diez de sacerdote, ex vicario de la parroquia El Bosque bajo el alero de Karadima, que ahora se desempeñaba como párroco de la iglesia de la Medalla Milagrosa de Quinta Normal. Ellos, en valientes actos de misericordia, para evitar que más niños y jóvenes pudieran continuar siendo abusados por el depravado y por quizás cuántos de su séquito, no estuvieron dispuestos a continuar guardando el secretismo.

La información era terrible: avanzaba de maldad en maldad. Parecía una novela de mal gusto escrita por una mente pervertida. Al interior de la parroquia del Sagrado Corazón de El Bosque, entre los cercanos al viejo sacerdote Fernando Karadima, nacido el año 1930, se había perdido completamente la vergüenza y trastocado todos los valores. Los gestos de cariño del "padre", desde hacía muchos años, venían convirtiéndose en "palmaditas" en el trasero, agarrones en los glúteos y los genitales, besos montados en las comisuras de los labios y más de estos en las propias bocas, lengüetazos en las mejillas y otras partes... todo ello acompañado por un vocabulario ambiguo de contenido sexual. Y en la intimidad de su dormitorio llegó a extremos lujuriosos con un erotismo desbordante que lo llevó a cometer actos de una indecencia intolerable, con conductas no solo impropias para un sacerdote, guía espiritual y confesor como era él, sino para cualquier ser humano decente en cualquier lugar del mundo. Y al interior de la parroquia, mientras todos veían, nadie decía nada. Era tal la sumisión y el miedo de los afectados, que a pesar de la depravación, justificaban sus conductas como "afectos paternales".

–¡Estaban todos locos! ¿Cómo nunca alguno de ellos lo enfrentó? –La expresión de asco en el rostro de Francisca era evidente.

–Y durante tanto tiempo, Pancha. Es el poder del miedo, y bueno, el placer que más de alguno sentiría. Porque muchos de ellos lo están demostrando con las conductas de cinismo que tienen ahora. Y de seguro, sus prácticas actuales con jóvenes y niños con los cuales trabajan no son de lo más angelicales. –El rostro de Franco evidenciaba su satisfacción, pues por fin una de sus investigaciones brutales hacía nido en ella. Y nada había agregado de su cosecha.

–¿Cómo he podido andar tan por las nubes respecto a algo así?

–No es raro, Pancha, porque has estado tan metida en lo que hacemos aquí, que no te queda tiempo para enterarte de lo que ocurre en otras partes. Incluso yo, que reviso las noticias todos los días, demoré en captar su importancia. Piensa que la olla comenzó a destaparse muy poco después del terremoto, mientras buscábamos a tantas personas siniestradas y apenas comenzábamos con la reconstrucción, y más encima con la amenaza de la lluvia encima, ¿recuerdas?

–...

–¿Te das cuenta de que informarse bien es conveniente? ¿Y que para eso es necesario que alguien informe? ¿Y que a veces

quien lo hace tiene que meterse en ciertos asuntos que son pelia-
gudos? ¿Y que para ser leído e impactar debe presentarlos de
manera atractiva, sino nadie lo cotiza?

–Sí, está bien, pero hay que cuidar la forma en que se dicen
las cosas.

–Sí, pero las noticias tienen una sola manera de presentarse.

–¿Y cuál sería esa?

–La que te acabo de decir, pues. Llamando la atención y en-
treteniendo. Y para eso hay que contar algo truculento que los
lectores no sepan. Porque… ¿Qué fue lo que te atrapó ahora?

–Bueno, pero yo no sabía nada del asunto.

–Por eso mismo, pues. Te he sorprendido con un drama
morboso y cruel. Tanto, que ha bastado con la pura verdad. Pero
no siempre funciona así. A veces se necesita un poco de aliño
adicional, ¿entiendes?

–Pero si por aliñar se pierde la credibilidad…

–Entonces tanto el periodista como el medio para el cual
trabaja, se irían a pique. Por eso los aliños no deben robarle el
sabor al guiso, pero sí realzarlo. Siempre conviene echarle un
poco de sal, pimienta, aceite, limón, vinagre, mostaza, mayone-
sa, y qué sé yo.

–Bueno, pero esto no es una comida, ¿no?

–Depende. Depende de cómo lo mires. La gente se alimenta
con las noticias y las crónicas… Y si son fomes o se repiten,
entonces no sirven de nada.

–Bueno ya, pero igual hay que tener cuidado, porque el exceso de aliños puede matar el plato, sobre todo si se trata de ají,
ajo y ese tipo de cosas, ¿no te parece?

–Sí, claro, por eso te digo que no deben robarle el sabor
sino realzarlo. Y sin duda en este caso el festín está perfecto.

–¿Pero durante cuánto tiempo?

–¡Justo! ¡Ahí está el punto! Volvemos a la idea de que debe
entrar a correr la creatividad del periodista, el enfoque que da a
su trabajo, la forma de presentarlo… Porque no hay que dar muchas vueltas para estar de acuerdo en que dos exquiteces similares varían mucho según el arte de cada chef, ¿no?

—Y entonces, ¿qué hará el chef ahora?

—Bueno, luego de enviar a mi jefe un resumen potente de lo que ha sucedido hasta ahora, seguiré informándole sobre lo que ocurra, y por supuesto, espero tener la suficiente creatividad como para ofrecerle más valor agregado, y que sea consistente para que los lectores continúen enganchados.

—Claro, pero ahí es donde hay que tener cuidado con lo que se dice. Ahí, precisamente, es donde te tengo susto.

—Mira, Pancha, esto es como hacer historia: hay que mezclar la supuesta verdad de lo que se quiere comunicar con una cuota de ficción bien acuñada, y todo esto, cocinado al calor del historiador. Y te guste o no, esto último será lo que verdaderamente marque la diferencia.

—¿Ya?

—Y por supuesto, en lo posible darle un rango superior, ojalá con algo de corte espiritual. En este caso, por ejemplo, sobreponer al foco de la indecencia de los actos físicos, la perversión de jugar con la salvación de las almas. El cura este fue tan malo, que manipuló sin la más mínima conmiseración la salvación de las almas de los jóvenes que lo rodeaban. Se aprovechaba de su condición de "protegidos" y los amenazaba con el demonio, el infierno y el castigo eterno, con una siniestralidad difícil de imaginar, hasta para un buen periodista. Les decía que si no respondían positiva y activamente a sus demandas "amorosas", se condenarían para siempre.

—Pero eso es tétrico.

—Sí, claro, tétrico. Y a sus muchachos, el solo pensar en contrariarlo, les quitaba el sueño. Y lo digo literalmente, porque el castigo eterno y el infierno que les pintaba, los aterraba. Por las noches, les provocaba horrendas pesadillas. Les decía que ni siquiera era comparable con una roca sobre la que cayera una gota de agua durante mil años, que la fuera socavando hasta partirla, pues entonces existiría la esperanza de hacer algo y conseguir la salvación, pero que eso nunca pasa en el infierno, pues hay una voz que dice: "para siempre, para siempre, para siempre". Y exaltaba el concepto de eternidad en el infierno, diciéndoles que es como un reloj que marca un tiempo sin fin. Y habiendo instaurado en sus seguidores el terror a tan dramático castigo, invocaba, además de a aquellos malignos efectos, a todo cuanto les atemorizara. Los sometía enredando sus pobres almas en las redes que tendía como guía espiritual. Como puedes ver, manejaba todo un conjunto de perversión, y para abundar en la maldad de esta torcida cuestión, algunos de sus seguidores gustaban del insano jueguito de los toqueteos.

–¿Tú crees? Porque eso es asqueroso, y lo de atemorizarlos de esa manera, muy cruel.

Franco levantó los hombros para de inmediato dejarlos caer.

–Es que el tipo, ¡es asqueroso y cruel! Y no se puede esperar menos del líder de una secta inspirada en el demonio.

–¿Secta?

–¿Te parece que puede ser otra cosa? Cumple con todas las características. Mira, considera por ejemplo la dependencia que quienes rodeaban al cura tenían de él, me refiero a su círculo de jóvenes, incluidos los que entraban al Seminario, los que estaban hacía tiempo y los que salían convertidos en sacerdotes. Karadima llegó a calar tan profundo en sus conciencias, que en sus corazones asumieron la convicción de que más que padre o párroco, o lo que fuera ahí adentro, era un hombre santo. Y resulta que este "santo", tal como te he dicho, exigía una adhesión incondicional a su persona. Creían que cuando muriera sería canonizado. Y tan poseídos los tenía, que estaban convencidos, a pesar de su mal carácter y la montonera de defectos que lo caracterizaban, entre estos su desmedido interés por las cosas terrenales. Llegó a sentir la necesidad enfermiza de poseer relojes, equipos de música, casetes y discos; monedas de oro que atesoraba entre la ropa, billetes recibidos para caridad que también escondía en su closet... Un tipo fanático por los buenos restoranes, por la ropa importada que compraba en sus salidas al extranjero, por los viajes, por los autos, por las propiedades... Lo creían santo a pesar de la forma en que se apoderaba de dineros que entraban destinados a aliviar un poco el sudor de los más pobres y que estos nunca veían, utilizados en favor de su interés personal. –Hizo una pausa. Francisca, horrorizada, no fue capaz de emitir comentarios. Franco sentía que por fin podía comunicarse con ella a través de sus códigos. Eso le dio fuerzas para continuar con sus argumentaciones–. El muy maldito se apoderó de las conciencias de aquellos que le eran fieles porque sentían que a través de él, su autoridad y su santidad, lo eran con Dios. Dominándolos les robó la libertad, lo más sagrado que tenemos los seres humanos, y eran jóvenes con grandes ideales, los cuales fueron quedando tirados en el camino. Para someterlos abusó de su fe, de sus creencias, de las inseguridades que logró despertarles, de su temor al demonio y al infierno, como ya te dije... Es que un monstruo así no tiene perdón, de Dios ni de nadie. Tenía una especie de don para atraer, una predicación fuerte, y aparentaba tener mucha convicción en lo que decía. Llamaba a sus jóvenes a seguirlo en su camino a la santidad, y los muy incautos confiaban en que a través de él lograrían ser más santos. Los tenía completamente convencidos. Es una locura, pero así no más era. Por eso ahora varios de ellos se toman la cabeza a dos manos y exclaman: ¡cómo!, ¡cómo! Salvo los que se empeñan en no aceptar la verdad ni la participación que tuvieron, porque por supuesto no les conviene. Y no fueron pocos. Y eso dice algo, ¿no te parece?

Francisca se mantuvo en silencio.

–¿Y por qué tuercen la verdad? Porque también estuvieron metidos en la maldad. Y son mucho más peligrosos de lo que uno piensa, porque son duros y fríos como piedras. Son cínicos, y no me estoy refiriendo precisamente al filósofo Antístenes, quien creó la escuela cínica, ni a Diógenes, su más ferviente seguidor, me refiero a su desvergüenza para mentir...

–Disculpa, pero ahí sí que me perdí. ¿Me puedes decir qué tienen que ver esos filósofos en este cuento?

–¡Ay, Pancha! Los meto para recalcar que son hipócritas y a la vez dar al asunto una especie de... barniz de cultura, diría yo... –Esbozó una sonrisa impregnada en picardía.

–Claro, muy típico tuyo querer jugar con tus lectores. Pero sigue, me decías que son cínicos.

Alfredo Gaete Briseño

–Claro, porque fingen ser lo que no son… Y la pregunta que
surge con fuerza es cuántos de ellos hoy, son como él; cuántos
quedaron formados para hacer lo mismo. Los preparaba hasta los
dieciocho años, entonces se los comenzaba a comer. Aunque a
varios los probó antes y por eso está acusado de abuso a menores, por eso lo pudieron agarrar. Claro que con la justicia miserable que hay en Chile, se está escapando como lo hace un jabón
apretado con las manos húmedas… Y como no siente ni una
pisca de culpa, tampoco se arrepiente. Y ahí está el origen de su
perversión. Fíjate que abusaba de jóvenes de su mismo sexo, a
los cuales elegía con pinzas: bonitos y de buena familia, en lo
posible de segmentos adinerados. Un tipo sin ni una pizca de
conciencia moral. Y no se puede calificar de sicópata. No, eso
sería eximirlo de la culpa que recae en él y la consecuente pena-
lización que ojalá le caiga encima, a pesar de la podrida justicia
chilena. Perdona, pero es la verdad. Porque es un huevón malo.
Y el huevón cometía todos sus actos malévolos amparándose en
el nombre de Jesús, de la Virgen María, y de Dios. –Observó que
definitivamente había logrado impresionar a Francisca–. Es como el más bajo de los delincuentes, un animal inferior, al que no
le da ni para perro, gato, mono, ni ninguno de esos. Compararlo
con ellos es insultarlos. Si vamos a compararlo con un animal,
creo que al que más se acerca es a un alacrán. Así que voy a
terminar la serie de reportajes que tengo en mi cabeza sí o sí.
Voy a elaborar artículos que ojalá pongan de cabeza a la Iglesia
y toda la perversión de la cual han sido parte tantos de sus
miembros, y si es necesario, mezclaré todos los casos miserables
y lamentables que han aparecido durante los últimos tiempos…
Y espero que no te espantes.
        –No, si con lo que he visto, y con lo que me cuentas, ya lo
estoy. Y contigo. Solo espero que no digas mentiras. Y que te
cuides de no lapidar a alguien injustamente.
        –¿Como a la Iglesia Católica?
        –Sí, a eso me refiero, porque ahí no son todos malos.
        –Sí, los incautos están por todas partes.
        –¡Franco!

–Disculpa, pero no me puedo aguantar.

–Tú sabes que no soy mojigata, pero creo que hay que respetarla.

–¿Respetarla? ¿No te parece que el respeto hay que ganárselo? En todo caso, para tu tranquilidad, mi ánimo no está en causar todavía más daño. No, está simplemente en buscar la manera de contribuir para que quienes quieran delinquir de esta forma en el futuro, lo piensen dos veces, mejor tres y ojalá cuatro.

–Bueno, con eso estoy de acuerdo.

–Y no escatimaré recursos.

–Eso es lo que me asusta de ti, que eches a andar un ventilador que desparrame porquerías por todas partes.

Franco no respondió. No pensaba en porquerías, sino de frentón en mierda. Y la quería desparramar. Sabía que, tarde o temprano, Francisca y él no estarían de acuerdo.

–¿Y crees que ganarás mucho con esto? Me refiero al hecho de bajar la presión de tu jefe. ¿No estarás en unos días más, de nuevo con él encima?

–Bueno, soy periodista y él mi editor, así que presionado voy a estar siempre, de modo que no me queda más que acostumbrarme. –Sonrió, esta vez con una expresión más jocosa–. Pero por ahora tengo algo, ¿no te parece? Al menos conseguiré más tiempo, que según cómo se vayan dando las cosas, me permitirá otro poco, y así iré salvando. Al fin y al cabo, por ahora lo principal es generar material que justifique mi estadía aquí, y ver entonces, cómo ordenamos lo nuestro. –Se quedó mirándola. Realmente le atraía. Al mismo tiempo sabía lo absurda que era aquella relación llena de vericuetos que no los llevaría a ninguna parte.

15

Alberto Catrileo organizó una fiesta para celebrar la recuperación de su restorán y agradecer la ayuda de sus vecinos y algunos voluntarios. Al costado de la flamante construcción, en una amplia terraza de baldosas rojas, bajo un toldo de lona verde, dispuso una docena de mesas cubiertas con vistosos manteles de listas amarillas y blancas.

Cuando Francisca y Franco entraron, quedaron sorprendidos. Dos corderos que se asaban al palo y otras carnes provenientes de su cámara frigorífica que cubrían la enorme parrilla, prometían una tarde de largo aliento.

—¿Sabes, Franco? Le hará bien a la gente olvidarse, aunque sea por unas horas, de esta película indecente que han vivido.

—Sí, todo lo que los distraiga es bienvenido... Mira, ahí está don Tito.

El anfitrión vestía una pechera negra con letras blancas alusivas a la cocina. Sonriente, les acercó dos vasos de vino tinto con frutillas. De inmediato llenó otro para él.

—Me alegra que hayan llegado, chicos, la juventud siempre es bienvenida. ¡Salud! —Bebió el contenido del suyo sin vergüenza. Luego, sus ojos negros que bailaban bajo unas cejas frondosas que comenzaban a encanecer, se quedaron mirando a Franco. Su ancho rostro nacía de un pelo lacio y oscuro también entreverado por algunas canas, y terminaba en una abultada papada. Destacaba una nariz ancha y achatada, un tanto rojiza en la redondeada punta.

—Creo que está esperando a que hagas lo mismo, Franco.

—Qué, ¿tomármelo al seco? ¿Estás loca?

La bulla procedente de los diferentes focos de conversación se había detenido y todos lo miraban.

Franco se vio obligado a beber un trago largo. Aunque dulce en la boca, le ardió el esófago, y también la cara. Se giró hacia Francisca y la vio levantar el vaso.

—¡Salud! —Ella tomó un pequeño sorbo.

Él la imitó.

La reacción de don Tito no se hizo esperar.

–¡Por favor, Franco, me está defraudando!

–¡Sí, al seco! –lo retaron a coro los demás invitados.

Franco bebió un trago largo. Todas las miradas caían sobre él. Volvió a beber hasta acabar con lo que quedaba en el vaso.

Los comensales lo premiaron con un sonoro aplauso.

Don Tito, luego de asentir con un gesto agraciado, regresó a la parrilla y volteó algunos trozos que sazonó. Enseguida se acercó a Franco y Francisca, sosteniendo la jarra con la oscura bebida.

–Acerquen sus vasos, muchachos.

Ella levantó el suyo, mostrándole que aún estaba tres cuartos. Don Tito rellenó el de Franco e hizo lo mismo con el propio. Lo elevó, brindó, y se lo empinó.

Francisca, que conocía el desinterés de Franco por el alcohol, sonrió con malicia. Lo observó titubear. Otra vez las miradas estaban sobre él. Por segunda vez, lo bebió todo.

Los dos vasos de vino con fruta ingeridos por Franco, dieron paso a un tercero y un cuarto, y aparte de violar su costumbre de no beber, se excedió en el consumo de carne y grasa.

A eso de las seis, se quejó de dolor de estómago. Unos momentos después, se excusó para ir a su casa. Su palidez lo libró de exponerse a la insistencia hospitalaria de don Tito.

–Si quieres quédate, Pancha.

–No te ves nada bien, ¿no quieres que mejor te acompañe?

–No, gracias. Lo que tengo que hacer, es mejor hacerlo solo. –Hizo un esfuerzo por sonreír, pero exhibió una desabrida mueca–. Me sentiré más cómodo así.

–Está bien. En todo caso, me quedaré con el celular cerca.

–Gracias. Si te necesito, te llamo. Me excedí y mi estómago no está acostumbrado… Creo que el castigo es justo. –Sus labios volvieron a insinuar un triste gesto–. Luego de ir al baño y descansar un rato, me sentiré mejor.

Ella lo siguió con la mirada. Recordó a Daniel y el dolor de estómago que no le había permitido estar ahí. Lamentó su ausencia. Sintió la tentación de ir a verlo, pero de inmediato asumió que era una idea descabellada: además de una descortesía hacia don Tito, en cualquier momento Franco podría necesitarla. Pensó en la curiosa relación que mantenía con Daniel. –Sus labios dibujaron una sonrisa impregnada en picardía–. Después de todo, le acomodaba como estaban las cosas entre ellos. Habían vivido juntos un tiempo, pero se separaron pues él se entusiasmó con otra niña. El romance fue breve y arrepentido le propuso que volviera, pero Francisca había reorganizado su vida en la pequeña casa que le facilitó la ONG, y durante esos días se dio cuenta de que si bien le atraía, no lo amaba, y que viviendo sola tenía más libertad. Al poco tiempo apareció Franco. Con Daniel se veían a menudo debido a la labor que prestaban a la comunidad, y limaron las asperezas al punto de que su amistad se afianzó. Sabía que eso a Franco le molestaba, pero no estaba dispuesta a mantener con él una relación de dependencia, de modo que se las arregló para que el asunto no fuera tema entre ellos. Con el tiempo descubrió que aquella situación de dualidad era ventajosa, además le producía una curiosa excitación… Aquella idea la hizo pensar en Franco y se sintió avergonzada. Lo imaginó en el baño, tal vez vomitando; quizás tirado en el piso o durmiendo destapado a punto de pescar un enfriamiento. Había transcurrido media hora desde que abandonara el lugar y decidió que lo correcto era ir a ver en qué estado se encontraba. Se excusó con don Tito y se despidió de los demás invitados.

Franco estaba sobre la cama enroscado, quejándose como jamás lo había visto.

–Algo te cayó mal. Tal vez el vino… Probablemente tanta grasa. Calentaré agua para ponerte un guatero y te prepararé una agüita caliente.

–Sí, yo creo que todo me cayó mal. Me siento pésimo.

Francisca acercó la mano a su frente. La tenía caliente.

–Pucha, perdona, me siento culpable de haberte dejado venir solo.

–No, Pancha, aquí yo soy el único culpable. Comí y tomé como animal. Pero ya está hecho. El problema, ahora, es que no soporto el dolor de estómago.

Mientras iba a la cocina, pensó que le gustaba verlo así: más débil, más vulnerable, más humano...

Franco bebió unos tragos del agua caliente en que ella había remojado unas ramitas de manzanilla y corrió al baño para descargarse por la boca.

—Creo que será mejor llevarte al consultorio. Esto no es un simple dolor de guata.

—Sí, tienes razón, ya no soporto más...

La seguridad con que el médico hizo el diagnóstico, lo hizo inapelable.

—Lo que tienes es un ataque de vesícula, y por lo que me explicas, lo gatilló la enorme cantidad de grasa que comiste. Y si le agregas el exceso de alcohol, sobre todo si no estás acostumbrado a beber... Entonces, no es tan extraño que estés como estás. Te colocaré suero y un calmante, y mientras reposas y te hidratas, haré los trámites para que te trasladen en la ambulancia del consultorio al hospital de Curicó.

—¿Al hospital, doctor? ¿Y de inmediato?

—Sí, Franco, al hospital, y de inmediato.

—¿Tan mal estoy?

—No y sí. Mira, te voy a explicar, y no es para ponerte nervioso, sino simplemente para que le des la debida importancia. Para hacer más preciso el diagnóstico, hay que hacerte una ecotomografía abdominal que informará sobre el estado de tu vesícula, entre otras cosas el grado de inflamación que tiene. Y aquí no tenemos la máquina que se requiere para eso. Lo más probable es que tengas la salida de la vesícula obstruida. Eso produce que se contraiga para eliminar el obstáculo, produciendo mucho dolor. Y motivos para esto hay muchos, por lo cual es fundamental averiguar qué pasa en tu caso. Si se confirma la presencia de cálculos, que es lo más probable, y si todavía se hace necesario, te administrarán más medicamentos antiespasmódicos para relajarla, para que el cálculo se suelte y deje de obstruir.

—¿Y eso es todo?

—Bueno, depende... —El médico lo miraba con una sonrisa acogedora. A pesar de su pelo canoso y engominado que le daba un aspecto serio, su conducta era jovial. Parado al costado de la camilla, mantenía los puños apoyados sobre la orilla de la colchoneta–. Te voy a explicar, pero no te pases películas innecesarias, ¿de acuerdo?

–Está bien, doctor, lo escucho.

–En algunos casos el cálculo no se desprende, y como el órgano está inflamado, hay que sacarlo, y pronto. Puede haber, también, otras complicaciones, como una inflamación severa de la vesícula. En tal caso, también se requiere una operación de urgencia. Otra complicación puede ser que se obstruya el colédoco, lo que hace necesaria su extracción a través de un endoscopio.

–¿Y puede haber algo de más cuidado?

–Me estás interrogando demasiado y eso no es bueno, porque estoy obligado a responderte.

–Pero soy mayor de edad, ¿no? –Exhibió una sonrisa deslavada.

–Lo único que ganaremos, si te doy más explicaciones, será que te pongas más nervioso... pero tienes razón, eres mayor de edad... En fin, lo que te voy a decir es muy poco probable. Puede haber una infección de toda la vía biliar, lo que es muy peligroso y requiere de un tratamiento intensivo. Y en ese caso también habría que extraer la vesícula. Otra posibilidad es que tengas inflamado el páncreas, ante lo cual también se recomienda operar... Como te darás cuenta, es imprescindible hacerte exámenes que no podemos efectuar aquí.

–Y cuanto antes.

–Veo que comienzas a entrar en razón. Y el lugar más cercano es el Hospital de Curicó, donde tienen todo lo que necesitas. Y por favor, como te he dicho, no pretendo asustarte...

Mientras hacían los preparativos, Francisca corrió a la casa por un bolso con algunas cosas personales, y le permitieron acompañarlo a bordo de la ambulancia.

Como resultado de la ecotomografía, los médicos del hospital resolvieron internarlo de inmediato y hacer los exámenes requeridos para una operación de urgencia.

Por encargo de Franco, al día siguiente Francisca envió un mail a su editor, en el cual le explicaba la situación y le aseguraba que en los próximos días, apenas regresara a Iloca, él mismo le escribiría. Mientras apretaba la tecla ENVIAR, pensó en cómo el destino metía la cola y las cosas podían cambiar su curso tan inesperadamente. ¿No se quería enfermar...? "A veces Dios sí castiga a palos". Los hoyuelos de sus mejillas se acentuaron...

La alarma recordó que continuaban saliendo rescatados: era el turno del perforista Yonni Barrios, de cincuenta años. Se trataba del enfermero que durante el encierro había sido de gran apoyo para el equipo médico que actuaba desde la superficie. Improvisó un policlínico donde revisaba el estado de salud de sus compañeros, les tomaba la presión, confeccionaba las fichas médicas e informaba al ministro de Salud sobre todo lo que allí sucedía, convirtiéndose en su brazo derecho. Ayudó en la regulación del peso de cada uno y los vacunó contra el tétano y la difteria.

Su nueva pareja, con quien convivía, lo recibió con aplausos y consignas de apoyo, consciente de la curiosidad que despertaban entre los presentes. Mientras permanecía sepultado, había trascendido que tenía dos mujeres. La noticia corrió rápido, pues los periodistas no demoraron en publicar que ambas, la amante y la legal, al encontrarse en la mina, habían estado a punto de sacarse los ojos. Franco en sus notas, incluso habló de rasguños, manotazos y heridas; total, ¿quién vendría desde Estados Unidos para comprobarlo? Y aunque en realidad había vivido con ellas en épocas diferentes, los medios establecieron en detalle y con destreza que eran relaciones paralelas.

Franco cortó la monotonía.

—Todo está saliendo a pedir de boca, lo que dificulta encontrar noticias atractivas, ¿no te parece? Estoy pensando en escribir un artículo sazonado con el poder de la ambición y las incongruencias.

—¿Ambición? ¿Incongruencias?

—Claro, aquí las personas no dejan de ser ambiciosas. Lo son en todas partes y constantemente están dejando al descubierto sus incongruencias. El tema de querer más y más, da para mucho. Así como los medios empleados y el exceso de abuso.

Mira alrededor de nosotros: a nuestros colegas, a los mineros, a las autoridades, a los políticos, a los pastores de las iglesias... Mira cómo las incongruencias en que caen los acusan.

–La verdad, nunca me lo había planteado.

–¿Te consideras ambiciosa?

–Sí, tal vez un poco.

–¿Tal vez? ¿Un poco? ¿Qué clase de respuesta es esa?

–Ay, Franco, no sé. Tú y tus preguntas extrañas. ¿Y qué importa si lo soy?

–Ahí está el meollo: a casi nadie le interesa asumir su ambición, pero todos lo somos. Por eso el mundo está como está. ¿Te das cuenta? –Le ofreció una sonrisa festiva y calló. Aprovechó que la había inducido a entrar en un proceso reflexivo, para continuar con la película de sus propios recuerdos.

16

Aunque la cirugía duró menos de una hora, a Franco no lo dejaron salir del hospital hasta cinco días después. Según le explicó el cirujano, en su caso había sido conveniente hacer una extirpación abierta. Y aunque todo había resultado dentro de lo programado, era necesario tomar una serie de precauciones para tener un buen postoperatorio.

Como el hospital prohibía el ingreso de computadores a la sala común, lo primero que hizo de regreso en Iloca fue revisar su correo electrónico. Los mails de su editor mostraban a un tipo frenético. Acostumbrado a recibir respuestas inmediatas, este vacío en la comunicación lo ponía de pésimo humor. Cuando le contó detalles sobre lo sucedido, el jefe no demoró en contestar.

Lamento lo que te ha ocurrido y me alegra que todo saliera bien, pero tú sabes mejor que nadie cómo es esto del periodismo: no da para pausas. Y por si no has terminado de entenderlo, ¡te necesito aquí ayer! Viaja apenas estés en condiciones. Dame una fecha concreta y te enviaré los pasajes.

Sentado a la mesa, leía en voz alta. Francisca se acercó con un par de tazas humeantes: un deslavado té para él y un café muy cargado para ella.

—Creo que tiene razón. —Se sentó y le tomó la mano—. Es una locura que te quedes aquí más de lo que exija tu recuperación. Tanta locura como que a mí se me ocurriera partir contigo.

Franco enarcó las cejas, pero no la interrumpió.

—El tiempo dirá si lo nuestro tiene destino, y ya veremos. Tal vez con calma yo pueda organizar un viaje y te vaya a ver, quién sabe. Por el momento, no puedes botar tu carrera y yo no decidiré nada antes de cursar el semestre que me falta.

Franco pensó que por mucha razón que Francisca tuviera, aquel pragmatismo se robaba de un manotazo toda posibilidad de magia. ¿Cómo podía ser tan tierna y fría a la vez? Su enfermedad parecía haberlos acercado, pero de pronto ella rompía el embrujo… Pues lo que habían vivido durante aquellos meses tal vez no fuera otra cosa que eso: un embrujo. Posó la mirada en su mano acariciando la de él y luego en sus grandes ojos, que para destacarse no necesitaban más que una suave marca de delineador y una tenue sombra. La luz que entraba por la ventana le daba casi en la cara, así la pequeñez de sus pupilas permitía que el azul de sus iris resaltara con fuerza.

–Cursar el semestre que te falta y recibirte significa más de un año, siempre y cuando todo salga bien. Tendrás que hacer la práctica y la tesis, dar tu examen de grado… Es mucho tiempo. Creo que me estás separando de tu vida de manera… ¿elegante?

–No seas irónico, Franco, no es momento para eso.

–¿Irónico? ¡Por favor, Pancha!, ¿cómo puedes plantear algo tan importante con tanta sangre fría?

–No es sangre fría, Franco. La verdad es que no sabes cuánto me duele, pero creo que es hora de tomar decisiones y por el momento no me parece que el camino vaya a ser juntos. ¿No te parece que nuestras cartas están tiradas sobre la mesa? Y nosotros mismos las hemos ido tendiendo.

Franco pensó que tal vez sí era una locura continuar estirando la cuerda con su editor, que de repente podría cortarse y él darse un tremendo porrazo. Pero no fue lo que dijo.

–Sé que hemos tenido muchas diferencias, pero aún así, no te entiendo. Y ambos sabemos que nunca tomarás un avión para ir a verme. Y yo posiblemente nunca vuelva a este país. –Volvió a dejarse llevar por sus pensamientos: ¿acaso no les quedaba más remedio que decirse adiós? ¿De pronto todo se reducía a solo eso? Y ella tenía razón, tal vez fuera lo mejor para ambos. Evocó los escritos que desde hacía un tiempo había dejado de mostrarle para no generar turbulencias, así como los temas que le interesaban y sobre los cuales no se atrevía a conversarle…

–Debes decirle que vuelves –lo sobresaltó–. Que no tendrá que esperarte más.

Franco se preguntó si realmente la amaba, pues a fin de cuentas, ella no figuraba en el primer lugar de su lista de intereses: él no estaba dispuesto a vivir en Chile ni a transar su desarrollo profesional, mucho menos a perder su empleo. Reconoció que ni siquiera se había detenido a reflexionar sobre la posibilidad de que Francisca no se acostumbrara en Nueva York, y él no estaba dispuesto a regresar a Chile. Tal vez no era con ella con quien se había entusiasmado, sino más bien con el cúmulo de situaciones emotivas que había vivido en ese peculiar borde costero. Ella, perfectamente, podría haber sido otra. Vio que sus ojos brillaban y se inundaban.

–Sí, Franco, creo que será lo mejor. –Su voz sonaba a punto de quebrarse–. Y quiero que sepas… –Pasó la manga por su nariz y cogió una servilleta para posarla con suavidad en sus ojos, primero en el izquierdo y luego en el derecho. Después volvió a limpiar su nariz–. Quiero que sepas que para mí ha sido algo muy hermoso, o sea, todo lo que hemos vivido durante estos meses… –La limpió nuevamente, esta vez con el dorso de la mano, sin soltar la servilleta, arrugada, húmeda, atrapada en la palma–. Pero a veces las cosas tienen que terminarse. Tú eres de allá… –Las lágrimas continuaban brotando–. Y yo de acá; tú tienes una visión de la vida y yo otra. Te recordaré con mucho cariño. –Sus ojos estaban muy rojos, la nariz igual, y desde esta corría un hilillo acuoso que intentaba encaramarse al labio superior.

–Está bien, creo que fracasé en mi intento por convencerte, y tengo que reconocer que no estoy dispuesto a vivir en Chile. –Hizo una pausa durante la cual el silencio inundó el ambiente–. Estoy cansado y me tira la herida, creo que me acostaré.

Francisca asintió con la cabeza. Lo observó pararse y cojear.

–¿Quieres algo?… ¿Necesitas algo?

–No, gracias, dormiré un poco y estaré bien.

Ella recogió las tazas, hizo un poco de orden en la cocina y entró al dormitorio. Franco había cerrado los ojos. Parecía dormir. No se atrevió a preguntarle. Se tumbó a su lado y cerró los suyos. Escuchó la voz de Franco.

–¿Quieres que me vaya?

Ella abrió los ojos, pero no respondió. No sabía qué decir. No quería que se fuera, aunque sin duda era algo inevitable. ¿Pero tenía que ser ya? Estiró el brazo y su mano cogió la de él.

–Quizá sea mejor que vaya recogiendo mis cosas.

–No, Franco, no es lo mejor. O sea, nadie te está echando. Aún tienes para un par de semanas de recuperación y creo que debes pasarlas aquí. ¿Dónde estarías mejor?

–¿Tú crees que sea lo más conveniente?

–Ha llegado la hora de tomar una decisión, Franco, pero por peluda que sea, no estamos peleando ni odiándonos. La cuestión es que tú no quieres quedarte en Chile y yo no quiero irme a Estados Unidos, y por complicado que parezca, es así de simple.

–Mmmh, parece que estamos en un callejón sin salida, ¿no?

–Callejón o no, estamos aquí. Aprovechemos el tiempo que nos queda. –Francisca lo vio girar su cabeza hacia ella–. Y no discutamos más, ¿te parece? Lo que desde ahora hagas con tu trabajo y lo que le mandes a tu editor, ya no será tema entre nosotros. Despidámonos como corresponde, como dos adultos que lo han pasado bien juntos.

–Sí, como dos adultos. –Sintió nostalgia, pena y nuevamente una buena cuota de sorpresa ante el pragmatismo de Francisca. Pensó en su jefe, en que cuando le hablara de dos semanas de recuperación le daría un infarto. Sintió deseos de largarse a reír, pero se contuvo. Y en cuanto a Francisca, después de todo no era tan importante para él como a veces sus emociones le hacían creer. Pensar en irse juntos o él quedarse, definitivamente era una locura. Y él, obviamente, tampoco significaba mucho para ella. Acudió a su mente Daniel y la hermeticidad guardada por ambos respecto a su antigua relación. ¿Se había colado algo de eso entremedio? ¿Se mantendrían allí cenizas de un fuego que en realidad nunca se había apagado? ¿Correspondería este epílogo al prólogo de una nueva etapa entre Francisca y Daniel? ¿Habrían sido estos pocos meses no más que un paréntesis en la relación que mantenían desde mucho antes? ¿Sería por eso que podían continuar siendo tan amigos, a pesar de todo? ¿Era solo amistad lo que perduraba entre ellos? ¿Por qué dudaba de ella, si estaba tan interesada en continuar con él durante su recuperación? ¿Querría hacer pagar a Daniel por sus pecados?

Esa noche durmió muy mal, atormentado por antipáticas pesadillas relacionadas con el hospital, la operación, Francisca, Daniel, su jefe y aviones. Y sus desvelos lo atrapaban entre más pensamientos malditos. Y en cuanto a la muchacha que había reemplazado por unos días a Francisca en la casa de Daniel, ¿era solo un paréntesis? ¿Se habrían seguido encontrando Francisca y Daniel, en privado, a escondidas de él?

Aparte de un par de comentarios intrascendentes, desayunaron en silencio. La lluvia repiqueteaba sobre el tejado de alerce ennegrecido y habían coincidido en permanecer hasta más tarde en la casa. Franco consumía su estricto régimen alimenticio de té puro y unas insípidas galletas de agua. Observaba a Francisca envuelto en una extraña sensación que flotaba en aguas contaminadas con la desconfianza y el resentimiento. Francisca, presa de una evidente ansiedad, pellizcaba un enorme trozo de pan francés y cuchareaba una paila de huevos fritos.

Ella recogió la mesa y entró a la cocina. Franco prendió su computador y abrió el último mail de su jefe. De inmediato le respondió que no debía preocuparse más pues en dos semanas, luego de unos exámenes de control con el médico que lo había operado, podría viajar a Santiago para embarcarse rumbo a Estados Unidos. Calculaba que eso podría ser el diez del mes siguiente. Además adjuntó los archivos con sus escritos, incluido el contenido ácido que Francisca nunca conoció, y el reportaje sobre el caso Karadima, que había organizado en varios capítulos.

Por la tarde el editor le envió un nuevo mensaje indicándole que había revisado sus envíos y lo felicitaba. Respecto a los boletos de avión para el regreso, serían comprados a la brevedad.

—Me tomará un pasaje, probablemente para el próximo diez de agosto. —Habían cenado y Franco estaba tendido de espaldas sobre la cama. Francisca terminaba de lavar la vajilla.

—Me da mucha pena que te vayas, en serio, pero regresar a Nueva York es lo mejor que puedes hacer. Las cosas por presión nunca funcionan. Nunca llegan a buen término. Y no podemos hacernos los lesos de que nuestra relación se ha resentido. Y no debemos engañarnos, porque el sexo, aunque muy importante, no lo es todo.

Franco percibió de nuevo la incómoda sensación que lo había perturbado más temprano. Era tan directa, y a veces tan desvergonzada: con su carita de niña buena se daba el lujo de decir y hacer las barbaridades que se le ocurrieran.

—Me ilusioné con que me acompañaras a New York, pero tal vez tengas razón, quizá lo nuestro es demasiado débil como para esa aventura. Podríamos terminar odiándonos.

–Tal vez algún día, pero ahora está claro que no es el momento... Déjame un hueco.

La observó parada junto a él, con un pijama crema estampado de lunares en diversas tonalidades rosa, el cual, a pesar de ser holgado, no le robaba sensualidad. Se preguntó cuánto de animal tenía aquella relación y ella cuánto de áspid. Pensó en el cuello extensible de aquel mortífero reptil, el cual le permite llegar con su veneno mucho más allá de lo que la inocencia de su víctima puede apreciar... ¿Cuánto demoraría en olvidarla y encontrar un reemplazo? La vio deslizarse hasta acomodarse, muy apegada.

–¡Estás con las manos mojadas!

–Mejor, para que me recuerdes.

Se besaron. Se desnudaron. Se acariciaron recorriendo, cada uno, con suavidad el cuerpo del otro. Compartieron sus sudores y ella se dejó penetrar con mucho cuidado, ignorando si el incipiente postoperatorio lo permitía. Después no hablaron. Se quedaron quietos, ella con la cabeza sobre el hombro de él, ambos con los ojos cerrados...

Una vez más la alarma sacó a Franco de sus recuerdos. La *Fénix II* regresaba con el encargado de las tareas de fortificación, Samuel Ávalos. Con cuarenta y tres años, solo seis meses antes había llegado a trabajar a la mina invitado por un cuñado. Era hermano de Florencio y tenía tres hijos, a quienes durante el encierro había sabido tranquilizar a través de sus cartas.

Lo esperaba emocionada la mujer que luego de ser su conviviente por veintiún años, le había pedido matrimonio en uno de los contactos a través de la paloma. "Cuando salga hablaremos", fue la respuesta que recibió de él, y no le quedó más que esperar.

Fernanda bajó su mirada.

–¿Qué te pasa? ¿Te sientes mal?

–No, solo que... –Se había puesto a pensar en su relación con Franco, preguntándose qué les depararía el destino.

17

Cinco días antes de tomar su vuelo, el sábado 5 de agosto, luego de dejar la maleta en su habitación en el segundo piso del mismo hotel donde se había alojado a su llegada a Chile, a pasos de la estación de Metro Santa Lucía de la acera norte, Franco bajó al primer nivel para cenar. Sentado ante una mesa que le permitía mirar hacia la silente calle peatonal, revisó el menú hasta encontrar lo que buscaba: consomé de ave desgrasado que ordenaría sin huevo, y una pechuga cocida acompañada con arroz blanco. Siendo un buen gourmet, lamentó las limitaciones impuestas por su estado postoperatorio.

Mientras esperaba que lo atendieran y barajaba la idea de que jamás se acostumbraría a aquellas insípidas comidas, se conectó a la Wi-Fi del hotel. Luego de leer una primicia noticiosa, dejó la mirada puesta en el ventanal. La información era un bombazo. Se preguntó si otra vez el destino interfería para que no abandonara el país. Intentó imaginar la conversación que tendría con su jefe apenas regresara a la habitación y esbozó una sonrisa. ¿Se habría enterado ya? Sin duda sería el principal interesado en que cubriera los hechos. Porque farrearse una oportunidad periodística como esa era inadmisible. Y como le faltaban varios días para tomar el avión... Acabada su frugal cena regresó al cuarto, se desprendió de los zapatos y la camisa, y tumbado sobre la cama abrió el *notebook*.

El hotel contaba con una potente señal de Internet, lo que contribuyó a que la conexión por *Skype* fuera nítida. Mientras se saludaban, el semblante del editor delataba su impaciencia; sin embargo, Franco se anticipó a lo que fuera que pretendía decirle.

–¿Escuchaste la noticia, jefe?

–Sé más directo, por favor. No tengo tiempo ni humor para adivinanzas. Si tienes algo que decirme, hazlo, ¡y ya! ¿Estamos?

–Está bien, estamos. Acabo de leer en Internet que ocurrió un accidente en el Norte de Chile, en las cercanías a la ciudad de Copiapó, en un yacimiento llamado San José, de propiedad de una compañía minera... una tal San Esteban.

–¿Puedes ser un poco más explícito? Porque la verdad es que he estado toda la tarde quemándome las pestañas frente a la pantalla del computador. Me siento muy cansado y no estoy para juegos. Así que por favor anda al grano, mira que no vayas a salir con otro de tus argumentos para seguir quedándote. Te necesito aquí con urgencia, te lo he repetido hasta el cansancio y ya no sé cómo decírtelo.

–Está bien, pero no te enfades. Te noto más nervioso que de costumbre.

–Pero por supuesto. Hasta te dio por operarte, mientras aquí el exceso de trabajo nos llega hasta el cuello.

–Eso sí que está bueno. La próxima vez voy a encargarme personalmente de avisarle al Creador que no puedo enfermarme.

–Y además te das la libertad de ironizar conmigo. Disculpa mi genio, pero no estoy para tus bobadas. Hace meses que deberías estar aquí, de manera que te apuras en tomar el avión o quédate allá y consíguete otro trabajo. Necesito un reportero que me siga el paso, y además, ya te dije que tendrás que encargarte de un par de ayudantes que lo más probable es que al principio hagan puras chambonadas.

–¿Me quieres sacar de terreno?

–¡Pero qué estupidez dices, por favor! ¡Claro que no! Tendrás que manejarlos desde donde estés, tal como lo hago yo contigo. ¿O crees que siempre estoy detrás de un escritorio? Así que simplemente ven aquí, los contratamos, les das instrucciones, y te encargas de que hagan su pega. ¿Te parece? ¿Es mucho pedir?

–Pero estoy aquí.

–Ya, ¿y?

–Y que... ¿vamos a perder, acaso, esta oportunidad?

–¿Oportunidad? ¿Me puedes decir de qué hablas?

–¡Del accidente, jefe!, pero veo que no te has enterado. La noticia ya vuela por Internet.

–¿No te acabo de decir que aquí estamos hasta el cuello de pega? Me he llevado el día completo cerrando el próximo número de la revista, y tú sabes cómo es la cuestión a última hora.

Además, se echó para atrás una entrevistada importante y tuve que ponerme a inventar un artículo.

–Debe ser el mejor de todos.

–¡Gracioso! ¿No te dije que no estoy para chistes? Así que, por favor, alarga la lengua de una vez.

–Parece que han quedado enterrados más de treinta mineros.

–¿Y?

–Y que parece que están vivos. ¡Vivos, jefe! ¿Te das cuenta? Enterrados y vivos a no sé cuántos metros de profundidad. Y piensa: ¿qué van a hacer con ellos? ¿Los van a dejar ahí? ¿Los tratarán de sacar? Lo que sucede, ¡ya es noticia! Y cualquier cosa que ocurra, será una noticia todavía mucho más grande. Un gobierno nuevo y con tremendo dilema: si los abandona lo sacrifican, y hacer el esfuerzo por sacarlos implica destinar una cantidad de recursos inimaginable, sin ninguna seguridad de nada. Y recuerda que tenemos viva la atención de nuestros lectores en este lugar, que como tú mismo dices, está a punto de caerse del mapa, y rebosa de peculiaridades. Les dimos mucho jugo, todo el que sacamos al cambio de mando con terremoto y todo, al maremoto y a las vicisitudes de la reconstrucción, y de postre las barbaridades cometidas por Karadima. Creo que a estas alturas, cualquier cosa que hablemos sobre Chile, se la devorarán. Y ahora se nos ofrece este bajativo cinco estrellas en bandeja de oro. ¿Te parece que ante esto me suba a un avión y me mande a cambiar, mientras muchos medios estarán estudiando hasta dónde vale la pena destinar recursos y mandar para acá a sus reporteros? Y yo, sea por lo que sea, estoy aquí. ¡El destino, jefe, el destino! La mano de un ángel está con nosotros. ¡Piénsalo, jefe, piénsalo! Piensa en los negocios jugosos que puedes armar allá, mientras yo te mando este sabroso material desde acá. Y conste, que nadie más que yo quiere volver lo antes posible, sobre todo con el ofrecimiento que me has hecho, pero si me voy, serás el primero en reprochármelo, y eso, si no me llamas mañana para preguntarme si acaso me he vuelto loco que me quiero ir.

–Está bien, veo que aprendes pronto.

–De mi maestro, jefe, de mi maestro.

–¡Escúchame, y no te pases de listo! Faltan cinco días para tu vuelo, así que tienes ese tiempo para dedicarlo a esto. Vamos viendo qué ocurre. Dada la gravedad de que me hablas, probablemente se resuelva muy pronto, y mientras yo no diga otra cosa, por ningún motivo quiero que pierdas ese vuelo. Por ningún motivo, ¿me oyes?

–Está bien, jefe, está bien, tú mandas. Viajaré de inmediato a Copiapó, más bien a Caldera, porque ahí está el aeropuerto. Al parecer son treinta y cuatro trabajadores que se habrían internado muchos kilómetros. Dicen que son ocho y que en línea recta podrían encontrarse como a setecientos metros de profundidad.

–¿Setecientos? ¿No te parece que estás exagerando un poco?

–No, jefe, esa es la profundidad de la cual hablan. Y podrían estar vivos bajo los derrumbes. Y ya hay muchos familiares intentando conseguir respuestas a un sinfín de preguntas. Y yo estoy aquí, pudiendo estar allá, jefe. Estoy aquí, perdiendo el tiempo metido en la habitación de un hotel, ¿te das cuenta?

–Está bien, no tienes para qué repetírmelo. Toma el primer vuelo que encuentres y me mandas la factura. Veré que te la reembolsen.

–OK, jefe, compraré el ticket apenas terminemos de hablar. Lo cargaré a mi tarjeta, de algo que me sirva haber sido austero durante estos meses.

–Está bien, pero escúchame, ¡y escúchame bien! Sigues volando el diez para acá. ¿De acuerdo? ¿Entiendes? ¿Me escuchaste bien?

–Está bien, jefe, ya te escuché. Estaré informándote momento a momento. Y ahora te dejo, a ver si consigo en qué trasladarme. –Apenas desapareció la imagen, entró al sitio web de la línea aérea LAN.

Luego de comprar el pasaje, revisó si encontraba más información en Internet. Con el celular aún en la mano, se acordó de Fernanda. Como corresponsal de un diario capitalino, de seguro estaba al tanto del accidente. Buscó entre sus contactos el número de teléfono y presionó la opción de llamada. Esperó unos instantes y apareció un buzón de voz. No quiso dejar recado. La llamada le quedaría registrada... ¿Lo mantendría aún entre sus contactos?

La respuesta llegó de inmediato, con algunos arpegios de *La valse de Rabel*.

–Disculpa, no alcancé a llegar al teléfono.

–No importa, y gracias por devolverme la llamada tan pronto... Hace tiempo que no hablamos. Pensé que pasarías por Iloca, pero parece que estuviste muy ocupada.

–En realidad sí, pero además me enteré de lo de ustedes.

–¿Con la Pancha?

–Sí, eso.

–Pero podrías haber ido de todas formas.

–No, gracias. Sé lo concurrida que es esa casa y me imaginé que querrían aprovechar cualquier espacio de tiempo para estar solos.

–Pero Feña, por favor, tú eras sin duda la más bienvenida.

"No sé si tanto". –¿Y cómo está la Pancha? Hace días que no hablamos.

–La verdad es que no lo sé, yo estoy en Santiago.

–¿En Santiago? ¿Y qué haces en Santiago?

–Bueno, ya era hora de cumplir con mis deberes, ¿no crees?

–¿Con tus deberes? En algún momento la Pancha me dijo que la presión de tu editor era muy fuerte.

–Sí, en parte por eso me vine... Además, con la Pancha las cosas no funcionaron.

–¿Y te estás yendo?

–En realidad no lo sé, más bien estaba. Ahora depende, porque ha surgido algo que podría demorar mi partida.

–Imagino lo que es.

–¿Ah, sí?

–¡Por favor! Basta con echar una mirada en Internet, prender la tele o escuchar las noticias en cualquier radio. No creo que no te hayas enterado, y dudo que con un bombazo así te vayas a ir.

–Es lo mismo que pensé. Y se lo dije a mi jefe, pero no sé si captó del todo la relevancia que esto tiene. En todo caso, mi vuelo sale el diez, así que tengo unos días para reportear. Pensé que sabrías algo, y parece que no me equivoqué.

–¿Equivocarte? No, amigo, para nada. Estoy aquí, en el campo de batalla.

–¿Allá? ¿En terreno?

–Sí, acá, ¿qué esperabas? Y la cosa está ardiendo. Deberías tomar el primer avión y venir a ver lo que está pasando.

–Tengo un boleto para mañana temprano.

–¡Qué bien! Estoy en un hotelito aquí en Caldera. Modesto, pero limpio. El aeropuerto está muy cerca y pasaré por la mañana antes de subir a la mina, a ver si llega alguien a quien valga la pena entrevistar. Podríamos calzar y recogerte. Llámame cuando te embarques y nos ponemos de acuerdo. Y si quieres, puedo ver si te consigo un cuarto.

–Me parece fantástico, de verdad te lo voy a agradecer.

Antes de terminar la comunicación, ella le contó que los mineros habían quedado sepultados por un derrumbe al parecer en una de las losas de seguridad a eso de la mitad del pique, colapsando cuatro o cinco niveles.

Con esos datos y algo de lo que recogió en Internet, más un poco de su propia cosecha, acabó un primer reportaje que envió a su editor.

Su nota decía que las autoridades habían informado la posibilidad de que se encontraran enterrados vivos. Agregó que los familiares, agolpados en el lugar, lloraban insultando a los dueños de la compañía minera para la cual trabajaban, tanto por la falta de seguridad como por la tardanza en dar el aviso a las unidades de rescate, con la consecuente preocupación de las autoridades, pues a medida que se juntaba más gente, aumentaba el riesgo a que la situación se desbocara. Aprovechó para redondear el artículo, haciendo una relación entre esta tragedia y el drama producido por el terremoto y las enormes olas del tsunami del 27 de febrero, como si el destino se hubiera enconado contra el pequeño país en que se encontraba…

–Mira, ahí viene saliendo Carlos Bugueño. –Fernanda indicó con el dedo–. Pobre, tiene apenas veintisiete años y ahora con esta horrorosa experiencia a cuestas… –Había recorrido los 622 metros del ducto y su madre lo esperaba con evidente ansiedad. Se dieron un largo y apretado abrazo, coronado por las lágrimas—. Claro que para ti, que has estado hasta en medio de la guerra...

—¿Sabías que es de Copiapó y sin embargo hasta hace poco trabajaba de guardia?

—¿Y qué tiene eso de raro? ¿Crees que por nacer aquí hay que andar metido en estos hoyos? Sé que pagan bien, pero no todo en la vida es plata, ¿no? ¿Puedes creer que cumplía turnos de siete días?

—Y después descansaba siete, no encuentro que fuera tan mal negocio.

—Sí, es cierto, pero igual. Estar metido en un hoyo siete días seguidos... Como que no es muy humano que digamos, ¿no? Además, igual trabajan más horas. Él, por ejemplo, era otro más al que ese día no le correspondía entrar, pero lo hizo porque estaba juntando plata para comprarse una casa.

—El mal de ser pobre.

—¿Quién lo duda? Y aunque pobre y dispuesto a romperse el lomo por unos pesos, es súper creativo... Como a ti te gusta la gente. Una vez que asumieron su realidad de estar enterrados vivos y comenzaron a organizarse, se le ocurrió fabricar un dominó de cartón, el cual terminó siendo la entretención más importante que tenían. Y después, cuando los encontraron, como era fanático por el fútbol, consiguió con el ministro de Minería que les transmitieran los partidos de la Selección Nacional.

—En esos momentos, la gente saca a relucir sus potencialidades, ¿pero qué pasará cuando vuelva a su rutina?

—Si vuelve, porque podría cambiar, ¿no te parece?

—La verdad, Feña, no lo creo. La mayoría vuelve a ser como antes.

—¿Y por qué crees tú que no puede ser una excepción, sobre todo después de lo que le ha pasado?

—No digo que no pueda, sino que no lo hará, al menos no para mejor. Ciertos golpes fuertes pueden abrir camino a una oportunidad, pero los de este tipo crean secuelas sicológicas importantes. Lamento decirte que por la cultura a la que pertenece, volverá a su origen. Y mucho más dañado de lo que estaba.

–Un tanto pesimista tu mirada, ¿no?

–Más bien realista, diría yo. Desgracias hay en todas partes y a cada rato, y sin embargo, ¿cuántas de esas personas cambian para mejor?

–Sí, tal vez tengas razón; a pesar de lo esforzado y creativo que fue durante esos momentos de angustia, lo único que se le ocurrió respecto a su futuro fue que, si salía con vida, volvería a trabajar como guardia de seguridad... ¿A qué se deberá tanta ignorancia?

–Bueno, precisamente a eso, pues. En su cultura la iniciativa es mirada como un defecto. Si lo piensas detenidamente, tiene que ver con la falta de horizontes. La pobreza es algo así como los cimientos de la mediocridad.

–¿Vas a seguir con eso de la mediocridad?

–Es que definitivamente, el mundo está dividido en dos: los ambiciosos y los mediocres. Aunque sin duda hay dos categorías tangenciales, los mediocres ambiciosos y los ambiciosos mediocres. –Dejó escapar una carcajada.

A Fernanda ya no le costaba conciliar la filosofía y el humor de Franco. Su coqueta sonrisa expresó la fascinación que aquella combinación le causaba. Sonrisa que a Franco le encantaba: sin darse cuenta, al arriscar la nariz y levantar los pómulos, sus brillantes ojos se achinaban adquiriendo una expresión fascinante.

18

Luego de ponerse de acuerdo con Franco, Fernanda no dudó en comunicarse con Francisca. Era hora de cenar y de seguro se encontraría precisamente en eso.

—Estoy con la casa llena de gente. ¿Y tú, dónde andas?

Estoy en el Norte, reporteando el accidente de los mineros. Supongo que supiste.

—Sí, algo. Creo que es heavy.

—Sí, súper complicado. Están sepultados, y lo más increíble, podría ser que vivos.

—Chuta, aunque eso es bueno.

—¿Bueno?

—O sea, me refiero a que puedan estar vivos… Igual es terrible, y también increíble.

—Ah, sí, cuesta creerlo. Pero en todo caso, todavía es muy pronto para saberlo, así que no queda más que hacer conjeturas… Oye, a todo esto, me llamó Franco. —El repentino cambio de tema produjo un silencio—. Me contó lo de ustedes.

—¿Franco?

—Sí, lo mandaron a reportear. De hecho, viajará mañana a la zona.

—Sí, tiene tiempo disponible, porque su avión sale el próximo martes. Claro que con ustedes los periodistas, nunca se sabe.

—¿Y? ¿Qué pasó…? Entre ustedes, me refiero.

—Ah, entre nosotros… Bueno, nada; que no dio para más, nomás. ¿Sabes?, estoy con gente y estamos comiendo.

—¿Cómo que no dio para más? ¿Así de repente? ¿Después de lo entusiasmada que estabas?

Francisca se paró de la mesa, pidió que la disculparan y salió de la casa para hablar con privacidad.

—Bueno, tú sabes cómo son estas cosas cuando comienzan a funcionar mal… Desde hacía tiempo el entusiasmo se había venido convirtiendo en puros problemas. Desde hacía rato el tema más recurrente era su partida y puras discusiones. Y acordamos que separarnos era lo mejor para los dos.

–¿Por qué?

–¡Chuta!, porque... ¿qué quieres que hiciéramos? Somos demasiado diferentes como para pensar en una relación más larga.

–Pero lo de ustedes se veía como serio, ¿no?

–Serio, sí, pero nunca definitivo. Una relación que jamás daría resultado. Como te digo, tenemos formas muy diferentes de ver las cosas. Es un tipo atractivo, simpático y con una serie de otros atributos, no lo voy a negar, pero por otro lado está obsesionado con su carrera y el éxito que está logrando, y está dispuesto a cualquier cosa por aumentarlo. Fue algo lindo hasta hace algún tiempo, pero el gato sacó sus garras.

–¿Sus garras?

–Sí, porque lo convencí para que me mostrara lo que había estado mandando a Estados Unidos.

–¿Y?

–Y me quedé de una pieza.

–Pero cuéntame.

–Es que escribió las barbaridades más grandes que te puedas imaginar.

Fernanda sonrió con una expresión burlesca dibujada en su cara. No le parecía que estuviera nada de mal lo que él hacía. Justificaba plenamente que quisiera impresionar a su jefe y a sus lectores.

–Pero esa es la vida de los periodistas, pues Pancha, así que me parece bastante razonable. Yo hago lo mismo y todos lo hacen, sino no podríamos trabajar, no tendríamos dónde, nadie nos querría. Es la realidad. Simplemente la cruda realidad.

–Pero no a cualquier costo, y a él se le pasó la mano.

–¿Y le dijiste algo?

–¿Algo? No solo algo, puse el grito en el cielo. Le armé un escándalo.

–¿Y qué pasó?

–Pasó que se sosegó un poco, ¿pero cuánto crees que le podía durar, si su editor seguía hinchándolo? Así que por el bien de ambos, decidimos cortar por lo sano y seguir cada uno su camino.

—¿Y han hablado después?

—No, no me ha llamado, y yo no lo pienso llamar. Creo que es mejor así. Él por su lado y yo por el mío.

—¿Y no lo echas de menos?

—Bueno, la verdad es que me ayudaba bastante.

—No, Pancha, no me refiero a eso.

Francisca lo extrañaba, pero se había llenado de actividades y hacía lo posible para que la casa permaneciera con mucho tráfico de gente joven. Y no estaba dispuesta a reconocerlo, ni siquiera con su amiga, que por lo demás tampoco la consideraba tan íntima. No tenía por qué enterarse de sus verdaderos sentimientos.

—¿Sabes? En realidad no me hace falta, me las arreglo lo más bien sola.

—No me refiero a eso, Pancha, sino a...

—Si sé a lo que te refieres, Feña, pero me da lata hablar más de eso, porque en verdad no lo echo de menos y por el contrario, me saqué un peso de encima. —Sin darse cuenta, había elevado la voz. Aquella llamada comenzaba a molestarla.

Fernanda lo notó, pero no estuvo dispuesta a colgar sin antes despejarse el camino.

—No entiendo nada, pero en fin, ustedes sabrán. Supongo que no tendrás atado en que nos veamos, porque como estaremos reporteando en la misma parte...

—No, ninguno, ¡por favor! No veo por qué podría tenerlo, y para tu completa tranquilidad, menos si entre nosotros ya no pasa nada, y además, él se irá más temprano que tarde a Estados Unidos y yo me las arreglo bien y, además... me he apoyado harto en Daniel.

—¿En Daniel? Pero pensé que ese era tema superado.

—Es que él peleó con esa que se metió al medio... La verdad es que le duró harto poco. Y tú sabes, los dos solos...

—Veo que no pierdes el tiempo.

—Ay, Feña, no lo tomes así, si es como amigos nomás.

—Una amistad con bastante ventaja, ¿no?

—Bueno, puedes creer lo que quieras... ¿Sabes?, como te dije, estoy con bastantes voluntarios aquí y tuve que pararme de la mesa, porque no tienen por qué enterarse de mis intimidades, así que no es el momento de darle más vueltas, ni a una cosa ni a la otra.

Terminada la conversación, Francisca quedó pensativa. Tenía una extraña combinación de pena, rabia y celos. Además, no sabía por qué había dejado entrever que entre ella y Daniel había algo. Las lágrimas se desbordaron y no queriendo que sus invitados –quienes en ese momento evaluaban a dónde ir para aprovechar la noche que se les venía encima– la vieran así, decidió dar un paseo antes de entrar.

Surgieron más lágrimas. Reconoció que echaba de menos a Franco y le dolía no hablar con él. Pero si ella había decidido no llamarlo, ¿por qué él iba a comportarse de un modo distinto, sobretodo habiendo sido ella la intransigente? Y la aparición de Fernanda no hacía más que complicar las cosas. Volvió a arrepentirse de las luces que le había dado acerca de su interés en Daniel. Su sensación de celos aumentó y también la rabia, y las lágrimas. Los imaginó allá, en el desierto, solos. Se preguntó si a Franco podría interesarle ella, porque Fernanda no había disimulado su interés en él, y ella, la muy tonta, le había allanado el camino. Una idea fugaz pasó por su mente: "Podría tomar un autobús y partir para allá". Pero recapacitó de inmediato, era descabellado. ¿Con qué justificación podría llegar hasta ese lugar? Sonrió con melancolía. Pasó la mano por la mejilla húmeda, inspiró y espiró con profundidad, carraspeó, y decidió que lo mejor era entrar en la casa, terminar de comer y salir a distraerse con los demás. Si se quedaba sola, se volvería loca. Y no estaba de humor para verse con Daniel. Entró directo al baño. Un buen lavado de cara con agua fría, con aquella que salía realmente gélida a esa hora, le haría bien…

José Henríquez, un cincuentón experto en máquinas perforadoras que había cambiado su especialidad durante el cautiverio a la de líder y guía espiritual, fue el siguiente en salir. Había sido de gran ayuda para mantener la estabilidad emocional de sus compañeros. Integrante activo y fervoroso de la Iglesia Evangélica, sus oraciones resultaron claves a la hora de contener la angustia que les invadía, especialmente durante los primeros diecisiete días, en que la salvación parecía estar solo en las manos de Dios. Para consolarse no tenían más que la fe y una lejana esperanza.

Franco y Fernanda se mantuvieron largo rato en silencio. Él aprovechó para recordar su llegada al aeropuerto de Caldera.

19

Apenas el avión se detuvo en la loza, Franco llamó a Fernanda. La voz de la periodista sonaba alegre.

—Estoy esperándote, tal como te ofrecí, y aprovechando para tomarme un rico café. Así que si quieres, encontrémonos aquí, en el restorán del aeropuerto.

—De acuerdo. Ando solo con mi mochila, así que no demoraré en salir.

Franco caminó hacia el edificio con calma. En el interior subió hasta el segundo piso, donde la vio de inmediato. Su perfil se recortaba contra la luminosidad del ventanal. Tenía la mirada puesta en aquel desierto, considerado el más árido del mundo. Se veía tan atractiva como la recordaba.

Ella no se percató de su llegada hasta que lo escuchó hablar.

—El panorama es sobrecogedor, ¿no te parece?

Fernanda se sobresaltó, pero se apaciguó de inmediato. Observó su figura junto a la mesa. Más alto que ella, debía medir cerca de un metro ochenta; grueso pero sin grasas acumuladas, ancho de hombros y brazos musculosos... Estaba bien afeitado y peinado sin fijador.

—Depende. A unos les gusta, mientras que a otros los ahoga. Yo estoy entre estos últimos. —Dejó escapar una risa rápida.

Él le dio un ligero beso en la mejilla y se sentó al frente.

—En lo personal, no tengo buen recuerdo de los sitios áridos. Tal vez porque en lugares así, me ha tocado reportear guerras y ver la indecencia humana en su máxima expresión.

—La guerra, ¡uf!

—Exacto, ¡uf! Ver cómo unos y otros se matan.

—Es duro, sin duda.

—Sí, es cierto, es muy duro. Duro y estúpido... Cuesta adecuarse a tal grado de surrealismo.

—Estoy tomando un café, ¿quieres algo?

—¿Está bueno? Porque en el avión me dieron una porquería. Tuve que devolverlo y pedir un jugo para pasar el mal gusto.

—Sí, está delicioso. Y es descafeinado.

–¿Descafeinado?

–Claro, un buen invento de esta aporreada raza humana. –Exhibió una sonrisa amplia, cargada de coquetería–. Cuando se extrae la cafeína del grano verde, el café mantiene todas las cualidades del sabor, y entonces uno puede tomar todos los que le dé la gana sin efectos colaterales.

–De acuerdo, te haré caso, lo tomaré descafeinado. –Giró hacia una camarera que en ese momento pasaba tras él–. ¡Señorita!

Ella se detuvo, se acercó y recibió el escueto pedido.

Franco la observó alejarse y regresó los ojos a Fernanda.

–¿Y cómo sabes eso?

–¿Lo del café descafeinado?

–Sí, claro, eso mismo.

–¿Olvidas que soy mujer?

–Ah, sí, la línea.

–Mujer y periodista, recuerda. Una buena combinación. –Entreabrió y arqueó sus delgados labios para dejar aparecer la punta de la lengua, que apretó muy suave con los dientes. Una vez más sus pómulos, al subir, achinaron sus ojos–. Es que me tocó hacer unos reportajes sobre naturismo, y al investigar me encontré con el café descafeinado.

La chica que servía dejó sobre la mesa una pequeña taza humeante.

–Al menos llegó pronto y viene caliente. –Bebió un corto sorbo–. Mmh, está bueno. ¿Y qué más? Sobre el café descafeinado, me refiero.

–¿Verdad que te interesa?

–Por supuesto, ¿por qué podría no ser así?

–No sé, porque… Nada, simplemente nunca me hubiera imaginado que te interesara este tipo de cosas.

–O sea, me gusta aprender cosas nuevas… Además, si te interesa a ti…

–¡Uf, qué galante!

–No, si es cierto, así que dale, cuéntame más.

–Está bien. Al descafeinar los granos antes del tostado, se perjudica menos el sabor. Hay que ser catador profesional para notar la diferencia. No imaginas a cuántos que se creen especialistas he engañado.

—Es que hay gente muy pretenciosa que cree sabérselas todas, y se les puede hacer quedar muy en ridículo... Y uno queda con un sabor como rico.

—Eres malo, pero es muy cierto.

—Exacto, es como un regalo para uno mismo... –Dejó escapar una breve risa.

A Fernanda le pareció muy varonil y le gustó la boca, de tamaño intermedio y con labios gruesos. También rió. –Pero bueno, pasando a otro tema, te reservé una habitación en el hotel donde me alojo. Es pequeñito, como te dije por teléfono, pero te gustará. Antes de subir a la mina pasaremos para que te registres. Además, quedaron de conseguirme una carpa por si acaso, total no sabemos si tendremos que quedarnos allá arriba. Y me tomé la libertad de pedir otro saco de dormir para ti, espero que no te moleste.

—No, por favor, todo lo contrario. Veo que no se te ha escapado ningún detalle. –Le pareció fascinante compartir con ella una carpa. Vino a su mente la idea de preguntarle por su hijo, pero se arrepintió de inmediato. Era involucrarse demasiado en su vida privada. Recordó todos los rollos que se había pasado con eso y decidió que esta vez no le echarían a perder el panorama. Total, en pocos días su avión estaría cruzando la cordillera.

La voz de Fernanda lo sacó de sus cavilaciones.

—Mira, parece que no queda nadie de tu vuelo, lástima que no viniera alguien interesante. Creo que será mejor que nos vayamos.

Franco se llevó la taza a la boca para beber un último sorbo.

En esos momentos pasó la mesera y Fernanda estiró el brazo.

—Señorita, ¿me puede traer la cuenta?

—No, por favor, Feña, yo invito. –Dejó la taza en el platillo.

—Pero si apenas te has tomado una tacita de café, en cambio yo...

—¿Acaso crees que me arruinaré por una ensalada, un vaso de Coca Cola y un par de cafés? Vamos, yo pago, es lo menos que puedo hacer después de todas las molestias que te has tomado para facilitarme las cosas. –Sonrió.

—Está bien, pero a mí me toca la próxima.

–Franco la observó pararse y recoger la chaqueta que había acomodado en el respaldo. Al ponérsela, sus pechos se hincharon. Lo mismo sucedió al calzarse una coqueta boina negra y acomodarse el cabello. Llevaba puestos unos jeans azules que dejaban a la vista sus delgados tobillos. El detalle no pasó desapercibido para él. Sin querer, hizo una fugaz comparación con el grosor de los de Francisca.

Abordaron el pequeño automóvil que Fernanda había alquilado y enfilaron en busca de la carretera.

Luego que Franco hiciera los trámites de rigor en la recepción del hotel y un rápido reconocimiento de su habitación, regresaron al auto. Antes de tomar el camino que los sacaría para ir a la mina, Fernanda lo desvió hacia la calle Wheelwright y avanzaron hasta Gana, en cuya esquina observaron el edificio colonial rojo con amarillo que albergaba a las oficinas de la Municipalidad.

–Me estacionaré unos minutos y averiguaré si hay alguna novedad.

–Te acompaño.

El exterior del inmueble se veía quieto y en el interior no cambiaba el panorama. Ella se asomó a una oficina para indagar sobre el paradero de la alcaldesa y las demás autoridades. Ante la ausencia de personal, volteó la cara hacia Franco.

–Aquí penan las ánimas.

Una voz extraña la sobresaltó:

–Aquí no va a encontrar a nadie, señorita, andan todos en la mina. –Un hombre mayor sostenía una escoba y una pala plástica.

–Gracias, señor. –Nuevamente desvió la mirada hacia Franco–. Definitivamente aquí no hay nadie.

–Es lo más razonable, ¿no?

–Pero por si acaso, valía la pena venir. Nunca se sabe con quién una se puede encontrar, de repente un concejal que por figurar puede dar mucha información.

–¿Un concejal aquí? ¡Qué esperanza, si las cámaras están allá! ¿Crees que alguno va a ser tan bruto de perder la oportunidad de mostrarse?

–Sí, tienes razón, es igual en todas partes.

Enfilaron hacia la mina San José, flanqueados por la sobre-cogedora aridez. Durante el trayecto, Fernanda le contó algunos pormenores de lo sucedido. Comenzó hablándole de la gran polvareda que salía de la bocamina, vista con recelo por uno de los propietarios que se aproximaba en su camioneta para participar en una reunión de rutina. Su experiencia le decía que al interior algo no andaba bien, así que no dudó en apretar el acelerador. Eran las tres y media de la tarde. Su intranquilidad aumentó al acercarse, pues se percató de que la camioneta del gerente a cargo de las faenas estaba ahí.

Abandonó su petrolera de un salto.

–¿Qué pasa, Pedro?

–Pasa que tenemos problemas. Hubo un movimiento importante con varios escurrimientos.

–Sí, y está saliendo un polvo muy pesado. ¿Cuánto hace de eso?

–Fue pasadas las dos, como a las dos y cuarto, y ya hemos hecho dos intentos tratando de avanzar por la rampa, pero es imposible.

–Hay que continuar en eso.

–Es precisamente lo que hacemos, pero como le digo, se ve muy difícil.

–Imagino que no se sabe nada de los que están adentro.

–No, nada.

–¿Y de las causas?

–Bueno, usted sabe… –El encargado de las faenas hizo un rápido movimiento de hombros y se alejaron, intentando despejar el polvo con la mano.

Luego del cuarto intento por avanzar, a eso de las cinco y media, asumieron la imposibilidad de continuar con la búsqueda: la rampa estaba completamente bloqueada.

–El cerro todavía no se aquieta. –El rostro empolvado y sudoroso del gerente acusaba su excesiva inquietud–. Y el problema se nos viene más que difícil. La mina se puede sentar en cualquier momento, así que lo último que haría yo sería arriesgar a más personal. Creo que debemos pedir ayuda. Y por mucho que nos duela, avisar al SERNAGEOMIN... –Se refería al Servicio Nacional de Geología y Minas.

En el intertanto había llegado el otro socio y ambos propietarios, convencidos de la gravedad del asunto, dieron la voz de alerta. Eran ya las seis de la tarde.

Una hora y media después había un gran contingente de gente en el lugar, que aumentó a medida que llegaban algunos especialistas en rescate y autoridades como el gobernador provincial de Copiapó, el alcalde y la intendenta de Atacama, también personal de la ONEMI, la Oficina Nacional de Emergencias del Ministerio del Interior, y de la PDI, la Policía de Investigaciones. A los familiares de los accidentados les avisaron pasadas las nueve, y la mayoría ya se había enterado por los noticieros de la televisión.

La intendenta de la Tercera Región informó a través de los medios de comunicación que estaban evaluando las alternativas más seguras para el rescate, pues no se podía utilizar la rampa ya que a poco bajar, en una de las curvas, toneladas de rocas obstruían el camino. En cuanto a los atrapados, indicó que podrían haberse refugiado en una zona bajo el derrumbe, donde había algunos elementos básicos como oxígeno y agua para unas cuarenta y ocho horas.

Durante la madrugada, ciento treinta integrantes del Grupo de Fuerzas Especiales lograron descender por una chimenea de ventilación, pero a las cinco, cuando habían bajado sesenta y cuatro metros, se encontraron con una gran cantidad de rocas desmoronadas que conformaban un bloqueo insalvable.

Mientras, la PDI descubría que los atrapados no eran treinta y cuatro sino treinta y tres, ya que iniciado el turno, uno de ellos no había entrado: unos decían que se había quedado dormido, en cambio otros, que se había devuelto, aterrado ante los ruidos provenientes del interior.

A esas horas, se habían congregado cerca de cincuenta familiares de los accidentados, quienes escucharon acongojados a los propietarios de la minera comunicarles que hacían lo posible por encontrarlos, aunque debido al dificultoso acceso, no tenían una visión clara de cómo superar la situación.

El ambiente se puso tenso, pues algunos comenzaron a reclamar contra la compañía y sus ejecutivos utilizando duras palabras acusatorias, tanto por la falta de seguridad en los laboreos como por la tardanza en dar aviso a las unidades de rescate, y también a ellos.

Al pasar las horas, ante las confusas explicaciones y a ratos ni siquiera eso, la molestia de los familiares aumentó al punto de preocupar a las autoridades del Gobierno Central, quienes decidieron hacerse cargo de la situación, relevando a los propietarios, que ya no resistían la presión...

Los recuerdos de Franco fueron interrumpidos por un bullicioso aplauso. La *Fénix II* hacía su aparición con Renán Ávalos, quien con veintinueve años, era el menor de los hermanos. Salía dieciocho horas después que Florencio, quien lo había entusiasmado para ir a trabajar como cargador a la mina. Durante el encierro se había caracterizado por su gran sentido del humor, y en su primera entrevista contó que era un apasionado del campo y le gustaba montar a caballo, sobretodo arrear animales.

–¿Me puedes decir, Franco, qué hace trabajando aquí un tipo enamorado del campo, que le gusta andar a caballo y arrear animales?... Claro, la plata, pues.

–Pero hay en él una evidente falta de ambición. Algo de lo cual a la gente mediocre no le gusta hablar, ¿no te parece?

–Sí, tal vez hay mucha gente que le hace el quite y muchos de ellos no se dan cuenta, pero por favor dime, ¿puede alguien en este mundo no ser ambicioso?

–Pero en ocasiones has opinado que no todo el mundo lo es.

–No, perdón, lo que pienso es algo muy distinto: creo que no todo el mundo pone el éxito en su vida por delante de todo lo demás. Hay muchas personas que sitúan la plata y el poder en segundo lugar. Además, la ambición no se limita solo al poder y al dinero, pues. Se puede ser ambicioso para muchas otras cosas, como por ejemplo para arrear una gran cantidad de fieles a un templo, o ganar una competencia.

–Pero no hay deportista que no ponga su ambición por delante. De lo contrario, no competiría.

–Yo creo que el verdadero deportista, el que lo es de corazón, lo hace principalmente por gusto, por la emoción que le produce. Después por competir. Y debemos considerar que hay gente que no es ambiciosa, simplemente porque se siente bien como está. No todo el mundo quiere competir.

–Pero fíjate, esos son los mediocres, los que arrastran su miseria. Y por lo demás, a todo el mundo le gusta ganar, así que los mediocres son una sarta de cínicos acomplejados que cargan con sus lamentables frustraciones.

–¿Realmente crees que sea así? ¿Te parece razonable dividir el mundo en ambiciosos y mediocres? Creo que entre medio hay matices.

–Claro, ya te lo dije: los ambiciosos mediocres y los mediocres ambiciosos. –Lanzó una ruidosa carcajada–. Los matices, en definitiva, son una forma de justificar la mediocridad. A fin de cuentas, se es mediocre o se es ambicioso.

–¡Y dale! ¿Te sentirías mejor si te doy la razón? Porque en realidad me da un poco lo mismo. Ya tengo suficiente con llevar a cuestas mi humanidad y lo que esta conlleva... Pero a ver, dime una cosa: ¿en cuál de los dos bandos me sitúas?

–Bueno, depende: si me quedo con tus argumentos justificadores, tendría que situarte ya sabes en cual, pero si observo tus conductas, claramente perteneces al otro. ¿Y quieres que te cuente un secreto? Con respecto a los matices, ahora último me ha dado por pensar que los mediocres son ambiciosos frustrados. Gente que no se atreve a alejarse ni un centímetro de su malogrado pero aparentemente seguro mundo. Y de esto se desprende que el mundo no estaría dividido en ambiciosos y mediocres, sino en ambiciosos y cobardes.

–¡Ay, Franco, eres imposible! Sabes acomodar los argumentos para siempre ganar. ¡Eres incorregible! –Cruzó el brazo por su cintura, afirmó la mano en el cinturón y apoyó la cabeza en su hombro–. ¿Y te confieso algo? Me gustas como filósofo y como amante.

20

La aridez continuaba tendida en ambos costados del camino hasta perderse de vista: tierras plomizas, marrones y rojizas, más claras, más oscuras, de piedras y rocas de infinitos tamaños. Al llegar a la mina, les impactó la contundente cantidad de personas a las cuales se sumaron.

—Es increíble el mar humano dando vueltas.

—Pero Feña, ¿por qué te sorprende tanto si ayer también estuviste aquí?

—Sí, es que ha aumentado. Ahora es infinitamente mayor.

—Sí, es enorme. Hay mucha más gente de la que yo esperaba. —El aire estaba muy seco, el cielo de un azul intenso, y la luminosidad agresiva que caldeaba la tierra, achicaba las pupilas de Franco realzando el verdor de sus ojos.

También les impresionó la fe con que hacían guardia los familiares y los amigos de los accidentados, ansiosos por obtener detalles de lo ocurrido. Descartaban de plano que hubieran muerto y oraban desde temprano, acompañados por el obispo católico procedente de la Diócesis de Copiapó.

A medida que avanzaba el día, llegaron más familiares y mineros. Insatisfechos con el comportamiento de las autoridades, se pusieron agresivos. Los reclamos subieron de tono, algunos gritaban por la furia y se escuchaban hirientes insultos dirigidos a la minera y a sus ejecutivos. Las autoridades gubernamentales, temerosas de que se produjera un desborde incontrolable al carecer de noticias positivas, pues la operación de rescate no lograba avanzar, para aplacar su ira implementaron una seguidilla de iniciativas dirigidas a ayudarles a organizarse. Instalaron carpas donde pudieran cobijarse y resistir mejor el frío nocturno, destinaron una a comedor para darles alimentos, y llevaron especialistas del departamento de Salud Mental para que los asistiera durante la incierta espera.

Cerca del mediodía arribaron la ministra del Trabajo, el subsecretario de Minería y el director nacional del SERNAGEOMIN, instruidos para monitorear las labores de rescate y contribuir a mantener la calma.

Alfredo Gaete Briseño

La ministra se acercó a una cantidad importante de familiares que no demoraron en rodearla.

–Si los mineros han logrado encontrar refugio en una zona segura, podrán sobrevivir hasta setenta y dos horas más, pues tendrán oxígeno, agua, comida, ventilación y suficiente espacio.

–¡Siempre y cuando se haya hecho la mantención necesaria a los equipos! –Las miradas convergieron en un ex técnico de edad avanzada–. Y ni siquiera tienen salida de emergencia.

Se habían acercado otras autoridades, entre estas la ministra Secretaria General de Gobierno.

–El Gobierno quiere que sepan que hacemos todo lo que podemos para rescatar a los mineros con vida, y como pueden darse cuenta, también para apoyarlos a ustedes a aplacar su angustia ante esta terrible espera.

La seremi de Salud de la Región de Atacama avanzó unos pasos.

–Sí, y por eso les pido tranquilidad. Sepan que hemos activado un plan de contingencia para garantizar la atención de los mineros accidentados apenas sean rescatados. Además, contamos con todas las ambulancias que sean necesarias.

–Los rescatistas… –Las miradas regresaron a la ministra del Trabajo–. Digo que los rescatistas deben trabajar con mucho cuidado para no provocar otro derrumbe, velando responsablemente por su propia seguridad. Pero al mismo tiempo actúan con premura para sacarlos antes de que pueda colapsar la ventilación.

El subsecretario de Minería tomó la palabra para decir que algunos especialistas estaban reparando el ducto de ventilación por el cual los hombres de salvataje podrían avanzar hasta la zona más plana, donde podrían estar. Calculaban que a unos doscientos metros. Esperaban tenerlo completamente reforzado hacia el final del día. Agregó que por favor mantuvieran la tranquilidad y no fueran tan drásticos al considerar que se podía acabar el tiempo disponible para rescatarlos, porque todos los refugios de la mina tenían sistemas de ventilación para una buena cantidad de horas.

La tarde avanzó con lentitud y, de pronto, las cosas se complicaron: al interior encontraron un bloqueo insalvable, a tal punto, que todo lo hecho se fue a pique. Había que comenzar de nuevo desde cero.

Ante tales dificultades, el ministro de Minería, que había viajado con la comitiva presidencial para participar en la investidura de Juan Manuel Santos como nuevo presidente colombiano, fue instruido por el presidente chileno para que viajara de inmediato al lugar del desastre.

Fernanda y Franco se detuvieron a entrevistar a un viejo minero.

—Esto se pondrá peor, jóvenes, porque unos trabajadores acaban de denunciar que la semana pasada se descubrió una falla geológica que pudo provocar el derrumbe.

—¿Y nadie hizo nada? Pero eso es muy grave.

—Sí, señorita, claro que es gravísimo que nadie haya hecho nada. Así que está bien que acusen a la empresa, porque ya se han producido varios accidentes. En julio, por ejemplo, a un fortificador le cayó un planchón encima y le cortó la pierna derecha.

—¡Qué barbaridad! Y nada menos que a un fortificador. ¿No se supone que su tarea es evitar el desprendimiento de planchones?

—Sí, pues, ¿pero qué pueden hacer si los mandan a contener un cerro que está como colador?

—¿Y es joven?

—No tanto, señorita, tiene cuarenta años, o sea, como usted puede ver, hartos años de circo. Pero cuando las fortificaciones no resisten, la mina no perdona. Y mire usted, puedo darles todavía más antecedentes, para que no tengan que trabajar tanto haciendo averiguaciones. —Les ofreció una sonrisa que percibieron cálida, repleta de complicidad—. Partamos, si quieren, por el mismo fortificador del que les hablo, que es todo un personaje. Fíjense que va a cumplir un mes internado en el hospital y en lugar de quejarse dice que tiene suerte porque sobrevivió.

—Increíble cómo todavía tiene fuerzas para verle el lado positivo.

–Y siempre está tirando p'arriba. Dice que los mineros van a salir vivos, y comenta con mucho interés lo que muestra la televisión sobre las labores de rescate, y también lo que le cuentan sus familiares. Y es un hombre muy valiente: no tiene pelos en la lengua para acusar a los dueños de la minera de lo ocurrido, aunque no lo vuelvan a contratar. Y respecto a su situación personal, dice que iniciará acciones judiciales contra la firma. Y a los dueños les ha mandado un montón de recados para que sean más sinceros con la gente y digan la verdad de todo lo que está ocurriendo...

–Yo creo que a los dueños de la minera se les va a poner color de hormiga el panorama.

–No cabe duda de eso, señorita. ¿Y quieren saber más? Porque tengo harto más pa' contarles... Hay ya varios casos que han llegado a la justicia. Hace seis años, por ejemplo, la Corte de Apelaciones rechazó un recurso de protección que puso el sindicato en contra de la minera y el SERNAGEOMIN, porque un desprendimiento de roca mató a un trabajador. Y cuatro años después, rechazaron un recurso que puso la compañía contra una resolución de la Inspección del Trabajo en favor de otro minero. Y a comienzos del año pasado, la minera San Esteban cerró un acuerdo con otro trabajador, y en octubre con otro, y en noviembre con el propio sindicato de la empresa... Y en enero de este año, fíjese usted, llegaron a un acuerdo con otro minero y le pagaron nada menos que diez millones de pesos.

–Veo que hay harto carrete por desenrollar... ¿Y cómo sabe usted todo eso?

–Bueno, los de aquí lo tenemos grabado a fuego. Los amigos se accidentan y a uno mismo puede pasarle en cualquier momento, así que cuando nos enteramos de estas cosas, no las olvidamos tan fácilmente. Además, en varias ocasiones he formado parte de la dirigencia del sindicato, así que tienen frente a ustedes a un buen conocedor de cómo son las cosas por aquí. – Barrió su entorno con la mirada, enfocó a Franco y luego a Fernanda–. Y si quieren escuchar, hay más todavía... Este año, el Segundo Juzgado de Letras de Santiago falló a favor de Ana Peñaloza, y adivinen qué... Le pagaron cerca de ocho millones de pesos después de constatar que la empresa había incurrido en incumplimientos graves de su contrato. Y si vamos de nuevo p'atrás, hace cuatro años cayó un planchón de minerales que pesaba cerca de cuarenta toneladas sobre un camión de carga. El conductor murió al instante, aplastado en la cabina.

—¡Oh, pobre hombre!

—Sí, pobre hombre. Pero su familia, ni corta ni perezosa, acudió a la justicia, y tanto el presidente como el gerente general de la minera San Esteban, que les recuerdo que además son sus propietarios, fueron imputados... El asunto terminó en que en junio del año antepasado, llegaron a un acuerdo y les pagaron nada menos que noventa millones de pesos.

—¡Caramba, es harta plata!

—Sí, joven, claro que es harta plata, pues. Pero con eso los patrones consiguieron que no les hicieran nada, y una vez más todo se olvidó. A nadie le interesó investigar las causas del accidente... Y si quieren, les puedo dar más antecedentes todavía. —El minero sonrió durante unos instantes, dejando a la vista su nicotínica dentadura—. Miren, existe una zona de seguridad al interior de la mina y el decreto minero establece dos vías de escape, pero por supuesto que no lo respetaron, y ya ven, condujo a este drama. Y esta cuestión no tiene nada de nuevo, porque la empresa lo trató con el SERNAGEOMIN y ellos también analizaron el sistema de ventilación de la mina que es muy complejo.

—¿Y qué debiera haber en el refugio de emergencia, en el cual podrían estar?

—Bueno, al menos oxígeno, autorrescatadores y alimentos no perecibles para sobrevivir durante dos semanas.

—Pero escuché por ahí que la empresa no cuenta con todo su abastecimiento, y que culpan a los trabajadores porque se roban las cosas.

—Además de lo que dice Franco, han dicho tantas cosas respecto al refugio de emergencia... Unos dicen que tiene cuatro metros cuadrados, la ONEMI informó que es para treinta y cinco personas, y la mamá de uno de los atrapados denunció que caben solo diez, lo que apoyan varios familiares.

–Es que depende en qué refugio estén, pues señorita. No se olvide que estamos hablando de ocho kilómetros de camino y setecientos metros de profundidad…

Las palabras del minero fueron interrumpidas por un bullicio proveniente de las afueras de la mina. Los impacientes parientes exigían a gritos que los representantes de la minera dieran la cara…

La *Fénix II* regresó con el perforista Claudio Acuña, quien había cumplido treinta y cinco años el 9 de septiembre. Desde su cautiverio envió una carta de amor a su pareja, en la cual le proponía adelantar la fecha y casarse apenas saliera.

–Es que después de un evento de este calibre, cualquier proyecto a futuro se hace eterno.

Fernanda desvió la mirada hacia Franco. Las últimas palabras de ese comentario la hicieron pensar en la situación de ellos dos. ¿Tendría él la misma inquietud que masticaba ella?

–Pero escucha –la sobresaltó–. Para su sorpresa, ella le respondió que lo pensaría… Pero al otro día le confesó que lo había hecho para que sufriera un poco y que, por supuesto, también deseaba que fuera lo antes posible… Humor de mineros.

–Sí, un humor bien particular. Pero demostró con creces su interés por consolidar la familia con ella. Llevaba dos meses trabajando en la mina y aceptaba todas las horas extra que podía conseguir. Quería juntar un poco de plata para casarse y salir del mundo de las minas. Soñaba con irse a trabajar como operador de maquinaria pesada, un poco más al sur, ojalá en una ciudad como La Serena.

–¡Uf, qué sueño!

–¡Franco, no seas irónico!

–Pero Feña, ¿qué quieres que diga?

–Súper simple: ¡nada! No siempre hay que tener la última palabra. A veces también es bueno quedarse callado.

–Está bien, tienes razón. Déjame, entonces, hacer un comentario positivo, porque a pesar de su mediocridad...

Fernanda lo fulminó con la mirada.

–Pero escúchame antes de mirarme así, porque quiero decir que a pesar de todo es un buen tipo. Fíjate que con frecuencia enviaba mensajes de tranquilidad a sus familiares. ¿Te das cuenta? Él, allá abajo, preocupado por ellos...

Al llegar a la superficie lo esperaban la mujer y su hija de dos años, quien llorando, tironeaba a su mamá para que la dejara acercarse. Apenas pudo se lanzó hacia él con los brazos abiertos. Su madre corrió detrás y los tres se fundieron en un conmovedor abrazo.

Franco dio un resuello cerca del oído de Fernanda.

–¿Y eso?

–Es que mientras veía la escena, me pregunté cuánto les van a durar sus buenas intenciones... A los treinta y tres mineros, me refiero.

–¿Ya, y?

–No encontré respuesta. Y me pregunto cuánto le durará a cada uno esta especie de éxito.

–Con lo efímero que es...

–Especialmente en estas circunstancias. Los 33 son solo un número que despierta en el mundo la ilusión de lo que a ellos les gustaría ser y no se atreven. Y por eso les llaman héroes. A través de ellos viven, durante un rato, el sueño que no saben armar en su propia vida. Inmersos en este, a través de estos personajes que ven como míticos, rozan el éxito durante un rato...

21

Para Franco su trabajo implicaba un constante desafío, convencido de que para mantener contento a su jefe y remover la emotividad en los lectores, no bastaba con transcribir la realidad del campamento. Lo que escuchaba de los familiares, así como la ignorancia y el nerviosismo de las autoridades, eran nada sin una buena cuota de perspicacia que condimentara los guisos literarios que enviaba.

La creatividad de Franco en su forma de hacer periodismo fascinaba a Fernanda. Así, también, el entusiasmo que le transmitía con sus andanzas profesionales, su innegable simpatía y el sin fin de peculiaridades que lo caracterizaban. A todo eso se sumaba la atracción física que le despertaba, avivada por las dificultades para atraparlo.

El viernes 6, pasadas las cinco de la tarde, transcurridas más de veintisiete horas desde el accidente, por fin llegaron noticias alentadoras. El grupo de rescatistas había logrado avanzar por la chimenea de ventilación y creía encontrarse a menos de cien metros de los atrapados. Con ello aumentaron considerablemente las expectativas de encontrarlos vivos. Aprovechando aquel contexto, el gerente general de la empresa San Esteban, acompañado por el socio principal, rompió el silencio: negó los cuestionamientos que se habían hecho en contra de la falta de seguridad de la mina y recalcó que esta cumplía con todas las normas establecidas en el código minero, que el accidente no se podía prever y que lo acontecido les había sorprendido.

Los familiares enfurecieron. ¿Acaso no hablaban los hechos por sí mismos? Aparte de los accidentes del pasado, que ya les parecía suficiente argumentación para cerrarla, había 33 personas de carne y hueso atrapadas en algún lugar de esos ocho kilómetros de longitud y casi setecientos metros de profundidad.

El ejecutivo advirtió que no discutiría acerca de especulaciones que no se ajustaban a la realidad, pues había suficiente evidencia que lo respaldaba, mientras la muchedumbre gritaba y al tumulto se sumaban más y más personas que los rodeaban.

–¿Y qué tiene que decir de la demora en avisar a las autoridades?

–¿Y de la demora en conseguir ayuda?

–¿Y de la demora en avisarnos a nosotros, que somos sus familiares?

–Respecto a la demora en alertar a las autoridades, no lo hicimos antes, porque no teníamos un conocimiento pleno de lo ocurrido. Así que no es que nos hayamos demorado mucho, sino que cuando se produjo el desmoronamiento quisimos verificar cuál era la situación en la rampa. Recién a las cinco y media de la tarde comenzamos a tener información, que como comprenderán ahora, era completamente insuficiente como para compartirla con ustedes. No queríamos sembrar pánico.

–Y respecto a los refugios de emergencia, ¿existen suficientes cosas como para responder a las necesidades que ellos tengan?

–Para la información de todos ustedes, los refugios de emergencia con que cuenta la mina, no es cierto que alcancen para contener solo a diez, como se ha andado diciendo por ahí. Y en ellos hay víveres para sobrevivir más de cuarenta y ocho horas, y mucho más si se racionan adecuadamente.

A medida que los ejecutivos respondían, por mucho que se esforzaban en aplacar la indignación de los presentes, esta aumentaba.

–¡Esto nunca debió ocurrir! –Todas las miradas confluyeron en la hermana de Segovia, quien de inmediato fue apoyada por otros familiares. La turba, contenida por un cordón de rescatistas, autoridades y algunos policías, intentaba avanzar hacia ellos.

El nerviosismo de los propietarios era evidente; sin embargo, consideraron preferible continuar respondiendo para mostrarse enteros.

–Las causas aún no han sido establecidas, así como tampoco conocemos las consecuencias, y cada dos horas se les dará a ustedes nuevos reportes sobre los avances del rescate.

–¿Las causas? ¿Se puede saber a qué se refieren con que las causas todavía no han sido establecidas?

–¿Cómo puede usted decir eso, si las causas las conocemos todos?

La presión de la muchedumbre sobre el cordón aumentó. Para resguardar la seguridad, fueron convocados algunos bomberos y más carabineros con órdenes estrictas de solo contener, por ningún motivo reprimir. Temerosos de ser sobrepasados y que los representantes de la minera fueran atacados, los policías hicieron un canal para sacarlos protegidos con sus escudos. Así, los ejecutivos hicieron un indecoroso abandono del lugar. En su reemplazo aparecieron varios personeros de Gobierno, quienes juraron que se investigaría, se individualizaría a los responsables y se haría justicia. Agregaron que de momento velarían por hacer su estadía allí lo más confortable posible. Corría un viento gélido que también contribuyó a la tarea de calmar los ánimos. Algunos manifestantes comenzaron a desplazarse hacia sus vehículos o carpas, refunfuñando, atribulados, víctimas de la insoportable ignorancia. Otros continuaron ahí: porfiados, estoicos, dispuestos a seguir exhibiendo su malestar. La ministra del Trabajo y la intendenta de Atacama decidieron hacerse presentes. La primera de ellas alzó la voz para rogarles que no perdieran de vista lo que era más importante, e insistió en que se estaban haciendo todos los esfuerzos por llegar hasta los atrapados y que los desórdenes solo contribuían a dificultar la búsqueda y hacer más angustiante la espera. Les prometió que se haría una investigación exhaustiva de lo sucedido cuando llegara el momento, pero que por favor ahora se mantuvieran enfocados en el rescate.

La intendenta también elevó la voz lo más que pudo.

–Ustedes y nosotros estamos juntos en esto. Por favor tengan paciencia. Los equipos de rescate trabajan con ahínco a través de un ducto de ventilación y han avanzado ya setenta metros. Además, esperan hacer contacto con los afectados mediante un sistema de fibra óptica y la red asistencial se mantiene alerta a la espera del traslado de quienes sean rescatados... Y como también les dijimos, ante el estado de desamparo de muchos de ustedes, continuaremos brindándoles apoyo. Desde ya, instalamos baños químicos y una carpa de ochenta metros cuadrados que el obispo de Copiapó, como la mayoría sabe, inauguró con una concurrida misa.

Franco dirigió la mirada hacia Fernanda.

–Más de lo mismo.

Ella asintió con la cabeza.

–O sea, más de nada.

–Es que no hayan cómo calmarlos, y eso nos conviene. Podremos desarrollar una buena nota, ¿no te parece? Es una buena oportunidad para entretenernos echándole harto aliño.

–¡Uf, parece que nunca te agotas! No le das el más mínimo respiro a tu ingenio.

–El día en que lo haga, tendrán que velarme...

La noche avanzó y casi nadie dormía. Aparecieron fogones por todos lados, alrededor de los cuales se calentaban y levantaban el ánimo, dispuestos a no perder las esperanzas ni permitir que la inquietud mellara su fe, conscientes de que cada hora que transcurría significaba que los accidentados tendrían menos oxígeno, menos agua y menos alimentos.

Las autoridades de Gobierno, por su parte, tenían instrucciones de informar seguido a los familiares, aunque nada nuevo hubiera que decir. Debían distraerlos y crear la sensación de que las labores de rescate avanzaban. Y su encomienda no era fácil, pues se veían obligados a ocultar su temor a encontrarlos en muy malas condiciones, incluso muertos. Cerca de la medianoche comunicaron que se continuaría trabajando sin parar, incluidas seis máquinas de sondeo. Las implementaciones hechas por las autoridades, los familiares, los periodistas y quienes permanecían allí, poco a poco convertían el lugar en un incipiente campamento.

A eso de las tres y media de la mañana, cuando los rescatistas encontraron colapsada la rampa, lo cual no permitió la entrada de vehículos para remover material, el enlentecimiento de las labores produjo un marcado desánimo en los familiares que permanecían despiertos, quienes mostraban marcados rasgos de cansancio, ansiedad y preocupación.

–¿Sabes, Franco?, no vamos a recibir información fresca por un buen rato. Y tú estás francamente demacrado. No olvides que vienes saliendo de una operación.

–Sí, de hecho me tira un poco la herida. Creo que me costará recuperar el estado físico que tenía.

Luego de compartir una mirada cómplice, se retiraron a su pequeña carpa, donde ella se dejó vencer con rapidez por el agotamiento.

Franco, enfundado en su bolsa de dormir hasta la barbilla, posó los ojos sobre la quietud de Fernanda. Cayó en la cuenta de que a través de su comprensión y admiración, había logrado cautivarlo. A ella sí podía mostrarle sus escritos sin recibir críticas ácidas montadas sobre antipáticos juicios de valor construidos a partir de una moral restringida y obsoleta. Además, no solo le permitía explayarse, sino que lo incentivaba con palabras dirigidas a potenciar su autoestima. Y sumaba que con ella se entretenía. Definitivamente, no le producía el peso psicológico que le había provocado la relación con Francisca. Entonces, ¿por qué esta última aún regresaba a su mente? ¿Por qué no podía sacársela del todo de la cabeza? ¿Por qué a pesar de que las actividades profesionales y la compañía de Fernanda consumían todo su tiempo, no podía evitarla? Esbozó una sonrisa deslavada. No dejaba de sorprenderle que siendo tan distintos él y ella, le hubiera gustado tanto. Evocó los últimos días que pasaron juntos: sabiendo que nunca volverían a verse, transformaron su relación en algo puramente carnal, que ahora, a la distancia, le parecía grotesco; algo que desentonaba por completo con la frágil estampa de Francisca. Con Fernanda, en cambio, sus intereses eran muy cercanos: coincidían en una visión pragmática de la realidad y no vivían a tropezones con delicadezas improductivas. Se alegró de que hubiera sabido atraerlo y cada día profundizaran en ello. La imaginó caminando por las piedras. Su andar provocativo y sus curvas, considerablemente más pronunciadas que las de Francisca. Así y todo, nunca se le ocurriría proponerle irse a vivir juntos. Tampoco estaba dispuesto a arriesgar su trayectoria profesional, como pese a todas sus dudas, había sucedido con Francisca... Además con Fernanda no necesitaba desplegar un mundo de mentiras para cautivarla, se la ganaba de manera natural, sin esfuerzo... Se preguntó si sería posible querer con la misma intensidad a dos mujeres al mismo tiempo. Entró a su mente el hijo de Fernanda, a quien solo había visto en unas cuantas fotos. Era su gran desventaja. Consideró que solo presa de una demencia, podría pensar en establecerse junto a ella y tener que acarrear con él. Que su sangre no fuera la misma que la del pequeño, le parecía una valla insalvable. Se preguntó si tal vez Fernanda añoraba encontrarle un papá, y pronto, antes que creciera. Debía manejarse con cautela para no dar un paso en falso, del cual podría arrepentirse toda la vida.

Ella le había comentado que lo dejaba a cargo de su madre cuando se le presentaba algo en terreno, y la señora, que vivía en Santiago, estaba feliz de encargarse del nieto y regalonearlo. Pero solo durante tiempos acotados, de modo que en general, era ella quien debía cargar con él.

Volvió a evocar a Francisca y sus recriminaciones por la forma en que manejaba sus asuntos periodísticos. Percibió en ella un egoísmo galopante: ¿cómo podía pretender que él se atuviera solo a los hechos y no agregara los aliños que cada guiso noticioso requería? Porque su labor consistía en despertar el apetito de los comensales y luego saciarlo con destreza, tal como lo hace un buen chef. Sonrió. Le gustó aquella metáfora: un cocinero estrella del periodismo. Y le pareció que ahí radicaba la primera gran diferencia entre una sicóloga como ella y un profesional como él: los sicólogos se alimentan de cada caso que manejan, y según eso, opinan y actúan. Especialmente los aprendices. Y comen de ahí durante mucho tiempo, sin consideración alguna hacia el paciente. Y lo mismo con quien se convierte en su pareja, especialmente si conviven, chupándole las energías sin que se dé cuenta. Los periodistas, en cambio, preparan los cocteles, cocinan, sacian los apetitos culinarios. Pero Francisca nunca lo entendió y los desencuentros la condujeron a una postura rígida que para él rayaba en la estupidez, poseída por el demonio de la ignorancia hacia lo que él hacía y, en definitiva, hacia su persona... De nuevo pensó en la frivolidad de la relación desde la noche en que acordaron separarse, porque aparte de dormir juntos y fornicar, se convirtieron en extraños... Mantenía la vista en Fernanda. Se había hecho un ovillo y acercado a él. Deseó más que nunca abrazarla y hacerle el amor. Hacerlo de inmediato... Pero dormía profundamente. Soltaba unos ronquidos suaves y entrecortados que se mezclaban con quejas y suspiros. Ansió que despertara, lo mirara con dulzura y se entregara sin hacer comentarios. Pero no demoró en comprender que después de la extensa jornada, aquello era imposible. Además, aunque había entre ellos una evidente atracción, aquellos pensamientos correspondían a una vulgar fantasía. Volvió a su mente Francisca. Sin que lo deseara, continuaba persiguiéndolo. Su figura menuda, la piel blanca como la leche que bajo los rayos solares se enrojecía como un camarón al vapor, la profundidad de sus ojos azules especialmente cuando se ponían vidriosos, sus brazos delgados y un cuerpo que no sabía por qué lo atraía tanto: sus pechos eran recatados, las caderas angostas y la columna recta, con lo cual la curvatura de su trasero dejaba mucho que desear. Trató de recordar qué la hacía tan atrayente y titubeó durante algunos instantes. Tal vez el conjunto, y el contrapunto. Sí, eso era: una niña salida de un cuento cuya sola presencia destellaba bondad, como Alicia o Cenicienta, y sin embargo una sinvergüenza sin límites. Blancanieves y al mismo tiempo la reina convertida en bruja. También recordó sus olores íntimos. Le pareció percibirlos. Sintió una suave erección que aumentó a medida que su imaginación husmeaba en ellos. De Fernanda, apenas distinguía su pelo mimetizado con la oscuridad. Se preguntó qué tan desnuda estaría y cómo serían sus aromas íntimos. La verticalidad de su miembro se mantuvo. Reconsideró que ella no solo en nada debía envidiar a Francisca, sino por el contrario. No tenía su belleza nórdica, pero sí la penetrante de las latinas. Una vez más pensó que se había rendido a Francisca por la contradicción que existía entre su apariencia frágil, sus movimientos delicados, y la fortaleza que emanaba de su carácter impregnado en una desenvuelta picardía. Se le fueron cerrando los ojos y cayó en un profundo sueño que no lo soltaría hasta bastante después de despuntar el sol sobre las montañas del Este.

22

Franco abrió los ojos y la intensa luminosidad que se colaba por la portezuela, lo deslumbró, obligándolo a cerrarlos. Giró la cabeza y volvió a abrirlos. Fernanda estaba sentada junto a él... y con ropa.

–¿Ya te vestiste?

Ella se echó a reír.

–¿Me vas a decir que con el frío que hacía anoche te sacaste la ropa?

Cayó en la cuenta de encontrarse en las mismas condiciones y rió.

–Tienes razón. Yo también me acosté vestido. Estaba tan cansado, que no me di cuenta y apenas me alcanzaron las energías para sacarme los zapatos.

–No sería mala idea bajar hasta Caldera para tomar una ducha y echarnos una siestecita; de algo que nos sirva continuar pagando las habitaciones. –La voz un tanto enronquecida de Fernanda, le pareció excitante.

–Sí, y no creo que nos perdamos de mucho. Al fin y al cabo en las últimas horas, lo único que alimentó nuestro trabajo fue sacar partido del desconcierto de las autoridades y la frustración de los rescatistas.

–Y la rabia de los familiares, y la difícil situación que enfrentan los dueños de la mina... Bueno, igual todo eso es heavy, ¿no?

–Sí, claro que es complejo. Pero ya no nos sirve. Tenemos que buscar cosas nuevas, ¿no te parece?

–Sí, y tal vez se nos den solas, porque el panorama se ve más y más negro... Y para qué decir para los dueños de la mina, porque la gente está furiosa. Y con toda razón. Hasta ahora se han librado de que los crucifiquen.

–Pero eso ya lo informamos. Era fácil calcular lo que iba a pasar, y como decía el mago Merlín, nos adelantamos en el tiempo.

–¿El mago Merlín? Tú siempre con tus comentarios extraños. Siempre haciendo metáforas y analogías, y esa especie de comentarios filosóficos, y ahora te refieres a tiro de escopeta a un personaje mitológico... No me pongas esa cara. Me estoy refiriendo a que lo haces porque sí nomás, sin un motivo concreto. A veces cuesta seguirte, ¿sabías? –Pensó que aquello era parte de su gran magnetismo. Lo hacía imprevisible. Le fascinaba su habilidad para expresar buenos sentimientos y al mismo tiempo que estuviera dispuesto a abusar sin límites para sacar adelante sus desafíos. No lograba determinar si era o no una buena persona, pero sí estaba segura de que era un encantador en el más amplio sentido de la palabra.

–¿Estás segura de que Merlín es un mito? Porque yo lo veo a diario circulando entre nosotros.

–¡Franco! ¿Y ahora vas a seguir hablando sobre el Santo Grial?

–No, por ahora no, así que no te preocupes. –Sonrió con malicia–. Con que circule entre nosotros basta, ¿no te parece? Es cuestión de mirar y querer ver. ¿Y crees que las cosas se pongan tan oscuras como para que los crucifiquen?

–O sea, no la van a sacar barata si aparecen muertos, o si no los encuentran.

Apareció un rescatista. Era de los que habían trabajado durante la noche. Los familiares se abalanzaron hacia él, haciendo imposible que ellos dos, que con rapidez se calzaron las zapatillas, se pudieran acercar. Desde donde estaban, al menos escuchaban sus palabras.

–La chimenea ha quedado despejada, así que el camino para avanzar está casi listo. Yo creo que si continúa despejado, tipo mediodía podríamos tener novedades.

Los dos periodistas se miraron. Estaban desaliñados y ojerosos.

–Parece que tendremos que quedarnos aquí, nomás. –En el rostro de Franco se leía una gran decepción.

–Sí, adiós hotel. Creo que tendremos que conformarnos con lo que nos puedan ofrecer los baños químicos. –Alzó los brazos y los dejó caer–. Y ya que no podremos bajar a Caldera, a ver si ocurre pronto algo interesante, porque por el momento, aparte de aumentar el traqueteo...

216

–Tendremos que aplicarnos y ver forma de inventar algo. Creo que en mi próxima nota pondré énfasis en las dificultades para respirar que deben tener allá abajo... –A pocos metros de ellos se produjo un barullo. Aparecía el gerente general de la minera San Esteban acompañado del ministro de Minería. En pocos segundos quedaron rodeados por un mar de personas. El ejecutivo de la compañía alzó la voz para hacerse oír.

–Es mi deseo corroborar que en unos minutos comenzarán a ingresar los rescatistas por el ducto y esperamos que sea la última etapa de esta lamentable situación.

Algunos familiares le enrostraron el abusivo actuar de la compañía y el desaprensivo comportamiento de sus representantes, incluido él. Momento álgido que salvó el ministro, informándoles que alrededor de treinta rescatistas llegarían hasta el nivel 280 y diez de ellos intentarían ingresar al lugar donde esperaban encontrarlos. Agregó que cada dos horas enviaban antecedentes desde el interior y que la tarea no tardaría menos de cinco a ocho horas más. Para finalizar, les prometió que ninguno de ellos abandonaría la faena, hasta tener novedades.

Una vez más los dos periodistas tuvieron tiempo de conversar y Fernanda abrió una ventana para que Franco la conociera otro poco.

Había estudiado su educación primaria y parte de la secundaria en un colegio de monjas. En su penúltimo año de enseñanza media fue expulsada y debió repetirlo en un establecimiento dependiente del Municipio de Providencia, ubicado en la principal arteria de esa comuna.

–Muy monjas serían, pero estaban enfermas de la cabeza. ¿Puedes creer que me echaron porque según ellas mis conductas se reñían con la moral y las buenas costumbres? Interrumpieron el desarrollo de una mocosa, porque insistía en usar minifalda. Y claro, como no podían enrielarme, me cortaron el cuello. Y fíjate que resulté no ser tan mala persona: tengo una profesión y creo ser bastante buena madre...

–Me gustas cuando te enojas.

–¿Solo cuando me enojo?

–Por supuesto que no, también tienes una risa que me fascina.

–¿Solo en esos dos casos? –Sonrió–. Pero igual me gusta, suena como a declaración... –Las mejillas se le encendieron y los ojos exhibieron su característico aspecto achinado.

–¿Declaración? –Franco no había caído en la cuenta de que aquel flirteo pudiera convertirse en algo más serio. Tenía pánico a cualquier situación que sugiriera compromiso. Dio un paso hacia atrás.

Ella avanzó el mismo medio metro.

–No te asustes, tonto, si es para fregarte. Ya sé que te gusta vivir con la libertad de los pájaros....

Pasadas las ocho horas señaladas por el ministro de Minería, este se vio obligado a dirigirse a los familiares.

–Se cumplió el tiempo esperado y el contacto con los mineros no llega, pero por favor, tengamos paciencia. –Hizo una breve pausa acompañada por el murmullo de los presentes. La seriedad de su rostro acusaba la congoja que lo embargaba–. No quiero restarles esperanzas, pero tampoco sembrarlas irresponsablemente...

Franco se dirigió a él.

–¿Tiene algo que decir, Ministro, sobre los posibles incumplimientos de las normas de seguridad del recinto?

–Quiero insistir en que ya tendremos tiempo de analizar esas materias; ahora no es prioridad determinar si la mina estaba o no operativa. Lo importante, en estos momentos, es que los hombres que componen los equipos de rescate, sudan la gota gorda. Ellos sostienen una dramática pelea contra el tiempo. Creemos que estamos cerca de determinar dónde están y llegar hasta ellos, pero no olvidemos que la mina tiene ochocientos metros de profundidad y no pueden entrar vehículos, así que tienen que bajar con cordeles.

–Ministro, ¿cuánto tiempo pueden aguantar los mineros en estas condiciones?

–No podemos estimarlo. Dependerá de las condiciones en que quedaron tras el derrumbe y el comportamiento que hayan tenido. Tengamos fe en encontrarlos pronto y poder suministrarles todo lo que les haga falta.

El Secretario de Estado se alejó y la gente demoró en dispersarse.

–Definitivamente, el hombre ya no sabe qué decirles.

Fernanda asintió con un rápido movimiento de cabeza.

–Y las cosas seguirán complicándose si los resultados continúan desdiciéndose con las expectativas que la gente se ha creado.

–Más bien que le han creado, Feña.

–Y su desesperación es razonable, porque los trabajos de sondaje van demasiado lento.

–Tienen que evitar que la velocidad perjudique la exactitud.

–Sí, claro, pero eso a la gente le cuesta entenderlo…

Mientras, representantes de CODELCO informaban en privado a los dueños de la mina que uno de los sondajes más avanzados podría ubicar a los mineros en la madrugada; sin embargo, no era prudente hacerlo público, pues podría tratarse de un bolsón de aire, tal como ya había ocurrido.

Los propietarios estaban convencidos de que las víctimas debían estar bastante más abajo de los derrumbes, y que de ser así, estarían protegidas.

Hasta el lugar llegaron más unidades de rescate, carros de bomberos, ambulancias y camionetas con camillas. También una máquina para detectar vibraciones generadas por manos y pies de personas enterradas vivas, enviada desde Francia.

En medio del gentío y el afán, el obispo de Copiapó ofició otra misa en la carpa grande para dar ayuda espiritual a los familiares. Durante la prédica afirmó que el derrumbe era un llamado de atención a todos y rogó para que Dios diera fortaleza y esperanza a los accidentados. También pidió que intercediera María Candelaria, madre de los mineros y el pueblo de Atacama. Agregó que aquel infortunio era un dolor para todo el país y lamentó que un hecho de tal naturaleza se volviera a repetir en la región.

Cuando el cansancio de la espera comenzaba a pesar en los familiares, apareció el ministro de Minería. Tenía los ojos húmedos y su expresión indicaba que algo andaba mal. Evidentemente conmocionado, guardó silencio durante unos momentos. Luego, con gran esfuerzo, pudo enterar la voz.

–Debo comunicarles que ocurrió un nuevo derrumbe en el nivel 240. –Se escuchó un murmullo general, como si hubiese pasado una bandada de ruidosos pájaros–. A raíz de ello se produjo un bloqueo insalvable en el acceso por la chimenea de ventilación, la vía por la cual habían logrado entrar los rescatistas. Así, ya no es posible acceder por ahí. Debieron suspender las labores para no arriesgar sus vidas y fueron instruidos de regresar a la superficie.

La tensión de los familiares se transformó en congoja.

–Quiero ser honesto con ustedes. Lamento comunicarles que otra vez nos encontramos en un punto cero. Habrá que comenzar de nuevo y esbozar otros mecanismos técnicos para ingresar, y esto tomará un tiempo porque el equipo a cargo tendrá que realizar nuevas evaluaciones… Pero no hay que perder las esperanzas ni el optimismo. Y aunque no podamos dar una respuesta inmediata, ya estamos trabajando a toda máquina en trazar planes alternativos.

Algunos familiares rompieron a llorar; otros, comandados por la hermana de Segovia, comenzaron a rezar negándose a entregar el alma de sus seres queridos al derrumbado socavón.

Los rescatistas salieron con la frustración marcada en sus rostros, lo que sumado a las informaciones oficiales movilizó a un grupo de mineros hacia la boca de la mina, dispuestos a continuar con la tarea de salvataje y asumir los riesgos.

A su encuentro acudieron varios rescatistas y personal de seguridad, los primeros para convencerlos de que intentaban una locura y los segundos dispuestos a negarles la entrada incluso por la fuerza. Llegaron también muchos familiares, que si bien agradecían la respuesta de aquellos nobles trabajadores y querían que se hiciera lo imposible, también se pusieron del lado de las autoridades, insistiendo en que arriesgar más vidas era una irresponsabilidad.

El ministro de Minería se reunió nuevamente con los familiares, esta vez en la carpa instalada por el ejército.

–Quiero conversar con ustedes sobre los pasos que seguiremos tras el nuevo derrumbe, y quiero aprovechar para destacar el heroísmo de los arriesgados rescatistas. Además, deseo insistir en que no cualquier persona puede entrar a realizar labores de rescate.

Todas las miradas convergieron en el vozarrón del padre de uno de los accidentados.

–¡Basta de palabras, Ministro, por favor háblenos con la verdad! ¡Díganos si creen que ya no los podrán sacar!

–No, nada de eso. Quiero insistirles en que la verdad está sobre la mesa, y si bien las cosas se han dificultado, seguiremos haciendo lo humanamente posible para encontrarlos y sacarlos, y espero que sea vivos, porque no existe ninguna prueba para pensar lo contrario. Además, quiero contarles que nuestro presidente, quien como saben se encuentra en Colombia para asistir al cambio de mando presidencial, decidió dejar en su reemplazo al ministro de Relaciones Exteriores y retornar a nuestro país. Les envía a todos sus saludos y les recuerda que el rescate no está solo en las manos de los hombres, sino principalmente en las de Dios. Además les reitera su solidaridad y respaldo ante las difíciles circunstancias que viven luego de tantas horas de congoja. A esto agrega que ya llegará el momento de buscar responsabilidades y tomar medidas para que hechos como este no se repitan...

Más tarde el gerente general de la empresa minera acompañado del ministro de Minería, el jefe del equipo de rescate y uno de los rescatistas de avanzada, improvisó una conferencia de prensa.

–La chimenea no es la única vía por la que la mina ventila, porque sigue haciéndolo en forma natural, así que para su tranquilidad, el problema más acuciante para los mineros accidentados no es la falta de aire. Además, el refugio donde creemos que permanecen, cuenta con alimentos y estos pueden durar por bastante más de cuarenta y ocho horas si los usan con prudencia. Por otra parte, les prometo que una vez que hayan sido rescatados se realizará una investigación como corresponde. Quiero agregar que lo ocurrido en la tarde representa un duro traspié para las operaciones de rescate, pero ya se están desarrollando planes alternativos.

–¿Viste, Franco, que no dijo nada sobre un eventual cierre del yacimiento?

–Sí, y no lo hará. No le conviene. Tuvo que salir a hablar porque la congoja de los familiares ha aumentado y de nuevo se están viendo muchas conductas agresivas. –Sonrió. Le atraía la idea de que pudieran producirse algunos desórdenes, pero prefirió callarlo.

Por su parte, los mineros que querían entrar al pique, nuevamente comenzaron a presionar. Las acusaciones contra la minera San Esteban y sus dueños resurgieron, responsabilizando una vez más a las autoridades y particularmente al SERNAGEOMIN por la deficiente fiscalización a la seguridad.

Fernanda dirigió la mirada hacia Franco.

–Creo que el SERNAGEOMIN tendrá que convencer a esta gente de que tomarán medidas drásticas contra la compañía, sino se desbordarán.

–Sería interesante. –Franco esbozó una gran sonrisa.

–¿Me puedes decir qué pretendes con ese comentario...? ¿Y con esa sonrisa?

–¿Pretender? Quién, ¿yo?

–Sí, tú, y no te hagas el loco.

La sonrisa de Franco se convirtió en una carcajada.

–¡Emoción, Feña, emoción! ¡Eso es lo que nos hace falta!

–¿Y te parece poco que todos los esfuerzos por rescatarlos se han ido a las pailas?

–No, sin duda es terrible, pero necesitamos más noticias, ¿no te parece? Y si se desbordaran, en nada perjudicarían a los atrapados, y les serviría para desahogarse un poco, que harta falta les hace.

–¡Franco, eres incorregible!

23

Mientras participaban del ajetreo, Franco y Fernanda continuaban yendo tras lo que fuera para armar historias que les permitieran contentar a sus editores. Ella, ante la falta de nuevos antecedentes, no solo había comenzado a imitar a Franco, sino que decidió copiar literalmente parte de la galopante imaginación del periodista. Sus dedos corrían a gran velocidad por el teclado, aunque por momentos dudaba sobre la conveniencia de publicar ciertas cosas en Chile. Él, por la distancia en que se encontraban sus lectores, podía tomarse licencias que estaban vedadas para ella.

—Tienes que utilizar aliños distintos para clientes diferentes.

—Lo sé, Franco, pero no se me hace fácil. Aquí tengo a la gente demasiado encima como para meterle cualquier cuchufleta.

—Sí, lo sé, pero hay algo común a todos los lectores, en cualquier parte del mundo: digan lo que digan, les da lo mismo cuánto hay de cierto en lo que les estés diciendo. Buscan ser sorprendidos, entusiasmados... Eso no puedes olvidarlo. ¡Nunca! ¿Entiendes? Claro que debes permitirles no darse cuenta. —Una vez más le ofreció esa sonrisa pícara de la cual ella tanto gustaba.

—Lo sé, pero me cuesta. No es fácil ser una buena periodista.

—En cualquier profesión es difícil ser el mejor, Feña. Confórmate con eso y echa a andar tu imaginación. Una vez que pierdas el miedo, no podrás creer de lo que eres capaz.

—Para ti es tan fácil decirlo, pero de acuerdo, sé que tienes razón. Y contigo al lado como maestro, no me cabe duda de que muy pronto lo lograré.

—A todo esto, tratándose de lograr algo, ¿te cuento?, ¡convencí a mi editor!

La curiosidad asomó en el rostro de Fernanda, que bajo el sol había tomado un atractivo color tostado que destacaba sus finas facciones. Su nariz se perfilaba aún más angosta, y en la blancura de los ojos resaltaban vidriosos los negros iris.

—Tenías razón, no le quedó más que ceder ante las circunstancias, incluso me felicitó por el trabajo que había logrado hacer. No podía creer que hubiera reporteado al lado de los rescatistas y que me hubiera atrevido a bajar, codo a codo, por la chimenea, atado a una cuerda... Aunque en realidad me conoce demasiado bien, así que sí podría creerlo, y se debe haber quedado con la tremenda duda de si lo hice o son puros inventos.

–¿Eso le dijiste? ¿Te volviste loco? –El entusiasmo de Fernanda acentuaba el brillo de sus ojos, produciendo en su rostro un encanto tan potente como cuando se achinaban al reír. –Debo reconocer que eres realmente increíble. Realmente te admiro, Franco. Y me parece fantástico que te quedes más tiempo aquí. ¡Bienvenido a las maravillas del desierto!

–Sí, del desierto más árido del mundo. Así que durante un tiempo tendrás más de mí, y ojalá sea por un buen rato. –Estiró los brazos con las palmas hacia arriba–. ¡Bendito seas, desierto, con mi presencia!

Al unísono, lanzaron una sonora carcajada.

–Es que tu jefe no puede ir contra la corriente. A medida que transcurren las horas, esto se va convirtiendo en el argumento de una novela escrita por la naturaleza, y de a poco el mundo dirige sus ojos hacia acá, y los medios están como locos sacando cálculos de cuánto les costaría enviar presencia. Y él la tiene, y en cierto modo, gratis.

–¿Escrita por la naturaleza?

–Perdón, tienes razón, digamos que... más bien por Franco Giménez.

Franco hizo una venia y volvieron a reír.

–Reconozco que das a tus mentiras un realismo increíble. Eso de haber bajado con los rescatistas, y eso de haber escuchado ruidos, te ha resultado... sorprendente y conmovedor, por decir lo menos.

–En tales circunstancias, cualquiera puede escuchar cualquier cosa, ¿no?

–Sí, sin duda. Ayuda para que sea genial. –Se empinó para darle un beso en la mejilla.

–¿Y eso?

–Creo que te lo mereces, ¿no te parece?

–Gracias, pero no es para tanto.

–Además, hay que considerar que reportear sin la compañía de un camarógrafo, quien con su cámara profesional logra atrapar la atención de la gente, es realmente una gran gracia. Así que doble felicitación, querido Franco.

–Es cierto. La televisión realmente conquista a todo el mundo. Lo único que quieren es aparecer en pantalla. Están dispuestos a dar cualquier cosa por conseguirlo. Familiares, autoridades, carabineros, todo tipo de políticos por supuesto, y cuanto sujeto se cruza en el camino. Así que para competir no me queda más remedio que armar, como bien dices, mi propia novela. Aunque creo que deberé andar con un poco más de cuidado, porque mi editor, que como sabes no da puntada sin hilo, de nuevo decidió transformarme en el motivo de una empresa. Otra vez está negociando para vender la información mediática a sus colegas de otros medios.

–Entonces, solo tendrás que multiplicar tu ingenio. Simple, ¿no? Total, eso para ti no es problema.

–No creas, porque todo tiene su límite, sobretodo estando de por medio la tecnología con facebook, twitter y todas esas cuestiones.

–Que a nosotros también nos ayudan harto.

–Sí, de acuerdo, pero hay que sustentar los reportajes y las notas en algunas verdades, así que espero que la realidad nos aporte algo durante los próximos días.

–Durante los próximos días. Qué maravilla escucharte decir eso. Espero que tengamos Franco para rato.

Esta vez, él se animó a agacharse un poco para darle un beso y lo hizo directo en la boca. Ella no hizo amago de correr la cara. Fue preciso, aunque fugaz. Ella lamentó lo último. Él se sorprendió de sí mismo: por el hecho en particular y por hacerlo en público, lo que se desdecía con su indisposición al compromiso.

–¿Y hasta cuándo? O sea, ¿hasta cuándo te quedarás?

Franco puso cara de extrañeza. Ella comprendió que su pregunta estaba completamente fuera de lugar, sus emociones solían hacerle malas pasadas.

–Bueno, es más o menos evidente, ¿no? Supongo que me quedaré hasta que todo esto se resuelva, lo que como sabemos, puede ser en cualquier momento. Y la noticia que lo produzca, cualquiera que sea, será estremecedora, ¿no te parece? Por ejemplo, ¡se les acabó el aire!, o ¡se les encontró pero solo algunos están vivos!, o ¡han muerto todos...! Y de ahí en adelante, el epílogo. Por ahora, sin embargo, tengo que arreglármelas para hacer dinámica cada historia que envío.

–Y total, si la realidad no te da material... No, no. No es necesario que me lo digas.

–Sí, aunque tengo que insistir en que no deja de molestarme esto de que las posibilidades de informar que ofrecen las redes sociales en Internet, se hayan transformado en un enjambre de ojos vigilantes. Entonces, no es llegar e inventar cualquier cosa. No es como antes. Hay que andarse con mucho cuidado. Internet, definitivamente, es un arma de doble filo.

–Pero eso, y estoy usando palabras tuyas, puede ser lo mejor de todo. Nos provee de emoción gratis, y aquí estamos para vivirla... ¡y juntos!

–¡Graciosa! Con Internet la cosa se hace más que peligrosa. Como te acabo de decir, ya no es cuestión de llegar e inventar lo que a uno se le ocurra.

–Y ahora, contra todo lo que me has dicho, ¿me estás tratando de convencer de que al mundo puede interesarle la veracidad de lo que andes publicando?

–No, por favor, no soy tan inocente... Pero les gusta el juego de creer que es cierto con antecedentes que parezcan serios. Y por absurdo que sea, mientras más terrible, más dispuestos están a creérselo... y más les gusta.

–Sí, claro, estamos de acuerdo con que a los lectores, a los televidentes, a los radioescuchas y a todo el mundo, les encanta internarse en la cosa morbosa, y mientras más rebuscada e impactante es la noticia, mejor. Y no les importa qué tanta verdad contenga... Como puedes ver, estoy aprendiendo rapidito. Ahora que claro, estoy de acuerdo con que no puedes inventar cualquier cosa. No puedes decir, por ejemplo, que eran sesenta en lugar de treinta y tres, ni que el cerro se vino completo abajo y aplastó a los familiares... –La expresión de su cara chispeaba. Franco la miraba embelesado–. Aunque lo más bien que te atreviste a decir que acompañaste a los rescatistas y contaste que la cuerda había estado a punto de ceder… y los ruidos extraños que escuchabas, como si alguien golpeara del otro lado de la roca, y las confidencias que algunos rescatistas te hicieron…

–Sí, tienes razón, pero como te digo, ahora hay que preocuparse de ser muy fino. Eso es: fino, muy cuidadoso. Pero que los tiempos hayan cambiado no significa que la gente lo haya hecho, menos en su esencia. Así que tomadas algunas precauciones, la tecnología no tiene por qué afectarme para que pierda mi frescura.

"Su frescura". Fernanda pensó de inmediato en las novedades que inventaba y en lo sinvergüenza que era. Su rostro la volvió a denunciar.

–¿Se puede saber en qué estás pensando ahora?

–Creo que esto tiene para rato. –Los dientes de Fernanda y sus pálidos labios contrastaban con el resto de la cara.

–¿Sí? ¿Tú crees? Porque podría ser todo lo contrario.

–¿Qué quieres decir?

–Que de repente van a soltar la verdad.

–¿La verdad? No te entiendo.

–Claro, pues. Están demasiado enterrados como para que estén vivos. Son seres humanos, Feña, ni siquiera si fueran máquinas resistirían.

–Y si así fuera, ¿para qué van a ocultar la verdad?

–Por favor, ¿no ves cómo está toda esta gente? ¿Crees que es cuestión de decirles "ya, esto se acabó, tomen sus cosas y váyanse para sus casa"? Además, hay mucha plata en juego y la zona está sacando grandes dividendos. Eso, sin considerar lo que significa para el Gobierno asumir el fracaso. Tienen que buscar la manera de hacerlo digerible y que en lo posible les genere dividendos.

–Franco, a veces se te pasa un poco la mano, ¿no crees?

–¿Pero a ti en verdad te parece que están largando todo lo que pasa, tal como es? Sería la primera vez en la historia del mundo en que los que están tras el poder cuentan la firme. Yo creo que ya conocen el desenlace y están tratando de manejar el epílogo, y para su conveniencia por supuesto.

–Yo creo que esto se va a seguir aplazando. Te lo aseguro.

–Puede ser, pero solo hasta que consideren conveniente soltar la verdad.

–No puedes ser tan mal pensado, Franco. Si fuera como dices, algo ya se habría filtrado.

–Bueno, ya veremos. Verás que tengo razón. Por mientras, tenemos que continuar aprovechando el tiempo…

El siguiente en llegar a la superficie fue Franklin Lobos, quien llamaba la atención por estar trabajando en una mina, y no porque tuviera cincuenta y tres años, sino porque había sido futbolista profesional: volante en el club Cobresal, incluso seleccionado Nacional. Apenas salió, dirigió sus brazos hacia su emocionada hija.

–¿Sabías que hace cuatro años este minero sufrió otro accidente?

Franco asintió con la cabeza.

–Sí, en la mina Carola, y estuvo a punto de morir… –En aquella oportunidad el incendio de un camión mató a dos trabajadores y obstaculizó la salida del resto por varias horas. Franklin era uno de los setenta que debieron refugiarse del humo… –Mantenía la mirada en Fernanda, quien dándose por aludida, exhibió una atractiva sonrisa.

–¿Y? Porque supongo que aprovecharás para hacerme uno de tus comentarios filosóficos, ¿no?

–¿Te molestan?

–Para ser sincera, no, nunca me han molestado, y sabes perfectamente que más bien me gustan… Lo que por supuesto no debería decirte en forma tan abierta y alimentar más todavía tu ego, como si necesitaras ese reconocimiento para satisfacer tu autoestima, que ya tienes suficientemente elevada, lo que de paso, también me atrae.

–Ya que no te molesta, entonces déjame decirte que la realidad de este minero me hizo pensar en que una de las cosas atractivas de nuestra profesión, está en enfrentarnos constantemente a seres humanos de verdad.

–¿Seres humanos de verdad? ¿Ya? ¿Y eso qué significaría?

–Eso, pues. Enfrentarnos a gente real. Individuos de carne y hueso que matan, que han sido encarcelados, que se accidentan como ahora... O que se arrojan desde un noveno piso, o se tiran a las ruedas de un tren... Y esos pensamientos me llevaron a reflexionar sobre personas que en su vehemencia por ser reconocidas, o por abandonar su miseria, o por tener plata, o qué sé yo por qué, se pierden a sí mismas. La tierra está poblada de ellas, y mientras no salta la sangre a borbotones, no nos damos ni cuenta de que las tenemos tan cerca, a veces incluso al lado: puede ser un vecino, un hermano, un hijo, el parlamentario que parece salirse por la pantalla del televisor dispuesto a sentarse a los pies de nuestra cama...

–Y nosotros, los periodistas, somos quienes mostramos esa sangre, ¿no?

–¿Qué te parece? Nosotros la rescatamos. Damos vida a los que están tras ella para que los demás los vean y al menos, si no van a hacer nada por ellos, se impacten. En cierta forma ayudamos a salvar a la gente para que no se deshumanice más de lo que ya está. ¿No es como un milagro poder mostrar dónde están los seres de verdad? No los que se ocultan en el ir y venir de todos los días, tras un saco y una corbata, o atrincherados al otro lado de un escritorio, o que han desaparecido envueltos por la luminosidad de un uniforme... En una ocasión conocí a un policía que vivía en los suburbios, ¿barrios de la periferia les llaman ustedes aquí? Bueno, el hombre había abandonado a su familia y convivía en una casa muy pobre con una mujer que a su vez había dejado a su marido por alcohólico. Aún tengo aquí el cuadro. –Se tocó la cien–. Estaba sentado ante un contundente plato, una especie de cazuela de gallina y bebía un vaso de cerveza con una gran botella instalada frente a él, mientras su concubina se esmeraba por atenderle con una disposición exquisita y una gran sonrisa. Y yo, que había llegado allí recomendado por un conocido mutuo para pedirle un favor relacionado con su desempeño profesional, a ver si podía ayudarme a desembarazarme de una infracción de tránsito que me habían levantado en la carretera, no podía dejar de pensar que una parte relevante de su trabajo, tal vez la más importante, consistía en patrullar las calles de un cuadrante resolviendo junto a su compañero problemas cotidianos de los matrimonios que habitaban las casas a las cuales ofrecían protección, exigiéndoles severas normas de comportamiento. En él, al menos dos hombres ocupaban el mismo cuerpo, tan distintos uno del otro... ¿Cuál de estos era el real? ¿El del poder que ejercía embutido en su reluciente uniforme y que justificaba mi presencia allí, o el otro, el de la cazuela en medio de la pobreza, el que había abandonado a su esposa y a sus hijos por otra, el de los conflictos que día a día le daban la condición de ser una víctima más de la inapelable cotidianeidad? ¿Cuál de ellos sería el que un día rendiría cuentas a un Ser superior? A su vez, junto a esa mujer, estaban protegidos en el cuadrante donde vivían, por otros policías que siendo también más de uno en el mismo cuerpo, velaban por el cumplimiento de las normas de las buenas costumbres y la buena convivencia. ¿Moriría de muerte natural, sería asesinado, o la angustia y el desconcierto lo llevarían a hacerlo por acción de la propia mano?

–Qué poco conocemos a quienes nos rodean...

Eran cerca de las siete y media. El sol amenazaba con desaparecer tras las cumbres encendidas, donde la tierra adquiría colores subyugantes. Fernanda lo escuchaba con la atención que se presta a un gurú. No tenía respuestas para aquellas preguntas y, aunque no le interesaba tenerlas, le produjeron una extraña sensación de ausencia ante lo que le ocurría a tanta gente que no sabía por dónde encauzar su vida. No era raro que Franco provocara en ella sentimientos encontrados que la hicieran reflexionar sobre aspectos profundos de la vida: la propia y el devenir de las demás personas. Y eso le gustaba. Llenaba los espacios de tedio que la rutina intentaba vaciar. La hacía sentir mágicamente transportada. En aquel paraje sobrecogedor, dedicar a Franco toda su atención la hacía sentir bien, incluso importante. Por lo que decía, por estar con él, por compartir un pequeño pedazo de cielo en la tierra... Sobraban motivos. Y en esos momentos, mientras lo seguía escuchando, observaba su atractivo perfil recortado contra la extensa planicie de tierra y piedras.

24

Fernanda observó que Franco se había detenido a conversar con un viejo minero. Se acercó para poner atención a lo que hablaban.

–Hace ocho años cambiaron el método productivo de la empresa, y desde entonces, el cerro se empezó a rajar.

Fernanda y Franco se miraron y de inmediato dirigieron su expresión de curiosidad hacia aquel semblante repleto de surcos.

–Disculpen, nosotros le decimos rajarse, porque comenzaron a sobreexplotar la mina, debilitando los murallones que hacían de pilares naturales, lo que produjo serios problemas en la solidez del cerro. Hicieron las fortificaciones más angostas y la estructura del cerro se hizo cada vez más inestable. De paso, desaparecieron las vías de escape.

–¡Pero eso es una barbaridad, un verdadero crimen!

–Sí, señorita, lo es, y con todas sus letras. Porque a raíz de eso se produjeron varios derrumbes y puedo decirle, con el dolor de mi alma, que la mina San José lleva la triste contabilidad de tres muertos, un trabajador amputado y varios heridos graves.

–¿Y el control de las autoridades? Porque tengo entendido que hay un organismo responsable de las fiscalizaciones y todo eso, ¿no?

–Sí, Franco, el Servicio Nacional de Geología y Minas.

–Sí, como dice la señorita, el SERNAGEOMIN, pero no tienen presupuesto. Además hay muchos intereses creados, mucha plata de por medio, ¿ve? Por eso nadie le ha dado la suficiente importancia, total, ¿qué son unos pocos mineros accidentados o muertos en un lugar tan alejado? Pero no somos pocos, ¡no señor! Y también somos hijos de Dios. A nosotros, aquí, no nos sobra nadie. –Exhibió su mano derecha, con dos dedos completamente cercenados–. ¿Ustedes creen que a alguien de allá le importa que a mí me falten estos? Aquí lo único que corre son los intereses privados y todo lo solucionan tirándonos unos pesos. La plata, jóvenes, todo lo compra. Así que los técnicos geomecánicos siguieron diagnosticando que se podía trabajar ahí. Nadie tuvo la capacidad, la claridad, la decisión ni la valentía para concluir lo contrario. Y para rematar, el Gobierno se saca los balazos con que su función es generar empleo.

–¡Pero a qué costo!

–Eso, señorita, fue lo mismo que le dijo el secretario general del sindicato de trabajadores de la San José al ministro de Minería. Pero usted comprenderá que si los trabajadores muertos, los amputados –volvió a mostrar sus muñones– y los sin piernas no son suficiente argumento, ¿qué más podemos hacer? Y esta no es la única mina que se ha llevado a los nuestros. En la Carola murieron tres y la Punta el Cobre constantemente producía muertos. Si ese es el precio que hay que pagar para producir empleo, deberían darle unas vueltecitas, ¿no le parece? –El viejo dejó la vista perdida en lontananza, como si por ahí se esfumaran todas las esperanzas. Los dos periodistas observaban, absortos, cómo la piel oscura y muy arrugada de su rostro, reflejaba su dura historia. De pronto, sin mediar explicación alguna, se retiró.

Fernanda y Franco se miraron y sonrieron.

–Leí tu último reportaje…

El rostro de Franco expresó un dejo de curiosidad.

–Ese, el último que me mostraste, pues… Estás completamente loco… Pero me encanta. Tiene fuerza, y parece tan real… Aunque no sé cómo lo hará tu editor para que se lo traguen sin darse cuenta de que son puros inventos tuyos.

–¿Y qué importa que sean puros inventos?

–Pero tú mismo dices que siempre hace falta al menos un cimiento de verdad.

–Sí, pero siempre no es siempre… A veces uno puede tomarse algunas licencias. Es como un juego, y si no le estoy haciendo daño a nadie… –Pensó que esa justificación iba dirigida a Francisca y se sintió molesto con ella, y consigo mismo–. Necesito que los lectores se entretengan, y se puede presentar como una de las tesis que rondan sobre cómo sucedió el accidente allá adentro. Además, sea lo que sea que termine ocurriendo, con esto tengo un punto de partida para adelantarme a las noticias del momento. Por lo demás, a mi jefe le sobra oficio como para saber en qué marco lo mete, así que igual, no hay drama.

–Insisto en que estás loco, pero es genial. Y tienes razón, puede haber sucedido así perfectamente. Creo que una vez más tu editor quedará fascinado. Le gustará. Es una buena forma para denunciar, y si es una suposición, ¿qué importa que la historia no sea cierta? Reconozco que tienes hartos cojones para atreverte a aventurar algo que proviene cien por ciento de tu imaginación, y hartos también tu editor para involucrarse de la manera en que lo hace. Ojalá yo tuviera un jefe como el tuyo. No digo que el mío no mienta u oculte información cuando le conviene, pero llega a ponerse paranoico con lo que se cuida.

–De lo que le envío, él decide qué publica, qué guarda y qué bota, aunque hasta ahora, nunca ha desechado algo. Todo le sirve. Se las arregla para que así sea. Para inventar, mi querida Feña, además de ser fino hay que ser valiente. Y uno no puede tener miedo a ser descubierto en sus mentirillas, porque entonces no haría nada, y total, como la memoria de los lectores es frágil... Además, si te quieren, te lo perdonan todo. –Mostró una de sus sonrisas repletas de picardía–. Y eso, por lo demás, es parte del juego. Y como te dije, no creo que la realidad me vaya a jugar en contra. En todo caso, llegado el momento, será cuestión de hacer algunos ajustes.

–Aprovechando que me encuentro ante el rey de la crónica, ¿alguna recomendación?

–¡Por supuesto! El lema es: miente todo lo que quieras, pero si utilizas cifras duras, nunca con estas. Y por si acaso, para justificarlas, ten siempre a mano el respaldo de una buena fuente. ¿Y sabes? Me alegra que te haya gustado. Pensé que te podría molestar.

–¿Molestarme? ¿A mí? ¿Y por qué podría molestarme?

–No sé... No imaginas la cantidad de peleas que tuvimos con la Pancha por este tipo de cosas.

–No, no me achaques a mí las mojigaterías de la Pancha. Además, acuérdate que los dos somos periodistas.

Franco pensó que sin duda Fernanda era muy diferente a Francisca y agradeció estar ahí y no en Iloca. Fernanda lo miraba con los ojos brillantes de emoción, contenta de saber valorarlo, a él, y al talento con que desempeñaba su trabajo.

Después de 9 minutos y 28 segundos de viaje, la cápsula apareció con Richard Villarroel abordo. Nacido en la lejana ciudad de Coyhaique, se enroló en la mina en secreto: su madre estaba convencida de que trabajaba en el Norte como comerciante. Para su sorpresa, el muchacho de veintiséis años, lo hacía como técnico mecánico en "el matadero", como le decía. No demoró en abandonar el estrecho habitáculo.

Fernanda observó a Franco, quien tenía los ojos pegados en la nave que volvía a desaparecer tragada por el largo conducto.

—Dicen que se dedicará a dar charlas motivacionales.

El periodista giró la cara hacia ella.

—Bien por él, a ver si sale de la mediocridad. Es una buena forma de sacarle partido a lo que le ocurrió.

—Me desconciertas, Franco. Después de todo lo que me has dicho, ¿realmente crees que alguno de ellos pueda salir de la mediocridad?

—No, no lo creo. —Esta vez desvió la mirada hacia el límpido cielo—. Pero la inmensidad del universo es tan amplia, que de ella podemos esperar cualquier cosa.

25

Como el accidente en la mina San José pasó a ser el evento noticioso más importante del país, a medida que transcurrían las horas llegó gran cantidad de servidores públicos, entre ellos, muchos parlamentarios.

–¿Te das cuenta, Feña? Este despliegue de personas "importantes", me recuerda a Iloca. Pero no la parte buena del lugar y su gente, sino la mala, la invasión de medios y de quienes corrían dislocados tras ellos. Me acuerdo de haber visto la quema de ropa que no había donde guardar, mientras a los lugares más necesitados, donde no estaban los medios, no llegaba nada de ayuda.

–Sí, terrible. Recuerda que yo también lo vi.

–Es que nunca me voy a cansar de repetirlo.

–¡Mira!, escuchemos a esa senadora.

–Estoy acongojada. Nuestra presencia aquí es por solidaridad humana. Estamos todos unidos y no deben existir banderas políticas al momento de pensar en el rescate, y quiero ser enfática al decir que me ocuparé personalmente de que se realice una fiscalización seria para averiguar en qué condiciones trabajan los mineros. Después del rescate, que todos esperamos que nos llene de alegría, tendremos que investigar con rigor. Enviaré oficios para fiscalizar a la minera San Esteban, ya que sus yacimientos han tenido un potente historial de incidentes…

–¿Crees, Franco, que en verdad va a hacer algo que sirva?

–No, no lo creo. Es el típico blá-blá de siempre. Este tipo de persona me revienta las bolas. –Prendió su *Smartphone*.

–Muy chilensis tu lenguaje, ¿no?

—Sí, muy chileno. Ya te dije que aprendo rápido. –Sonrió–. Mira, aquí hay una lista de todos los que andan rondando las cámaras. Es un enjambre. Brotan como callampas los "defensores del pueblo". Acusan a la empresa y a las demás mineras, denuncian malas prácticas, prometen fiscalizar, anuncian demandas criminales, culpan a diferentes organismos, emplazan a sus contrincantes políticos, y ofrecen cosas que hasta yo sé que no pueden hacer. Son increíbles. Unos descarados. Dicen que van a exigir a las autoridades esto y aquello, y ni siquiera asisten a las reuniones en el Parlamento... Y si lo hacen, ¿qué pueden exigir? ¿Con qué ropa? Hablan como si fueran dueños del Congreso... A lo que vienen es a mostrarse, a abonar el terreno para después cosechar votos. Es un escándalo la cantidad de miembros de las dos cámaras aprovechándose de la desgracia.

–Pero algunos tienen razón en lo que dicen.

–Sí, claro, si todos la tienen. El problema está en la inconsecuencia entre lo que ofrecen y después hacen. ¿Qué sacan con solo tener razón? Las palabras son muy livianas, se las lleva el viento. Cuando todo esto sea historia, se verá muy poco de lo que ofrecen, o nada. ¡Míralos! Los muy desfachatados se presentan con la justificación de no poder permanecer ausentes.

–Es que ser así está en el ADN de los políticos. Por eso, siempre es así... A todo esto, ¿qué tal si hacemos realidad eso de bajar a Caldera? Realmente nos hace falta darnos un recreo. Además, podríamos lavar la ropa.

Franco permaneció en silencio durante un rato, sopesando la propuesta.

–Sí, estoy de acuerdo. Total, para seguir escuchando a esta sarta de aprovechadores... Además, para eso andamos en auto, ¿no? Si ocurre algo que valga la pena, nos montamos en él y regresamos.

Dejaron la carpa armada para no perder el espacio, la encargaron a sus vecinos y cogieron sus mochilas.

Luego de avanzar flanqueados por aquella sobrecogedora aridez, llegaron a la ciudad. Fueron directo a sus habitaciones, y después de tomar una renovadora ducha, se juntaron para ir a cenar.

–Salud. –Fernanda levantó su copa y la acercó a la de Franco.

Él la imitó y el suave choque produjo el clásico tintineo.

Pronto llegaron los platos humeantes y sus olfatos se impregnaron del delicioso aroma levemente ácido que desprendía la mantequilla.

–Esto nos caerá bien. –La sonrisa en el rostro de ella era amplia.

–Sí, nada como un mero a la mantequilla negra para celebrar, aunque los conocedores de la buena mesa nos maten por contaminar su inconfundible sabor... ¡Estás preciosa!

–Gracias.

–Hagamos otro brindis por eso.

–De acuerdo... Aunque mejor que sea por los dos.

–Eso, por ti y por nosotros. Salud, querida Feña.

–Salud...

Al regresar al hotel, mientras ella giraba la llave en la puerta de su habitación, Franco se acercó y le susurró al oído:

–¿Crees que nos convidarán aquí algo para beber?

Fernanda sonrió. Él giró un poco su cabeza y acercó la boca hacia la suya. Ella no se movió. Él la besó con un suave roce de labios.

Ella continuó estática, como si el menor pestañeo pudiera ahuyentar el momento... Pero de pronto, como si fuera una estatua humana a la que tiran una moneda a los pies, se abalanzó sobre él.

Después de algunos intensos momentos recostados sobre el muro junto a la puerta, con las manos, las lenguas y las piernas actuando como si tuvieran vida propia, entraron a la habitación a tropezones. Fernanda se alejó un par de metros y realizó una graciosa venia.

–Bienvenido a la suite de la realeza, Sir.

–¿Sería muy osado insistir en el bajativo? Porque supongo que una dama como usted no maneja bebidas alcohólicas en su habitación, ¿no?

–Sería inapropiado manejarlas, ¿no le parece, Sir?... Aunque beberlas no lo es, por supuesto, así que a falta de frigo bar, el teléfono es todo suyo.

–Podría ser una botella de Champaña, ¿le parece, my Lady? –Cogió el aparato e hizo el pedido–. Ya está. Y por mientras, si os parece, podríamos ponernos cómodos.

–¡Oye...! ¿No estás un poquito apurado?...

En esta ocasión, al interior de la *Fénix II* venía el trabajador de cuarenta y nueve años, Juan Carlos Aguilar, vigésimo noveno rescatado. Supervisor y minero desde hacía diecinueve, era afable pero de muy bajo perfil, incluso se había negado a aparecer en el primer video filmado por sus compañeros.

–Son apenas las ocho veinticinco y la cápsula está yendo a buscar al número treinta. Creo que de no pasar algo extraordinario, podremos bajar definitivamente a Caldera. –Fernanda se tomó del brazo de Franco.

–La verdad es que yo también deseo que esto termine. Podremos desempolvarnos y pegarnos una buena lavada; volver a comer como la gente, y después dormir como corresponde.

–¿Solo dormir? –Fernanda sonrió y como de costumbre, los ojos se le achinaron.

Mientras la cápsula iba y venía, recordaron la incertidumbre que se había producido cada vez que se paralizaban las faenas de rescate, los familiares indignados amenazando con tomarse el acceso al yacimiento, y las autoridades intentando explicarles que las labores de salvataje no estaban suspendidas, sino que solo había fallado la estrategia. También evocaron la efímera pasada del primer mandatario por ahí. Luego de arribar al aeropuerto de Caldera, a eso de las nueve de la noche fue trasladado, y apenas llegó se reunió con una veintena de familiares. Después abandonó el lugar rumbo al aeropuerto.

Entonces se produjo un gran revuelo: los demás familiares reclamaron airados que no habían sido invitados a la reunión ni recibido palabras de consuelo. Algunos alegaban porque no se les comunicaba todo lo que sucedía, otros que esa reunión del presidente era una falta de respeto y los había dejado más mal de lo que estaban, burlándose de su dolor.

Varios de los que se habían reunido con el Jefe de Estado, salieron en su defensa.

–¡Escuchen, por favor! Yo sé que algunas personas están enojadas, pero para el presidente esto no es fácil. No seamos injustos, porque se comprometió a traer mañana varias máquinas de sondaje que permitirán llevar adelante una tercera opción y rescatarlos a todos.

–Sí, no le podemos pedir que cada vez que venga tenga que reunirse con todos. Tiene muchas cosas qué hacer. Piensen que incluso se vino de Colombia por nosotros.

–Nos dijo que mientras hubieran esperanzas no se escatimaría ningún esfuerzo, y que había preferido reunirse con un grupo pequeño para que la conversación fluyera.

Los que habían estado en la reunión se distribuyeron entre los demás, informándoles qué habían conversado, y por fin consiguieron calmar los ánimos. Pero ese oasis duró muy poco, pues la noche corría y los trabajos continuaban detenidos. La presión en la madrugada llegó a límites preocupantes y obligó a las autoridades a dar nuevas explicaciones, lo que hicieron a través de uno de la veintena que se había reunido la noche anterior con el primer mandatario.

–Compañeros: les informo que los expertos han pasado toda la noche planificando y los trabajos están a punto de reanudarse. Instalarán un sondaje que permitirá mantener una comunicación fluida cuando los encuentren, y podrán enviarles oxígeno, agua, alimentos, medicamentos y todo lo que necesiten. Porque encontrarlos es una cosa y rescatarlos otra. El rescate demorará mucho más de lo que se pensaba; como ustedes saben, todo indica que se encuentran bastante más abajo de lo presupuestado. –Surgió un murmullo creciente mientras los presentes asentían con sus cabezas–. Se calcula que están a unos seis kilómetros de distancia, a más de seiscientos metros de profundidad. Lo bueno es que deben estar en un refugio de emergencia bien abastecido. Esperamos que el entrenamiento y la experiencia de los más viejos les sirvan para cuidar el agua y las provisiones que hay allí. –El bajón en los ánimos se sintió de inmediato, transformando la inquietud en congoja–. Y le voy a pedir a los integrantes de la prensa que sean responsables con la información que divulgan, porque ya se corrió que antes del segundo derrumbe los rescatistas habrían escuchado a los mineros, y los rumores no ayudan a nadie. Solo sirven para aumentar la desesperación.

Fernanda dirigió sus ojos hacia Franco.

–No me mires así, porque yo no tengo nada que ver con eso.

–Pero si no he dicho nada.

–No, si solo me basta con ver la mirada que me has echado.

–Pero no me puedes negar que es una curiosa coincidencia, ¿no?

–Coincidencia o no, yo no tengo nada que ver. Mis noticias se están divulgando a miles de kilómetros de aquí.

–Está bien, pero quiere decir que entre nosotros hay más de un Franco.

–No, Feña, di mejor que entre nosotros hay más de un periodista, partiendo por ti misma, que has utilizado bastante de mi material. Y ni te has arrugado.

Ella sonrió.

–Sí, bueno, eso no lo puedo negar. –Volvió a ponerse seria–. Pero igual esta gente me da pena, porque pasan de una emoción a otra. Apenas tienen una pequeña ilusión y zas, les viene un golpe bajo.

–Igual tienen una fe, una esperanza y una fortaleza realmente envidiables.

–Sí, claro, pero todo tiene un límite, y así como van las cosas, van a terminar reventados.

–No lo tengo tan claro, más bien veo que jamás nadie les dio tanta relevancia como ahora, y para bien o para mal, nunca volverán a tenerla… Y pasando a otra cosa, mira: a medida que pasa el tiempo, el movimiento se intensifica. –Continuaban llegando especialistas en rescate minero y más bomberos.

Fernanda sonrió de nuevo.

–¿De qué te ríes?

–De ti, Franco. Es la enésima vez que resaltas el despliegue de gente, de ayuda, de periodistas, de políticos…

Cerca del mediodía aparecieron unos camiones enormes que transportaban maquinaria, la que comenzó a ser descargada apenas se detuvieron.

–Esos deben ser los que han estado esperando. –Franco observaba con detención los ágiles movimientos–. Son máquinas especializadas en perforaciones. Seguro que las instalarán de inmediato.

–A ver si con eso los ánimos se calman un poco.

–Sí, porque los familiares no están nada conformes con la lentitud.

–Tendrán que tener paciencia nomás, porque las máquinas de sondaje perforan apenas cien metros diarios, así que tendremos al menos para siete días antes que los ubiquen, y eso, si el tipo de suelo no les complica las cosas… ¡Mira! ¿Qué pasa que va tanta gente hacia la carpa grande?

–No lo sé, indaguemos. –Franco echó a caminar como si lo atrajera un imán. Fernanda corrió tras él–. Donde menos uno espera, se produce una noticia, así que apúrate… Mira, ahí va el obispo.

–Son casi las doce, así que nada de raro que vaya a decir misa. ¿Te interesa?

–Solo la prédica, quisiera escuchar qué dice.

–Será lo mismo de siempre, ¿no? Los va a llamar a mantener la fe y la esperanza, y a sacar lecciones para crecer a partir del dolor que viven. Necesitan apoyo y contención, y esta gente es súper creyente… ¡Mira! Esos dos que van conversando, son pastores de otras iglesias.

Franco giró su cabeza.

–Es que ninguno quiere quedarse afuera ni atrás de los otros.

–Pero si los fieles se lo piden…

–Menos mal, y si no, ¿crees que no estarían? En cierto sentido, son iguales a los políticos.

–¿Y para qué querrían votos?

–¿Cómo para qué, Feña? ¿Te parece poca la competencia que hay entre las diferentes iglesias? Y si revisas los últimos censos, te darás cuenta de cómo la católica ha perdido adeptos. Y con los curas abusadores y las insólitas redes de protección de esa Iglesia, ¡puf!, de seguro están perdiendo fieles a manos llenas. Ya te he contado acerca de mis investigaciones relacionadas con el caso del cura Karadima y la podredumbre con que me fui encontrando… Mira, ahí va otro con facha de guía espiritual.

–Solo la prédica y nos vamos, ¿de acuerdo? Porque para serte franca, me da una lata terrible.

–OK, escuchemos lo que tienen que decir y de ahí damos una vuelta, a ver qué conseguimos en otra parte.

–Está bien, está bien. Si sé que tenemos que husmear en todas partes, pero las celebraciones religiosas me patean la guata.
Así que, por favor, la prédica nomás.

–Sí, te lo prometo. Total, ¿qué más nos podría interesar?

–En cambio en la carpa grande podríamos comer algo, ¿te parece?

–¿A esta hora?

–¿Cómo sabes? Con lo preocupados que están por acoger a
la gente, nada de raro que en el peor de los casos pesquemos la
cola del desayuno, y si no, tal vez consigamos algo de los preparativos para el almuerzo.

–Sí, de acuerdo, tal vez no sea una idea tan loca.

De camino a la carpa grande, coincidieron en que la prédica
había sido una pérdida de tiempo.

–Te dije que no encontraríamos nada ahí.

–Bueno, uno nunca sabe.

–Sí, lo sé, pero igual. Un sermón es un sermón.

–¡Uf, qué perspicaz!

Entraron a la carpa.

–Mira, Franco, en ese mesón están repartiendo, parece que
sándwiches.

Sentados a una mesa, se dispusieron a comer.

–No entiendo por qué le tienes tanta aversión a las religiones
y las iglesias. Yo tampoco les tengo aprecio, pero tú te pasaste.

–Hartas razones tengo, pues. Las monjas me dejaron hasta
aquí. –Hizo un gesto con la mano sobre la coronilla–. Fue tanta la
fuerza con que me invadieron, que quedé traumada. Fíjate que
cuando dejé de ir a misa los domingos, a pesar de no encontrarle
sentido, me sentía culpable. Y esa tontera me duró por más de
cinco años, ¿puedes creerlo? ¿Te das cuenta de cómo me habían
concientizado? Además, encuentro que los sermones son terriblemente infantiles, y la gente que viste hábitos está un poco cucú.

Franco pensó en Francisca y se preguntó qué diría ante aquellas insolentes declaraciones. Algo habían conversado a raíz de
sus investigaciones sobre Karadima. Entonces se había mostrado
inclinada a defender a la Iglesia, su cúpula y demás miembros,
pero a la luz de los antecedentes, había terminado callando. ¿O lo

había hecho para no entrar en una polémica más? Aunque en realidad no demostraba ser una persona religiosa. ¿Qué tanto le importaba, entonces, lo que él pudiera decir en sus reportajes? ¿Acaso era con él la cuestión, por el calibre de sus otros reportajes?

–¿En qué te quedaste pensando?

Franco consideró que no era el momento ni el lugar para permitir que Francisca contaminara la conversación.

–Me hiciste recordar el caso de ese cura pervertido... el de la parroquia El Bosque... y a tantos otros. Y respecto a las monjas y los sacerdotes, no sé si estarán cucú, como tú dices, pero siempre me ha parecido que pertenecen a un mundo muy raro...

Una vez más sonó el agudo pito. En esta ocasión avisaba la cercanía de Raúl Bustos, el trigésimo rescatado. Con cuarenta años, procedente de Talcahuano, había llegado a la mina dos meses antes del accidente. Se desempeñaba como técnico mecánico, luego de perder su trabajo en los astilleros de la marina debido a la destrucción dejada por el terremoto y el tsunami del 27 de febrero. Era otro más que no debió estar en la mina cuando ocurrió el accidente, pues había terminado su turno; sin embargo, a última hora le encomendaron regresar para encargarse de la reparación de un camión descompuesto.

En la plataforma, su esposa corrió a su encuentro. Se abrazaron y besaron emocionados, entre frondosos aplausos...

Fernanda y Franco se miraron sonrientes. No necesitaron palabras para comunicar lo que sentían. En las profundidades solo quedaban tres mineros y los seis rescatistas, todos ellos preparados para protagonizar el esperado epílogo. Aún en silencio, caminaron hasta la saliente de una enorme piedra, donde se sentaron.

–Debiéramos irnos.

Fernanda lo observó con curiosidad.

–¿Ahora? Pero todavía falta lo más importante.

–¿Tú crees?

Ella frunció el ceño.

–Me desconciertas, Franco. Esto está a punto de terminar, y a estas alturas, un poco de paciencia no nos haría nada mal.

–Las noticias, Feña, ahora no serán más que un reality para la televisión. Todos andan tras las cámaras y lo que puedan agarrar, especialmente los políticos, y todo el mundo habla de solidaridad, perseverancia, coraje y admiración por el operativo, y se llama a los gobiernos a aprender de la experiencia chilena, una sociedad que todos aplauden como la más desarrollada de América Latina... ¿No le estarán poniendo?

–Pero yo veo eso último que dices, como algo bueno. Y mejor todavía si se suman las felicitaciones de tantos gobiernos y de todo tipo de personajes famosos, y de todas partes del mundo.

Ambos mantenían sus *Smartphone* encendidos y navegaban en Internet.

–¿Has pensado que aprovechan la ocasión como tribuna para hacerse publicidad?

–Pero han colaborado en este rescate con sus conocimientos y equipos.

–Nada hacen gratis, Feña, y la lista es larga: el presidente de Panamá, el rey Juan Carlos Primero, el presidente colombiano, el de Brasil, el de Venezuela, la de Argentina, el uruguayo; también el ministro de Relaciones Exteriores de Italia, el presidente de Perú, incluso el mismo Barack Obama, que con cada palabra que dice, corta una lonja de algo. Porque donde se la ponen, la toma. Adelántate un poco y verás que aprovecha para destacar el apoyo de la NASA y las empresas del sector minero estadounidense que colaboraron en la preparación del rescate... Si el hombre no da puntada sin hilo.

–Sí, es cierto, pero aún así, le veo más de positivo que de negativo. ¿Sabías que un ingeniero estadounidense viajó desde Afganistán a Chile para colaborar en la perforación de uno de los túneles?

–Palabras de Obama.

–¡Ay, Franco, qué injusto! Porque sí, lo dice él, pero está reafirmando lo que dijo el jefe de medicina espacial de la NASA, el que asesoró las tareas de rescate y elogió a las autoridades chilenas.

–Sí, claro, pero como preámbulo para explayarse sobre los maravillosos aportes que hicieron esos equipos de rescate.

–Bueno, será como dices, pero no cabe duda de que este país ínfimo, como te gusta llamarlo, se ha convertido en un centro de atención para todo el mundo. Si no falta nadie. También se hizo parte un médico de la Agencia de Exploración Aeroespacial de Japón que trabaja con astronautas, dándose el tiempo de recomendarles, a los 33, que una vez rescatados traten de recuperar su ritmo habitual y eviten una excesiva exposición a los medios de comunicación, pues eso afectaría su salud psicológica.

–O sea, que no se conviertan en parte de un reality. Eso me parece importante, porque tendrán la tentación de aprovechar todo esto para salir del anonimato, y no sabrán qué hacer con la sobreexposición, porque desde su niñez la mediocridad los envuelve y revuelve.

–El médico dijo, además, que su tiempo de recuperación dependerá de la edad, y que para los jóvenes será más fácil. Añadió que si los compensan económicamente, se recuperarán antes.

–O sea, el consejo es que los indemnicen y se queden donde les corresponde. Que continúen de la mano con la miseria... ¡Puf, bien gringo el consejo!

–¿...?

–Es que ese tipo de comentarios es tan propio de los gringos cuando miran hacia fuera.

–Pero no te entiendo, porque por otra parte dices que los admiras y te muestras tan contento de vivir en Estados Unidos.

–Sí, claro, pero dentro, no fuera.

–Mira, el ministerio del Exterior japonés también se hizo presente, y envió calzoncillos espaciales con componentes para neutralizar olores, elaborados con los mismos materiales que la ropa interior utilizada por la astronauta Naoko Yamazaki en abril pasado, durante una misión de dos semanas en el espacio. ¡Puf, qué asco! –Apretó su nariz con los dedos índice y anular, y se largó a reír.

–Veo que también estás de bromista.

–Entonces, déjame endulzarlo. También les envió carame-
los de menta y dulces de caña de azúcar que utilizan en el espacio para calmar el estrés.

–En realidad, es una lista muy larga.

–Sí, porque sigue... Y mira, aquí hay una entrevista a uno
de los uruguayos que sobrevivieron a la tragedia de Los Andes.
¿Recuerdas ese accidente?

–¿El del avión militar uruguayo?

–Ese mismo.

–¿El que trasladaba a una delegación de rugby hacia Chile y
se estrelló en la cordillera?

–Sí, el mismo.

–No, no lo recuerdo

–¿...?

Franco dejó escapar una espléndida carcajada.

–O sea, sé de qué me estás hablando, pero obviamente no lo
recuerdo, porque yo todavía no nacía.

–¡Ja, ja, ja, qué buen chiste! ¿Te crees muy gracioso?
Porque no te recomendaría para humorista... Escucha: rela-
ciona lo que les ocurrió a ellos con la situación en que se encuentran los mineros. Para comenzar, destaca la coincidencia
de que esta tragedia está culminando un 13 de octubre, y recuerda que ellos se estrellaron hace treinta y ocho años, también un día 13.

–Qué amarga coincidencia.

–¡Franco, no tiene nada de divertido! Y es como para darle
un par de vueltas. Porque tal como lo han hecho aquí con el número 33, sigue haciéndole honor al 13; dice que con el impacto
murieron 13, tres más durante la noche, y después otros 13.

–No, si ajustando los números, se puede encontrar coincidencias sin gran esfuerzo.

–¡Franco, debieras mostrar un poco más de respeto! –Él rió.
Ella le devolvió una sonrisa fugaz–. En todo caso, fue heavy,
porque de los cuarenta y cinco que iban en el avión, solo sobrevivieron dieciséis. ¿Te das cuenta? ¡Solo dieciséis!

–¿Dieciséis, no trece?

–¡Franco!

–Ya, está bien, pero no nos pongamos tan graves. Si sé que fue algo espantoso.

–El uruguayo recuerda esos setenta y dos días deplorables en la montaña, en un desierto blanco, con temperaturas de hasta treinta grados bajo cero. –Hizo una corta pausa que esta vez él no interrumpió–. Una prueba de esas que a veces pone el destino, donde para sobrevivir... –Hizo un sonido ronco para aclarar la garganta.– Debieron alimentarse con los cuerpos de los compañeros que iban muriendo.

–Sí, fuera de broma, fue realmente horroroso.

–¿Cierto? Y dice que a los 33 les será difícil asimilar el giro que tomarán sus vidas, aunque pueden convertir todo esto en una oportunidad, como lo hicieron ellos.

–Sí, pero no nos olvidemos que ellos pertenecían a una condición bastante diferente.

–Sí, bueno, eran jóvenes, deportistas, universitarios...

–Exactamente, tipos entrenados para ganar, con toda una vida por delante y, además, pertenecían a una clase social con muchas más oportunidades.

–Sabes bastante de ellos como para no haber estado allí cuando sucedió, ¿no?

Esta vez rieron al mismo tiempo. Fernanda volvió a poner sus ojos en el *Smartphone*.

–También entrevistaron a otro sobreviviente uruguayo. Habló sobre los riesgos mediáticos que corren los 33 como consecuencia del impacto mundial de su accidente; les dijo que no es sencillo pasar de minero a héroe, y que tengan cuidado, porque así como los han llevado al estrellato de pronto pueden aterrizar contra el piso. Y esto tiene que ver con lo que me decías... Además dijo que le preocupaba el manejo de los medios de prensa, ya que su influencia es fundamental en cómo se perciban. Y les advirtió sobre el peligro de entusiasmarse demasiado con los regalos que reciban...

–Pero no lo van a entender, Feña, porque se han encandilado, y eso les durará un buen rato. Estuvieron mucho tiempo ahí dentro mientras afuera los transformaban en héroes, hasta que se lo creyeron. Tal vez por eso resistieron tanto. Y quizá qué planes hizo cada uno para enfrentar su incierto futuro.

–Bueno, no sé si tantos, porque trabajaron harto ayudando a su rescate. Tuvieron que recoger toneladas de escombros.

–Pero igual el tiempo les sobraba, pues. Y mientras limpiaban, también podían pensar, ¿no? Tiene razón el uruguayo, van a subir igual que una piedra que se tira al cielo.

–Y a bajar. ¡Pobres!

–Se van a pegar un manso porrazo.

Esta vez no rieron. Durante algunos segundos mantuvieron sus miradas fijas, cada uno en los ojos del otro. Después, Franco regresó los suyos al *smartphone*.

–Y escucha, el deporte no está ausente en este despliegue, ¡puf, son un montón! Y hasta en el Pabellón de Chile, en la Expo Shanghai, han tenido la atención puesta aquí, si hasta destaparon botellas de Champaña para celebrar. Y entre los políticos no podían faltar los ex presidentes de Chile…

–¿Y qué esperabas? Son los más politiqueros de todos.

–Sí, es cierto.

A medida que Fernanda avanzaba con la lista de felicitaciones, Franco percibió que el circo farandulero crecía, sin tomar conciencia de cuánto le correspondía a él en ello. Apagó su *Smartphone* y se quedó mirándola.

–¿Terminaste?

–¿…?

–Con tu lista, me refiero… No, no me respondas, ya sé que podrías seguir por mucho rato. ¿Pero sabes? Hablaba en serio cuando te dije que debiéramos irnos. No podemos competir con los canales de televisión, y lo nuestro es, principalmente, hacer reportajes. No estamos en la inmediatez extrema. Creo que podemos irnos y cenar como Dios manda.

–¿Estás loco? ¿Abandonar el campamento ahora? Pero si nos pagan por estar aquí.

–No, Feña, nos pagan por hacer buenos reportajes, buenas notas, buenas entrevistas. Y ya más de lo mismo es muy poco para ofrecer a nuestros editores y a nuestro público. Y míranos, revisando noticias de otros... No es precisamente nuestro trabajo. ¿No te parece una buena pérdida de tiempo? Además, en poco rato más, salir de aquí va a ser una locura. Igual que en el estadio: nunca te quedes hasta el pitazo final. –Se paró.

–Pero puedes perderte el último gol, el que puede cambiar la historia de un equipo y de un campeonato.

–¿Y qué importa? Ese último gol, si te interesa tanto, lo puedes escuchar en la radio del auto y después lo ves por televisión, y puedes grabarlo y repetírtelo cuantas veces quieras.... La última nota que le enviaste a tu editor, fue la última visión que tuviste desde adentro. Después, desde afuera, puedes hacer un epílogo mucho mejor. Para eso utilizas el trabajo de los demás y le sumas tu capacidad de inventar, ¿estamos? Y ahí, en los adornos que le pones, está la novedad, el sabor, la diferencia. Por ahora, dejemos que los de la televisión hagan su trabajo. En este momento, no podemos competir con el enorme despliegue de cámaras que han hecho.

–Eres incorregible... pero debo reconocer que tienes razón. Me estoy acostumbrando a que siempre la tengas. –Ella también se había levantado de la piedra.

–Entonces, si nos está esperando una deliciosa cena y una confortable cama, ¿qué esperamos? Ha llegado la hora de levar anclas. Para nosotros la cuenta regresiva llegó a cero. –Le ofreció una expresiva sonrisa–. ¡Vamos!

Desarmaron la pequeña carpa entre risas. Nunca habían estirado sus vientos, y apenas soltaron la primera cuerda, se desmoronó como un castillo de naipes.

Franco continuaba riendo mientras caminaban hacia el pequeño automóvil.

En el intertanto, el siguiente minero, Pedro Cortéz, inició su viaje a la superficie. Eran casi las nueve. Los dos compañeros que aún permanecían en la mina y los rescatistas que los acompañaban, aplaudieron efusivamente.

El automóvil conducido por Fernanda se adentró en la oscuridad y las luces circenses comenzaron a quedar atrás.

–Mira, todavía viene gente subiendo. –Franco dirigió la mirada hacia ella y de inmediato la devolvió al vehículo que se les acercaba.

–Seguro será alguien del gobierno.

–O de la municipalidad.

Los conductores se encandilaron mutuamente.

Franco se giró para mirar al otro vehículo alejarse a sus espaldas.

–Qué raro, es un taxi.

26

Francisca había viajado hasta Caldera para sorprender a Franco. Para decirle que lo echaba de menos y estaba dispuesta a buscar una forma de continuar juntos. Además, que tal vez no estaba tan errado en sus apreciaciones, reconociendo que la mirada de ella hacia los comportamientos éticos y morales podía ser, efectivamente, algo rígida. Que trataría de cambiar, que necesitaba tiempo y que él podría contribuir haciendo un esfuerzo por frenar un poco su vehemencia al escribir sus truculentos reportajes.

Estaba al tanto del hotel en que se alojaba, pero el recepcionista le informó que había dejado su habitación.

—¡Oh...! ¿Y cuándo se fue? ¿Y sabe usted por casualidad adónde?

—Disculpe, señorita, pero no he dicho que se haya ido. Ahora debe estar en la mina, en la San José, usted sabe, están terminando de sacar a los mineros, a los 33. Pero dejó sus cosas aquí, se mudó a una habitación doble.

—¿Doble?

—Es que se cambió a una matrimonial... Él y la señorita Fernanda.

Francisca percibió un escalofrío recorrer su columna vertebral, y la atacó una fuerte sensación de náuseas. Abrazó su vientre con las dos manos, como si lo afirmara. Se sintió ingenua, idiota. Una vez más la realidad difería con la forma en que consideraba que debían ser las cosas. ¿Habían devuelto las que ocupaban y alquilado una para los dos juntos? ¿Qué significaba eso? De no ser tan incauta, podría haberse enterado a través de una simple llamada telefónica... ¿Pero qué hubiera dicho? "Hola, Feña, qué tal. ¿Están tú y Franco viviendo juntos?" No, en realidad no tenía cómo saberlo ni por qué imaginarlo. Estaba choqueada. Abandonó el hotel y caminó sin rumbo, barajando diversos escenarios: podría tomar un autobús de regreso y volver a lo suyo, dando por cerrado el amargo capítulo... ¿Pero era tan fácil arrancar a los hechos y a los motivos que la tenían ahí? Otra opción era esperarlos, hacerles guardia hasta que llegaran, tal vez arrendar ahí mismo una habitación... Se sentía incapaz de decidir, pero sus piernas lo hicieron por ella y la llevaron al hotel.

–¿Tiene un cuarto para mí?

–Sí, por supuesto, hay varios.

–¡Oh!, pensé que con esto del rescate estaban todos los hoteles completos.

–Sí, claro, era así, pero la fiesta termina hoy y eso se notó desde temprano. Varias personas se fueron para allá y entregaron las llaves de sus habitaciones.

–¿O sea que ellos dos se irán hoy en la noche o mañana temprano?

–No lo creo, pero no sé exactamente cuándo. En todo caso entiendo que no nos dejarán antes de un par de días, tal vez tres. –Otro golpe bajo. El rostro de Francisca se contrajo y sintió que su mochila pesaba más que antes. Caminó hacia la habitación y la dejó caer sobre la cama. Observó su reloj, y dado lo avanzado de la hora, salió de inmediato llevando solo la cartera y una chaqueta. Cruzó hacia la plaza y abordó un taxi.

–Supongo que sabe dónde está la mina San José.

El chofer, que en esos instantes pasaba un paño por el tablero del automóvil, se detuvo. La miró sorprendido por el retrovisor.

–¿Me puede llevar?

Aún con la tela en la mano, se giró.

–¿A esta hora? Es de noche y el rescate está terminando. Dentro de poco el lugar estará vacío.

–Sí, entiendo, pero tengo que ir. ¿Queda muy lejos?

–A una media hora.

–¿Y cuánto me cobra por llevarme?

–Creo que con unos treinta mil estaríamos bien.

–¿No sabe si hay un autobús o algo más económico? Es que no tengo tanta plata y tuve que tomar una pieza en el hotel.

–No, nada. Menos ahora que ya a nadie le interesará ir. Piense que ni los mineros están trabajando.

–¿Y no podría cobrarme un poquito menos?

–Está bien, que sean veinticinco mil, pero no me pida más rebaja, porque se me va a ir casi todo en pura bencina.

–Pero no queda tan lejos.

–Pero también el auto se desgasta, además la bencina... Hay harta subida, ¿sabe? Y no puedo trabajar gratis, pues.

–Bueno, lo comprendo, gracias de todos modos. –Francisca abrió la portezuela.

–¡Está bien, está bien, me ha conmovido! Total, entre no hacer nada o... Está bien, págueme veinte mil y la llevo.

En el trayecto, con la vista perdida en la oscuridad, Francisca se preguntó qué haría cuando llegara.

–¿Es un lugar muy grande?

El taxista la miró con detención por el retrovisor.

–Bueno, en el desierto no hay espacios pequeños. Y recuerde que estamos en el más árido del mundo.

–Vengo a buscar un par de amigos. ¿Cree que me costará mucho encontrarlos?

–Bueno, todavía están trabajando en el rescate, así que si le dijeron que iban a estar ahí... Claro que entre tanto barullo...

Francisca permaneció callada durante un rato, intentando ver lo poco que la oscuridad permitía. Se preguntó por qué había tomado una decisión tan atarantada, que además le costaría veinte mil pesos. Y ni siquiera sabía cómo volver, tampoco si los encontraría. Estuvo a punto de decir al chofer que regresara, pero de seguro igual le costaría los veinte mil. Pensó que cuando la vida se desmorona, todos los absurdos dejan de serlo.

Salieron del camino pavimentado para entrar por otro de tierra.

–Este camino era un infierno, pero con tanta gente importante pasando a cada rato, no demoraron en arreglarlo, y ya ve, no es tan suave como el pavimento, pero por empeño no se queda. Hace un par de meses nos hubiéramos demorado más de una hora, entonces era un hoyo tras otro, y no era raro sufrir un reventón... de neumáticos, me refiero.

–No, sí, si entiendo.

–Por aquí, por donde están estos conos rojos, era muy difícil que a uno lo dejaran pasar, pero parece que como esto está terminando, ya no les importa que venga el que quiera, aunque ya nadie vendrá. No van a mantener la vigilancia por nosotros dos, ¿no le parece? –Rió mientras observaba a Francisca en el retrovisor. Ella intentó curvar los labios, pero lo que esbozó fue una triste mueca.

–Supongo que sigue preguntándose qué hago aquí, por qué este interés tan raro.

–Bueno, para serle franco, sí. No entiendo qué quiere hacer aquí ahora, pero no me corresponde inmiscuirme en sus cosas, no es asunto mío. Yo la traigo y ya. Lo que no tengo claro es cómo se devolverá, a menos que sus amigos anden moviliza-dos… y los encuentre.

Francisca consideró absurda la posibilidad de volver con ellos, y también encontrarlos ahí, y estar en ese auto, pero no lo dijo.

El taxista regresó su atención al camino, específicamente hacia unos focos que se acercaban, los cuales al pasar lo encandilaron.

–¡Imbécil! Disculpe, pero todavía hay gente que al cruzarse con uno, no es capaz de bajar las luces. Alcancé a ver que era un automóvil pequeño. Seguramente ya está comenzando a bajar la gente. Más tarde, este camino será una verdadera locura… Esta-mos llegando, va a tener que decirme adónde quiere que la deje.

–No sé, cerca de ese gentío que se ve allá, yo creo.

El automóvil se detuvo.

–Bueno, aquí está el campamento. Como verá, no puedo llegar más allá. –Apuntó con el dedo–. En esa dirección está el hoyo por donde los están sacando… Son veinte lucas.

–Sí, sí sé… Aquí está su plata, muchas gracias.

La tierra suelta, de inmediato empolvó sus zapatillas. Hizo un rápido movimiento de hombros y caminó hacia donde estaba el grueso de la gente. Sonó la sirena y se arrimó lo más que pu-do, con la curiosidad despierta. A los pocos segundos apareció la cápsula. Pedro Cortéz, de veintiséis años, la abandonó y tomó en brazos a su hija de siete que sujetaba un manojo de globos y llo-raba conmocionada. En una de las toscas manos del minero, se observaba un dedo cercenado. Sus conocimientos como electri-cista le habían permitido realizar un gran aporte en la comunica-ción con la superficie, de modo que las autoridades y los encar-gados del rescate no demoraron en explicitarle sus agradeci-mientos.

La *Fénix II* volvió a sumergirse en busca de Ariel Ticona, quien con veintinueve años, al momento del accidente se desempeñaba como conductor de maquinaria pesada. A pesar de su fuerte personalidad, se había negado a aparecer en las primeras imágenes que los mineros enviaron a la superficie.

Francisca observó su reloj. Tenía hambre. Recién se dio cuenta de no haber probado alimento alguno durante el día. A pocos metros vio una camioneta y un señor que acomodaba unos bultos en su interior. Se acercó.

–Disculpe, busco a una pareja.

El hombre la observó con curiosidad.

–Son unos amigos que necesito encontrar.

–¿No ves la enorme cantidad de gente que hay?

–Son periodistas.

–¿Periodistas?

Francisca asintió con la cabeza

–¿Sabes cuántos periodistas hay por aquí? Son miles.

–Son jóvenes, como de mi edad, un poco más.

–¿Sabes cuántos periodistas jóvenes hay?

"¿Qué me está pasando? ¿Cómo puedo estar haciendo preguntas tan estúpidas? Es como si hubiera perdido la chaveta".

–Está bien, muchas gracias de todos modos.

Las 33 banderas aún flameaban y caminó hacia ellas.

–Parece que no te ha ido muy bien que digamos.

Se giró sorprendida. Frente a sus ojos estaba el taxista.

–¿Y usted?

–El mío es un negocio, niña, pero aún así tengo corazón. Me parece que no estás bien, y si no te resulta tu diligencia, me temo que no te será fácil bajar, y eso no se ve bien de noche, tampoco hacerlo con cualquiera.

–Gracias, pero…

–Pero nada. Si no tienes suerte, podré llevarte de vuelta a Caldera. Ya que estoy aquí, voy a aprovechar de entretenerme con las últimas novedades del rescate.

–Pero no tengo con qué pagarle de nuevo, así que gracias nomás.

–Total, igual tengo que bajar, ¿no? Así que la carrera será gratis. Por esta vez, pero no te malacostumbres. –El hombre esbozó una sonrisa que a Francisca, pese a la confusión que se había apoderado de sus pensamientos, le pareció sincera–. Porque si no, ¿cómo piensas bajar?

–No lo sé, en verdad no lo he pensado. –Se sorprendió de responder algo tan estúpido, pero era la verdad. Se encontraba atrapada en una nube de desconcierto–. ¿Por qué pone esa cara?

–¡Ah, es que no entiendo nada de nada de lo que está pasando por tu cabecita!, así que, ¿qué cara quieres que ponga? No tienes idea del frío que puede llegar a hacer entre esta montonera de rocas, ni de la soledad que caerá durante la noche. ¿Me puedes decir a qué has venido? Perdona que me entrometa, pero ¿sabes?, tengo una hija que debe tener tu edad y me preocupo mucho por ella, y no la veo casi nunca. Me asusta cuando pienso que está tan lejos, que puede no estar bien, que le puede estar pasando algo como lo que te pasa a ti... Quiero decir, como lo que te podría estar pasando. Te veo tan sola, tan triste... tan despreocupada de lo que te pueda ocurrir. Sé que algo no anda bien, pero en fin, no quiero hacerme el pesado. Al fin y al cabo, no soy tu padre. Solo pienso en que tal vez te pueda ayudar, aunque sea llevándote de vuelta. Total, como te dije, contigo o sin ti el gasto será el mismo. Estaré dando vueltas por aquí. Y por si acaso, dejé el taxi estacionado contra ese acantilado. –Indicó en dirección a un muro de piedras que, conformado naturalmente, apenas se distinguía–. Por si me necesitas, por si no tienes cómo volver. –Se alejó hacia el tumulto.

Francisca continuó su caminata sin dirección. Recorrió el lugar entre un mar de gente, luces, la infinidad de cámaras, las carpas, las fogatas... Después de no encontrar rastro alguno de ellos, regresó hasta lo más cerca que pudo del ducto. Estaba entumecida. El taxista se lo había advertido. Un chaleco y una simple chaqueta, sin duda eran insuficientes. El frío se le colaba por el cuello y echó de menos su bufanda y su gorro de lana. Meneó la cabeza. Además, las preguntas la atormentaban: ¿por qué no los encontraba?, ¿en qué otro lugar podrían estar si se suponía que andaban reporteando? Porque podrían haber regresado al hotel y andar vagando por las calles de la ciudad... Pero el rescate aún no finalizaba, y desde su punto de vista, el final era la parte más interesante. ¿O no? Pasó por su mente la loca idea de que nunca hubieran subido a la mina y todo eso fuera una pantalla para esconder su *affaire*. Pero los conocía, especialmente a Franco, y él siempre ponía su profesión por delante. ¿Podría haber cambiado tanto? Obviamente, no. Sin duda tendrían que estar por ahí, pero el hecho era que no los encontraba. Y el frío le llegaba hasta los huesos. Necesitaba un refugio y pensó en acercarse a uno de los pocos fogones que permanecían prendidos, pero los rodeaba mucha gente y le daba la impresión de que todos se conocían, y nadie a ella. Prefirió caminar hacia el automóvil con la esperanza de encontrar en su interior al chofer. Un viento gélido la empujaba, mientras se abrazaba en un intento vano por evitar que la abandonara el poco calor que le quedaba. Ubicó el taxi donde él le había indicado, pero estaba vacío. Aún con los brazos cruzados, tomándose de los hombros, regresó al tumulto. Allí lo encontró.

–Estoy a punto de quedarme petrificada.

–Te lo dije. Aquí hace mucho frío y tú, mira como andas. Debieras haber traído siquiera un gorro y unos guantes, porque el frío se cuela por todas partes. Espérame aquí, tengo una manta en el maletero del auto, iré a buscarla. Porque ya que estamos acá, no me perderé el desenlace de esto.

Francisca sopesó su situación. Era burda y estúpida. Había cometido una desinteligencia tras otra. Primero el hecho de viajar a Caldera, después haberse registrado en el hotel, y luego, obedeciendo enceguecida a los dictámenes de su trastornada cabeza, partir a esa mina.

En el refugio solo quedaban Luis Urzúa y los seis rescatistas, de manera que la emotiva operación San Lorenzo llegaba a su fin.

En la superficie, en medio de un ruidoso "Ceacheí", Ariel Ticona, quien fuera el principal encargado de las comunicaciones entre ellos y el exterior, salió de la cápsula con la mano en alto agitando el teléfono que usaban para contactarse. Sin soltarlo, se fundió en un fuerte abrazo con su esposa, quien solo unos días antes había dado a luz a la pequeña Esperanza, bautizada con ese nombre en honor al campamento. Luego, continuó hacia quienes lo aguardaban.

El taxista depositó la manta sobre los hombros de Francisca, quien luego de envolverse en ella le devolvió una entumida sonrisa. El hombre le ofreció otra, impregnada de conmiseración. Ella tiritaba y daba diente con diente, lo que a él le pareció un castigo menor por su irresponsable conducta, que no terminaba de entender.

La cápsula descendió para recoger al último atrapado, un hombre de cincuenta y cuatro años, el topógrafo que se desempeñaba como jefe de turno al momento de producirse el accidente. Se despidió con gran emoción de los rescatistas, recibió las últimas instrucciones y entró a la *Fénix II* para iniciar su viaje. Los gritos de celebración provenientes tanto de arriba como de abajo, el himno nacional entonado por rescatistas, familiares, autoridades, periodistas, políticos y cientos de otros mirones, y los vítores así como los encendidos aplausos que también de ellos emanaban, acompañaron aquel memorable trayecto.

Sonó la sirena. Al poco rato, tras las 22 horas con 34 minutos transcurridas desde el inicio del rescate, apareció la cápsula. Faltaban solo cinco minutos para las diez de la noche de ese memorable miércoles 13 de octubre, de aquel acontecido año 2010.

Apenas abandonó el estrecho habitáculo, Luis Urzúa caminó hacia donde estaba el presidente de la República.

—Presidente, le entrego el turno, tal como habíamos acordado el día en que tuvimos la primera conversación. —Su sonrisa era amplia, acompañada por una expresión facial de inmenso orgullo.

Se abrazaron con fuerza.

—Estoy orgulloso de lo que ha hecho, Presidente. Gracias a todo Chile, a los rescatistas y a todas las personas que han cooperado.

–¡Lo felicito, Luis, por haber cumplido con su deber, siendo el último en salir, como siempre lo hace un buen capitán! Lo felicito por su gran desempeño durante estos setenta largos días de encierro, y quiero aprovechar la ocasión para reiterar mis agradecimientos a todos aquellos que trabajaron incansablemente para que el rescate concluyera de esta manera. Y quiero decirle que todos nos sentimos muy orgullosos de cada uno de ustedes, porque nos han dado un gran ejemplo de compañerismo y lealtad. –Barrió con la mirada la gran masa de asistentes–. ¡Ahora, entonemos el himno nacional!

"MISIÓN CUMPLIDA CHILE", rezaba un lienzo desplegado por los valientes rescatistas que aún estaban en el interior de la mina, marcando el término del histórico y exitoso operativo que continuaba dando la vuelta al mundo.

Fernanda y Franco, por su parte, habían regresado al hotel, donde luego de una refrescante ducha hicieron el amor. Después, como si fuera parte de un mismo paquete, salieron a cenar.

27

El taxista se acercó a Francisca lo suficiente como para que ella percibiera el vaho de su boca entibiarle el oído.

—Es hora de irnos, hace demasiado frío. Además, pronto este camino será un infierno.

La noticia, recibida con beneplácito, permitió que la reciente cercanía del hombre se evaporara. Sin más trámite, Francisca lo siguió hasta el taxi y lo abordó por la puerta del acompañante. Hasta ese momento no había caído en la cuenta de estar en sus manos. Recordó su boca casi rozarle el oído y sintió un escalofrío recorrer su espalda. Pensó que se encontraba servida en bandeja, esta vez a ligeros centímetros de sus fauces.

El hombre echó a andar el motor y puso el vehículo en movimiento.

Francisca lamentó no haberse quedado más en el campamento y regresar acompañada del sinfín de vehículos que pronto bajarían, pero ya no era posible. La tranquilizó un poco recordar que el taxista era padre de una muchacha como ella. Pero, ¿sería cierto? ¿No se veía muy joven? Especialmente en aquel lugar donde por la acción del sol y la aridez existía la tendencia a envejecer más de lo conveniente. Otro estremecimiento la recorrió al observar por la ventanilla: el exterior parecía desaparecer mientras el automóvil avanzaba tragado por la noche. Solo la mirada en el camino alumbrado por los focos le permitía percibir que la realidad no se había evaporado.

Mientras, en la mina, los rescatistas salían ordenadamente. El último fue Manuel González, quien antes de abordar la *Fénix II*, mostró a través de una de las cámaras instaladas en el refugio, el letrero "MISIÓN CUMPLIDA CHILE". Dejó la luz prendida y abordó la cápsula.

Ya en la superficie, sus declaraciones pusieron término a la labor de los periodistas. Todos los rescatados habían sido trasladados al hospital de Copiapó y los familiares partían tras ellos, seguidos por las autoridades y todos los demás. Solo quedaron las carpas instaladas por iniciativa del Gobierno para aplacar los ánimos, las banderas flameando a la espera de que alguien se acordara de ellas, algunos rescatistas cerrando las faenas, y uno que otro rezagado.

En el intertanto, mientras quedaba atrás el cierre del show, Francisca continuaba viviendo su propia aventura.

–¿Tienes dónde quedarte? –Habían tomado por el camino pavimentado y en la oscuridad la voz del conductor le sonaba atemorizadora.

–Sí, en el mismo hotel que mis amigos. –Se preguntó para qué le preguntaba si ya se lo había dicho.

–¿Tus amigos? ¿Esos que buscabas, no encontraste, y con los que al parecer no pretendías volver? –Sacudió la cabeza expresando su incapacidad para comprender tan absurda situación.

–Sí, esos mismos, y si no los encontré no importa, mañana será otro día.

–Sí, porque es un poco tarde, ¿no te parece?

–Por lo menos tengo una habitación. Ya los ubicaré mañana.

–Veo que al menos en eso fuiste precavida, aunque ahora, con la ciudad desierta, hay muchos lugares disponibles. –El perfil fantasmal del hombre le parecía cada vez más aterrador.

–Si quieres, podemos comer algo antes de dejarte en el hotel.

El estómago de Francisca gritaba de hambre, pero sintió que aquella propuesta le helaba la sangre.

–O si prefieres, tomemos un trago… Para el frío, digo yo… o ambas cosas, total la noche es joven.

Por la mente de Francisca cruzó la espantosa idea de que el hombre pretendiera pagarse con ella.

–No, gracias, estoy muy cansada. Estoy muy agradecida por su buena voluntad, pero ha sido un día agotador.

El taxi pasó frente a la puerta del hotel sin detenerse. Francisca palideció.

–Creo que sí te hará bien comer algo, así que te llevaré a un lugar donde podrás servirte un plato caliente y reponerte. Ya verás, pronto me lo agradecerás.

Francisca se abrazó cruzando la manta, como si pudiera protegerla de aquel hombre cuyo aspecto ya no era el de un padre recordando a su niña. Su oscura piel poco arrugada y el largo pelo negro en el mismo tono de los bigotes meticulosamente recortados, sin canas, definitivamente le parecieron demasiado juveniles como para tener una hija de su edad. Le calculó no más de cuarenta años.

La calle del hotel quedó atrás, también la de la plaza, y varias más. Viraron a la derecha y luego a la izquierda, entraron en un callejón de tierra y nuevamente salieron al pavimento. Francisca estaba lívida, nunca en su vida había sentido ese pavor.

—¿Todavía tienes frío? —Francisca dio un brinco—. Porque la calefacción está bastante fuerte, ¿no te parece? No tendrás fiebre, ¿no? —Soltó la mano del volante y la llevó hacia la frente de ella, con cierta dificultad, pues se había recostado contra la puerta.

—Relájate, muchacha... ¿Cómo dijiste que te llamabas?

No recordó habérselo dicho.

—Francisca.

—Está bien, Francisca, y será mejor que te saques la manta, porque estás transpirando, y no precisamente de fiebre.

Ella titubeó.

—Anda, sácatela, que el calor te está matando. Incluso debieras sacarte la chaqueta y también el chaleco.

Francisca arrojó la manta sobre el asiento trasero. Sentía que la estaban desnudando y se preguntó cómo defenderse. Luego de quitarse la chaqueta, tomó su vientre entre las manos, y una idea saltó a su mente. Con los ojos llorosos, apenas logró que su voz se escuchara.

—Estoy embarazada.

El taxista giró la cara hacia ella.

—¿Embarazada? Con mayor razón, entonces, debes ponerte cómoda. Anda, sácate el chaleco... No se te nota mucho, ¿ah? ¿No estarás mintiéndome?

—¿Y para qué iba yo a hacer eso? —En su rostro se marcaba con profundidad la mueca de terror que desde hacía rato tenía dibujada.

—No lo sé, pero estás tiritando y no es de frío. ¿Te asusto acaso? Disculpa, no ha sido mi intención... Pero te dije que tenía una hija de tu edad... ¡Por favor!

–Pero se ve muy joven como para eso. –Se sorprendió de que su boca fuera capaz de articular aquellas palabras.

–Gracias, muchas gracias. ¿Te parezco?

–Sí, en verdad, si ni siquiera tiene canas.

Deslizó su mano izquierda por el pelo.

–Me lo tiño, pero no se lo vayas a contar a nadie. Es un secreto. –Soltó una risotada que retumbó en la cabina.

El automóvil se detuvo bajo un farol de luz amarillenta que casi no alumbraba.

–Aquí es. Ahora ponte el chaleco y también la chaqueta, y si quieres la manta, porque afuera está pegando un frío de los mil demonios.

Entraron a un salón con luz tenue. A Francisca le pareció demasiado oscuro como para comer. Las mesas de patas rectas y las sillas con asiento de paja eran de madera de pino natural, agrietadas y torcidas, oscurecidas por la grasa y el tiempo. Al sentarse percibió el crujido de los viejos ensambles. En el desteñido mantel naranja, observó un pequeño agujero que la mesera cubrió con una carpeta del mismo color.

Solo había otras tres ocupadas: una por dos tipos que bebían cerveza, y las otras por parejas que exponían con desparpajo su lujuria. Ninguno cenaba.

La mujer parada junto a ellos, robusta y de edad indeterminada, tenía el pelo pajoso, desgreñado y entreverado por algunas canas, tomado en un aparatoso moño.

–Buenas noches, jóvenes, ¿qué se van a servir?

Francisca, quien había detenido la mirada en sus várices, se sobresaltó y levantó la cabeza avergonzada.

El taxista cortó la escena.

–Buenas noches, querida Mitzi, siempre es un placer verte. ¿Qué tienes para hoy?

–Le tengo una buena cazuela de pavita, también hay pastel y humitas. Y lo de siempre, si usted quiere, por supuesto.

El hombre dirigió la mirada hacia Francisca, cuyo rostro combinaba ahora la expresión de miedo con una cuota de curiosidad.

—¿Qué prefieres?

—¿Puede ser una cazuela?

—Que sean dos, entonces, y... ¿Tomas alcohol...? Te va a hacer bien. Que sean dos cervezas.

—¿Se les ofrece algo más a los perlas?

—No, gracias, por el momento estamos bien... Aunque si quieres, por mientras puedes traernos unos pancitos, y si tienes, un poquito de ají.

—Claro que tengo ajicito, pues guacho, y del bueno. Y le voy a traer un encebollado para que comparta con la niña, pues. —La hosca expresión en la cara de la mujer se desdecía por completo con su atento ofrecimiento.

—No le hagas caso, ella es así. Y tú, niña, relájate y alimenta esa guatita, que harta falta le debe hacer. Después podrás irte a descansar.

Francisca meneó la cabeza afirmativamente. Sentía como si la lengua se le hubiera caído al suelo.

—Así que embarazada, ¿ah?

Nuevamente afirmó con la cabeza.

—¿Tiene que ver con tu venida para acá? Perdona que te pregunte, pero como verás, estoy un poquito involucrado, ¿no te parece?

Confirmó con la cabeza.

—Ese "sí", ¿tiene que ver con la razón de tu venida o con que estoy involucrado?

—Con ambas cosas, señor.

—¡Uf, por fin! Veo que tu lengua volvió a su lugar.

Ella esbozó una leve sonrisa.

—Así está mejor. A ver si después de la cazuela tienes un poco más de ánimo para sonreír.

—Disculpe, pero estoy muy cansada.

—Sí, no lo dudo, y también un poquito asustada, ¿no?

—Sí, un poco.

—No tienes por qué, niña, relájate mejor.

—Es que me cuesta creer que usted pueda ser tan buena persona... Y este lugar, bueno, me asusta un poco. —De inmediato se preguntó si sería conveniente mostrar tan abiertamente su vulnerabilidad, aunque desde hacía rato había quedado asentada.

–Ya te dije, tengo buenas razones. Y siento un poco de culpa por haberte cobrado. –Acercó la mano a la de Francisca y la tomó, cubriéndola luego con la otra.

Ella dio un brinco. Observó que el rostro del taxista se perdía en la penumbra, incluidos sus oscuros ojos.

–Disculpa, deseo acogerte, pero parece que te asusté más todavía.

La mesera acercó los platos humeantes.

–¡Ah, sí, el ajicito, el pebre y el pancito, disculpen! Es que la cazuela estaba calientita, así que por eso la traje al tiro.

–Y las cervezas.

–Sí, al tiro también.

Francisca introdujo la cuchara en el caldo que hervía en sus propios aceites.

La mesera regresó de inmediato y sirvió las bebidas.

–Le preparé la habitación como a usted le gusta.

Francisca había llevado la cuchara con cautela depositándola frente a sus labios para soplarla, pero aquellas últimas palabras le empujaron con violencia la mano, incrustándola en su boca. De inmediato sintió la quemazón producida por el caldo en la lengua y el paladar. Cogió el vaso con cerveza y lo bebió casi completo.

El hombre no pudo evitar que una sonrisa apareciera en su rostro, mientras dirigía la mirada hacia la mesera.

–No, Mitzi, gracias, hoy no. Creo que dormiré en mi casa.

–Usted es un endiablado, guachito. Está bien, para otra vez será, entonces.

–Sí, tendrá que ser para otra vez... Creo que a la señorita le hará falta otra cerveza.

–No, señor, gracias, así está bien.

–Tráigasela no más, le hará bien. Y a mí también tráigame otra, por favor. –Mientras la mujer se alejaba, dirigió los ojos hacia Francisca–. Y basta de decirme señor. No puedes galantearme con que me veo muy joven y a la vez tratarme de señor.

El rostro de Francisca volvió a descomponerse.

—¡Por favor, niña, no me asustes con esa cara!

Francisca desvió la mirada hacia la mesera, quien los observaba mientras se acercaba con las bebidas. Exhibía en su cara rechoncha y rojiza, una expresión que no supo interpretar. Observó su cuchara, la introdujo en el plato y se la llevó a la boca con desconfianza. La sopló un par de veces. Tenía ganas de pedir socorro, pero pasaría por loca. Allí la desconocida era ella y el hombre un casero del lugar. Así lo había dejado establecido la conducta de la empleada.

—¿En qué mundo andas ahora, muchacha?

—Ehm... nada, nada. Solo estaba pensando... en lo cansada que estoy... ¿Usted viene seguido para acá? Digo, por...

—¿Por lo de la habitación? —Lanzó una de sus risotadas.

Francisca asintió con la cabeza.

—De vez en cuando una canita al aire no le viene mal a nadie, ¿no te parece? Tengo que aprovechar antes de ponerme viejo.

El rostro de ella se descompuso más todavía.

—Pero niña, tranquila, que no te va a pasar nada. El asunto no es contigo. No acostumbro a hacerlo con una que parece mi hija, y menos si está esperando una guagüita... Y contigo, no sabría por dónde empezar. —Rió otra vez con ganas, como si hubiera dicho un gran chiste.— Y respecto a ella, tienes que perdonarla. —Indicó con la mirada hacia el rincón por donde la sirvienta había desaparecido—. Además de metete, no tiene idea de dónde queda el tino.

La mesera regresó. Estaba muy seria y movía sin disimulo las ancas.

—No sabes lo que te vas a perder, guachito.

—Entonces, ¿qué le hace el agua al pescado? Déjame ir a dejar a esta chiquilla y vuelvo. Si me demoro, me esperas, ya sabes dónde. —Esta vez la risotada fue dirigida hacia ella, quien sonrió complacida y acomodó su pronunciado busto con ambas manos, en una conducta que a Francisca le pareció una coquetería patética. La observó girarse y avanzar balanceando con ímpetu las caderas mientras desataba el moño y la melena le caía por los hombros.

–Como te dije, no tiene nada de tino, especialmente cuando se pone celosa. Es tan tonta, que puede imaginarse cualquier cosa y no se da cuenta de cómo hace el ridículo. Pero de todos modos los celos le sientan, se pone más cariñosita. Bueno, tú me entiendes, ¿no? –Observó su vientre.

Francisca se preguntó qué le podría atraer de aquella mujer, pero de inmediato pensó en sus tremendas pechugas, en cómo el hombre se perdería entre estas, y en sus nalgas, y en sus enormes muslos. Y de seguro ella le parecería un espárrago desaliñado. Aún inquieta, logró exhibir una sonrisa un poco más amistosa.

–Ven, vamos. –El hombre abandonó su sitio y se acercó a ella, que se paró mientras le corría la silla–. Es hora de irnos.

Cuando el taxista detuvo el automóvil ante el hotel, Francisca sintió que abría la portezuela hacia la libertad. Bajó y arrancó como si la persiguiera el diablo, sin parar hasta llegar a la recepción.

–Buenas noches, mi llave por favor.

El recepcionista la recogió del casillero situado a sus espaldas y, mientras se la entregaba, la repasó con los ojos repletos de curiosidad.

Mientras el corazón le latía con furia, caminó casi corriendo hacia su habitación ubicada en el primer piso, al fondo del corredor. Varias veces giró la cabeza para asegurarse de que nadie la seguía.

Luego de echar el cerrojo lanzó los zapatos y se tumbó en la cama. Con la mirada en el cielo evocó al taxista, el patético lugar y a la mesera. Recordó su pánico y luego el alivio al comprender que no podía competir con aquellas enormes pechugas, ni con sus caderas, ni con esos tremendos muslos. Una risotada quedó a medio camino. Franco y Fernanda entraron a su cabeza. Los odió. Nunca en su vida había imaginado que tuviera tal capacidad para aborrecer a alguien. Los ojos se le humedecieron y casi de inmediato comenzó a llorar. A medida que las imágenes se hacían borrosas y los espasmos se distanciaban, fue cayendo en la inconsciencia.

28

Sentados ante una mesa redonda, a la luz de una vela que navegaba en un pequeño bol de vidrio, Fernanda y Franco ordenaron los aperitivos. El cálido ambiente y los contundentes pisco sour permitieron una distendida y alegre conversación. El garzón depositó sobre la cubierta una fuente ovalada con machas a la parmesana cuya costra de queso y mantequilla rebasaba apetitosa los bordes de las conchas.

Mientras vaciaban el plato, ella tuvo la tentación de preguntar por el destino de su relación, pero la frenó el temor a echar al suelo todo lo que habían construido en forma natural. Tendría que esperar a que las cosas continuaran dándose por sí solas.

–¿En qué piensas?

Ella, luego de observar al camarero retirar las valvas vacías, tomó la mano de Franco entre las suyas y la acarició mientras exhibía una suave y placentera sonrisa.

Las retiró para permitir al mozo servir unos hermosos trozos de salmón bañados en una apetitosa salsa cocinada con finas hierbas y pimienta negra, que acompañaron con una botella de Chardonnay proveniente del Valle de Elqui.

De regreso en el hotel, aunque estaban cansados, encontraron espacio para observarse y recorrerse con marcada sensualidad. A esas alturas de la noche, Francisca dormía profundamente, inocente de lo que ocurría sobre ella, apenas en el piso de arriba.

Al día siguiente, despertó temprano. Una punzada en el estómago le hizo comprender que la accidentada cazuela de la noche anterior no había saciado su hambre del todo, y volvía a atacarla. Mientras observaba la esfera del reloj, percibió que una sensación de angustia le presionaba el estómago. Pensó en la conversación que esperaba tener más tarde con Fernanda y Franco en el comedor del hotel, la cual sin duda les arruinaría el desayuno. Apareció en su rostro una mueca de dolor. Era aún temprano y de seguro ellos dormían. No dudó, entonces, que era conveniente ir de inmediato a desayunar. Saltó de la cama, hizo una rápida pasada por el baño, se vistió con la blusa y los pantalones del día anterior, y se dirigió al comedor.

Bebió un vaso de jugo, comió algo de fruta y saboreó algunos panecillos acompañados de una taza grande de café muy cargado. Ya satisfecha, regresó a su habitación, dispuesta a levantarse como era debido. Se desprendió de la ropa y entró al baño. Parada frente al espejo, se observó con detención. Le pareció que los pechos estaban algo crecidos. Colocó sus manos sobre ellos, las entrecerró y los acarició con ternura mientras se observaba de cuerpo completo: siempre había sido de ancas estrechas, y poco acinturada. Deslizó las manos por sus caderas y las detuvo en los glúteos. Volvió a pensar en Franco y en Fernanda.

–¿Cómo pudo entusiasmarse con dos personas tan distintas? –Sacudió la cabeza, primero con suavidad y luego con furia–. ¡No puedo creerlo! ¿Puedo perdonarlo después de haberse encamado con la Feña? –Estiró el brazo hacia la tina para abrir la llave del agua caliente. Bajo el chorro de la ducha eructó una exclamación rabiosa que en lugar de desahogarla, apretó más su garganta. Emitió, entonces, con todas sus fuerzas, un grito destemplado. Percibió los ojos vidriosos y las fosas nasales congestionadas. Aún con la lluvia sobre su cabeza, estalló en un conmovedor llanto.

Había transcurrido casi una hora cuando volvió a salir de la habitación, de nuevo con dirección al comedor. Al entrar, en diagonal, sin obstáculo alguno que interfiriera la visual, los observó con nitidez. Ahí estaban: sentados, de frente, ante una mesa bien aprovisionada. Aunque había planificado aquel encuentro, se sintió incapaz de enfrentarlos. Esperó unos segundos para tranquilizarse. La cara le ardía y las manos le transpiraban. Sintió una extraña sensación en la piel, y la sacudió un escalofrío. Mientras, ellos masticaban, bebían sus cafés y hablaban muy poco. Sus rostros estaban sonrientes y le pareció leer en ellos una insoportable complicidad, la cual reactivó su rabia. Entonces, avanzó decidida.

–¿Puedo sentarme con ustedes?

Pasmados, se quedaron mirándola como si fuera un fantasma que había atravesado el muro.

–¿Puedo?

–Ah, disculpa, sí, claro, por supuesto. –Fernanda indicó la silla instalada al costado de la mesa.

Francisca la ocupó.

–¿Quieres? –El rostro de Franco se había encendido. Su mano mostraba los platos que tenía delante: uno con panecillos dulces y salados, otro con tajadas de queso y jamón, en un tercero humeaba un apetitoso panqueque acaramelado en naranja.

–No, gracias, no tengo hambre.

Un silencio antipático se apoderó de la mesa. A Francisca las caras de Fernanda y Franco le parecieron nerviosas. Había desaparecido su expresión de paz, y eso le produjo un amargo placer.

–Pero supongo que vienes a tomar desayuno. –Apenas dicho, su comentario le pareció estúpido; lo razonable hubiera sido preguntarle qué hacía ahí–. La miraba con la cara embobada.

–No, en realidad ya tomé, pero volví al comedor para conversar con ustedes.

–¿Ni una taza de café? –Fernanda se esforzaba para que su voz sonara con normalidad, consciente de aquella absurda conversación.

Francisca sintió ganas de desahogarse, acusarles de traidores y a ella de ser una infame puta. Pero sabía que su ira se desdecía con los hechos, en los que tenía una alta cuota de responsabilidad. Con Franco habían terminado y Fernanda casi le había pedido permiso para tirarle su red encima, y ella, estúpidamente, le había abierto las puertas de par en par. Se sintió desubicada. ¿Qué hacía ahí? ¿Cómo se le había ocurrido tamaña estupidez? En un arranque de locura, en lugar de aprovechar esos pocos días de descanso para quedarse en Santiago con su madre y visitar algunas amistades, al bajar del autobús, en el mismo terminal, empujada por un impulso incontrolable, había decidido comprar un boleto y abordar otro, pensando que al llegar a Caldera su amiga le daría la bienvenida y su ex se derretiría como un dulce al sol. Al tiempo que lamentaba haber sido tan idiota, consideró que si aquella colorina que la miraba con descaro a los ojos hubiera sido más noble y perspicaz, no habría cruzado tan pronto el

271

umbral hacia él. Sintió que necesitaba con urgencia ordenar sus pensamientos.

–Está bien, me serviré algo. –Se paró y fue hacia el mesón. Llenó un vaso con jugo de piña y caminó con lentitud hasta la máquina dispensadora de café.

–No lo puedo creer, ¿qué hace aquí? –La voz de Franco era tan baja que Fernanda tuvo que echarse hacia delante para escuchar, y mantuvo el mismo volumen.

–No lo sé, tal vez ha venido por ti.

–¿Por mí? ¿La Pancha? Por favor, no le veo sentido.

–Las cosas del corazón casi nunca lo tienen. Y si ella está enamorada, entonces…

–¿Enamorada? Por favor, Feña. ¡Loca, querrás decir! Pero mira, estamos susurrando como si fuéramos cómplices en un crimen. –Franco subió la voz–. Y resulta que no hemos hecho nada malo. ¡Y que a ella se le hayan soltado los tornillos de la cabeza no tiene nada que ver con nosotros!

–Pero no te enfurezcas, que ya viene y te va a oír.

–Está bien, tienes razón, pero…

Francisca regresó.

–¿Se puede saber por qué estás aquí? –La voz de él era áspera.

–Me enviaron de la ONG.

–¿De la ONG? –Fue una reacción a coro.

–¿Por qué les sorprende tanto? Aquí también hay una sede.

–¿Aquí? ¿En Caldera? –Fernanda sonaba incrédula.

–¿Y por qué no?

–¿Perdón? ¿Aquí en Caldera?

–O sea, aquí mismo no, por supuesto, pero sí hay una oficina más al norte, y con la cuestión de los mineros consideraron la posibilidad de abrir otra, y como tengo algo de experiencia…

–¿Y te sacaron de Iloca?

–No, Feña, no me han sacado de ninguna parte. Que esté acá no significa que haya renunciado a nada. Y será mejor que la cortes, porque me estás interrogando como si fuera una delincuente.

–Chuta, perdona, no era mi intención ni mucho menos. Solo que apareciste como un espejismo, y no puh, resulta que eres de carne y hueso.

Franco estaba furioso, y con el fin de no perder la cordura, decidió dejarlas para que compusieran entre ellas lo que fuera que debieran arreglar.

–Voy al baño, y aprovecharé para servirme otro café.

La recién llegada volvió a mirar a Fernanda.

– ¿Así que andan juntos?

–Pero Pancha, si hablamos por teléfono, ¿recuerdas? No sé qué te pasa.

–No, si a mí no tiene por qué pasarme nada. Solo que venía contenta con la idea de darles la sorpresa y estar con ustedes.

–No, si está claro que nos diste ¡la sorpresita!

–Sabía que andaban trabajando juntos, pero no me imaginé que hubieran enganchado tan rápido.

–Bueno, tú sabes, las noches aquí son frías, más todavía en la mina. Y a ratos la monotonía era exasperante, y había días en que casi no pasaba nada que valiera la pena.

–Claro, entonces aprovecharon para echarse una canita al aire.

–En realidad se fue dando.

Francisca sintió ganas de abandonar el lugar, pero pensó que había tenido ya demasiados comportamientos erráticos como para continuar cargada con tanta vehemencia. Aún no terminaba de evaluar la situación, cuando regresó Franco. Venía con el pelo mojado. Al verlo, contradictoriamente a sus deseos de arrancar, quiso tener la oportunidad de conversar con él, pero a solas.

Fernanda, por su parte, había decidido no darles espacio para una conversación privada. Escuchó a Francisca dirigirse a él.

–¿Y tú, cuándo te vas?

–Creo que está llegando el momento. –Su voz había vuelto a ser la de siempre–. Le mandé un mensaje a mi editor, pero todavía no me ha contestado.

–Qué raro, porque conociéndolo…

–Sí, un poco, pero ya lo hará… supongo. ¿Y tú, hasta cuándo te quedas?

–Hasta hoy. En realidad ya hice lo que tenía que hacer y tengo mis cosas listas.

–Creo que nosotros deberíamos arreglar las nuestras. –La voz de Fernanda sonó urgida. No hallaba las horas de desprenderse de Francisca y continuar aquellos días de idilio que se habían propuesto con Franco. Se puso de pie, y al ver que él la imitaba, se despidió de Francisca y echó a andar. Al acercarse a la puerta, se detuvo. Sorprendida, vio que Franco se había quedado apoyado sobre el respaldo de la silla.

–Anda tú, yo lo haré en unos minutos.

Furiosa, comprendió que su impetuosidad le acababa de jugar una mala pasada. A pesar de haberse propuesto no dejarlos solos, ahí estaban, y ella, a punto de abandonar el comedor. Pensó que había abierto un espacio para que conversaran prescindiendo de ella, y consideró que volver atentaba contra su dignidad… Nada de convencida con la situación, giró sin disimular su resentimiento y echó a andar.

–Franco la observó con disimulo, haciendo un esfuerzo por no sonreír.

–Gracias por quedarte unos minutos. –Los pómulos de Francisca habían tomado un tono rojizo y tenían muy marcados los hoyuelos.

Franco dirigió su mirada hacia ella.

–¿Qué pasa, Pancha? ¿Por qué estás aquí? No tiene nada que ver la ONG, ¿verdad?

Ella se mantuvo en silencio. El color de sus mejillas se encendió aún más.

–¡Pancha, respóndeme, por favor!

–No, no importa. Ya no importa.

–¿Pero me puedes decir qué está pasando por tu cabeza?

–No, ¿sabes?, ya no vale la pena. –Sus ojos brillaban. No quería llorar, menos ante él. Se paró con violencia–. Creo que fue un tremendo error venir hasta acá.

Él la alcanzó a tomar del brazo, pero ella se zafó con brusquedad y abandonó el comedor casi corriendo.

29

Un par de minutos después que Francisca saliera del comedor, entró Fernanda. Arrepentida de haberlos dejado solos, en la puerta de la habitación optó por regresar.

—¿Qué pasó? ¿Y la Pancha?

—Se fue después que saliste, a punto de llorar. Está muy molesta.

—Pero no entiendo, salvo que esté molesta consigo misma.

—Sí, tal vez. Lo está pasando mal… ¡Muy mal!

—¿Y desde cuándo tantos miramientos? Porque no le has creído lo de la ONG, ¿verdad?

—¿Y si no?

—¡Ay, Franco, por favor! Tú no tienes ni gota de tonto, ni la inocencia necesaria para tragarte un anzuelo tan burdo.

—Está bien, pero puede haberse arrepentido, ¿no?

—Ah, sí, claro que lo está. No me cabe duda. Pero es un poco tarde para eso, ¿no te parece? —Fernanda arqueó las cejas.

—¡Estás celosa! Se te nota a la legua.

—¿Te parece raro?

—No, en realidad no, claro que no. Aunque no tienes por qué.

—No, sí tengo. ¿Crees que no me di cuenta de la forma en que la mirabas? ¿Y quieres que me trague el hecho de que haber recorrido mil kilómetros solo para darte una sorpresa, no te da ni cosquillas?

—Sí, por supuesto que sí, claro que me afecta. Al fin y al cabo no soy tan mala persona, ¿no crees? Así que sí, me duele. Y mira la sorpresita que se llevó. Mal que mal, recuerda que estuve dispuesto a irme con ella. Incluso le ofrecí establecernos en New York.

—Aunque me duela, creo que todavía sientes algo por ella. Incluso… —Sopesó lo que iba a decir, pero estaba demasiado alterada como para contenerse—. Incluso, tal vez sí la quieres.

—No, Feña, pero ¡qué cosas dices! Te equivocas medio a medio. Todo ha cambiado, y mucho. De partida, ahora estás tú. Créeme, ahora soy yo el que no se iría con ella a ninguna parte.

–"Ni me iría con nadie". No era la primera vez que aquella idea asomaba en él, pero por ningún motivo cometería el error de confesarla.

–Pero de igual modo te irás. Y estás a punto de hacerlo...

–Fernanda consideró que había logrado atraerlo, entusiasmarlo... pero solo eso. ¿Tenía sentido continuar con él? Aunque lo más cuerdo sería dejarlo de inmediato, prefirió pensar que era estúpido no aprovechar hasta que se fuera: dos opciones igual de malas pues, sin duda, con cualquiera ella sufriría mucho.

Aquel comentario hizo que Franco evocara a su editor, de quien no había recibido noticias, como si se lo hubiera tragado la tierra, y pensó en los mineros, en que no dejarían de ser noticia, especialmente porque aún estaba por venir el drama humano al que tendrían que enfrentarse. Y Fernanda le permitiría no perder aquel jugo, que sin duda sería muy ácido. Su jefe se pondría muy contento al enterarse que dejaba en Chile un buen enganche. Se levantó de la mesa.

–Creo que debemos olvidar este triste episodio con Francisca y continuar con nuestros planes. Ven. –Le cogió la mano y la guió por el angosto pasillo hacia la escalera. Ella se dejó llevar en silencio, como si la tuviera encantada. Entraron a su habitación y se desvistieron con rapidez movilizados por el levantamiento de una ola energética. Desnudos, sobre la cama, dejaron fluir su adrenalina en una pasión frenética. Sin que lo supieran, en la habitación de abajo, Francisca cerraba su mochila luego de guardar el cepillo de dientes.

Cuando aquellos vientos eróticos se calmaron y el sudor de sus cuerpos comenzó a enfriarse, nuevamente acudieron a la mente de Franco el silencio de su editor y el material que aún podría extraer de los mineros. Luego de aquella trágica búsqueda y de encontrarlos vivos, tendrían que mantenerlos en buenas condiciones, lo que incluía hacerse responsables de haberlos sacado del anonimato. Porque, ¿cuánto duraría la vigencia del sueño de ser "alguien" a los ojos del mundo? Con el paso de los días, todo volvería a ser como antes, agravado por las secuelas psicológicas que ya comenzaban a pasarles la cuenta. Se acercaban los días en que brillarían las últimas luces: viajes para cumplir con invitaciones y formalidades, algunos pesos extra por entrevistas e información frívola... y después de eso, el telón bajaría. Ellos, los protagonistas, quedarían sometidos al acostumbrado desamparo, acompañados de áridos *souvenirs* robados a la mina, cartas enmarcadas, réplicas de la *Fénix II*, reproducciones de mensajes, duros recuerdos de aquellos setenta días en las entrañas de la tierra...

Los contrapuntos eran enormes. Mientras se hablaba de regalos y ofertas millonarias, la Primera Dama entregó una ayuda económica a los catorce rescatados más necesitados, escogidos entre los 33 por ellos mismos, beneficiando a quienes consideraban los más vulnerables, los que mostraban menos probabilidades de volver a trabajar, los más enfermos, los que menos habían capitalizado la inesperada "fama": un certificado emitido por el Estado que les aseguraba doscientos cincuenta mil pesos mensuales de por vida. Para el resto, el premio consistía en rozarse por instantes con el éxito; algo que destruye mucho, pues tener poco es menos traumático cuando no se sabe lo que significa tener más.

Y los hechos eran contundentes: la diversidad de actividades que los deslumbraba, como por ejemplo la entrevista que Mario Sepúlveda concedió al *Daily Mail*, pronto se convirtieron en fuegos artificiales que luego de iluminar el cielo se transformaron en cenizas repartidas por el viento.

El caso de uno de ellos fue una patética expresión de este fenómeno. Doscientos o trescientos mil pesos, que en más de una oportunidad debió hacer que le alcanzaran para vivir un mes completo, de pronto se encontró gastándolos en solo un par de horas. Y mientras el dinero que recibía se le iba entre los dedos, destruía su salud en despedidas e invitaciones. En estas, el exceso de alcohol fue tal, que lo condujo a ser desintoxicado de urgencia en varias ocasiones. En Chile corrió la triatlón de Piedra Roja, donde lo homenajearon por haber utilizado el deporte para ayudarse a sobrevivir; una semana después se paseaba por las calles de Nueva York, dispuesto a correr la maratón. Cuando llegó, en el aeropuerto lo esperaba el campeón del mundo y con él cientos de cámaras que le daban una importancia desmedida. Y corrió con la desaprobación de los médicos, quienes también le habían contraindicado el viaje. Terminó caminando, y las cámaras no lo abandonaban. Durante el día lo trasladaban de lugar en lugar, de actividad en actividad y, contra lo que se espera de un deportista, casi no dormía. Participó en la apertura de Wall Street e imitó a Elvis Presley en el *Late Show* de David Lettermann. Los móviles de algunos matinales norteamericanos también lo persiguieron sin darle tregua. Entrenó con un equipo de la NBA en Memphis, estuvo en Las Vegas, participó en un festival de imitadores de Canadá, fue a Graceland donde el show terminó siendo él, y voló para correr la maratón de Tokio. Vio jugar al Manchester United, visitó Disney y Hollywood, fue recibido como estrella en Alemania, estuvo en Roma, en Nápoles... Le tomaron fotos, le cambiaban de ropa para sacarle otras... Llegó un momento en que estaba completamente fuera de sí. Y luego de todo eso, después de volar en primera, lo regresaron a su país de origen en clase turista... De vuelta en su realidad, se dio cuenta que el viaje en nada le había ayudado para mejorar su situación y la de su familia.

Casi un año después del rescate, el ex minero debió ser internado en una clínica de rehabilitación: los zapatos sin cordones, medicado todo el tiempo, sin aparato alguno que le permitiera comunicarse... Estuvo más de un mes sin recibir visitas, y la desesperación lo hizo pensar dos veces en fugarse. Por fin, el 14 de septiembre, pudo ver a su mujer y a su hijo de cinco años. Para entonces el contrapunto de la precariedad económica en que se encontraba su familia era tan grotesco, que regresaron a su casa en el norte pidiendo que los llevaran "a dedo".

Las relaciones afectivas de los rescatados con sus familiares se hicieron cada vez más difíciles, especialmente con sus mujeres, a quienes les costaba dimensionar el drama vivido durante el encierro. Ajenos a sus procesos psicológicos, no sabían cómo acompañarlos en el complicado intento de superar sus traumas.

Algunos fueron entrevistados en Canal 13, varios sufrieron el acoso de casas editoriales, visitaron la Moneda y jugaron fútbol con el presidente de la República, en Estados Unidos la CNN los homenajeó como héroes, anunciaron que inspirarían una película chilena porno con el título *La mina se comió a los 33...*

Mientras, la cara positiva de esos 33 hombres con sus virtudes, fortalezas y emociones positivas para sobrevivir, capaces de sobreponerse a la tragedia y mostrar una destacada capacidad para organizarse, apoyarse, mantener la calma, tomar decisiones correctas y utilizar el humor, dio paso a diversos chismes sobre las intimidades vividas durante esos inciertos diecisiete primeros días de encierro. Se comentaba, por ejemplo, que no rompían completamente el pacto de silencio para proteger a algunos compañeros de vergonzosas conductas. Realmente, había aún mucho jugo que exprimir.

30

Cuando Francisca abandonó el hotel, no se dirigió al terminal de buses. En un banco de la plaza, se sentó a reflexionar sobre todo lo sucedido y cuáles debían ser sus siguientes pasos. Sopesó la posibilidad de regresar de inmediato a Iloca y zambullirse en su voluntariado, o ir a casa de su madre y retomar sus estudios: calculó que entre el semestre y los demás trámites para recibirse, podría mediar un año… ¡Pero no, no se iría aún! No había sabido abordar a Franco y todavía tenía mucho que decirle. Debía comportarse de manera menos impetuosa y con más inteligencia…

En el segundo piso del hotel, sobre la habitación que poco antes abandonara, Franco observó a Fernanda desperezarse.

—Dormiste tan profundamente, que llegaste a roncar.

Ella sonrió.

—Me siento bien. Creo que tomaré una ducha. —Besó a Franco en la boca, entró al baño y giró la llave del agua caliente. Él escuchó el sonido de la fina lluvia golpeando el enlozado.

—Está calientita, ven a ver.

Pero él no estaba de ánimo. De espaldas sobre la cama, llevó con lentitud los ojos desde la ventana, por donde solo veía un pedazo de cielo muy azul, hacia la puerta entreabierta, a través de la cual se colaba una densa nube de vapor que se extendía por la habitación. Se sentía incómodo, molesto con Francisca, con su editor, consigo mismo… y la idea de Fernanda desnuda bajo el chorro de agua no era suficiente motivación. Se preguntó cuánto influía en su estado de ánimo saber que Francisca andaba por ahí, sola, vencida. Quizá en ese momento estuviera abordando un autobús, o tal vez ya fuera viajando hacia… ¿A dónde? Sintió la tentación de vestirse y salir a la calle, averiguar sobre sus pasos, correr al terminal… ¿Pero qué hacer con Fernanda? ¿Y qué le diría a Francisca si llegaba a encontrarla? No se percató que el agua ya no repiqueteaba sobre el enlozado ni que Fernanda había abandonado el baño, hasta que la tuvo parada al frente.

—Me quedé esperándote… en la ducha, me refiero… Pero bueno, si Mahoma no va a la montaña… Así que aquí estoy, soy toda tuya. –Franco vio la toalla blanca con el monograma del hotel desprenderse de su cuerpo y caer. Observó el oscuro triángulo de su pubis, los pechos colgando, las piernas moviéndose, el cuerpo cayendo sobre el suyo, el pelo le tapó la cara, sintió la piel fresca, húmeda aún. Sus labios en los suyos, la lengua en su boca, y una mano que cogía su miembro erecto para introducirlo con habilidad en su lubricada vagina. No necesitó moverse, ella lo hizo por los dos. Le pareció gracioso que su pene tuviera vida propia y la facilidad con que el resto del cuerpo se le sometía. Entonces, olvidó sus recientes cavilaciones y se entregó a la acción.

Francisca abandonó la plaza y deambuló por las calles sin dirección. No podía sacarlos de su cabeza y no estaba dispuesta a permitir que la realidad se riera en su cara. Las preguntas la invadían sin misericordia: "¿Es justo salir de aquí con la cola entre las piernas? ¿Soy yo la que me interpongo entre ellos? ¿Puede Franco haber cambiado tanto?" Y a todas contestaba con un no rotundo. Pero ahí estaba, desvalida, abatida.

Sin darse cuenta había caminado hasta quedar casi enfrente del hotel. Desde ahí divisaba perfectamente la puerta. Por fin, luego de quince minutos, cruzó la calle y fue directo hacia el recepcionista.

–Veo que aún no se ha ido, señorita. ¿Quiere registrarse de nuevo?

–No, gracias, solo quiero…

–¿Sí?

–¿Cuál es el cuarto de Franco Giménez?

–Él y la señora Fernanda están en la habitación 202, en el segundo piso. ¿Desea que les avise que usted está aquí?

–¿En la 202? ¿Es la que está sobre la 102?

–Sí, señorita, está sobre la que ocupó usted.

Francisca acusó de inmediato el golpe.

–¿Aviso que está usted aquí?

¿Y qué le diría? ¿Que lo echaba mucho de menos?, ¿que estaba desesperada?, ¿que se sentía traicionada?, ¿que no entendía cómo sus sentimientos habían cambiado tan rápido?... ¿Y por qué no podían haber cambiado los de él, si lo habían hecho los de ella? O sea, era lo que había creído, porque ahora estaba ahí luego de recorrer cientos de kilómetros y hacer lo que estaba haciendo... Incluso había dejado a Daniel...

—Señorita, disculpe... ¿Desea que avise?

—No, ¿sabe? No, pero gracias de todos modos. Solo quería cerciorarme en qué cuarto están.

—¿Les deja algún recado?

—¿Recado? No, no, gracias. Mejor no les diga que estuve aquí. Se lo voy a agradecer. No vale la pena. Hasta luego.

El hombre la observó caminar hacia la salida. Vio que en la puerta se detenía, se giraba con violencia y regresaba taconeando.

—Avísele, por favor. Dígale que Francisca está aquí. Que tenga la amabilidad de bajar.

—¿A ella?

—No, a él.

—Bien, lo haré de inmediato. —Presionó, en el teléfono, tres teclas.

Franco respondió. Había terminado de vestirse y Fernanda estaba en el baño secándose el pelo. El recado proveniente del otro lado de la línea lo dejó perplejo.

—¿Qué le respondo, señor?

—Dígale que sí, que por favor me espere, que bajo de inmediato.

Miró hacia el baño. Sin duda Fernanda no había escuchado. El secador de pelo emitía un ruido infernal. Se asomó. Estaba solo con las bragas puestas, lo que hacía la situación aún más difícil. Pensó en no avisarle y simplemente salir, pero sin duda eso ayudaría a que después las cosas se pusieran demasiado calientes.

—Voy a bajar unos minutos.

—¿A bajar?

—Sí, regreso de inmediato. —Salió antes que ella atinara a voltearse. Ya se le ocurriría qué decirle después.

Francisca lo esperaba en uno de los sillones junto a la puerta de salida. La saludó con un fugaz beso y abandonó el recinto. Ella lo siguió. Cruzaron la calle y debió trotar para alcanzarlo.

—Espera, cualquiera diría que estamos arrancando.

Al llegar a la esquina subsiguiente, él la cogió del brazo y entraron a una fuente de soda.

–Sentémonos aquí. –El fuerte olor a cerveza impregnaba el lugar. Ocupó una mesa en el rincón, tras la puerta. Ella, incómoda, ocupó la silla del frente.

–¿Puedo pedir algo?

–¿Algo como qué?

–No sé, ¿un café, un té, una bebida?

–Bueno, pero que sea algo rápido. –No podía sacar a Fernanda de su cabeza, arrepentido de haberla dejado sola.

Francisca percibió la molestia que le provocaba la conducta de Franco y sonrió con malicia.

–Que sea una cerveza.

–¿Una Cerveza? Pero… okey, está bien. –Dirigió los ojos hacia la camarera–. Una cerveza y una Bilz, por favor. –Regresó la mirada a Francisca–. Espero que no salgas corriendo antes que te la traigan.

–Sin sarcasmos, por favor.

–OK, disculpa, pero es que me tienes completamente desconcertado.

–Pero era lo que querías, ¿no? Alguien menos obvia, menos equilibrada y… ¿con una moral más liviana? ¿Así se dice?

–No lo sé, quizá eso era lo que más me gustaba de ti: tu inocencia, tu rectitud…

–Sé que no fuiste tú el que rompió las cosas… y por eso vine. Por eso cometí esta locura. Por eso estoy aquí. –Echó una rápida mirada al lugar. Era deprimente. Los muebles estaban oscurecidos por el sebo…

Franco interrumpió sus pensamientos.

–¿Y ahora, por qué decidiste volver al hotel? Creímos que te habías ido.

–Creían… Pensé que no me correspondía meterme entre ustedes, pero he vagado y pensado durante toda la mañana.

La mesera dejó las bebidas sobre la mesa.

–Y he descubierto que no soy yo la que se está metiendo entre ustedes. Me he preguntado cómo te olvidaste tan pronto de mí, después de haber querido llevarme contigo, sin encontrar una respuesta que me parezca medianamente lógica. ¿O estás castigándome? ¿Es eso?

–¡Pero qué idiotez estás diciendo, por favor! La verdad es que no me he olvidado de ti.

–¿Ah, no? ¿Y cómo se llama esto? ¿Una canita al aire?

–¡Pero por favor, Pancha! ¿Me estás pidiendo que te rinda cuentas?

–No, por supuesto que no.

–¿Entonces? ¿Me puedes explicar qué significa todo esto?

–Franco, algo te conozco. Yo sé que no sientes nada por la Feña.

–¿Nada?

–O sea, sabes a qué me refiero. Lo de ustedes no es más que una calentura, al menos de tu parte. Estás por irte… ¿Y también le pedirás que se vaya contigo? No, ¿no es cierto?

–Claro que no. Eso lo tenemos bien aclarado.

–¿Ves? Pero conmigo fue distinto.

–¡Fue, Pancha, fue! La situación era muy diferente. Me gustaba esa Francisca, no la que estoy mirando ahora. Y perdona que sea tan brusco, pero algo te cambió. O quizá sea más acertado decir que nunca te conocí realmente. –Pensó en Daniel, en esa convivencia que habían tenido ella y él antes de su llegada a Iloca, en aquella extraña separación manteniendo una amistad que no terminaba de convencerlo; recordó sus arrancadas a verlo cuando enfermaba, y quizá en qué otras ocasiones. Se preguntó cuántos "Daniel" había ocultos tras aquella carita inocente. Ya no había magia en ella ni entre ellos y, por el contrario, sí sentía una desconfianza descomunal.

–Pero al mismo tiempo dices que me echas de menos.

–No, perdón, yo no he dicho eso. Dije que no podía olvidarme de ti. Y créeme que hago lo posible, pero no puedo. Te tengo incrustada aquí. –Indicó su sien–. Pero ¿sabes?, no aquí. –Puso la mano sobre el pecho, a la altura del corazón.

Ella sintió un profundo dolor, pero hizo como si no le hubiera escuchado.

–¿Dices que algo me cambió? –Hizo un gran esfuerzo para no llorar y se produjo un silencio, pues él no respondió.

–Pues tú, Franco, tú me cambiaste.

–¿Qué?

–Eso, pues, que tú me cambiaste. Sé que entre nosotros no sería fácil, somos demasiado diferentes y me costaría acostumbrarme a tus métodos, pero me gustas, me gustas mucho. Creo que te quiero. Sí, eso es, te quiero.

–Te has convertido en una caja de sorpresas, ¿sabes?

–Pero eso te gusta, ¿no?

–¿Y vienes a decirme ahora que quieres irte a Estados Unidos y vivir conmigo?

–Bueno… En realidad no he dicho eso.

–¿Ah, no?

–Tendríamos que volver a vivir juntos durante un tiempo aquí en Chile, como antes. Entonces tal vez…

–Pero tú… ¿Sabes? Estás loca de remate. –Se puso de pie con un salto histriónico–. Eres de un egoísmo exasperante. Solo piensas en ti y en lo que te conviene. Tienes una cáscara que irradia inocencia, ¿pero sabes?, por dentro estás… ¿Y sabes qué más? No tenemos más que hablar. Toma tu autobús, vuelve a tus obligaciones de voluntaria, o a la universidad, o a dónde se te dé la gana, y déjame en paz.

–Pero tranquilízate, siéntate y conversemos. –Sus palabras rebotaron en los muros. Franco fue hasta la caja, dejó caer un billete y salió sin esperar el vuelto.

Francisca bebió lo que quedaba en la botella sin respirar, y como si el líquido se le hubiera ido a los ojos, se largó a llorar.

–¿Necesita ayuda? –Francisca levantó la cabeza y su mirada chocó con la camarera. Luego observó la botella vacía.

–¿No tiene algo más fuerte para tomar?...

A media cuadra del boliche, Franco encontró a Fernanda. La cara de él estaba tan descompuesta, que ella no se atrevió a hacer preguntas. Comenzó a caminar a su lado casi trotando, y para adecuarse a su tranco, se le colgó del brazo.

Él la soltó con brusquedad.

–¡Pero Franco! ¿Qué te pasa?

–Nada, no vale la pena.

–Está bien, no importa. Vamos a alguna parte donde te puedas relajar.

–Está bien, y disculpa, pero es que…

–No importa, no me cuentes si no quieres. Vamos a alguna parte. Dónde quieras. Puede ser al hotel…

–Franco negó con la cabeza.

–A un restorán.

–Él repitió el gesto.

–Bueno, dónde quieras, pero por favor cálmate.

–¡No tengo hambre!

–De acuerdo, pero no tienes por qué gritarme. No te he hecho nada como para que me trates así.

–Está bien, disculpa de nuevo, pero es que me estás presionando y no estoy de ánimo. ¿Comprendes?

–No, si se nota. ¡Qué carácter! No te conocía esta faceta. Me estás dando susto. Será mejor que me vaya al hotel. Cuando se te pase la idiotez, hablamos. ¿Te parece? Si es que todavía estoy en este pueblo de mierda. –Franco la observó cruzar la calle, hubiera jurado que lloraba. Azotó el puño contra la muralla, sin darse cuenta que era una vidriera. Pareció una explosión.

31

De regreso en su habitación, luego de pasearse como fiera en-
jaulada, Fernanda se detuvo ante la ventana. Lamentó los últimos acontecimientos, tan lejanos a sus pretensiones con Franco. Estaba furiosa con él, pero reconoció que le fascinaba, incluida su audacia. Se preguntó cómo se las arreglaba para tener
siempre un sombrero del cual sacar un conejo y sonrió. Era,
efectivamente, un mago con todos los atributos requeridos para
timar y encantar a sus lectores... y por supuesto a quienes lo
rodeaban, incluida ella... y Francisca. La odió por su egoísmo
y esa insólita idea de aparecerse como fantasma, y por echar
por el suelo sus planes. Sus pensamientos se desviaron de su
imagen a la de Franco. ¿Dónde estaría en esos momentos? Porque había transcurrido mucho tiempo desde que lo dejara plan-
tado. Cogió su celular y estuvo a punto de llamarlo, pero no se
dejó vencer por la tentación. Puso la mirada en algunas cosas
de él revueltas en la habitación y en el closet, el cual permanecía
abierto. Luego en la puerta de salida y añoró escuchar sus nudi-
llos llamando, así como verlo aparecer con su sonrisa pícara en
un rostro carente de vergüenza. Deseosa, además, por enterarse
de cómo se las arreglaría esta vez para embaucarla y recompo-
ner las cosas en su favor. Entonces, la sobresaltó una seguidilla
de tres golpes.

Fernanda no abrió de inmediato y la llamada se repitió. Sin
duda era Franco. Al abrir, quedaron enfrentados, inmóviles durante un par de segundos. El aspecto del periodista era patético.

–¿Y tú, te vas a quedar ahí el resto del día? ¿Y me puedes
decir qué te pasó que traes el brazo en un cabestrillo?

–Nada, me enrabié, eso es todo.

–¿Qué? ¿Eso es todo?

–Golpeé una vitrina.

–¿Una vitrina?

–Sí, tal cual. Fue como una nube negra que me envolvió de
repente. –Se miró la mano colgada y visualizó su puño volando
hacia la vidriera–. Nunca pensé que tuviera tanta fuerza.

—Te has puesto muy violento, Franco. Eso no te hace bien... Ni a nadie. Y nunca imaginé que pudieras descontrolarte de esa manera, menos por la Pancha.

—No, si no fue por ella. Me enfurecí conmigo mismo, por lo idiota que fui contigo. Y eso rebalsó el vaso. Y tú pagaste los platos rotos. Discúlpame, fui muy injusto.

—Bueno, pero pasa. Entra, ¿O te vas a quedar ahí parado, para siempre, como un desconocido?

—Está bien, gracias. —Se dejó caer sobre el sillón de lana roja ubicado a un costado de la ventana.

—Así que la gota que rebalsó el vaso, ¿ah? ¿Y me puedes decir qué lo llenó?

—Bueno, como si lo que estaba ocurriendo no fuera suficiente, entremedio me llegó un correo de mi editor... Mejor dicho, de la secretaria de la revista. ¿Puedes creer que le dio un infarto? Claro que se lo buscó, pero es un tipo joven todavía como para eso, no tiene ni cincuenta.

—¿Un infarto? ¿A tu jefe?

—Sí, lo que oyes. El corazón le dijo ¡basta! Todavía me cuesta digerirlo. Parece que el hombre no es tan invencible, ¿no te parece?

—Bueno, solo Dios lo es, ¿no? Nadie más, por mucho que trate de parecérsele... ¿Y qué más te dijo la secretaria? O sea, ¿qué va a pasar contigo?

—La verdad, Feña, no lo sé. El mail traía la noticia, nada más. Le respondí que me diera más antecedentes, pero no he recibido respuesta, y no sé qué más hacer. Sin duda esto no es bueno. No es bueno para nadie.

—¿Y dónde te curaron? ¿Dónde te pusieron eso?

Franco observó el sujetador de su brazo.

—Ah, esto... ¡Uf, fue todo un lío! El dueño del negocio estaba furioso, incluso trató de pegarme. Unos empleados de ahí mismo tuvieron que sujetarlo. Luego llegaron los carabineros. Tuve que pagarle de inmediato para que no levantara cargos. —Esbozó una malograda sonrisa—. Menos mal que andaba con mi tarjeta de crédito, y no me quedó más que entregársela para que me esquilmara a su gusto. –La mueca en su boca se había llenado de ironía–. Y los mismos carabineros me llevaron al consultorio.

–¿Y? ¿Qué más?

–¿Te parece poco?

"Bien merecido te lo tienes". Fernanda no se atrevió a develar aquel pensamiento, y aunque sintió deseos de lanzar una carcajada, se contuvo y cambió el mensaje por otro que le daba vueltas desde hacía rato. –Será mejor pensar en irnos de esta maldita ciudad. Creo que ya no tenemos nada más que hacer en ella.

–Ven. Ven aquí. ¿Vas a continuar enojada conmigo? ¿Nunca me vas a perdonar?

–No sé si se trata de perdonarte o de volver a confiar en ti, y lo que es peor, no sé si voy a poder perderte el miedo.

–¿No crees que estás exagerando un poco las cosas?

–¿Tú crees? Mírate la mano, nomás, y dime si las estoy exagerando.

–Está bien, si no quieres perdonarme… –Se paró y caminó hacia la cama–. Pero ven, Feña, ven aquí. Hagamos una pausa, aunque sea por un rato. Mírame como estoy. Conmuévete aunque sea un poco. Después tendremos tiempo de pensar en qué hacer. –Se tendió boca arriba.

–¿Y la Pancha?

–No lo sé. Y la verdad es que tampoco me importa.

–Porque obviamente fue de ella el llamado que recibiste, ¿no? Y partiste como caballo desbocado.

–Sí, es verdad. Estaba en la recepción. Y quise evitarte un desagrado. Pero creo que me equivoqué. Siempre que uno trata de tapar, las cosas se ponen mal. Y uno nunca aprende.

–¡Claro, ella te llama y tú me dejas ahí, parada como imbécil!

–No, Feña, creí que volvería de inmediato.

–¡Sí, seguro, de inmediato! ¿No crees que se te pasó la mano? Porque fue un gesto demasiado grosero de tu parte, fue muy vergonzoso para mí. Y total, si ya habíamos tirado y el perla estaba satisfecho. Y más que satisfecho, porque la huevona se le puso en bandeja. Si hasta te dejaste violar.

–Feña, por favor, no seas injusta.

–¿Injusta? ¿Te fijaste siquiera en cómo estaba? Parada, ahí en el baño, con las pechugas desnudas, apenas en calzones, con esos colaless ridículos que tú mismo me regalaste.

–Discúlpame, te juro que no era mi intención ofenderte. Ni se me pasó por la cabeza. Yo nunca te haría eso de adrede, te lo juro, por favor créeme, verdad que no me di cuenta.

–Es que nunca te das cuenta de lo que le interesa a los demás, pues Franco, especialmente cuando para ti no es importante. Eres demasiado egoísta.

–¡Ay, Feña! Íbamos a tener un par de días juntos, un par de muy buenos días, ¿recuerdas?

–Sí, claro, íbamos. Pero con la Pancha entremedio... Están llamando por el citófono, ¿qué querrán?... ¿Aló? ¿Sí? Sí, un momento por favor. –Cubrió el micrófono con la mano–. Es el tipo de la recepción. Parece que abajo hay alguien que te busca.

–¿A mí? ¿Quién puede ser?

–¿Quién crees tú?

–¡La Pancha!

–¿Quién otra?

–¿Aló? Sí, sí... ¿Ebria? Dígale que espere un momento, por favor, bajo de inmediato... Es ella.

–¿Viste?

–Y está borracha. –Recordó haberla dejado plantada en la fuente de soda.

–¿Borracha?

–Parece que apenas se sostiene.

–Pero esta vez... dile que suba.

–¿Que suba?

32

De regreso en Santiago, luego de dormir hasta avanzada la mañana, Franco se dirigió a la estación de Metro Santa Lucía y abordó un carro con dirección oriente. Curioseó respecto a la gente que subía y bajaba, en su mayoría santiaguinos cumpliendo sus rutinas. Sin duda no era una urbe cosmopolita como la ciudad en que residía. Evocó el subway de Nueva York y la diversidad de gente que por allí circulaba: hombres con turbante, mujeres con el rostro oculto en sus *hiyab*, niños judíos con sus *kipas* de diferentes colores, incluso algunos bordados, agarrados por un pinche al pelo igual que lo llevaban sus padres; se veían musulmanes, cristianos, hindúes, sikhs, budistas, parsis, bahaíes... Vestimentas apagadas, otras encendidas, minifaldas multicolores, pantalones ajustados, blusas transparentando descaradamente los senos, pelos teñidos de verde con visos morados, o rojos con peladuras amarillas en los costados; hombres tomados de la mano, mujeres besándose con mujeres... Por fin, luego de unos veinte minutos, llegó a su destino: la estación terminal Los Dominicos.

Salió a la superficie bajo un sol tenue que se abría paso con dificultad entre las nubes. Lo hizo por el extremo norte de una gran plaza cuyos jardines se extendían con dirección a los cerros cordilleranos. Reconoció las dos sencillas y a la vez hermosas cúpulas de la iglesia San Vicente Ferrer, fundada por el Convento Recoleta Dominica hacía más de dos siglos. Caminó hacia ellas rememorando trozos de su adolescencia: los partidos de fútbol sobre el césped, su despertar a la sexualidad... A su izquierda, antes de llegar a la parroquia, observó la casa colonial de un piso, con muros blancos, coronada por robustas tejas de greda, construcción que antaño albergara a la tenencia de carabineros, ahora ocupada por algunas oficinas del Municipio de Las Condes. A su derecha habían levantado una obra en el mismo estilo para cobijar al Registro Civil. Al llegar a la iglesia se detuvo ante el pasillo exterior, cercado por un muro albo que sostenía una larga reja de palillos torneados en madera muy oscura, en el tono de sus añosas puertas y vigas que contribuían a darle su atractivo aire colonial.

Un cúmulo de imágenes relacionadas con el velorio de su padre se introdujo en su mente. Sus restos habían sido depositados tras la muralla blanca que tenía al frente, en un brillante ataúd color nogal, en el centro de la sala.

No quiso entrar al edificio. Prefirió echar una mirada al jardín interior rodeado por añosos y gruesos muros, también albos como la leche. Recordó que en su infancia se distraía con las plantas, las hermosas flores y una variedad sorprendente de insectos, especialmente mariposas multicolores, mientras sus padres asistían a la misa dominical. Regresó al exterior y caminó por el estacionamiento hacia el sur, con dirección a la calle Padre Hurtado, dispuesto a encontrar la que hacía tanto tiempo fuera su casa. El barrio no le resultó tan desconocido como esperaba y la mágica memoria lo guió sin inconvenientes. La divisó desde lejos. Era una de tres iguales. A diferencia de la parroquia, estas no habían soportado con la misma hidalguía el paso del tiempo; de seguro sus moradores no tenían recursos suficientes para mantenerlas con dignidad. Los muros blancos estaban desteñidos y bajo los goznes de las persianas de madera, cuyas celosías se encontraban torcidas y descascaradas, había sendas chorreaduras de óxido. El gris de las tejas estaba decolorado y las tablas que escondían las canaletas de aguas lluvias, deformadas, "lucían" el moho en sus rincones. La de su infancia era la más alejada de la esquina.

Parado ante ella, regresó a su mente el recuerdo de su padre. Murió una noche lluviosa de julio, a tempranas horas de la madrugada. No recordaba el momento exacto, quizás la una o las dos, tal vez las tres... Tenía fresco en la memoria que estaba en su semana de vacaciones de invierno y se encontraba en la casa de su mejor amigo, Dante Ferreira... A pesar de jurarse que seguirían en contacto, nunca más supo ninguno del otro. ¿Qué sería de aquel muchacho moreno cuyas tiesas mechas de la cabeza porfiaban en mantenerse levantadas? ¿Cómo estaría? ¿Lo reconocería si un día lo viera cruzar la calle? Sonrió con nostalgia. En aquellos tiempos no existían los medios de comunicación actuales. Y a esa edad, ¿quién se escribía cartas por correo? A pesar de las promesas. Con una amiga, tal vez, especialmente si se trataba de un romance, ¿pero con un hombre? No, eso hubiera sido muy raro. Su mejor amigo, y más de quince años sin saber de él. Ni siquiera habían tenido la ocurrencia de aprovechar la tecnología y ubicarse a través de *Facebook.* ¿Estaría vivo? ¿Viviría en Chile? Pensó en cómo la vida y la necesidad de hacerse alguien, pasaba por encima de todo. Ni siquiera la amistad era capaz de resistirse al paso del tiempo. La amistad, que también estaba expuesta a las vicisitudes de la mediocridad... y a las grietas producidas por las zancadas de la ambición. Caminó por la calle que subía el cerro, a ver si ubicaba su casa.

Al llegar a la esquina, a partir de la acera de enfrente, el barrio se empobrecía considerablemente. El quiebre de clases sociales era abrupto. De viviendas de clase media acomodada, se descendía a casas de empleados de muy bajo rango... Cayó en la cuenta de que a esa edad se está libre de las perversas diferencias sociales que al crecer separan, subdividen y matan tantas cosas que valen la pena. Encontró que aquellas construcciones, casas pequeñas y sencillas de un piso, con diminutos antejardines enrejados, eran muy parecidas unas a otras. Y esta vez la magia falló: le resultó imposible individualizar la de Dante. Rememoró que lo habían ido a buscar mientras cenaban para decirle que su papá se había puesto muy mal y era mejor que regresara a casa. Cuando llegó, el moribundo dormía y su respiración estaba muy forzada, con carraspeos y ataques de toz producidos por la flema. Mientras su madre y una enfermera hacían grandes esfuerzos por aliviar sus últimos momentos, transcurrieron algunas horas. De pronto, en medio de una sonrisa producida por la morfina acompañada de quizá qué milagroso sueño, dejó de hacer ruido. Eso lo recordaba bien. Aquella sonrisa mostrando sus grandes dientes amarillentos se incrustó para siempre en su mente. Se produjo un gran revuelo y las lágrimas inundaron los rostros. De esa noche, no recordaba más, probablemente el sueño lo habría vencido. De la mañana siguiente mantenía en la memoria el traqueteo de dos encargados de la funeraria vestidos con formalidad en sus ajados trajes grises, el cajón que entraba, el cajón que esperaba, el cajón que salía con destino a la iglesia... De la antesala a la ceremonia de despedida, evocó a esos parientes lejanos a los cuales no conocía y no perdieron la ocasión para repasar la historia familiar de los tíos y tías que ya habían muerto, algunos amigos de sus padres, personas relacionadas con su actividad laboral... Mucho cotorreo: gentes que fumaban en pequeños grupos y conversaban animadamente, y reían... Más tarde, la lenta caravana de automóviles con dirección al cementerio, y luego a pie tras el féretro con dirección al crematorio... Al otro día por la tarde, su madre apareció con una pequeña urna que imitaba un jarrón. Quedó depositada sobre el buffet del comedor. Contenía el puñado de cenizas que esperaban ser lanzadas a la inmensidad del océano. Diligencia que ella hizo un día cualquiera sin preguntar el parecer a nadie, lo que Franco nunca le perdonó, pues ese "nadie" era él. Tampoco la eximió de culpa por haber tenido el futuro de ambos organizado y llevárselo del país como a una maleta más. Es que a su madre, una mujer aún joven, le bajó el apremio por irse. Puso en venta el emporio y la casa, donó la ropa de su marido y otros enseres de poca monta, liquidó las pocas cosas de valor que había en su interior y se deshizo del pequeño furgón. También se encargó de reanudar el contacto con sus padres, quienes le devolvieron el sitial que le correspondía en su hogar. Incluso le enviaron los billetes de avión que los trasladaría al país del Norte. Así, abandonaron sin más miramientos por parte de ella, ese pedazo de historia llamado Chile.

Al pasar los días, su madre destapó muchas cosas que a él no le gustaron. Aclaró, por ejemplo, por qué siendo una muchacha norteamericana, joven, bonita y de buena familia, había llegado a esa larga y delgada franja de tierra. Por qué había contraído matrimonio con un hombre que la doblaba en edad, por qué había roto con sus padres y por qué él no tenía hermanos. También se aventuró a contarle que se habían visto obligados a huir, y las turbiedades que determinaron tan extrema decisión.

Aunque la historia que su madre fue develándole, no calzaba con la idea que un hijo debe tener de sus padres, necesitaba sincerarse para poder continuar viviendo en paz.

Quedó embarazada a raíz de una aventura fugaz con un muchacho, más por destacar entre sus amigas que por interesarse verdaderamente en él. Al enterarse, sus padres convinieron en enviarla a otro estado para que le practicaran un aborto. Pero ella no estuvo de acuerdo, y ante su intransigencia, la mandaron a tener su hijo en el rancho de unos tíos abuelos, al sur de México. La pareja, acostumbrada a la dura vida del campo, la hizo ayudar en diversas labores, sin importarle que estuviera encinta.

Sucedió, entonces, que conoció a un hombre que trabajaba allí desde hacía algunas semanas. Buscaba juntar algún dinero que le permitiera regresar a Chile, su lejano país de origen, del cual consideraba que nunca debía haber salido.

Aunque le llevaba veinte años de diferencia, la soledad de ambos influyó en que de vez en cuando encontraran espacios para compartir sus difíciles realidades. Así, nació un legítimo afecto consolador que se fue transformando en una relación contenedora. Tal conexión los condujo hacia una intimidad que de a poco, a pesar del estado de gravidez de ella, se convirtió en un oasis. Cada vez que tenían oportunidad se escurrían hasta el establo, donde podían consumar una exquisita combinación de cariño y placer, sin importarles hacerlo lisa y llanamente entre las vacas. Y aquel desahogo de sus apetitos sexuales, además de hacer menos insoportable aquella indigna estadía, permitió que estrecharan sus lazos de confianza. Sus conversaciones, entonces, incluyeron el sueño de una huída a un lugar donde pudieran vivir en paz, él dispuesto a reconocer al hijo de ella como propio...

Franco regresó al parque que antecedía a la parroquia San Vicente Ferrer y se tumbó en el pasto, bajo la frondosidad de los árboles, donde se permitió reconstruir aquella loca aventura de sus padres.

A medida que transcurrían las semanas, la idea de escapar juntos tomó cuerpo, incluso adquirió ribetes de obsesión. Se devanaban los sesos en busca de alguna forma para obtener recursos, pero su misma realidad se encargaba de indicarles que aquello era imposible; sin embargo, eso fortaleció aún más su relación, y los momentos de intimidad, cimentados en aquella amarga situación de vida que compartían, se hicieron más acogedores y placenteros. Un día, a ella se le presentó una oportunidad. Aunque lejos de ser la ideal, comprendió que una ocasión como esa no ocurriría dos veces y no dudó en aprovecharla. Él, apenas se enteró, concordó en que había actuado bien, porque claramente era entonces o nunca. Decididos a no dejarse amilanar por los riesgos involucrados, armaron un plan absolutamente improvisado…

Los pensamientos de Franco fluían y pensó en lo mucho que al comienzo le enfadaba esa singular historia. Pero el tiempo se encargó de que la rabia se transformara en curiosidad. Y ahora, la encontraba sui generis, interesante, y mirada desde la lejanía, extraordinariamente divertida. Así que no teniendo algo mejor que hacer durante el día, dejó que sus pensamientos y las imágenes fluyeran. ¿Cómo habría sido aquello? Los personajes volvieron a tomar vida y le pareció que se derramaban por todas partes. Les situó en el establo, entre las vacas que no habían sido incluidas en la última venta.

—Gracias por no dejarme sola en esto, pues hasta el momento soy la única culpable.

El hombre llevó el dedo índice hasta los labios de su madre y presionó con suavidad.

—Shssst, en esto estamos los dos juntos, y lo estaremos hasta el final, suceda lo que suceda. Has sido muy valiente y quiero que sepas que yo en tu lugar hubiera hecho exactamente lo mismo. —Los abultados fajos de billetes de cien dólares que ella había dejado caer ante sus ojos, lucían magníficos bajo la luz que a través de la ventana abarrotada bañaba el pajar—. Con esto tendremos de sobra para viajar a Chile e instalarnos. Y ahora tenemos que movernos rápido, pues tu tío no demorará en descubrir el robo. —Sin perder más tiempo, cogió la bolsa de género que ella aún mantenía en sus manos y guardó el dinero. —Como anda arriando campo adentro y tu tía fue de compras, no regresarán antes de un par de horas, con suerte tres. Avisemos que vamos a la ciudad y nos llevamos la camioneta. De algo que sirva haberme ganado también su confianza y me haya dejado a cargo de las máquinas.

—¿Y cómo hacemos para que no parezca raro esto de salir juntos? La gorda de la cocina, capaz que busque la manera de avisarle.

–Le diremos que tienes una pérdida y que te llevo al hospital.

–¿Y si igual le avisa?

–No, no lo hará. Realmente no veo cómo podría hacerlo.

–¿Cuánto rato tengo para recoger algunas cosas?

–¡Nada, ni se te ocurra, ni siquiera tu escobilla de dientes! Solo tu cartera con tu documentación.

–De acuerdo, voy por ella.

–Y de inmediato corres a la camioneta. Y por favor, eso y nada más. No toques nada. Nos vamos con lo puesto. No podemos dejar ninguna huella que levante sospechas de que no volveremos, ¿entiendes? Ha sido una gran cosa que robaras solo el dinero y dejaras el maletín en el mismo lugar relleno con piedras, aunque nunca se sabe. Ojalá el viejo no regrese con la desconfianza a cuestas o el ánimo de olfatear y amasar sus billetes. Mientras no abra el maletín, estaremos a salvo.

¿Y si lo abre?

–Por eso tenemos que correr más rápido que nunca y ganar ventaja, así que movámonos. Avisaré a la cocinera y nos vamos.

En menos de cinco minutos avanzaban para entroncar con el camino principal, y en este enfilaron hacia la carretera.

La muchacha iba lívida.

–Me siento una canalla.

– ¡Por favor, no pierdas el norte! Lo que estás haciendo es primero por tu guagua, y también por nosotros.

–Pero el viejo estaba comenzando a tomarnos cariño.

–¿Cariño? ¿A eso le llamas cariño? ¿A hacerte trabajar a pleno sol, con las manos y en tu estado, exponiendo minuto a minuto la vida de tu hijo? Creo que esta oportunidad nos llegó del cielo. No solo nos librará de un futuro patético, sino que salvó a tu hijo. No puede ser otra mano que la de Dios la que nos está abriendo paso, así que tranquila, porque todo saldrá bien. Confía en mí, y por supuesto, en Él.

–¿Te parece que lo podría estar haciendo más?

El hombre sonrió.

–Dejaremos la camioneta estacionada en las afueras del hospital y tomaremos un taxi al aeropuerto. Allí compraremos boletos en algún vuelo a donde encontremos disponibilidad inmediata; a Brasil, por ejemplo. De ahí, viajaremos a Chile... Trajiste tu documentación, ¿verdad?

Ella asintió con un rápido movimiento de cabeza.

–Bien, con eso es suficiente. En un par de horas, cuando estemos por abordar nuestro avión, lo llamaré por teléfono, y si ha vuelto le diré que te he dejado internada en el hospital y al regresar a la camioneta para ir a buscar tus cosas de aseo y una muda de ropa, la he encontrado con una rueda desinflada. Eso nos permitirá saber si se ha enterado de que el maletín está vacío, y con un poco de suerte tendremos más tiempo.

–¿Y si el vuelo demora en salir?

–Lo llamo y le digo que en el camino he roto otra rueda.

–¿Y te creerá tamaña mentira?

–Ayer, precisamente, le estuve diciendo que había que ponerle neumáticos nuevos, y me dijo que ya tendría suficiente efectivo para comprar los cinco, si quería. Imagino que estaría pensando en el dinero que recibiría por los animales.

–Y ahora, aunque ya lo recibió, no podrá comprarlos. –Una sonrisa impregnada en picardía asomó en el rostro de la muchacha.

–Me alegro de que estés recuperando el sentido del humor. Significa que te ha regresado el alma al cuerpo.

–No sé si se le pueda llamar humor a esto, pero en fin, debo reconocer como bendita la venta de esa montonera de vacas.

–Y que no alcanzara a depositar la plata.

–Es que todo se juntó. Bendito imprevisto con el semental, que se accidentó justo al mediodía, y que el veterinario demorara tanto en llegar. Tienes razón, es como si se nos asomara la mano de Dios.

Habiéndose hecho tarde para ir al banco, el tío había guardado el maletín en su oficina y ella, sin pensarlo dos veces, apenas lo vio salir a lo del arreo de algunos animales, y a su mujer al pueblo, se introdujo en la habitación y hurgueteó hasta dar con él en un hueco falso tras el último cajón del closet.

–No sé cómo pudiste encontrarlo.

–Porque tenía que estar en alguna parte y no hay caja fuerte.

–Pero en un lugar tan raro...

–No olvides que entre otras cosas, soy la cenicienta.

–Con mayor razón no debes sentir culpa.

–Lo sé, pero me cuesta. ¿Qué quieres? A fin de cuentas no soy una delincuente... ¿O sí?

En el aeropuerto consiguieron dos pasajes a Río de Janeiro. Cuando se detuvieron ante la cabina de Policía Internacional, a ambos les transpiraban no solo las manos, sino todo el cuerpo.

–¿Viajan juntos? –La mujer tras la ventanilla tenía la cara despejada y el pelo negro tomado en un moño, y aunque su aire expresaba que aquella pregunta no era más que parte de su rutina, a la viajera le pareció como si encerrara dobles intenciones.

–Sí, juntos.

–Así que juntos, ¿ah?

Ella palideció.

La funcionaria sonrió con cierta expresión de picardía y timbró los pasaportes.

–Aquí tienen, y... buen viaje.

Caminaron hacia la máquina detectora de metales. Ella apretaba con exagerada fuerza el bolso contra su cuerpo.

–Relájate, ya pasamos lo más difícil.

–Es que esta bolsa me quema.

–No olvides que son tus ahorros. Los de toda tu vida.

–Espero no tener que dar explicaciones a nadie.

–Reza, entonces, pero por favor tranquilízate. Por favor tratemos de no levantar sospechas de que algo raro nos traemos entre manos.

–Te juro que hago lo posible, pero no aguanto los nervios, estoy que me hago pipí. Y tengo el cuerpo entero transpirado.

Dejó su cartera y el bolso sobre la banda transportadora, la cual no demoró en hacerlos desaparecer tras las anchas cintas negras que colgaban a la entrada de la caja lectora. Ella cruzó de inmediato.

Una luz roja se encendió y sonó la alarma.

–Señora... –Una mujer voluminosa se situó a su lado–. Devuélvase, por favor. Lleva algo metálico con usted.

Él intentó cruzar, pero un guardia le cortó el paso.

–Un momento, señor. Espere a que la dama resuelva su lío.

Ella hurgueteó en sus bolsillos y extrajo una pequeña medalla de plata que echó a una canasta plástica gris que se deslizó para ir a juntarse con la bolsa y la cartera. Luego se mantuvo inmóvil.

–¿Se va a quedar ahí todo el día?

–Oh, disculpe, es que no estoy acostumbrada a estas cosas, comprenda usted que…

–¡Señora, por favor, avance! Está haciendo taco, vuelva a pasar.

–Oh, sí, disculpe, ya voy, de inmediato.

–Ahora sí, señora. Que tenga buen viaje.

–Gracias. –Cogió sus cosas y echó la medalla en el bolsillo, haciendo un esfuerzo por caminar con lentitud.

Él salió sin inconvenientes, aunque el corazón le latía convulsionado. La alcanzó y la abrazó con ternura. Su siguiente parada fueron los baños.

Cuando las puertas para embarcar se abrieron y la funcionaria de la línea aérea hizo el primer llamado para abordar, él fue hasta un teléfono ubicado a sus espaldas y llamó al patrón. Ella lo miraba con expresión de horror, pero relajó el semblante a medida que le parecía que la conversación era amistosa.

–Él colgó y regresó para ponerse en la fila, junto a ella.

–¿Qué pasa?

–Le bajó un ataque de solidaridad al viejo. Me dijo que saldría de inmediato hacia el hospital.

–¡Demonios!

–Pero no te asustes, todo allá está tranquilo. Le dije que ya estás bien, que el doctor te envió con reposo durante un par de días y ya vamos de regreso, solo que estamos demorados pues tuvimos que reparar un neumático.

Entregaron sus boletos y abordaron la aeronave. Con los cinturones abrochados, silentes, esperaron hasta que se puso en movimiento. Retrocedió con lentitud, luego giró hacia la izquierda y carreteó hasta el punto de despegue.

Durante el ascenso continuaron en completo silencio, con sus manos tomadas, frías, sudorosas. Cuando el avión se niveló, en un brillante cielo azul, sobre una espumante capa blanca, la luz de abrochar los cinturones se apagó. Ella sacó un pañuelo y secó la transpiración de su frente. Después, la de él, mientras balbuceaba:

—Apenas puedo creer que hayamos logrado llegar hasta aquí... ¿Crees que estemos fuera de peligro?

—Sí, tranquilízate, no tienen cómo ubicarnos. Tendrán que hacer una denuncia, y para cuando se den cuenta que salimos del país, si es que lo descubren, estaremos en Brasil, si no en Chile. Y por si acaso, volaremos a Arica y haremos los dos mil kilómetros que nos separarán de nuestro destino en un tercer avión de otra compañía. Creo que por fin el dulce sueño de instalarnos en Chile se está convirtiendo en realidad.

Ella relajó el ceño y suspiró con profundidad.

—Sí, ojalá así sea.

Los padres de él habían fallecido en un accidente automovilístico, y por ser hijo único, todas las pertenencias pasaron a su poder. En la herencia destacaban la casona donde vivían y el emporio que con gran esfuerzo habían levantado sus abuelos italianos inmigrantes, y continuado sus padres. Pero él, ansioso de eliminar la rutina de su vida, esperanzado en arrancar de las redes que le tendía la mediocridad, obedeció a la publicidad que pregonaba a Estados Unidos como el país de las oportunidades para quienes fueran capaces de reinventarse, forjar nuevos horizontes y, a punta de coraje, alcanzar el anhelado éxito. Arrendó las dos propiedades y se embarcó tras su verdadera libertad.

Pero las cosas no salieron como esperaba. Ser chileno con pasaporte de turista, no era una buena carta de presentación para trabajar en Norteamérica, y el dinero que llevaba se le acabó pronto. A esto se agregó que en su país los arrendatarios, tanto de la casa como del negocio, aprovecharon su alejamiento para dejar de depositarle las mensualidades según habían convenido. Para subsistir, entonces, tuvo que emplearse en tareas de segundo orden en lugares de poca monta dispuestos a contratar los servicios de un trabajador ilegal. Lavó platos, barrió aceras, ayudó a pintar cercas. Sus escuálidos ingresos, sumados a la carestía de la vida, no le permitieron ahorrar para regresar a su país. Ello lo condujo a probar suerte en México sin considerar que allí los problemas de cesantía, abuso y explotación, eran aún mayores. Debió trabajar en lo que se le ofreciera con tal de ganar algún dinero para subsistir, esperanzado en ahorrar para regresar a trabajar, aunque fuera de ilegal, en el país del Norte.

El dinero robado al tío abuelo les permitió instalarse en Santiago, casarse y llevar a cabo las acciones legales requeridas para recuperar las propiedades, asunto que no les resultó fácil debido a las trabas propias de un sistema mal legislado, mal administrado por el Estado y con serias falencias a la hora de hacer justicia. Sin embargo, lograron vender la casa, comprar una más modesta y comenzar a sacar adelante el negocio.

Pero la vida se les complicó. María, a punto de dar a luz, presentó indicios de pérdida, y aunque el médico le recetó guardar cama, consciente de que en el emporio habían invertido todo lo que tenían, prefirió ayudar al marido. Su salud empeoró, los síntomas aumentaron, y una tarde de invierno mientras la lluvia repiqueteaba contra los cristales, comenzó a sangrar entre las piernas. Entonces su marido debió llevarla de urgencia a un hospital, donde la internaron de inmediato.

Fue entonces que las historias de la pareja y Franco se cruzaron. Mientras ella se recuperaba luego que arrancaran de sus entrañas al feto muerto, después de debatirse durante varios días entre la vida y la muerte, un desprotegido lactante apareció abandonado en el papelero de un baño para visitas. Ella, cuyos pechos rebosaban en leche, aceptó hacer de nodriza.

Su marido, temeroso de que aquella mujer joven y bonita se tentara con regresar a Estados Unidos, le propuso adoptarlo. Ella, consciente de que había cortado relaciones con sus padres y cometido el delito en México, aceptó. Con la ayuda de la Dirección del centro asistencial y luego de una serie de engorrosos trámites, lograron que la jueza de menores que llevaba el caso, se los asignara.

En una escueta nota que las enfermeras encontraron prendida a la liviana ropa del pequeño, la madre biológica explicaba que se había negado a abortarlo, pero no estaba en condiciones de mantenerlo. Rogaba a los padres que la reemplazaran, para que en su recuerdo, a fin de salvar lo único que le quedaba, vale decir la honestidad con que había decidido enfrentar su realidad, lo llamaran Franco.

Catorce años después, enterrado el padre, cuando con su madre regresaron a Nueva York, Franco pudo continuar sus estudios en buenos centros educacionales, decidido a cobrar a la vida el pago de cuanto le debía.

Tras estos recuerdos, antes de dar por terminada la visita a aquel lugar, llamó por teléfono a su madre. No era corriente que lo hiciera, pero sus andanzas por Sudamérica se habían extendido más de lo programado.

Escuchó la voz de María. Sonaba tan desprendida como si él hubiera salido por la mañana no del hotel en Santiago, sino de allá, del holgado departamento que daba a Central Park. Luego de varios "sí mamá", "de acuerdo mamá", como tú digas mamá", zamarreó la cabeza y se despidió. Hizo una mueca de desgano y cortó. Pocas ganas le quedaban de volver a llamarla, igual que la vez anterior. Pero era hijo, y único. Ambos sabían que continuaría siendo un reincidente.

Abandonó el lugar por las mismas escaleras que lo habían recibido, con una combinación de pena e indignación que le pareció recurrente cada vez que hablaban. Durante el trayecto de regreso pensó en Francisca y la lamentable presión sicológica intentada por ella la última vez que se habían visto. Aunque existían muchas diferencias con la historia de su madre, no sabía por qué percibía que en cierto modo tenían una ingrata similitud. Sintió más ira, esta vez dirigida a Francisca. La evocó en Caldera, en el desayuno, luego en la calle, y después en su deplorable estado, en la habitación que compartía con Fernanda.

33

Francisca apareció en el vano de la puerta. Tal como el recepcionista dijera, estaba completamente ebria. Fernanda y Franco la tomaron de los brazos para conducirla hasta el sillón, pero ella se zafó con brusquedad.

–¿Me puedes decir qué haces aquí, y en este estado? –La voz de Fernanda sonó extremadamente chillona.

Francisca se tomó la cabeza como si le doliera, luego puso el dedo índice sobre sus labios para indicarle la conveniencia de hablar un poco más bajo. Dirigió la mirada hacia Franco y su tono de voz no fue menos agudo.

–No me puedo ir sin decirte lo que vine a decirte. Y creo que es mejor que los dos se enteren de una vez...

Son escenas que almacenadas en algún rincón de la mente de Franco, se resisten a abandonarla. Una vez más, sin pedir permiso, lo conducen a mirar hacia atrás y se zambulle en un rápido recuento de hechos. Luego sopesa lo que ha sido su vida durante los últimos tiempos, desde que terminaran aquellas atractivas vacaciones en el exótico Brasil, cuando esa inesperada orden de su jefe lo puso en contacto con la tierra que lo había visto nacer. Le parece un año 2010 que da para ser borrado del calendario. Se detiene en los enormes daños del terremoto y la debacle producida por el tsunami, arrastrando todo lo que encontró a su paso. Duda que quienes salvaron sus vidas puedan conformarse algún día por tantas pérdidas humanas... Tales pensamientos lo conducen al accidente de los 33 y a la imposibilidad de que reencuentren la normalidad. Da un par de vueltas a la relación de los empresarios mineros con sus trabajadores, a la corrupción de las autoridades y al alcance al que puede llegar la ambición de personas enceguecidas por las ansias de dinero y poder, sobreponiendo sus intereses a cualquier rastro de decencia. Y pensar en esa ruindad a la que puede llegar un hombre, lo cambia de trayectoria para encarar a otra presa: el sacerdote católico Fernando Karadima. Esa especie de ser humano que, amparada en su investidura, para trepar construyó una escalera de perversión sobre la ruina de sus víctimas. Repasa el despliegue de maldad que fue descubriendo a medida que investigaba. Reflexiona acerca de aquellos que debieron soportar sus brutales abusos y de quienes izaron la valentía como su bandera de lucha decididos a asumir lo que les ocurrió y acusar. Como contrapunto, aparecen en su mente quienes han escondido su cabeza bajo la tierra en la laberíntica cueva de sus conveniencias personales... Se pregunta qué sucederá con la Iglesia Católica, con su cúpula, con los curas poderosos que callaron para no arriesgar sus carreras, con todos esos que traicionaron las enseñanzas de Cristo, a quien alguna vez juraron seguir y defender incondicionalmente, incluso con su vida. Y añade otra inquietud a toda esa miseria: ¿Cuántos de ellos, de los forjados por el maldito, habrán adquirido sus malas costumbres? Decenas de hombres que hoy trabajan con niños y adolescentes, y muchos otros que forman parte precisamente de esa cúpula que se ha empeñado en evitar la verdad a cualquier costo. Las ideas de egoísmo y ambición lo conducen a pensar en sí mismo, la vulnerabilidad de su futuro profesional y por extensión en su editor, que se ha dado el gusto de jugar con él a su antojo. Restablecido de su dolencia cardíaca, había decidido unilateralmente que su estadía en Chile era conveniente para la revista. La cuestión era simple: estaba haciendo buenos negocios y sus superiores lo agradecían. Recuerda la última conversación que habían tenido.

—¿Y qué hay de eso de poner un par de periodistas a mi cargo?

—Tú no te preocupes, eso ya está resuelto.

—¡Pero cómo! ¿No estabas tan urgido de que me volviera lo antes posible?

—Sí, lo estaba, es cierto. Pero en vista de las dificultades que fuiste presentando para regresar y el buen trabajo que has hecho allá, logré calmar a mis superiores y convencerlos de la conveniencia de que te quedaras más tiempo. Y no creas que fue fácil, tuve que echar mano a todo, incluso a mi salud.

—¿Y se puede saber hasta cuándo? —De inmediato se sintió excesivamente egoísta. Nada le costaba ser un poco más amable con su jefe, mal que mal había sufrido un infarto.

–Eso ya lo veremos. ¿O me vas a decir que ahora te bajó el apuro por volver?

–No, jefe, no es que me haya bajado el apuro, solo que... tal vez ahora me necesites más que nunca. Estás delicado de salud y yo puedo ayudarte. Además, aquí las cosas han perdido el sabor.

–¿Y lo del cura ese, y su iglesia, esa que llaman colorada y sobre la cual aprovechaste el color para hacer una analogía con el partido comunista que terminó en un destape de los campos de concentración rusos? Parece de locos, pero tan típico tuyo. Y causaste furor... Y hablando de los comunistas, ¿recuerdas todos los vaticinios que te aventuraste a hacer en el marco del cambio de mando? ¿Has pensado en que se han ido cumpliendo al pie de la letra? Mira cómo se está dividiendo la Concertación de Partidos por la Democracia: una olla llena de grillos que no saben hacia dónde moverse, y el jugo que le puedes sacar al partido comunista que ha resurgido como el Ave Fénix. Sí, definitivamente, creo conveniente que te quedes allá. Aprovecha de conocer un poco más tu patria, reconcíliate con ella; y lo más importante, muchacho, protege tu reputación de buen periodista... Ah, y por supuesto, justifica tu paga. Recuerda que cuando el hilo se corta, lo hace por lo más delgado.

Franco rememora las ganas que sintió de mandarlo a la mierda. Primero lo hizo crecer alabando su desempeño y luego, con apenas un manojo de palabras, lo dejó caer. Pero necesitaba aquel trabajo. Una remuneración que al menos no había sido perjudicada. Y en Chile, hacerse por su cuenta un espacio para desarrollar su profesión resultaba casi imposible. El país estaba saturado de periodistas, muchos de los cuales para sobrevivir tenían que trabajar incluso de vendedores en las grandes tiendas. Definitivamente, cortar relaciones con su editor era un suicidio. Entonces, dedicó la mayor parte de su tiempo a seguir los pasos al "Caso Karadima". Y su entusiasmo aumentó a medida que las historias que en algún momento se aventuró a inventar para la revista, parecían avances premonitorios de la realidad. Luego de leer algunos libros recientes con récord de ventas, sintió la satisfacción de haberlos escrito él primero. Sonríe al recordar cómo lo torturaba la idea de tener que continuar en Chile, en lugar de estar en Nueva York consolidando su carrera. "Y todo por caliente". Deja escapar una mueca irónica y se conecta con la imagen de Francisca. De inmediato con la de Fernanda. Y regresa a su memoria esa mañana, aquel sorprendente desayuno en el hotel de Caldera, el despliegue incontenible de sexo antes y después del baño, los sucesos en la calle, Francisca completamente borracha en la habitación. Una Francisca que parecía dispuesta a destriparlos, con una urgencia vehemente por decirles algo al parecer muy importante. Y una Fernanda a la cual de a poco se le iba desencajando el rostro mientras se acercaba al intercomunicador.

—Estás mal, Pancha, en realidad muy mal. Llamaré para pedir que te traigan un café, a ver si eso te despeja aunque sea un poco.

Mientras marcaba el número de la recepción, el rostro de Francisca exhibió una pronunciada sonrisa repleta de burla.

—Estoy bien así, gracias –su voz mantenía el efecto traposo–. Lo que menos quiero es estar de otra manera, así que pídelo si quieres, y pueden tomárselo ustedes... Ya que les ha dado por hacer cosas entre los dos...

Él se le acercó y extendió el brazo hasta casi posar la mano sobre su hombro.

—¡No, no me toques! –Retrocedió con brusquedad, se desequilibró, y luego de bambolearse logró sujetarse del respaldo del sillón–. Creo que se les ha pasado el tejo, especialmente a ti, Franco. ¿Te has propuesto andar haciendo críos por todas partes? ¿A eso viniste a Chile? –Se sujetó con las manos a la altura de la panza.

Las miradas de Fernanda y el periodista confluyeron en ella, específicamente en su vientre.

—Sí, es precisamente lo que están pensando. ¿Por qué, si no, estaría yo aquí?

Fernanda desvió los ojos hacia él, como si esperara una respuesta.

—No sé nada de esto –la voz de Franco sonó con un dejo de incredulidad.

—¿Pero puede ser? Claro que puede ser... Obvio.

—Pero Feña, claro que no. Esta niña se ha vuelto loca.

Francisca intentó agredirlo, pero dio un traspié. Para no caer debió agarrarse al brazo del sillón. Quedó con una rodilla apoyada en el suelo. El cuarto le dio vueltas y se arrastró hasta quedar apenas sentada en el borde. La voz le salió jadeante:

–Perdón, pero "esta niña", tiene nombre. Me llamo Francisca, por si no lo recuerdas. –Cambió la mirada tratando de enfocar a Fernanda–. Y en cuanto a ti, ¿recuerdas que éramos amigas? ¿O también lo has olvidado? ¿Y tú? –Otra vez dirigió la vista hacia Franco–. ¿Tú eres esa persona que me declaró amor eterno? ¿Tú eras el que querías que lo abandonara todo para irme contigo? ¿Que dejara mi carrera, mi familia, mis amistades, el voluntariado? ¿Te acuerdas? ¡Amor eterno! Pero mira lo que son las cosas, por si todo eso fuera poco, me dejaste un recuerdito. –Volvió a tomarse la barriga–. Un buen recuerdo, ¿o no tanto? ¿Se dan cuenta? Parece que la que aquí sobra no soy yo, precisamente.

El ambiente se impregnó de un pesado silencio. Un portazo provino del pasillo, de alguna habitación. Unos pasos, las ruedas de una maleta corriendo con prisa, luego, otra vez el silencio.

–Pero desechaste todo lo que te ofrecí, Pancha. No me diste ni la más mínima oportunidad. Me rechazaste de plano.

–Chuta, para qué más. ¿Te das cuenta? Tu capacidad para manipular y destruir parece inagotable...

¡Destruir! Ahora, a la distancia, esa palabra resuena en la mente de Franco. Una vez más piensa en los innumerables destrozos producidos por el terremoto y el tsunami, revisa la aniquilación sufrida en las psiquis de los 33 mineros, y en sus vidas. Se detiene, como si estuviera ante la proyección de un film. Aparece otra vez la idea de Karadima, ese descarriado que produjo aquella enorme y sistemática devastación humana durante casi cinco décadas. "¡Casi cincuenta años!" Y para consolidar la perversión, apoyado y protegido por una potente red integrada por miembros de la cúpula de la Iglesia Católica y poderosos empresarios. Una vez más centra su mente en las víctimas, la valentía de los denunciantes y la cobardía de los que por acallar los hechos, incluso los vilipendiaron y trataron de hundir en un mar de mentiras, entre ellos muchos sacerdotes y obispos... Sus pensamientos continúan dando saltos de un lugar a otro. Regresan a la habitación del hotel en Caldera y aquella acusación implacable de Francisca: "Tu capacidad para manipular y destruir parece inagotable". Su mente la enfoca continuando su perorata como si la hubieran enchufado. Fernanda la observaba con los ojos vidriosos. Su rostro evidenciaba que había perdido la paciencia y su incomodidad se transformó en furia. Y no solo hacia ella, sino también contra Franco. La invadió el deseo irresistible de arrancar. Dejarlos con su problema, que aclararan sus diferencias, y si era necesario... ¡Que se fueran a la mismísima mierda! Abrió el armario y tiró su ropa sobre la cama.

Francisca detuvo su verborrea. La vio empinarse para alcanzar su maleta en lo alto del clóset y lanzarla sobre la colcha. También observó a Franco acercársele.

–¿Y tú?

–¿Y qué esperas? –Las lágrimas inundaban el rostro de Fernanda–. ¿Que me quede impávida escuchando cómo esta huevona te tira en la cara las consecuencias de lo que hicieron?

–Pero se ha vuelto loca, Feña.

–¡Pero yo no! Y no me quedaré a ver cómo termina esta telenovela. No me interesa ser parte de ninguna historia perversa de amor, menos si en ella todo ha estado mal desde un principio.

–Se colgó la mochila y puso la maleta en el suelo. La arrastró con dirección a la puerta, que cerró tras de sí con violencia.

Franco dirigió su mirada hacia los ojos de Francisca. También brillaban.

–¿Me puedes decir qué pretendes espantando de esa manera a la Feña?

–¡Si aclarar las cosas significa espantarla, pues bien espantada está! Y creo que ya he dicho todo lo que vine a decir, así que tampoco tengo más que hacer aquí.

No intentó evitar que saliera. La miró desaparecer tras la puerta que cerró con una suavidad que le pareció tan agresiva como el portazo de Fernanda. Cerró las cortinas, se desprendió de los zapatos y se tumbó en la cama.

Franco no puede detener aquella máquina que lo hace reflexionar, una y otra vez, sobre el curso que tomó su vida luego de haberse involucrado en tantos sucesos rebosantes de destrucción ocurridos en Chile. Asoman a su memoria algunos de aquellos artículos referidos al Caso Karadima que había enviado a su editor. En uno de estos informaba sobre la apelación del sacerdote diocesano a la condena por abusos sexuales, sin visos de arrepentimiento, exento de conciencia moral, incapaz de asumir la indecencia de sus oscuras conductas y el maligno alcance que estas habían tenido en jóvenes creyentes, aprovechándose de la inocente fe que él mismo había forjado en ellos, manipulando su bondad con el respeto y el temor que les había infundido. Agregaba que, a pesar de haber sido asestado el golpe de gracia por el Vaticano, los miembros de la cúpula de la Iglesia Católica en Chile se las arreglaban mañosamente para protegerlo, y de paso, con una soberbia digna del demonio, hacían lo mismo con sus propias negligencias, sus mentiras y el tupido tejado de vidrio construido con sus oscuras acciones. Continuaba diciendo que el fallo acusatorio, proveniente de la máxima autoridad de dicha institución religiosa en Roma, lo había condenado a retirarse para siempre a una vida de oración y penitencia, prohibiéndole, también a perpetuidad, relacionarse con quienes hubiera dirigido espiritualmente, con ex parroquianos y con cualquier miembro de la Unión Sacerdotal del Sagrado Corazón, en la cual no podría asumir cargo alguno; además le quedaba vedada la ejecución de actos ministeriales, en particular la confesión y la dirección espiritual a todo tipo de personas. Y se le advirtió que en caso de faltar a su voto de obediencia, se le podrían infligir penas más graves, incluida la dimisión del estado clerical. La pregunta con que el periodista cerraba aquel escrito, reflejaba la ira que le producía todo ese exceso de insolencias a la sociedad: "¿Podemos considerar aquello una pena que repare algo?"

En otro se refería a la misa de las ocho de la noche del domingo 19 de junio en *la colorada*, la parroquia de calle El Bosque donde Karadima cometía sus barbaries. Repleta de fieles, fue testigo de la errática conducta del arzobispo de Santiago Ricardo Ezzati, quien rodeado por una cantidad impresionante de sacerdotes, embaucaba a los creyentes con una celebración religiosa en que decía poner fin a la secta y al perverso dominio de Karadima. Esto, a solo una semana de permitirle mudar secretamente sus pertenencias. Para aliñar lo anterior, Franco agregó que la madre del pervertido sacerdote había residido durante treinta años en una casa emplazada en terrenos de la parroquia, hasta su muerte en 1997. Y añadió que en su testamento, la mujer heredaba un departamento en forma exclusiva a Karadima, en abierto desmedro de sus otros hijos.

Entusiasmado con el tema patrimonial del cura, hizo otro reportaje que tituló "El paraguas de un depravado". En este se refería a la Pía Unión Sacerdotal, organización eclesiástica creada en 1928 por el presbítero Alejandro Huneeus, con la idea de que la parroquia El Bosque fuera un lugar para la formación de sacerdotes. Llegaron a integrarla cerca de cuarenta miembros y poseía un activo económico sorprendente. A partir de los años setenta, Fernando Karadima la utilizó para mantener bajo su control a los sacerdotes que ahí se formaban, un paraguas bajo el cual cometía sus abusos sexuales y administraba los enormes recursos recogidos. El reportaje incluía una declaración del Centro de Investigación e Información Periodística que revelaba la existencia, tan solo en los alrededores de la parroquia, de dos departamentos con cuatro estacionamientos y dos bodegas, una casa, y un centro médico; posesiones que en total le rentaban tres millones seiscientos mil pesos mensuales.

Otro reportaje descubría el férreo control logrado por Karadima sobre los jóvenes que lo rodeaban, aprovechando la línea de formación en la completa obediencia que exigía la Pía Unión Sacerdotal. Llegó a tanto, que los obligaba a relatarle detalles de su privacidad. Visaba asuntos tan domésticos como qué ropa usar o qué lápiz utilizar, y otros tan importantes como con qué mujeres juntarse, qué amigos frecuentar y a qué reuniones sociales asistir. Este implacable sistema de control incluía sesiones individuales y grupales a las que se agregaban las confesiones de los lunes a los sacerdotes que se habían formado a su alero, actividades que en su condición de "pastor" aprovechó para abusar física y sicológicamente con absoluta impunidad. A modo de dar credibilidad a su artículo, Franco lo finalizó con una invitación a conocer en Internet, la larga lista compuesta por los miembros de la Pía Unión Sacerdotal.

También recuerda el envío de uno en el cual informaba que Karadima había señalado a la Ministra en Visita que investigaba las denuncias de abuso sexual en su contra, que el cardenal Francisco Javier Errázuriz habría pagado quinientos millones de pesos para evitar la publicación de un libro que lo involucraba como pedófilo. La Magistrada, que resolvió no procesar a Karadima por considerar los antecedentes insuficientes, pese a las numerosas pruebas en su contra, declaró cerrado el sumario y ordenó prescindir de varias diligencias decretadas, ya que los delitos habían prescrito. Franco estuvo de acuerdo con un comentario encontrado en Internet, que decía: "...su único castigo será rezar en el hotel cinco estrellas donde se encuentra alojado".

34

Luego de salir de la habitación, furiosa, con un portazo que hizo cimbrar el marco, Fernanda se dirigió al terminal de buses. Sentada en un banco de cemento, esperó a que apareciera la máquina que la trasladaría a Santiago.

Al rato apareció Francisca, quien se acercó sin preámbulos.

—Hola... Debiéramos viajar juntas, creo que tenemos mucho que conversar.

Fernanda la quedó mirando atónita.

—¿Y crees que yo pueda querer conversar algo contigo?

—Sí, yo creo que sí. En el fondo debes tener mucho que decir, y también mucho que escuchar.

—Debe ser muy en el fondo, porque no estoy ni ahí con hablar contigo sobre nada. —Apenas dio esta respuesta, del todo automática, dirigida por la fuerte emocionalidad que la embargaba, pensó que en su cabeza sí daba vueltas una serie de preguntas.

—¿En qué línea viajas?

—¿No te digo que no tenemos nada que hablar? Creo que estás loca, y de paso me estás volviendo loca a mí.

—Pero Feña, creo que no estás mirando con claridad.

—¿Y tú, de qué claridad me hablas? ¡Por favor! ¿No te da vergüenza pararte aquí y hablarme, después del numerito que te mandaste?

—¿Pero qué querías que hiciera después de saber que ustedes dos andaban juntos?

—No sé, pero fuiste muy injusta conmigo, que incluso tuve la delicadeza de llamarte. Y acuérdate que tú misma me dijiste que ya no tenías ningún interés en él. A pesar de eso, me has tratado como si fuera una vulgar delincuente.

—Puede que tengas un poco de razón...

—¿Un poco? ¡Por favor! No comes ni dejas comer, y después agredes, te embriagas, y qué sé yo...

—Bueno, me duele... porque lo quiero.

—Por favor, Pancha, tú no tienes idea de lo que es querer a alguien. Has pensado en ti, en ti, y nada más que en ti.

–Yo podría decir lo mismo, ¿no?

–¡Por supuesto que no! Cuando ustedes se juntaron, yo me hice a un lado. Y ahora te tocaba a ti.

–Pero esto no es un juego, Feña.

–Por lo mismo, pues. Con él nos la hemos pasado más de dos meses en el desierto. ¿Te parece poco?

–Feña, podríamos viajar juntas, creo que sería una buena oportunidad para aclarar un montón de cosas.

–¡No, Pancha, ya te dije que no. Y no quiero saber más de ti, así que puedes ir yéndote a la mismísima mierda!

–No te vayas a arrepentir después, porque creo que sí tenemos mucho de qué hablar. Y además, servirá para desahogarnos.

–¿Desahogarnos? ¡Por favor! Lo que menos quiero ahora es desahogarme. La verdad es que no quiero darle más vueltas al tema.

–Está bien, si no quieres, no puedo obligarte, pero de verdad creo que estás cometiendo un error. Podrías al menos escucharme.

–Es que ya lo he hecho, pues Pancha. ¿Qué más tendría que oírte?

–Creo que las dos hemos salido muy dañadas de esto, y también que podemos hacer algo al respecto. Podrías darme la oportunidad de explicarte, ¿no? Por último, sería una forma de aprovechar el viaje.

–No te darás por vencida, ¿verdad?

–La verdad es que no, porque tengo una buena idea.

–¿Una buena idea?

–Sí, y muy buena. Pero si no me escuchas, ¿cómo puedo decírtela? Han quedado muchas cosas en el aire, Feña. Tú y yo éramos buenas amigas, y ahora mira como estamos. Sé que estás molesta con todo esto y yo he sido muy dura contigo, pero por favor, démonos la oportunidad, aprovechemos que podemos viajar juntas y conversemos. Total, ¿qué podemos perder? Y sí tenemos mucho que ganar, ¿qué te parece? No seas rencorosa.

–No, si no se trata de eso, no tiene nada que ver.

–¿Entonces? Dime en qué línea viajas. A lo mejor todavía puedo conseguir un asiento.

Fernanda le mostró su boleto y de inmediato se arrepintió.

–Pero mejor olvídalo, ya te dije que no quiero viajar contigo. No quiero verte nunca más.

Francisca corrió a la boletería.

El encargado revisó las posibilidades en la pantalla que tenía al frente.

–Sí, me quedan dos asientos.

Francisca le indicó el número de butaca que había comprado Fernanda.

Él sonrió condescendiente.

–No, señorita, el del lado de ese está vendido hace mucho rato, pero tengo uno dos filas más atrás, es una buena ubicación, y es ventanilla... Lo devolvieron hace poco.

–Ya, démelo. –Estaba de suerte. Quien se sentara junto a Fernanda, no pondría inconveniente en cambiarle de lugar.

Cuando subieron al autobús, cada una tomó el espacio asignado. Al lado de Fernanda se sentó un hombre que cargaba con una barriga descomunal. Vestía una camisa blanca con el cuello y los puños roídos, y olía a una mezcla ácida entre cuerpo y alcohol.

Cuando el vehículo llegó a la carretera, Francisca abandonó su asiento y se paró junto a su objetivo. De inmediato notó que el hombre apestaba. Observó a Fernanda atrincherada contra la ventanilla y sonrió con sorna.

–Disculpe, señor, estoy dos asientos más atrás, junto a la ventana, pero me encantaría poder sentarme con mi amiga. ¿Cree que podríamos cambiar?

–¿Junto a la ventana, dijo?

–Sí, sí, mire, allí, en el que está vacío.

–Bueno, si ustedes quieren viajar juntas... está bien, no seré yo quien lo impida; además, debo reconocer que es un buen cambio. –Se levantó con notorio esfuerzo.

–Gracias, señor, muchas gracias.

–El tipo lanzó un resoplido maloliente y pasó a ser problema del muchacho de anteojos que hasta entonces iba junto a ella, quien tuvo que pararse para dejarlo pasar, con un rostro que indicaba claramente su indisposición ante tan injusto negocio.

—Creo que te he salvado la vida.

Fernanda no respondió, pero ya estaba preguntándose cómo iba a resistir todo el viaje con aquel tipo encima.

—Veo que te las arreglaste para llegar hasta aquí. ¿Es que siempre consigues lo que te propones?

—Bueno, casi siempre. —Francisca curvó los labios, aunque con moderación para no parecer irónica, y no demoró en atacar a su presa.

—Creo que ambas fuimos víctimas... Franco ha manipulado sin miramientos el cariño que las dos le hemos ofrecido en bandeja. Y nos ha indispuesto. Al punto de dudar de nuestra amistad. La verdad es que aunque no nos conocemos hace tanto tiempo, tú y yo teníamos una relación muy rica. Y todo se echó a perder porque él se metió entre medio. Y ya ves los resultados.

Fernanda la quedó mirando. Las palabras de Francisca, además de injustas, le parecieron estúpidas. Si alguien ahí no tenía la culpa, ese era Franco. Porque estaba claro que ambas le habían tirado una soga al cuello.

Francisca continuó:

—Reconozco que he sido injusta contigo. Te culpé por meterte al medio en circunstancias de que él y yo habíamos terminado.

—Y te pregunté.

—Sí, lo sé, por eso te digo que fui injusta. —Tomó un trago de su botella de agua—. Pero por favor ponte en mi lugar. ¿Qué harías si de pronto te das cuenta que tu poca claridad te ha hecho tomar una mala decisión? Que has dejado ir a alguien que te interesa y luego te das cuenta que es más que eso, que lo quieres más de lo que creías, y después, más encima, empiezas con náuseas, vómitos, y descubres que estás esperando una guagua...

—Yo sé que es heavy. Pero estar embarazada no es sinónimo de quererlo, ¿no te parece?

—No, claro que no... Pero igual lo quería.

—¿Lo querías?

—Claro, no pensarás que puedo seguir queriéndolo después de todo lo que me ha hecho, ¿no?

–Pero Pancha, eso mismo demuestra que nunca lo has querido. Dime que te gustaba, que te calentaba, pero no que estabas enamorada. Si lo hubieras querido de verdad, estarías sentida, tal vez algo desengañada, o furiosa, pero no dejarías de quererlo. Además, él no te hizo nada malo. Simplemente siguió adelante con su vida. Y tú, ¿por qué no aceptaste su ofrecimiento? Te hubieras ido con él, hecho tu propia vida y salido de esa familia que te ahoga.

–No lo sé, creo que tuve miedo. Allá en Nueva York, sola con él, en un mundo completamente desconocido, con un idioma que no es el mío, dependiente de él... Y como tengo pegada en la cabeza la mala onda de mis viejos... Por otra parte, me asusta irme y dejar a mi mamá sola con el bruto de mi hermano... No sé, estoy llena de incongruencias... Bueno, y por lo demás, al final atiné; pero me encontré con que se había metido contigo... Y como si fuera poco, estaban viviendo juntos –la siguiente frase apenas se escuchó–. Yo lo quería... –Sus ojos brillaban y levantó la voz–. ¡Lo quería, pero ahora lo odio! Porque jugó con mis sentimientos, y aunque no te des cuenta, también con los tuyos. ¿Crees que le importamos? Creo que se aprovechó de nuestra inocencia y se merece un castigo.

–No le pongas, Pancha.

–Pero, ¿te das cuenta que vivió con las dos?

–No estábamos viviendo juntos.

–No, si así como vivir para siempre juntos, no, ¡pero por favor!, estaban en la misma pieza y durmiendo en la misma cama. ¿Y entonces qué...? ¿Una canita al aire?

–La verdad, Pancha, es que me tiene sin cuidado como lo llames. Yo estaba sola, ansiosa, con un gringo que se iría...

–Sí, pero el gringo era mío.

–¡Ay, Pancha, por favor! ¿Tuyo? Yo no le quité nada a nadie.

–Perdona, no quise decir eso. Quise decir que con alguien con quien nos habíamos querido, con quien sí habíamos convivido, con alguien que me ofreció hacerme su pareja, quizá hasta casarse conmigo. ¿Ves la diferencia?

–La verdad, ya que lo dices, no creo que se hubiera casado contigo. No creo que esté dispuesto a casarse con nadie. Y por otro lado, ¿qué hubiera ocurrido si tú no te hubieras entusiasmado con él? Porque yo también podría decir que te metiste en medio, ¿no? Yo tenía presupuestado encontrarme con él en Iloca, pero mira lo que sucedió, apareciste tú.

–¡Chuta, ahora la culpa es mía!

–No, Pancha, no lo digo por eso, solo que también quiero que comprendas cómo me siento.

–No, si sé cómo te sientes, si no soy tonta. –Esbozó una sonrisa marcada por un dejo de tristeza–. Pero el caso es que él se va a ir en cualquier momento y nos va a dejar a las dos plantadas.

–No lo sé.

Francisca le envió una mirada inquisitiva.

–¿No lo sabes? ¿Qué quieres decir?

–Quiero decir que iba a irse, pero ahora no está tan claro; más bien, lo veo como que se tendrá que quedar, le guste o no.

–¿A ver? No entiendo nada de lo que dices.

–Perdió contacto con su editor porque el viejo sufrió un ataque al corazón, y cuando volvió a trabajar, le dijo que quería que se quedara reporteando acá.

–¿Lo despidieron?

–No, nada de eso. Sigue trabajando para ellos, pero quieren que sea aquí.

–¿Y qué dice Franco?

–La verdad es que no tiene mucho qué decir, porque durante los días de incertidumbre con lo de su editor, se sintió muy desvalido y se dio cuenta de lo grave que sería para él quedarse acá y sin trabajo. Y como los planes que su jefe tenía para él allá se han interrumpido, como verás, no le queda más que acatar, y por supuesto que no está nada de contento. Tú sabes cómo es, y siente que Chile le queda como de miniatura.

–Y tiene razón, porque al lado de su país, y de todas esas partes a donde lo mandan, le tiene que quedar muy chico… Esto cambia las cosas, ¿no te parece?

–¿En qué sentido? ¿A qué te refieres?

Francisca se acomodó en su asiento y suspiró.

–Creo que hay que darle una lección, y con lo que me cuentas, las cosas se nos facilitan.

–Ay, Pancha, tú y tus ideas. Pero no, ya te dije que no quiero tener más que ver contigo. Si te las arreglaste para sentarte a mi lado, no me queda más que aguantar, pero de ahí a que esté dispuesta a ser cómplice contigo en algo, hay mucha distancia.

–Pero viajar al lado de ese viejo guatón y hediondo hubiera sido peor, ¿no?

Fernanda no respondió, esforzándose por mantener su rostro lo más adusto posible.

–No te hagas la tonta, Feña. Sé que te salvé del viejo. Al menos por eso, escúchame.

–Está bien, dilo de una vez y nos quedamos calladas para siempre, ¿de acuerdo?

–Está bien, escúchame: se aprovechó de las dos.

–Ya lo dijiste.

–Yo estoy embarazada.

–Eso ya lo sé.

–Y tú también podrías estarlo. –Fernanda dio un brinco que no pasó desapercibido para Francisca–. Y en cualquier momento se va, ¿qué te parece?

–Pero ya te dije que no…

–Ay, Fernanda, él arregla las cosas con su editor y sin decir agua va, se manda a cambiar. Y nosotras nos quedamos chupándonos el dedo. ¿Qué te parece? Bonito, ¿no?

Fernanda se mantuvo en silencio.

– Creo que no le vendría nada mal un castigo.

–¿Un castigo?

–Sí, eso, tal como lo escuchas. Creo que no se las puede llevar tan peladas. Se merece un buen castigo… ¿No te gustaría hacerle ver que no puede andar por ahí jugando con la gente como se le dé la gana?

–…

El silencio de Fernanda dio pie para que Francisca continuara. Sus ojos azules brillaban alrededor de las pupilas dilatadas por la falta de luz.

–Le dirás que has sentido molestias, que te hiciste el test de embarazo, y que te salió positivo.

–Pero no te he dicho que sí. ¿Y quieres que le diga que estoy embarazada? ¡Pero te has vuelto loca!

–Entonces aparezco yo, y haremos que sienta los efectos de una presión que no imaginó ni en sus peores sueños.

–Sí, definitivamente te volviste loca... ¿Y piensas que me va a creer que los síntomas hayan aparecido tan pronto?

–Ay, Feña, me extraña. Pero si los hombres no tienen idea de estas cosas, además que se le pondrán todos los pelos de punta y no atinará a pensar más que en la gravedad de lo que le estás diciendo. Mira, lo llamas por teléfono y le dices que apenas llegue a Santiago tienes que hablar con él... Estarás en Santiago, ¿no? ¿O en Viña?

–Bueno, tengo pensado cambiar de bus en el terminal y seguir al tiro a Viña.

–Mejor todavía. Esperas entonces a que él llegue a Santiago y lo haces ir a Viña, y ahí se lo sampas. Eso, además, te dará unos días para que se trague el anzuelo del embarazo con menos dudas. Después me avisas y yo lo llamo y le digo que tenemos que hablar sobre la guagua que estoy esperando. Lo dejamos bien confundido y después buscamos una forma para continuar vengándonos.

–¿Y tú crees que con lo manipulador que es, realmente lo vamos a complicar?

–Manipulador, sí, y también ambicioso de manera desmedida. Y aprovechador. Y por lo mismo, le caerá como balde de agua fría, porque sentirá en riesgo su carrera, su soltería, su libertad, su vida...

–Pero no es una mala persona como para hacerle eso. Aunque lo dudes, tiene su corazoncito.

–Pero Feña, fue un canalla cuando escribió sobre la desgracia ajena.

–Pero es periodista. Piensa en cuánto le afectaron las consecuencias del terremoto y el tsunami. También lo vi conmovido
con el accidente en la mina y el destino que esperaba a los 33
mineros, y me tuve que mamar la indignación que le produjo el
caso Karadima. Tal vez de repente se le pasa la mano con lo de
ser buen periodista, pero hay que reconocer que hace bien su
trabajo.

–¡Feña, lo estás defendiendo! Si encausara bien sus sentimientos, sería una gran persona... Pero con nosotras fue una
mala persona y hay que castigarlo.

–Es que no es peor que otros. Nadie es perfecto.

–No, nadie es perfecto. Pero todo el mundo no anda dejando
embarazado a todo el mundo. ¡Ay, Feña, por Dios, en qué mundo vives!

–Pero yo no estoy embarazada y... no entiendo por qué lo
odias tanto.

–Ya te dije: se aprovechó de ti y de mí. No debió haberse
metido conmigo y después contigo...

Oscureció y el autobús continuaba rodando sobre el asfalto,
y seguiría haciéndolo durante toda la noche.

–Feña, dime una cosa... ¿Qué harías si realmente estuvieras
esperando una guagua de Franco?

–No sé. Sería una locura. ¿Te das cuenta, con dos?

–Pero piensa, ¿qué harías? Porque es posible, ¿no?

–Sí, claro que es posible, pero no me pongas en ese caso.
No, no quiero ni pensarlo.

–¿Cómo fue con tu hijo? Nunca me había atrevido a pre-
guntarte, pero como están las cosas...

–Eso fue distinto. Ahora me cuidé. Aunque nunca se sabe
del todo.

–¿Estás tomando pastillas?

–Sí, y he respetado mi período... Por eso no creo, es casi
imposible.

–Yo, en cambio, no sé en qué estaba pensando, pero no tomé nada ni usé nada. Fue como si hubiera querido quedar embarazada.

—¿Y querías?

—¡Por supuesto que no! Pero en algún momento creí estar enamorada, y la primera vez se dio, así nomás, de un momento a otro. Habíamos tomado un poco de trago, nos habíamos fumado un pito… Y la segunda pasó lo mismo, y la tercera. Para entonces, estábamos durmiendo juntos, jugando a ser pareja, familia…

—¿Y tu mamá lo sabe?

—¿Estás loca? Mi mamá tiene ya demasiados problemas como para que yo le agregue este. Se saca la cresta trabajando, tiene que aguantar al metido de mi viejo que aunque vive con otra no la deja en paz, pero tampoco la ayuda en nada, y tiene que encargarse de mi hermano, que todos los días le saca canas nuevas.

—Pero tarde o temprano se lo vas a tener que decir. Creo que fue lo único que no hice mal cuando me embaracé, le conté al tiro. Y ella fue mi mejor aliada, una gran ayuda y una gran compañía.

—Tal vez tengas razón, pero no me atrevo.

—Pero ni te das cuenta y tienes la guata inmensa. Y en el proceso, que no es nada fácil, necesitas que alguien te apañe. En un momento así, sentirse contenida tal vez sea lo más importante.

—Si fuera el caso, ¿se lo dirías ahora? ¿Le dirías que otra vez te pasó lo mismo?

—Difícil pregunta. Asumir dos no es lo mismo que uno, sobretodo de padres distintos… No lo sé… Pero sí, creo que sí. A lo más me llevo una perorata. ¿Qué más podría suceder? Y luego, a apechugar no más.

—Invéntale que estás embarazada y pídele que hable con Franco.

—¿Estás loca?

Francisca estalló en una carcajada que, por lo tarde de la hora, debió ahogar con las manos.

—Esa sí que no la olvidaría nunca.

—La verdad, no me hace gracia.

— Y a él le dices que vas a abortar, a ver qué cara pone.

—Tú realmente quieres venganza, ¿no?

—Ya que no lo tendré en buena, tendré que irme en mala nomás, pues. Saborearé la venganza, esta que prepararemos muy

326

bien contigo. Franco Giménez se acordará para siempre de mí...
De nosotras. ¿De acuerdo?

Fernanda no respondió y se quedó mirándola a los ojos.

–¡Feña! ¿De acuerdo?

–Veo que tu "en mala" va muy en serio.

–Feña, respóndeme por favor, ¿estás de acuerdo? Dime sí o
no. ¿Estás conmigo en esto? ¿O te estás echando para atrás?

–Realmente te has vuelto loca, Pancha... –A punto de cortar
aquella conversación enviándola al demonio, una idea la hizo
cambiar. Su enojo con Franco era real, pero iba por un carril
completamente diferente al de Francisca. Por ningún motivo le
haría daño, pero con ella el asunto era muy diferente. Definitivamente era una mala persona y se le ocurrió hacerle una jugarreta. Ya vería que también podía ingeniar una estrategia para
sacársela definitivamente de encima. Hizo un esfuerzo por ofrecerle su mejor sonrisa–. ¿Sabes? Por mi parte está bien, creo que
le hará bien llevarse un buen susto...

35

Franco pone la mirada en el bolsillo del respaldo del asiento delantero. Recoge y despliega con parsimonia un diario que ha guardado y lleva a Nueva York como reliquia. El titular y una columna de Fernanda, en primera página, tienen que ver con la historia de los 33 mineros de Atacama.

Treinta y tres mineros trabajaban al interior del yacimiento de cobre y oro San José, cuando sobrevino la catástrofe. Ubicado en la zona de Copiapó, muy al norte de Santiago, capital de Chile, el cerro se cansó de que hurguetearan sus ya roídas entrañas. De pronto, las acostumbradas crujideras de la montaña fueron reemplazadas por un ruido atronador que remeció los muros de contención, debilitados por la excesiva explotación, debido a la ambición de un par de empresarios inescrupulosos. Las explosiones se repitieron, y en breves instantes, una tóxica polvareda imposible de traspasar por las luces de sus lámparas, lo abarcó todo. El olor a humedad de los laboreos fue reemplazado por una sensación exasperante de aridez que reducía el acceso al oxígeno, y la temperatura se aproximó a los 40° C. Todos, en la zona, sabían que esto tenía que suceder más temprano que tarde, pues desde hacía años, la mina venía avisando con sus ruidos, mutilaciones y matanzas. Pero ni los dueños ni las autoridades encargadas de supervisar las condiciones de trabajo habían hecho caso a las peligrosas condiciones laborales, a pesar de la gran cantidad de accidentes con muchos heridos y muertos, y las denuncias que los trabajadores hacían periódicamente, desde hacía más de siete años. Día tras día, insistían en que ya no se debía trabajar en ese lugar.

En el interior, en las páginas centrales, continúa leyendo los detalles de aquella espera de sesenta y nueve días enterrados vivos.

El joven capataz Florencio Ávalos conducía la camioneta Toyota Hylux que acostumbraba a utilizar para recorrer el interior de la mina. Iba acompañado por el jefe de turno Luis Ur-

zúa, un hombre reposado, silencioso y de carácter acogedor, llegado hacía pocos meses, proveniente de la mina Punta del Cobre.

Luego de un atronador ruido parecido al de las detonaciones con dinamita, frente a ellos cayó un enorme peñasco y una seguidilla de rocas y piedras que se desprendían como si el cerro se viniera abajo. Comprendiendo que estaban a punto de ser aplastados, el capataz detuvo la marcha y, sin tener espacio para girar, colocó reversa y apretó el acelerador a fondo, con muy poca visibilidad, pues se había levantado una gran nube de polvo. Otra explosión remeció las paredes y el camino desapareció oculto en el tierral.

A poco andar frenó con violencia. Las ruedas patinaron y casi se incrustaron contra el cargador de Omar Reygadas que se encontraba detenido. Pocos segundos antes del estruendo había terminado de cargar el camión de Mario Gómez, y ante la situación, cada uno en su vehículo intentó avanzar con la intención de salir a la superficie. Pero la iniciativa les duró poco, pues la excesiva polvareda hizo que los motores se detuvieran. Al ver la camioneta junto a ellos, saltaron de sus vehículos y corrieron, encontrándose con una silueta que solo reconocieron cuando habló. Era Mario Sepúlveda, el Perry.

–¿Está bien, maestro? –Se había arrimado a Mario Gómez, cuyo rostro reseco expresaba al mismo tiempo sorpresa y temor.

–¿Qué hace aquí, Perry? –A Gómez le pareció que aquel encuentro era sin duda una mala señal–. Y deje de tocarme, estoy bien, ¿qué le pasa?

–Deje todo tirado, nomás, y subámonos a la camioneta.

–¿Qué dice, Perry? ¿Cómo se le ocurre que voy a dejar el camión, cargado, y más encima a medio camino?

Mario Sepúlveda dirigió la mirada hacia Omar Reygadas, quien no había abierto la boca.

–¿Que no escuchó las explosiones? Se sentó la mina, así que súbanse los dos a la camioneta para salir de aquí lo antes posible.

–¿Cómo que se sentó la mina?

–Lo que escucha, pues. Pero vamos, en la camioneta hablamos, ¡apúrense!

Gómez y Reygadas eran los dos mayores del grupo, de manera que aunque podían comprender la gravedad de la situación, sus rostros se veían tranquilos, a pesar de ser la primera vez que se enfrentaban a una situación tan difícil.

—Me pareció como el tronar de un tiro de explosivos. —La voz de Gómez era pausada, como si debiera dar solemnidad a la situación—. Pero veo que era algo mucho más grave... Y yo ni siquiera debiera estar de turno.

—Yo percibí algo similar, incluso alcancé a enojarme con usted. —Las palabras de Reygadas iban dirigidas al jefe de turno, quien lo observaba con curiosidad—. Pensé que el estallido provenía de la irresponsabilidad de una detonación de dinamita no avisada.

—Pero desgraciadamente no fue eso.

—No, pues, desgraciadamente.

—Fue nada más y nada menos que un derrumbe.

—Así, pues... Aunque los que hemos estado en derrumbes, sabemos que uno se entierra harto, pero también es cierto que después sale.

—Si es que sale... porque aquí la cosa no se ve tan simple.

La camioneta continuaba su desenfrenada carrera y fue recogiendo a los demás. Los primeros fueron Daniel Herrera y Carlos Mamani, quienes a bordo de un cargador contratista, chocaban las rocas de las paredes del cerro intentando abrirse camino. Poco a poco, otros trabajadores saltaron al pick up. A Juan Illanes lo recogieron en el nivel 105, luego aparecieron Víctor Segovia, Pablo Rojas, Esteban Rojas, Ariel Ticona, Jimmy Sánchez, Carlos Barrios y Pedro Cortéz. A continuación lo hicieron José Ojeda y Claudio Acuña. La principal inquietud era la misma en todos: ¿Qué había pasado realmente y cuántos habían logrado sobrevivir? Víctor Zamora fue el siguiente. Con la mano cubría su boca como si eso disminuyera el dolor que sentía: había recibido en ella un violento golpe al ser lanzado lejos por una onda expansiva.

A medida que el vehículo avanzaba, continuaron saltando trabajadores a él, hasta completar treinta y uno. La falta de es-

Alfredo Gaete Briseño

pacio hacía que unos se tiraran sobre otros y los demás colga-
ran de todas partes. En el nivel 190 encontraron a Franklin Lo-
bos, quien con su camión intentaba mover una roca de gran
tamaño, y más allá, a Jorge Galleguillos.

Luego, ante los bloqueos, los 33, repartidos entre la camione-
ta de Florencio Ávalos y el camión de Franklin Lobos, continuaron
bajando hacia el refugio ubicado en la parte más profunda. Los
vehículos aumentaron la velocidad y los conductores hacían gran-
des esfuerzos por no chocar con las piedras atravesadas o contra
las paredes, las que derrumbándose tras ellos, cerraban toda posi-
bilidad de regreso. La gran nube de polvo se hizo cada vez más
densa y en las cercanías a la galería, en circunstancias de no verse
ni las caras, los 33 saltaron de los vehículos y echaron a correr
despavoridos, con la esperanza de encontrar dónde guarecerse,
aterrados por la posibilidad de que ocurriera un efecto pistón, te-
mida onda expansiva producida por el asentamiento de los piques,
que por su potencia es letal. Se arrimaron a un muro rocoso que
parecía firme y se quedaron en silencio, con el corazón latiendo a
toda velocidad, en espera de que la mina soplara.

Cuando intentaban hablar el polvo se les introducía por la bo-
ca y los angustiados quejidos se confundían, completamente a cie-
gas. Mientras, Urzúa y Sepúlveda tanteaban con las manos tratando
de registrar cuántos eran. El polvo se hizo todavía más espeso y los
trabajadores tuvieron que hincarse, cerrar los ojos y protegerse el
rostro con los brazos, mientras la sequedad en la garganta y los
labios era terrible. Casi ninguno entendía lo que ocurría y el cerro
volvió a crujir. El miedo y la incertidumbre hicieron que varios se
quebraran. Una voz temblorosa surgió de la oscura polvareda:

—¡Arranquen, que esta cuestión se está cayendo!

—¡No, no, un momento!¡Por ningún motivo! —Esta vez era
el jefe de turno, Luis Urzúa, quien a pesar de tener el corazón
latiendo con furia, no perdía de vista sus obligaciones de lí-
der—. Antes de movernos, usemos la cabeza. Debemos estar
todos juntos y quiero saber si estamos todos los que somos o
falta alguien, así que vamos nombrándonos. Soy Urzúa, ¿quién
sigue?

Luego de enumerarse y estar todos los que debían, Urzúa continuó con sus intentos de mantener la tranquilidad y algún tipo de organización.

—Para empezar, y aunque parezca milagro, estamos todos. ¿Me escuchan? ¡Estamos todos! Así que ahora vamos a caminar juntos, ¿me escuchan? Nadie se separe. Si es posible, tómense de las manos. Y sin vergüenza, niños, que aquí adentro nadie los va a ver.

Se escucharon algunas risas nerviosas.

—Y pónganse sus trompas, aunque se vean feos, porque cada vez va a ser más difícil respirar. Supongo que son obedientes y las andan trayendo, ¿verdad? Y protéjanse como puedan los ojos.

Sin perder tiempo, echaron mano a las máscaras que colgaban de sus cinturones. El grupo avanzó muy despacio, casi en cámara lenta. Iban aterrados. Pero no fueron muchos los metros recorridos en esa dirección, pues de improviso el polvo se endureció.

—¡Es roca! Una gran roca y nos está cubriendo la salida. Devolvámonos de inmediato. —La voz de Luis era nítida y perentoria. Algunos sabían que lo adecuado era acatar y no interferir para evitar que cundiera el pánico. Los otros, suficientemente asustados, apenas se movían, e incapaces de emitir sonido alguno, comprendieron que debían comportarse con sumisión.

—Alejémonos lo antes posible de aquí, porque la inestabilidad va a hacer que el cerro se siente por este lado, pero con cuidado, y ya les dije, tomados de las manos. Y ya que no nos vemos ni las narices, mejor apaguemos las lámparas de los cascos, porque si esta cuestión fue tan grande como parece, vamos a necesitar las baterías durante bastante tiempo. —La cerrada nube café se puso completamente negra. A través de ella, cuyo roce percibían en los lugares donde tenían la piel descubierta, regresaron en orden emitiendo un ruido de pies semejante al de presos conducidos al cadalso—. Debemos seguir caminando hasta encontrar el refugio, donde hay oxígeno. Y varios vehículos, de los cuales podremos sacar energía, y si es necesario, el agua de los radiadores. —A pesar de prever la magnitud del peligro y por lo mismo estar tanto o más asustado que los demás, se dio unos segundos para pensar en el compañero que poco antes

Alfredo Gaete Briseño

subía con una camionada. Seguro que fuera lo que fuese, aquel
desmoronamiento no había sido pequeño. Temió que una lluvia
de rocas le hubiera caído encima. En su mente apareció el ros-
tro de aquel hombre, Johnny Quispe, suegro de Juan Carlos
Mamani, el muchacho boliviano que se encontraba atrapado
junto a él y los demás.

Continuaron, a tropezones, andando, desandando e insis-
tiendo, hasta llegar al refugio. Allí estuvieron cinco horas espe-
rando cuál sería el comportamiento del cerro. Cinco horas eter-
nas, pero que al pasar los días, terminarían siendo nada. El
llamado efecto pistón no se produjo. Lo primero que conversa-
ron fue cuál habría sido la suerte corrida por algunos que ha-
biendo entrado a la mina, no se encontraban con ellos. Mario
Gómez comentó su inquietud respecto a si su amigo Raúl Villegas
habría alcanzado a salir en su camión. Contó que se habían
topado cuando él bajaba y Villegas subía, ya cargado; y Lobos,
el último en verlo, confirmó que iba hacia arriba, y tenía serias
dudas de que hubiera alcanzado a salir. También se pregunta-
ron qué habría deparado el destino para Johnny Quispe, quien
iba un poco más adelante; y quedaba la duda de si habría al-
canzado a entrar para cargar el Chilly Willy.

Los mineros más antiguos coincidieron: en esta oportunidad
la búsqueda no sería fácil. Ubicarlos, a la profundidad en que se
encontraban, no demoraría menos de cinco días, así que debían
racionar el agua y la poca comida con que contaban. Luego dis-
cutieron sobre la posibilidad de buscar un medio de escape.
Reygadas y Urzúa eran partidarios de esperar a que se produjera
el rescate, en cambio Mario Sepúlveda propuso subir por una de
las chimeneas. Votaron y la mayoría aprobó esta idea. Entonces,
manejando una cargadora, Ávalos lo alzó acompañado de Zamo-
ra. Decepcionados, no demoraron en descubrir que la chimenea
no contaba con la escalera reglamentaria.

—¡Conchas de su madre! —El grito de Sepúlveda fue a todo
pulmón—. Pero no me daré por vencido así nomás. —Había visto
un montón de cables eléctricos protegidos por una manga de
género y los utilizó para trepar, seguido de Zamora. Con las

334

manos ensangrentadas por los cortes ocasionados cada vez que se apoyaban en las afiladas piedras del muro, igual que sucedía con sus rodillas y a lo largo de las piernas, alcanzaron a subir unos ciento ochenta metros. Pero un techo rocoso no les permitió continuar. Mientras regresaban, un golpe contra una roca voló a Zamora un diente y le dejó otro partido.

Luego de aquel intento, el Perry reconoció que Urzúa y Reygadas tenían razón: escapar por sus propios medios era imposible. Entonces, la desorientación y el desaliento se apoderaron de los ánimos, y en un acto desesperado, se pusieron a seguir sin lógica alguna, cualquier indicio que indicara la posibilidad de encontrar una senda hacia su libertad. Todos los intentos terminaron en lo mismo: duras paredes rocosas. Mientras tanto, el cerro continuaba crujiendo. Los más antiguos, en conocimiento de que con el tiempo ellos mismos lo habían convertido en un gran colador, temían que se produjera un gran asentamiento. A esto se agregaba la gran humedad proveniente del subsuelo y la poca ventilación, con lo cual se agregaba el temor a que se produjera una inundación y más grave aún, una avalancha subterránea.

A medida que las horas pasaron, cada uno de los 33 fue mostrando sus habilidades, y también sus debilidades. Casi dos días después del inicio de la tragedia, Víctor Segovia comenzó a escribir una bitácora para contar sus experiencias a quienes los encontraran, fuera vivos o muertos. Utilizó para ello cuadernos de los reportes diarios donde anotaba todo lo que veía, sentía y escuchaba, emocionándose a tal punto que llegó a llorar sobre ellos, conducta depresiva que con diferentes matices se repetía en todos. Mario Sepúlveda, por ejemplo, luego de animar al resto a través de sus bromas y algunas canciones, se escapaba solo, y en las profundidades dejaba de contener sus emociones y se daba la licencia de llorar. En una ocasión, Segovia lo siguió. Lo vio arrimarse a una roca y quebrarse. La emoción también se apoderó de él y las lágrimas afloraron. Fue hacia su compañero y se abrazaron.

—Pero no hay nada que temer, Perry, vamos a salir, los dos y todos los demás. Se lo prometo, a pesar de toda esta maldita

tierra, y el hambre, y la sed, y todo lo demás. Vamos a volver a ver a nuestros cabros...

Los más jóvenes comenzaron a perder el equilibrio. El encierro era intolerable: el calor, la humedad, la falta de comida... Y se consolaban unos a otros: los que en el momento se sentían más fuertes, a los más débiles.

Los diez litros de agua mineral encontrados en el refugio se acabaron y también parte importante de la comida, quedando unas pocas latas de jurel, algunas galletas, unos tarros de duraznos en conserva y algo de leche. Illanes recordaba sus tiempos en la milicia y sugirió racionarlos aún más, y en una votación acordaron comer tan solo una cucharada de jurel, media galleta, un trozo de durazno y un sorbo de leche cada cuarenta y ocho horas. También extrajeron el agua de los radiadores de los vehículos y la vaciaron en los bidones vacíos. Todo se confabulaba para que los ánimos se caldearan, aumentando las escenas de angustia extrema con explosiones, abundante llanto y diferentes formas de desvarío. Hubo discusiones, peleas, encontronazos... También momentos en que algunos se sublevaron a los acuerdos de la mayoría y a las órdenes de los más experimentados...

Es pleno verano. 13 de febrero, para ser exacto. Ha pasado casi un año y medio desde esa increíble odisea. Franco eleva la vista sin una dirección definida y trata de generar imágenes recordando aquellos días junto a Fernanda. Rememora el dramatismo y su mente complementa aquello haciendo un rápido recuento de ese año 2010, partiendo por sus magníficas vacaciones en Brasil; luego recuerda sus primeros días en Chile y el terremoto acompañado de un tsunami de grandes proporciones; antes el cambio de mando y la aparición de Fernanda, y después Francisca y la insólita búsqueda de motivos para aplazar su regreso a Nueva York, hasta que sobrevino aquel accidente en la mina San José... Retoma su búsqueda de motivos para justificar su estadía en Chile por más tiempo y se topa con el caso Karadima. Visualiza la carta escrita por Juan Carlos Cruz a Monseñor Carlos María Collazzi, Obispo de Mercedes, Visitador del Vaticano a la Pía Unión Sacerdotal, con la cual había cerrado el último artículo enviado a su editor... Cuánto tiempo, también, desde todo eso. En ella, su autor reafirmaba por segunda vez su pesar y el de más de dos mil chilenos pidiendo la justa remoción de los obispos Andrés Arteaga, Juan Barros, Tomislav Koljatic y Horacio Valenzuela. Ellos, además de haber presenciado los abusos que Karadima cometía, atentaron contra el secreto de confesión y participaron en el cruel despliegue de tortura sicológica. Después de cometer esas y muchas otras perversiones, negaron todo y destapada su culpabilidad, ni siquiera fueron amonestados. Se pregunta por qué la justicia es tan esquiva. No duda de que a futuro se destaparán muchas ollas malolientes, y seguirán barriéndolas bajo la alfombra. Tal vez hubiera sido buena idea quedarse en Chile más tiempo. "Pero Chile no es el mundo. En otras partes también ocurren, minuto a minuto, muchas suciedades. Es que el mundo es un antro de ambiciosos mediocres, mediocres ambiciosos, y cobardes". Otra vez traslada sus pensamientos hacia su llegada a Chile, sus primeros pasos por las calles y su entrada en aquel torbellino manipulado por la naturaleza. Nuevamente piensa en el comportamiento aberrante de tantos hombres. Siente que todo está mal: las irresponsabilidades de las autoridades durante el terremoto y el tsunami, las de los empresarios y los fiscalizadores cuya indolencia y falta de probidad desembocó en el accidente de los mineros, la enorme maldad en los abusos de Karadima y quienes intentan tapar la mugre. Piensa que algún día no muy lejano, el país tendrá que poner los pies donde corresponde y entonces dejará de estar de cabeza. Algún día los empoderados de siempre tendrán que rendir cuentas y pagar por sus caprichos, y de eso tal vez casi nadie se salve: los empresarios, los legisladores, las autoridades del gobierno de turno, los jueces... incluso la cúpula de la Iglesia Católica. Algún día no resistirá más la falta de transparencia... Una vez más sus pensamientos se topan con Fernanda y lo conducen a esa extraña llamada invitándolo a viajar a Viña del Mar...

36

Poco antes de llegar a la estación Santa Lucía, *la valse de Rabel* sacó a Franco de sus cavilaciones. Observó en la pantalla de su celular el origen de la llamada.

—Hola, Feña, me alegra escucharte.

—¿Ah, sí? ¿Y por qué tanto?

—Vengo de recorrer el barrio donde viví de niño y los recuerdos se me agolparon sin darme respiro. —Pensó también en la breve comunicación telefónica con su mamá, pero una mueca de desgano lo condujo a omitirla—. Así que tu llamada es un buen bálsamo para sacarme de la nostalgia. ¿Cómo estás?

—La verdad, no muy bien, por eso te llamo. Necesito que hablemos.

—¿Dónde estás?

—En Viña.

—¿Tienes pensado venir a Santiago?

—No.

—¿Entonces?

—Bueno, pensé que tal vez tú querrías venir.

—¿A Viña?

—Sí, a Viña. Necesito que hablemos.

—Sí, ya me lo dijiste. ¿Y se puede saber sobre qué? ¿Debo entender que se te pasó el enojo?

—No, no se trata de eso.

—¿Entonces?

—No es para hablarlo por teléfono.

—¿Entonces?

—Ya te dije, necesito que vengas.

—Está bien, déjame revisar mi agenda.

—¡Ay, Franco, por favor! Sé que no tienes nada que revisar. Y lo que tengo que decirte es muy importante.

—Y ya que estás tratando de hacerme ir, ¿no me vas a adelantar algo?

—No, Franco, ya te lo dije, es muy serio como para hablarlo por teléfono. Necesito que vengas, y mientras antes, mejor.

–Está bien, déjame arreglar un par de asuntos que tengo pendientes… Iré mañana.

Luego de terminar la conversación, mantuvo el teléfono en la mano, sorprendido por aquella misteriosa invitación. ¿Sería una forma de ponerse en la buena con él? Almorzaría en el hotel y después nada importante tenía por hacer. Las presiones de su jefe habían decrecido, probablemente por falta de demanda… Claro que no quería parecer ansioso a los ojos de Fernanda, así que esperar hasta el día siguiente era una buena idea. Aprovecharía para recorrer otro poco el Gran Santiago: caminar por el Parque Forestal, echar un vistazo a la Estación Mapocho, ir al Mercado Central a degustar unos erizos acompañados con una caña de vino blanco, un *pipeño* tal vez…

Llegó a la Ciudad Jardín cuando el sol de las doce resplandecía en el cenit. Se instaló en una habitación del hotel Cap Ducal y sin más trámites bajó al restorán. Le gustaba su semejanza con un buque emplazado sobre las rocas, como si llegara de una larga travesía. También le atraían los golpes explosivos de las olas contra sus rústicos cimientos de maderos incrustados en la roca. Y varias veces había tenido la oportunidad de gozar su excelente gastronomía.

Desde allí, con una atractiva copa aflautada sobre la mesa, llamó a Fernanda.

–¡Sorpresa!

–¿Dónde estás?

–Estoy aquí, en el restorán del Cap Ducal, con una hermosa vista y un delicioso pisco sour mientras espero un rico plato de machas a la parmesana.

–¿Estás solo?

–¿Y con quién se supone que debería estar?

–No, digo yo, porque casualmente estoy en la Avenida Perú, voy llegando al Enjoy. Tenía la intención de tomarme un café, pero creo que no tendría inconveniente en cambiar de planes.

–Ah, pero estás a dos pasos de aquí.

–Dos pasos un poco largos, ¿no te parece?

–Y entonces, ¿qué esperas para darlos? Si no son demasiado largos, tal vez puedas llegar aquí antes que las machas.

–No lo dudes, porque ya cambié de rumbo. Mientras, puedes ordenar otro pisco sour para no quedarme atrás.

Aparcó su pequeño automóvil en el estacionamiento adjunto al edificio y caminó con soltura. Pensaba en la misión que la tenía ahí y en la grata sensación producida por aquel encuentro. A fin de cuentas, Franco había viajado por ella y estaba ahí, esperándola.

Al entrar, imaginó que subía a bordo de una gran embarcación y observó, una vez más, el original muro del bar, construido con botellas incrustadas. Cruzó el comedor y al acercarse a los ventanales del fondo lo identificó de inmediato. Sentado a una mesa en el altillo, observaba a través de los amplios cristales el oleaje, con una sonrisa que parecía perenne. No demoró en subir los peldaños que los separaban.

–Te ves bien.

Franco giró con lentitud la cabeza.

–¡Hola...! Como puedes ver, soy bastante obediente.

–Bastante sinvergüenza, diría yo.

–Está bien, bastante obediente y algo sinvergüenza... –Rieron y ella se sentó frente a él.

Antes que pudieran continuar la conversación, apareció el garzón con las machas y el *pisco sour* para ella. La bandeja contenía, además, otra humeante paila de greda.

–Me atreví a pedir además unas gambas.

–¡Y al pilpil, qué bien huelen!

–Tengan cuidado con quemarse, porque los platos vienen muy calientes. ¿Se les ofrece algo más?

Franco dirigió la mirada hacia Fernanda. Ella pudo observar el reflejo del sol en sus enormes ojos verdes que resaltaban bajo las encrespadas cejas negras, sobre un rostro tostado por el efecto de tanta exposición al aire libre.

–Disculpe, no, nada... por el momento.

–¿Una gaseosa para la dama, tal vez?

–Luego, gracias. Por ahora saborearé este delicioso pisco sour.

El mozo se retiró y ellos volvieron a mirarse.

–Estás muy hermosa.

–Lisonjero.

–No, es cierto. Pero en fin, aquí me tienes. Dijiste que necesitabas decirme algo muy importante, ¿recuerdas?

–Sí, claro, por supuesto. –Bebió un largo sorbo y luego otro. El contenido de la copa bajó hasta la mitad. Suspiró y tomó otro trago.

–¿Y bueno?

–Tranquilo. Calma. –Observó el agua espumosa escurrir entre las rocas, una gran cantidad de gaviotas revoloteando y dos pelícanos, todos en busca de su almuerzo–. Como me dijiste por teléfono, hace un día muy hermoso. –Nuevamente acercó el trago a su boca.

–¡Te lo bebiste todo!

–Sí, me hacía falta. En verdad lo necesitaba con urgencia.

–¿No hay mucha distancia entre un café y un... más bien unos pisco sour?

–Más que distancia, soledad, diría yo. Entonces no podemos medir la distancia.

–¡Uja!

–No te rías. Los últimos días no han sido fáciles para mí.

–Te fuiste muy enojada la última vez.

–Y todavía lo estoy. ¿Puedo pedir otro? –Exhibió la copa vacía.

–Sí, por supuesto. –Alzó su mano–. ¿No crees que sería conveniente que comieras algo?

Ella pinchó dos colas y las puso sobre un trozo de tostada. Luego masticó.

–Mmh, está bueno.

Franco recogió un par de machas y las dejó en el plato de Fernanda.

–Mmh, estas lenguas también están deliciosas.

–Otros dos pisco sour, por favor.

–De inmediato, señor. ¿Algo más?

–No por el momento, gracias.

–Salud. –Franco bebió lo poco que quedaba en su copa–. ¿Y bien?

–¿Qué planes tienes?

–¿Tienen algo que ver con lo que me quieres decir?

–Debería estar furiosa contigo… Pero eso no le ayuda a nadie.

–Oh, qué bien. Me parece muy inteligente de tu parte.

–No seas sinvergüenza. Y te agradeceré que no me interrumpas, porque no está fácil lo que te tengo que decir… –Francisca apareció en su mente. Con ella, la grotesca trampa en que había intentado involucrarla para vengarse de Franco, o sea, de ambos. Sonrió al pensar que castigarlo haciéndole pasar un mal rato no estaría del todo mal. Saboreó sus intenciones mientras observaba al garzón dejar los pisco sour sobre la mesa y a Franco proponerle ordenar sus platos.

Fernanda leyó la carta.

–Una corvina Margarita estará bien… –Mientras esperaba a que Franco hiciera su pedido, decidió tomarse un tiempo para dar otro par de vueltas al juego que se traía entre manos.

–Yo comeré lo mismo, y nos trae una botella de souvignon blanc, por favor.

El Garzón anotó en su libreta y se retiró.

–¿Qué planes tienes?

–Perdón, pero algo me ibas a decir.

–Sí, ya lo sé, pero antes cuéntame acerca de tus planes.

–Supongo que te refieres a mis planes en Chile, ¿no?

Fernanda esbozó una leve sonrisa aprobatoria.

–Debo quedarme, como ya sabes, y aún no sé por cuánto tiempo. Y encontrar aquí noticias que valgan la pena, se ve muy difícil. Y ya no sé qué diablos inventar.

–Podrías haber recurrido a mí, ¿no te parece?

–¿Perdón?

–Para ayudarte, digo.

–¿Para ayudarme? ¿Después de la manera en que te fuiste?

–¿Y qué querías?

–No, está bien, pero no era como para llamarte y pedirte ayuda, ¿no?

–Sí, de acuerdo, pero creo que podría ayudarte con algún material que manejo… y de paso, ganarme unos pesos, ¿no crees?

–Sí, tal vez, podría ser… Pero no es para eso que me hiciste venir de Santiago, ¿o sí?

–No, no te hice venir para eso.

–¿Entonces?

–Efectivamente iba a decirte algo, pero no sé… no sé si sea conveniente tocar ese tema.

–¿Qué tema? ¿Me puedes decir de qué hablas?

–Mira, Franco, tú eres una persona muy importante para mí. Mucho más de lo que crees. –Sorbió un concho de espuma estancada al fondo de la copa–. Por eso me enojé tanto contigo… y por eso mismo, no sé si sea bueno contarte.

–¿Pero me puedes decir de qué hablas? Porque no entiendo nada de nada. Me haces venir de Santiago con suma urgencia, ¿y de pronto no sabes si contarme?

El camarero acercó la botella de vino a Franco, quien asintió con la cabeza. Luego rasgó el sello superior del gollete y descorchó con elegancia. Escanció un suave chorro en la copa de él y una vez que recibió el visto bueno, llenó ambas hasta casi la mitad. Dejó la botella en un recipiente acerado con hielo y retiró las *flautas* vacías.

Fernanda bebió un trago corto, emitió un sonido de aprobación que Franco apoyó con la cabeza, y tomó otro más largo. Estaba a sus anchas. El licor ingerido le hacía bien. Las aprensiones que la atacaban al comienzo la habían abandonado y se sentía con derecho a decir y hacer cuanto se le antojara. Se percibía libre. Llevó nuevamente la copa hacia su boca, pero la detuvo antes de beber.

–¡Estoy embarazada!

Él se atoró.

Ella lanzó una carcajada. Le pareció que ocurría como en las películas.

Franco tosió varias veces y necesitó otro par de sorbos para recuperarse. La miraba atónito. No sabía qué responder.

–¿Te gusta la noticia?

–¿Qué quieres decir? ¿Me estás tomando el pelo?

–¿Tomando el pelo? Veo que eres un chileno… casi perfecto –Recordó la advertencia respecto a la reacción que tendría con la noticia, que con tanta seguridad le había hecho Francisca, y sonrió

–En serio, Feña, lo que acabas de decir no es nada gracioso.

—No, claro que no, pues. —El rostro de Fernanda había tomado una expresión adusta—. Y si te pones un ratito que sea en mis zapatos, podrás ver cómo me siento. Porque no solo tú jugaste conmigo, sino que después la Pancha intentó usarme para sacar adelante sus planes.

—Yo jamás he jugado contigo. Por el contrario, te he tomado siempre muy en serio. Pero... ¿Me puedes decir qué tiene que ver la Pancha en este baile?

—Bueno, es una larga historia. Si tienes paciencia... ¿Porque te imaginas que fuera cierto? Porque podría serlo, ¿no? Pero para tu suerte, no soy tan mala. Y como te quiero, no te voy a hacer sufrir lo indecible.

—Claro, claro que tengo paciencia. Así que dale, habla.

—¿Eso entiendes por tener paciencia? Un poquito inconsecuente, ¿no te parece?

—Bueno, está bien, entonces no la tengo, pero habla, te escucho.

—Ella sabe que tú y yo quedamos de juntarnos ahora. Fue idea de ella, y como yo estaba enojada contigo... No, perdón, como estaba furiosa, casi me pareció una buena idea. Pero está demasiado loca como para ser su cómplice...

Le contó que se habían encontrado en el terminal y viajado en el mismo autobús. Y los detalles de la propuesta.

—¿Sabes? No pude aguantar la tentación de asustarte un poco, pero no más que eso... No puedo participar de la crueldad que la mueve a ella.

—Sí, porque me has hecho pasar un buen susto, ¿no te parece?

—¿Tan terrible sería tener un hijo conmigo?

—No, Feña, no me malentiendas. Por favor no lo tomes así. No es contigo la cuestión sino conmigo. Es mi rollo. Es que simplemente no estoy capacitado para tener una esposa, menos un hijo. No sabría qué hacer con una familia.

—A nadie lo capacitan, que yo sepa.

—Está bien, es cierto, a nadie lo capacitan, pero algunos quieren establecerse y otros no, y en mi caso, ni siquiera es que tenga miedo, simplemente hay muchas cosas que tengo que hacer antes.

–Y en ellas no cabe una familia.

–Es lo que te acabo de decir.

–Por lo tanto, ni una esposa ni un hijo.

–Exacto.

–Bueno, al menos eres franco. Y sé que no es algo personal. Eso es menos malo. –Pensó que una vez más le sucedía lo mismo. Evocó a su ex, el anarquista, el del semestre sabático. ¿Es que podían ser los hombres tan egoístas? Se sobresaltó. Franco le había tomado la mano.

–Pero te quiero mucho, Feña. De verdad, creo que si en mí estuviera la idea de escoger una chica, esa sin duda serías tú.

–¿Y la Pancha?

–No, Feña, serías tú.

–Pero quisiste irte con ella.

–Bueno… Con ella fue otra cosa.

–A ella sí la querías.

–Creí quererla, Feña, lo que es muy diferente, además siempre le planteé que si no se acostumbraba, se volvía. Así de simple.

–Pero ella dice otra cosa.

–Lo que diga me tiene sin cuidado. Y ahora, sabiendo lo que sé, una mentira más o una menos ya no me afecta.

–¿Y por qué me crees con tanta facilidad? Todo lo que te he dicho podrían ser, también puras mentiras.

–No, Feña, te conozco. Puedes tener defectos como todo el mundo, pero sé que no me harías algo así. Y tu comportamiento demuestra entre otras cosas, lo mucho que me quieres.

–¿Y el de la Pancha? Ella también ha intentado demostrarte que te quiere. A su manera, claro.

–Una manera bastante peculiar de amar, ¿no? Yo diría que más bien me odia. Y cuando una persona pasa con tanta facilidad del amor al odio, es simplemente porque nunca quiso de verdad. Pero ¿sabes? No vale la pena que nos enrollemos más con ella, eso ya no importa. No vale la pena escarbar más. Trata de dejar los celos a un lado, porque son demasiado destructores Y no tienes ya motivos para tenerlos.

El garzón dejó los platos sobre la mesa y se alejó.

–Has demostrado lo mucho que me quieres y te lo agradezco. No me equivoqué contigo. Pero insisto, no puedo ofrecerte lo que no soy ni lo que no tengo. Podemos trabajar juntos como lo sugeriste, comer juntos y dormir juntos…

–¡Sinvergüenza!

–Y podemos hacer todas las cosas que se hacen cuando se duerme juntos, pero no me pidas que me haga cargo de ti ni de tu hijo, ni me ofrezcas cuidar de mí. Eso dejémoslo para las películas y para quienes ya no esperan nada de sí mismos y no saben qué hacer con su vida, para quienes buscan reflejarse en otros, responsabilizarles de su destino y culparlos por sus dolencias. No soy de esos, lo sabes bien, y tú tampoco. Tu hijo es una bendición que te llegó por esas cosas curiosas de la vida, pero no arruines tu existencia por darle una seguridad que en realidad no existe. Nadie sabe por qué nació. Tampoco cuándo partirá de este mundo, ni a dónde irá; eso, si va a alguna parte. –Echó un bocado en su boca, masticó con lentitud y bebió un largo trago.

Fernanda hizo lo mismo.

–Lo único cierto en este momento, es que estamos aquí y estoy alojado en este hotel. Podríamos tener una hermosa tarde.

La sonrisa de Fernanda hizo que sus pómulos subieran y los ojos se le achinaran.

–Franco, tú nunca cambiarás. –Estuvo a punto de agregar "en buena hora".

37

Cuando Franco despertó, había anochecido. Se quedó mirando la enorme luna que parecía alumbrar con luz propia. Un ruido proveniente del baño atrajo sus ojos hacia la puerta. Fernanda salía con el pelo húmedo cubriéndole el cuello. En la penumbra, sus hombros y brazos se veían muy tostados. Cruzó hasta la salida de la habitación y al llegar a la puerta hizo una seña con la mano.

–Hasta pronto. –Giró el pomo y salió.

Esta vez el juego erótico había tomado un rumbo diferente a los vividos en el norte. Todo anduvo bien hasta el momento en que las energías de ambos parecían a punto de estallar. Entonces, ella desenvainó una sangre fría que cortó sin miramientos la magia del momento.

–Espera, déjame alcanzar la cartera. –Hurgueteó en ella–. Ponte esto.

Franco recibió el pequeño sobre cuadrado con ribetes dorados y se quedó mirándolo, sorprendido de sí mismo, pues jamás había tenido uno en sus manos. Sintió una sensación de pudor combinada con vergüenza. Se sentó en la cama y lo rasgó con torpeza, tratando de no pellizcar el aparato sintético que descansaba en su interior. Tomó el anillo del extremo y lo estiró. Su cara acusaba curiosidad, preguntándose cuáles serían el derecho y el revés. Observó a Fernanda que se había volteado dándole la espalda. Miró la funda elástica que pendía de sus dedos y la flacidez que se había apoderado de su miembro. Sin una buena erección sería imposible de embutir y la dejó sobre el velador.

Ella se volteó con lentitud dejando al descubierto su oscura vellosidad.

–¿Terminaste de ponértelo?

Franco la observó en silencio. En sus carnosos pechos destacaban los gruesos pezones. La situación le pareció tan burda, que no pudo recuperar la erección.

–¿Qué haces, todavía no te lo pones?

–¿Tienes que ser así, tan directa?

–¿Y qué esperas? ¿Todavía no aprendes la lección?

–Feña, por favor. Tal vez tengas razón, pero no puedes ser tan brusca. No estamos pelando papas.

–¿Pelando papas?

–Sí, pelando papas, o tapando un frasco, o qué sé yo. –Cogió nuevamente el condón y lo exhibió colgando de sus dedos–. Lo que quiero decir es que esta cuestión se robó todo el romanticismo.

–Mmh, tienes razón. ¿Aceptas una disculpa?

–Está bien. –Se tendió–. Ven aquí.

Ella pegó su cuerpo al de él, apretó sus pechos contra sus costillas, succionó con la boca una de sus tetillas y levantó los ojos hasta encontrarse con los de él.

–¿Así está mejor?

Él respondió deslizando la mano hasta su pubis. Estaba muy húmedo, lo que significaba que aquella situación burda e inhibidora para él, a ella, por el contrario, la había estimulado. Entonces la atrajo con suavidad y le permitió deslizarse hasta quedar sobre él.

–Franco, póntelo. Por favor.

Obedeció resignado…

Observó la puerta por la que poco antes había salido Fernanda. Lamentó que aquel encuentro hubiera terminado tan diferente a los del norte. El preservativo había hecho añicos la magia…

La valse de Rabel lo sacó de sus cavilaciones. Miró el visor de su celular, era Francisca. Dejó el aparato sobre el velador, en el mismo lugar en que más temprano depositara el condón.

El teléfono volvió a sonar. Franco decidió contestar, aunque permaneció en silencio.

–Franco, ¿estás ahí?

– Sí, Pancha, estoy aquí.

–Te llamo porque necesito hablar contigo.

–La verdad, no sé si tenga ganas, ni si sea conveniente.

–Yo creo que sí. Recuerda que tenemos un asunto pendiente entre los dos y no es algo menor, ¿no te parece?

–¿Puedo saber a qué te refieres?

–¡Ay, Franco, por favor, no te hagas el tonto! Ya lo conversamos y lo tienes clarito.

–No, perdón, ni clarito ni nada. Llegas ebria, me sampas que te hice un crío y te vas. ¿Eso te parece clarito?

–¿Ves que lo tienes clarito? Y clarito es que tengo más de cuatro meses de embarazo, y supongo que no me dejarás sola en esto. He perdido la línea, pronto me empezará a salir guata y no sé cómo decirlo en mi casa. Creo que tu apoyo me facilitaría un poco las cosas.

–¿Mi apoyo? ¿Eso esperas, en serio? Perdona, Pancha, pero suponiendo que sea cierto lo del embarazo, ¿cómo sé que el crío es mío?

–¡Franco, por favor! ¿Qué te crees? ¿Oyes lo que estás insinuando? Y no es un crío, sino un hijo, ¡tu hijo!

–No, si no estoy insinuando nada. Te lo digo con todas sus letras. Recuerda que no es solo conmigo con quien has convivido. Y la relación con Daniel nunca dejó de ser lo suficientemente cercana. ¿O crees que no me daba cuenta? Pero dicen que no hay peor ciego que el que no quiere ver… Dime una cosa, ¿por qué no pudo haber pasado algo entre tú y él?

–¿Cómo puedes decir eso? Apenas creo lo que estoy escuchando, menos viniendo de ti. Porque defectos podrás tener muchos, pero jamás esperé que me dijeras lo que me estás diciendo.

–Si no lo crees, lo siento, pero es lo que pienso. Y para que lo sepas, ya me enteré de tus intenciones, y créeme que eso sí que no tiene perdón. Así que no tenemos nada más que hablar.

–No sé a qué te refieres, Franco.

–¡Ay, Pancha, por favor! La Feña vino a hablar conmigo.

–¿Y?

–Y me dijo lo que tramabas. Pero como ella no es de tu calaña, me contó todo. Así que tú y yo no tenemos nada más que hablar.

–¡Huevona traicionera!

–¿Qué?

–No importa, pero ya que te enteraste, quiero decirte que si no me apoyas tienes mucho que perder.

–¿Yo? ¿Y podrías decirme cómo?

–¿Y todavía no lo sabes? ¿Tu queridísimo jefe no te ha dicho nada?

–No entiendo qué quieres decir.

–Pues que está enterado de todo, incluso de que interpuse una demanda en tu contra.

–¿Una qué…? ¿Y se puede saber quién te recomendó tamaña aberración?

–Muy simple, tengo un amigo que es abogado y me ha estado aconsejando.

–¡No, no lo puedo creer! Tú no eres así, Pancha.

–Pues mira lo que son las cosas, porque sí lo soy. Así que te pones las pilas y me ayudas, o…

–¿O qué? Por favor, si lo que quieres es destruirme, estás muy lejos de lograrlo. –Canceló la llamada y arrojó el celular sobre el velador–. ¡Mierda!

Al rato, *la valse de Rabel* volvió a sonar.

–Feña, hola, estaba pensando en llamarte.

–¿Cómo se te ocurre, Franco?

–Qué, ¿llamarte?

–No, Franco, ¡cómo se te ocurre contarle todo a la Pancha! Me llamó llorando a mares, furiosa. Y me amenazó con las penas del infierno.

–¿Y tú crees que le debemos aceptar que nos trate como se le dé la gana?

–Creo que está muy afectada y no tiene a nadie con ella. Eso la ha puesto como loca.

–Ah, sí, no me cabe duda que lo está. ¿Te dijo que le mandó un mail a mi editor?

–¿Qué cosa?

–Lo que escuchas, Feña. Le contó lo del embarazo y que me había demandado.

–¡Ah, chuta! Ahí sí que se le pasó el tejo. Tendrás que hablar con él.

–Sí, de todas maneras… Aunque conociéndolo, no creo que por eso haya actuado de manera tan errática… ¿Quieres que te diga algo? No creo que la guagua sea mía.

–¿Cómo?

–Podría no serlo, ¿no?

–¿En verdad lo crees?

–Claro, porque la Pancha ha ido mostrando que no es tan inocentona como parecía. Incluso pienso que puede ser de Daniel.

–¡Estás loco, aquí todos están locos!

–Si quiere que acepte que soy el padre, tendrá que probármelo. Así que nos iremos de ADN.

–Mala cosa, Franco.

–¿Y qué quieres que haga? No puedo aceptar una cosa así de buenas a primeras, menos de quien viene…

Luego de muchas horas de vuelo, Franco suma a sus recuerdos el escueto mail que su jefe le respondió sin demora. Se limitaba a pedirle que no mezclara sus asuntos personales con su trabajo y que resolviera la situación con prontitud, pues debía volver a Nueva York. Terminaba diciéndole que no se dejara timar por esa mujer y se asegurara de ser realmente el padre del niño, y que solo le enviaría un boleto de avión, de modo que si alguien lo acompañaba de regreso, tendría que pagarlo él. Sonríe mientras niega moviendo con lentitud su cabeza. "Muy pragmático, como de costumbre". De inmediato evoca sus aprensiones respecto a la enigmática relación que mantenía Francisca con Daniel. Aunque había sido afable con él, acogiéndolo y ayudándole en varias oportunidades, nunca se hicieron amigos. Era su rival, aunque jamás se había comportado como tal… Que se vieran a solas, especialmente en su casa a puerta cerrada, como por ejemplo cuando estaba enfermo y ella lo atendía, le había molestado sobremanera. En tales ocasiones, al regresar a casa, el comportamiento de Francisca era algo errático, y huraña eludía cualquier conversación que amenazara con conducir a sus ajetreos recientes… Una vez más evoca su figura menuda, la sensación de fragilidad que le despertaba, el pudor que brotaba a través de sus pómulos enrojecidos… A punto de aterrizar en el aeropuerto John F. Kennedy de Nueva York, regresa a la realidad. Abrocha el cinturón de seguridad y adquiere vida la mujer que lo acompaña en el asiento inmediato. Le divierte observarla achinar sus ojos, más oscuros que nunca, y le toma la mano. Junto a ella, un niño colorín de corta edad lleva su nariz aplastada contra la ventanilla.

www.ingramcontent.com/pod-product-compliance
Lightning Source LLC
Chambersburg PA
CBHW030918260626
47169CB00002B/312